河出文庫

キンドレッド

オクテイヴィア・E・バトラー
風呂本惇子・岡地尚弘訳

河出書房新社

目次

キンドレッド

プロローグ

私は最後の帰還の旅で腕を失った。左腕だ。

その上、一生のうちのほぼ一年間を棒にふり、平穏と安定の多くも失ったが、これは失ってみて初めて貴重なものだとわかった。ケヴィンは警察から釈放されると病院へ来てそばで寝泊まりしてくれた。彼まで失ったわけではないと私にわからせるためだ。

でもその前に私はケヴィンが監獄に入る必要のないことを警察に納得させなければならなかった。それには時間がかかった。警察の人々は断続的に影のようにベッド脇に現れては質問をするのだが、それを理解するのに私は苦労した。

「どうして腕に怪我をしたのです？」と彼らは尋ねた。「誰に怪我をさせられたのですか？」私は彼らの使った「怪我」という言葉に引っ掛かった。まるで腕に引っかき傷でも負ったみたいに聞こえるじゃないか。腕をなくしたことを私が知らないとでも思っているのかしら。

「事故です」という自分のささやき声が聞こえる。「事故だったのです。」

彼らはケヴィンのことを尋ね始めた。最初は彼らの言葉の単語がまざりあってぼやけてしまい、私はほとんど注意も払わなかった。でも、しばらくしてからその言葉を再生してみて突然私は悟った。この人たちは私の腕の「怪我」をケヴィンのせいにしようとしているのだ。

「違うんです。」私は枕の上の頭を力なく振った。「ケヴィンじゃないの。あの人ここにいます？　会わせてもらえますか。」

「それじゃあ誰がやったんですか」と彼らは食い下がった。

私は薬の作用と微かな痛みの交錯の中でなんとか説明しようとしてみた。でも、この人たちに正直に説明などできるわけがなかった――したところで何一つ信じてくれるはずがない。

「事故ですよ」と私は繰り返した。「私の過失。ケヴィンのせいじゃありません。お願い、あの人に会わせてくださいな。」

何度も繰り返しているうちにやっと警察の人々の輪郭のぼやけた姿が私のそばを離れ、目が覚めてみるとケヴィンがベッド脇に座って居眠りをしていたのだ。ふと、ケヴィンはいつここへ来たのかしら、といぶかったがそれはどうでもよいことだった。

大事なのは彼がそこにいてくれることだ。私はほっとしてまた眠りに落ちた。

ようやく目が覚めた時には、こっちも筋道の通った話ができ、相手の言うことも理解できそうな気分になっていた。ほとんど気分がよいと言ってもいいくらいだ。ただ、腕が奇妙な動悸を打っていた。いや、腕のあったところが。私は頭を動かしてその虚ろな場所を……切り口を見ようとした。

するとケヴィンが立ち上がり、両手で私の顔を挟んで自分の方へ向かせた。

彼は何も言わなかった。しばらくするとまた腰を下ろし、私の手を取ってそのまま支えていた。

私はもう一方の手を持ち上げれば彼に触れるような気がした。もう一本の手があるような気がするのだ。そこをもう一度見ようとすると今度は彼もそうさせてくれた。ともかくも、私は自分でそうとわかっていることを受け入れるためにそこを見ないではいられなかったのだ。

しばらくして私は頭を枕に戻し、目を閉じた。「ひじの上からね」と私は言った。

「そうするより仕方がなかったんだよ。」

「わかってる。ただ慣れようとしているだけなの。」私は目を開けて彼を見つめた。その時、さっきの面会人たちのことを思い出した。「私、あなたを厄介な目に合わせてしまったかしら？」

「僕を？」

「警察の人が来たの。これをあなたのやったことだと思ったのね。」

「ああ、そのことか。あの連中は保安官代理なんだ。君の叫び声を聞いて近所の人たちが電話したんだ。僕は尋問を受け、勾留されたよ、しばらく――しばらくってのは連中のセリフだけどさ！――でも君が説得してくれたおかげで釈放してもよかろうってことになった。」

「よかった。あの人たちには事故だって言ったのよ。私の過失ですって。」

「あんなことが君の過失で起こるなんてあり得ないよ。」

「それは論議の余地があるけど。でもあなたのせいじゃないのは確かですもの。まだ厄介な立場にあるの？」

「そんなことはないだろう。連中は僕がやったと思い込んでいるけど、目撃者がいないし、君も協力しないときている。それに連中にだって考えつかないだろう、どうやれば僕があんなふうに……君に怪我させることができたものか。」

私はまた目を閉じ、怪我をした時のこと、あの痛みを思い出した。

「大丈夫かい？」ケヴィンが聞いた。

「ええ。警察にはなんと言っておいたの？」

「本当のことを言ったよ。」彼はしばらく黙って私の手を弄んでいた。目を上げると、彼は私を見守っていた。

「あの人たちに本当のことを言ったりすれば」私の声は低かった。「あなたはまだ閉じ込められているはずだわ――精神病院に。」

　彼は微笑を見せた。「できるかぎり本当のことを言ったんだ。君の叫び声が聞こえた時僕は寝室にいた。何事かと居間へ駆けつけたら、君が壁の穴のようなところから腕を引き離そうとしてもがいていた。僕は君を助けに行った。その時、君の腕がただ引っ掛かっているのじゃなくて、どういうわけか、壁の中へめり込んでつぶれていることに気づいた。そう言ったんだ。」

「めり込んでいたわけじゃないのよ。」

「わかっている。でもあの連中にはその言葉を使うのがよさそうに思えたんだ――僕が事情を知らないことを示すために。それにそんなに曖昧な言葉でもないし。すると連中はどうしたらそんなことが起こるか説明しろって。で、僕はわからないと言った。……わからないって言い続けたよ。まいったね、デイナ、本当にわかんないや。」

「私だって」と私はささやいた。「私だってわからない。」

河

私がそれに気づいたのは一九七六年の六月九日だったけれども、この問題はとうの昔に始まっていたのだ。でも私は六月九日という日を覚えている。あれは私の二十六歳の誕生日だった。あれは私がルーファスに会った日でもある。彼が初めて私を呼び寄せた日なのだ。

ケヴィンと私は誕生日のお祝いに何か特別なことをするつもりはなかった。二人とも疲れていてそれどころではなかった。私たちはその前日、ロサンジェルスのアパートから二、三マイル離れたアルタディーナに買い求めた自分たちの家へ引っ越してきたばかりだった。私にとっては引っ越しがお祝いのようなものだった。私たちはまだ荷をほどいている最中で——いや、荷ほどきをしていたのは私だ。ケヴィンは自分の仕事部屋が片づくと手を止めてしまった。そこへ引きこもってのらくらするか考えごとでもしていたのだろう。タイプを打つ音はしていなかったから。ようやく彼が居間に出てきた時、私は本を仕分けしながら大きな本箱へ収めているところだった。ここは小説だけにしよう。こんなにたくさんの本があるのだからある程度区別して並べておかなければ。

「どうしたの」と私は尋ねた。

「なんでもない。」彼は近くへ来て床に座った。「ただ自分のあまのじゃくに苦労しているだけさ。昨日引っ越しの最中に僕は例のクリスマス向けの話のネタを半ダースも思いついたんだぜ。」

「ところがいざ書こうとするとなんにも出てこないってわけね。」

「一つもだ。」彼は本を一冊手に取って開き、ぱらぱらと繰った。私は別の本を取ってそれで彼の肩を軽くたたいた。彼がびっくりして目を上げる。私はその目の前にノンフィクションの本の山を置く。彼はみじめな顔でそれを見つめる。

「まったくもう。どうしてこんなところへ出てきちまったんだろう。」

「もっとネタを思いつくためでしょ。要するに、あなたは忙しくしているとアイデアが浮かぶのよ。」

彼はじろっと見たが、その表情は見た目ほど険悪なものではないことを私は知っている。彼の目は色が薄く、ほとんど無色に近いので、実際にそうであろうとなかろうとよそよそしい怒っているような印象を人に与える。彼は人を威圧するのにこの目を利用する。見ず知らずの人たちを。私はにやにやと見返して仕事に戻った。しばらくすると彼はノンフィクションを別の本箱のところへ運んで行って、収め始めた。

私は身を屈め、本の詰まった箱をもう一個彼の方へ押しやった。その時めまいがして吐き気を覚えたので急いで身を起こした。周りで部屋がぼやけ、暗くなったようだ。どうしたのだろうといぶかりながらちょっとの間本箱にしがみついて立っていたが、とうとうくずおれてしまった。ケヴィンが言葉にならぬ驚きの声を上げるのが聞こえた。「どうしたの?」と尋ねている。

頭を上げた私は、彼に焦点を定めることができないのに気づいた。私はあえぎながら「なんだか具合が悪いの」と言った。

彼がこっちへやって来る気配が聞こえ、灰色のズボンと青いシャツがおぼろに見えた。ところが、私に触れる寸前、その姿が消えてしまったのだ。

家も、本も、何もかも消えてしまった。頭の上に木。緑の多い場所だ。突然、私は戸外にいて、地面にひざまずいているのだった。私は森のはずれにいるのだ。目の前に幅の広い河が穏やかに流れている。河の真ん中のあたりで子供が一人、ばしゃばしゃやりながらかなきり声を上げている……

溺れているのだ!

私はその子の災難に反応した。自分がどこにいるのか、何が起こったのかという問いは後回しだ。今はともかくあの子を助けに行こう。

私は河へ向かって走り、服を着たまま水の中へ入り、子供の方へすばやく泳いで行った。そばへ着く頃には子供は意識を失っており——小さな赤毛の男の子で俯せに浮いていた。私は子供を仰向けにし、頭が水に潜らないようにしてしっかり抱え、引っ張って行った。川岸で赤毛の女が私たちを待ち構えていた。と言うより、その女は岸辺で行ったり来たりして走り回り、泣き叫んでいた。私が歩けるところまで来たのを見た途端、女は水の中へ駆け込み、子供を受け取ると触ったり調べたりしながら岸まで運んで行った。

「息をしていないわ！」と女が甲高く叫んだ。

人工呼吸。見たこともあるし聞いたこともあるけれど自分でしたことは一度もない。今こそやってみなければ。その女は何か役に立つことのやれる状態ではないし、誰も他に見当たらない。岸に着くと私は女から子供を引ったくった。子供はせいぜい四つか五つで小柄であった。

私は子供を仰向けに寝かせ、頭を後ろにそらせ、口移しの蘇生術を始めた。私が息を吹き込むたびに子供の胸が動くのが見えた。すると突然、女が私を殴り始めたのである。

「おまえは私の坊やを殺した！」と女はかなきり声を上げた。「おまえが殺したのよ！」

私は向きを変え、打ちかかってくる拳をどうにか捕まえた。「やめなさい！」私は精一杯威厳のある声で叫んだ。「この子は生きてるわ！」本当に生きているのだろうか。私にはわからなかった。神様、どうぞこの子を生かしてやって下さい。「坊やは生きているのよ。手を貸してやらなければ。」私は女を押し退けた。幸い、女は私より少し小柄だった。それから私は子供に注意を戻した。息を継ぐ間に目を走らせると、女はぽかんとして私を見つめている。次いで私の脇にひざをつき、泣き出した。

数秒後、子供は自力で息をし始めた——呼吸し、咳き、むせ、吐き、母親を求めて泣き出した。これだけやれるんならこの子はもう大丈夫だ。私は彼から身を離して座った。ちょっと頭がふらふらしたが、ほっとした。やったぁ！

「生きてるわ！」女が叫んだ。彼女は窒息させんばかりに子供をぎゅっとつかんでいた。「おお、ルーファス、坊や……」

ルーファスだって。この小さな子はかなり顔立ちもよいのにそんな醜い名前をつけるとは。

抱いているのが母親だとわかると、ルーファスは精一杯のかなきり声で泣きながらしがみついた。ともかくもその声に異常は認められなかった。すると突然、別の声がした。

「一体何事だ。」怒った厳しい男の声だ。

びっくりして振り向くと、これまで見たこともないほど長いライフルの銃身が目の前にある。金属のカチッという音がし、私の身が凍った。子供の命を救ったために撃たれるのだ。私は死ぬんだ。

しゃべろうとしたが、急に声が出なくなった。気分が悪くなり、めまいがした。視界がひどくぼやけて銃もその後ろにいる男の顔も見分けがつかなくなった。女が激しい声色でしゃべっているのが聞こえたが、極度の気分の悪さと恐怖に陥った私には彼女の言っていることが理解できなかった。

　すると男も女も子供も銃も皆、消えてしまった。

　私はまた自分の家の居間の、さっき倒れた辺りから数フィート離れたところにひざまずいていた。うちに戻ったのだ——びしょ濡れで泥にまみれてはいるが、傷も負わずに。部屋の向こう側にケヴィンが凍りついたように突っ立ち、さっき私のいたところを凝視している。

「ケヴィン？」

　彼はくるっと身を回して私と顔を合わせた。「一体どうして……どうやって君はそっちへ行ったんだ？」と彼はささやいた。

「わからない。」

「デイナ、君は……」彼は寄ってきて、まるで私が本物と信じられないみたいにおずおずと触った。それから両肩をつかみ、しっかり引き寄せた。「何があったの？」

　きつくつかむその手を緩めさせようとして私は手を上げたが、彼は離そうとしない。

　彼は私の傍らにひざまずいた。

「話せよ！」と詰問するように言った。

「どう話せばよいかわかっていれば話すわよ。痛いからやめて。」

　彼はやっと手を離し、私が誰であるか初めてわかったみたいにまじまじと見つめた。

「大丈夫かい、君。」

「いいえ。」私は俯いてしばらく目を閉じていた。体は脅えて震えていた。恐怖の余燼が体力をすっかり奪ってしまっていた。うずくまって我が身を抱き、震えを止めようとした。恐怖は消えたが、歯ががちがちいうのを抑えるだけで精一杯だ。

ケヴィンは立ち上がり、ちょっとその場を離れた。戻って来ると持ってきた大きなタオルを私の肩に巻いてくれた。これでいくらか気が落ち着いた私は、タオルをしっかり引き寄せた。ルーファスの母親が拳で殴った背中と肩に痛みがある。あの女は思ったよりきつく殴っていたのだ。その痛いところをさらにケヴィンにつかまれたのだった。

私たちは一緒に床の上に座っていた。私はタオルにくるまり、ケヴィンは私の体に腕を回していたが、彼がそこにいるだけで気分が落ち着いた。しばらくすると震えが治まった。

「さあ、話してくれ」とケヴィンが始めた。

「何を?」

「全部だよ。何が起こったんだ?　どうして……どうやって君はあんなふうに動いたんだ?」

私は黙って座っていた。考えをまとめようとすると頭に狙いを定めたライフルがまた目に浮かんだ。私はこれまで一度もあんなふうにパニックに陥ったことがなかった

――あれほど死を間近に感じたことがなかった。

「デイナ」とケヴィンが低い声で呼んだ。彼の声がその記憶と私の間に隔たりを置いてくれるように思えた。それでもなお……

「どう話せばよいのかわからないわ」と私は言った。「まったく突拍子もないことなんですもの。」

「どうしてびしょ濡れになったのか、まずそれから話を始めてごらん。」

私はうなずいた。「河があったわ」と私は始めた。「河の流れている森があったわ。それから、男の子が溺れていたの。その子を助けたわ。それでびしょ濡れになったの。」私はためらった。考えをまとめ、わけのわかるようにしようとした。私の身に起こったことはわけのわかることではないが、少なくとも筋の通るように話せるはずだ。

ケヴィンを見ると、彼が注意深くどっちつかずの表情を保っているのがわかった。彼は待っていた。私は気を落ち着けて、そもそもの始まり、最初のめまいに話を戻した。彼のために全部を思い出して――詳しく追体験した。自分では気がついたとも自覚していなかったことまで甦らせた。たとえば、近くにあった木々は松で、高く真っすぐに伸び、ほとんどてっぺんのところに枝と葉があった。私はルーファスを見る直前にどういうわけかそんなことまで気がついていたのだ。それにルーファスの母親についても特別なことを思い出した。彼女の服装だ。首から足まで被う長くて黒っぽいドレスを着ていたのだ。ぬかるむ河岸であんなものを着ているなんて。それに彼女のしゃべり方のアクセント――あれは南部訛りだ。それからあの忘れようにも忘れられぬ長い凶暴な銃。

ケヴィンは口を挟まずに聴いていた。私が話し終わると、彼はタオルの端を持って私の足から泥を少し拭き取った。「こんなものが理由なくつくはずはないよね」と彼は言った。

「私の言ったことを信じていないの?」

彼はしばらく泥をじっと見つめてから私の顔を見た。「君がどれくらいの間いなくなっていたか知っているかい。」

「数分でしょ。長くはなかったはずよ。」

「数秒だよ。君がいなくなってから僕の名を呼ぶまで、せいぜい十秒か十五秒だった。」

「あら、そんな……」私はゆっくり首を横に振った。「あれだけのことがたった数秒のうちに起こるなんてあり得ないわ。」

彼は無言だった。

「でも本当に起こったのよ! 私、そこにいたのよ!」私はぐっとこらえ、深呼吸してからゆっくり言葉を続けた。「いいわ。私だってもしあなたがこんな話をすればたぶん信じないでしょうね。でもあなたが言ったように、この泥が理由もなくつくはずないわ。」

「そうなんだ。」

「ねえ、あなたは何を見たの？　何が起こったと思う？」

彼はちょっと顔をしかめ、かぶりを振った。「君が消えた。」彼はその言葉をむりやり絞り出したように見えた。「ほんの二、三インチで僕の手が届きそうなほど君は近くにいた。それから突然いなくなったんだ。信じられなかった。僕はただそこに突っ立っていた。そしたら君がまた戻ってきて部屋のこっち側にいた。」

「もう信じる？」

彼は肩をすくめた。「そういうことが起きたんだ。僕は見たんだ。君が消えてまた現れた。事実だ。」

「そうだ。」

「私はびしょ濡れで、泥だらけになって、死ぬほど脅えて現れた。」

「そして私は自分の見たこともしたこともわかっている――それは私の事実よ。どっちの事実も突拍子もないけど。」

「どう考えればよいのかわからない。」

「問題はどう考えるかということではないかもしれない。」

「どういう意味だい。」

「つまり……こういうことが一度起こった。また起こるとすればどうなるかしら。」

「あれがなんであろうと、もうたくさん！　もう少しで死ぬところだったのよ！」私はまた震え始めた。

「何が起こるにせよ、またパニックを起こしちゃ君のためにならない。」「気を楽にしろよ」と彼が言った。

私は落ち着けず、身じろぎして辺りを見回した。「また起こりそうな気がするの——今にも起こりそうな。ここにいても安心できないのよ。」

「自分で自分を怖がらせているだけだよ。」

「そうじゃないわ！」私は睨もうとして彼の方を向いたが、ひどく心配そうなその表情を見てまた顔を背けた。この人は私がまた消えるのを心配しているのかしら。それとも私の正気を心配しているのかしら。私は苦々しく考えていた。彼が私の話を信じたとはまだ思えない。「おそらくあなたの言う通りでしょうね」と私は言った。「そうであって欲しいわ。おそらく私は強盗かレイプか何かの被害者に似ているのね——生き残りはしたものの二度と安心できない被害者に。」私は肩をすくめた。「私の身に起こったことはなんと呼べばよいか知らないけど、二度と安心できない気分なの。」

彼はとても優しい声を出した。「もしまた起こっても、もし本当のことなら、子供の父親は君に礼を言わなければならんことがわかるだろうし、君に危害は与えないだろうよ。」

「まさか。そんな……」

「そんなことわからないわ。何が起こるかわからないわ。」私はふらつきながら立ち上がった。「まったくもう。あなたがあやしてくれる気持ちはわかるんだけど。」私はちょっと間を置いて、彼に私の言ったことを否定する機会を与えた。でも彼は否定しなかった。「私、自分で自分をあやしているような気分になりかけているの。」

「どういうこと?」

「わからないのよ。この話全部が本当だったし、本当だったことはわかっているんだけど、どういうわけか段々遠退き始めているの。テレビで見たとかどこかで読んだとか——何か間接に知ったことみたいになりかけているの。」

「あるいは……夢みたいなものとか?」

私は彼を見下ろした。「幻影と言いたいのね。」

「そう言ってもいい。」

「違うわ! 私は自分のしていることがわかっているわ。目もちゃんと見えているわ。あんまり怖いからむりやりそれから離れようとしているのよ。でもあれは本当だったのよ。」

「それから離れることだ。」彼は立ち上がり、泥のついたタオルを私から外した。「それが一番よいことに思えるね、本当のことだったにしてもなかったにしても。離れちまえ。」

火事

私はそうしようとした。

シャワーを浴び、泥と、少し塩気のある水を洗い落とし、清潔な衣類に着替えて髪をとかした……

1

「ずっとよくなったよ。」ケヴィンは私を見て言った。

でもそうではなかった。

ルーファスとその両親はまだ、完全に退いてケヴィンの望んだような「夢」にはなってくれなかった。影のように私につきまとって脅かしていた。彼らだけの幽界をつくり、私をその中に引き留めていた。シャワーを浴びている間もまためまいの発作が起こりはしないか、倒れてタイルにぶつかり頭の骨を折りはしないか、どこだか知らぬがあの河に連れ戻されて気がついたら裸のまま見知らぬ人々に取り囲まれているということになりはしないかと恐れていた。それとも、どこか別のところへ裸でまったく無防備のまま姿を現すことになるのだろうか。

　私は大急ぎで洗った。

　それから居間の本のところへ戻ったが、ケヴィンがあらかた棚に収め終えていた。

「今日はもう荷ほどきはやめよう」と彼は言った。「何か食べに出よう。」

「出る？」

「うん。どこへ行きたい？　君の誕生日だし、どこかすてきなところがいいな。」

「ここがいいわ。」

「だって……」

「本当にここがいいの。どこにも行きたくないわ。」

「どうしてさ。」

　私は深呼吸を一つした。「明日なら」と言った。「外食は明日にしましょう。」ともかくも、明日のほうがいい。一晩眠って、もし何も起こらなければ少しは落ち着けるだろう。

「ちょっとここを離れたほうが君のためによいだろう」と彼が言った。

「いいえ。」

「ねえ君……」

「いやよ！」できればその晩はどうあっても家から出たくなかった。

ケヴィンはちょっとの間私を見つめていた――おそらく顔に私の感じている脅えが現れていたのだろう。それから電話のところへ行ってチキンとシュリンプの出前を頼んだ。

でも家にいてもだめだった。注文した食べ物が来てそれを食べているうちいくらか落ち着いてきたのだが、周りで台所の輪郭がぼやけ始めたのだ。

また明かりがかすむように思われ、むかつきの伴うめまいがした。私は椅子を引いたが、立ち上がろうとはしなかった。立ち上がろうとしても立てなかっただろう。

「デイナ？」

私は答えなかった。

「また始まったの？」

「そうらしいわ。」私は椅子からころげ落ちないようにと、身動きもせず座っていた。床がばかに遠くにあるように思えた。支えを求めてテーブルをつかもうと手を伸ばすと、手が触れる前にそれは消えてしまった。遠くの床が暗くなり、変化してゆくようだった。リノリュームのタイルは木の床になり、一部がカーペットになった。そして私の体の下で椅子が消えた。

2

めまいが治まって見ると、私は暗緑色の低めの天蓋に覆われた小さなベッドに座っていた。傍らに小さな木の台があり、古びたぼろぼろのポケットナイフといくつかのビー玉、それに一本のろうそくが金属のろうそく立てに灯して置いてあった。私の目の前には赤毛の男の子がいた。ルーファスだろうか。その子は背を向けており、まだ私に気づいていない。片手に棒切れを持っていて、その先端は焦げてくすぶっている。その子が窓の長いカーテンに火を燃え移らせたのは明らかだった。その子は、炎がどっしりした布に燃え広がるのを見ながら立ちすくんでいるのだ。

私も一瞬、見守っていた。それからはっと我にかえり、子供を押し退け、まだ燃えていない上の方をつかみ、カーテンを引きはがした。カーテンが落ちると重なる布の中で炎の勢いは落ちた。半開きの窓があらわになっている。私は急いで布を抱え上げ、窓の外へ放り出した。

子供は私を見、窓に走り寄って外を見下ろした。私も、燃える布をポーチの屋根や壁のすぐそばに落としたのでなければよいが、と思いながら外を見た。部屋には暖炉があったのだ。今頃気がついたってもう遅い。暖炉に投げ込んで燃やしてしまえば安全だったのに。

外は暗かった。私が連れ去られた時、あちらでは日が沈んでいなかったが、ここでは暗い。下の方に燃えているカーテンが見えた。その火の明かりで、布が一番近い壁からもかなり離れた地面に落ちていることがようやく見てとれるほどの闇であった。私の大慌てでしたことは害にはならなかったのだ。今度も災難を防いだことを知ってうちに帰れる。

私はうちに帰るのを待っていた。

最初の旅は子供が救われるとすぐに終わった——私が無事でいられるよう、ちょうど間に合って終わってくれた。だが今度は、待っているうちに、あんなに運よくゆきそうもないのがわかってきた。

めまいはしなかった。部屋もぼやけず、まぎれもなく実体のままであった。私はどうしてよいのかわからず、辺りを見回した。うちから引きずってきたあの恐怖が燃え上がった。今度は、自動的に帰れるのでなかったら私の身に何が起こるのだろう。ここがどこであるにしろ——ここに取り残されたらどうなるのだろう。お金も持っていないし、どうやって帰ったものか、私は途方に暮れた。

なんとか気持ちを落ち着けようとしながら私は窓の外の暗闇に目を凝らした。だが、そこに街の明かりがないので落ち着けない。明かりはただの一つもないのだ。とは言え、私は差し迫った危険に直面しているわけではなかった。それにここがどこであるにせよ、私のそばに子供がいる。子供の方が大人より進んで質問に答えてくれそうだ。

私は視線を子供に向けた。子供は怖がりもせず、好奇の眼差しを返した。この子はルーファスではない。その時になってわかった。その子は同じように赤毛できゃしゃな体つきだが、もっと背が高くて、年も明らかに三つか四つ上だ。火遊びをしてはならぬという分別があって当然の年だわ、と私は思った。この子がカーテンに火をつけたりしなければ私はうちにいられたのに。

私は子供に近寄って手から棒切れを取り上げ、暖炉の中に投げ込んだ。「あなたはこういう棒でお仕置きをしてもらった方がいいわね」と私は言った。「家を丸焼けにしないうちに。」

その言葉を口にした途端、私は後悔した。この子の助けがいるのだ。でも、そもそもこの子のおかげでこんな厄介な目に巻き込まれたのだ！

子供は驚いて、よろけながら後じさりした。「僕に触ってみろ、父さんに言いつけてやるぞ！」それが南部訛りなのは疑問の余地もなかった。私は、まさかと思う間もないうちに、自分が南部のどこかにいるのだろうかと考え始めていた。うちから二、三千マイルも離れたどこかに。

もしここが南部なら、西海岸とは数時間の時差があるから外が暗いのも道理だ。だがここがどこにしろ、この子の父親に会うのはまっぴらだ。家宅侵入罪で刑務所にぶち込まれるかも――いや、撃たれるかもしれない。それが特に心配だった。この子が他のいろいろなことを私に話せるのは確かだ。

話してもらおう。ここに取り残されることになるなら、今のうちに知れるかぎりのことを知っておかなくては。私を撃つかもしれない男の家にいるのもこの上なく危険だけれど、まったく何もわからぬまま闇の中へさまよい出て行くのはもっと危険に思えた。この子と声を低めて話そう。

「父さんのことは考えなさんな。」私は小声で言った。「父さんにあの焼けたカーテンを見られたら面倒でしょう。」

子供はしょげたようだ。肩を落として暖炉の方を向き、中をじっと見つめた。「そ
れはそうとおまえは誰だい？」と彼は尋ねた。「どうしてここにいるんだい？」

じゃあこの子も知らないのだ。この子が知っているのだと心底思ったわけではない。

でも、私がそばにいてもこの子は意外なほど落ち着いている。私がこの子の年齢だったら、自分の部屋に突然現れた見も知らぬ者に対してこんなに冷静には振る舞えないだろう。部屋に留まりさえしないだろう。この子が私のように臆病だったら、おそらく私を殺させていただろう。

「あなたの名前は？」と私は尋ねた。

「ルーファス。」

一瞬私は彼をただ見つめるだけだった。「ルーファスですって？」

「そうだよ。どうかしたのかい？」

どうしたというのか――どうなっているのか、こっちが知りたい！「いえ、なんでもないの」と私は言った。「ねえ……ルーファス、私を見て。前に私に会ったことはある？」

「ないよ。」

それは当然の、道理にかなった答えだ。私は、その子の名前やその子のあまりにも見覚えのある顔にもかかわらず、この答えを強いて受け入れようとした。けれども、私が河から引き上げたあの子が目の前の子供に成長したということは充分あり得る──三、四年が経っていれば。

「あなたが溺れかけた時のことを覚えている？」馬鹿げていると思いながら私は尋ねた。

彼は眉根を寄せてまじまじと私を見ていた。「あなたがもっと小さくて、たぶん五つぐらいの時よ。覚えている？」

「河で？」その言葉は、まるで彼自身が半信半疑であるように低くおぼつかない調子で出てきた。

「じゃあ覚えているのね。あれはあなただったんだわ。」

「溺れて……思い出した。それじゃおまえが……？」

「あなたが私をちらりとでも見たとは思えないけど。それにずいぶん前のことでしょうし……あなたにとっては。」

「ううん、おまえのことを覚えているよ。僕、おまえを見たんだ。」

私は無言であった。その子の言うことが信じられなかった。この子は、私が聞きたがっていると思ったことを言っているだけなのだろうか──だけど、この子が嘘をつかなければならない理由はない。この子が私を怖がっていないのは明らかだ。

「おまえを知っているような気がしたのはそのせいだね」と彼が言った。「思い出せなかったのは——きっとあんなふうにおまえを見たからだよ。母さんに話したら、あんなふうではおまえを本当に見たはずないと言われた。」

「あんなふうって？」

「その……目を閉じたままで。」

「目を——」私は言いかけてやめた。この子は嘘をついているのじゃない。夢を見ていたのだ。

「本当なんだよ！」彼は大声で言い張った。それからはっと気がつき、ささやき声になった。「穴に落ちたちょうどその時、あんなふうにしておまえを見たんだ。」

「穴？」

「河の中の。水の中を歩いていたら穴があったんだ。僕は転んで、そしたらもう底が見つからなくなってしまった。部屋の中にいるおまえが見えた。部屋の一部が見えて、そこいらじゅうに本があった——父さんの図書室よりたくさんあった。おまえは男みたいにズボンをはいていて——ちょうど今みたいにね。僕、おまえは男だと思ったよ。」

「ご挨拶だわね。」

「でも今度はズボンをはいた女のように見える。」

私は溜め息をついた。「もういいわ、そのことはほっといて。あなたを河から引き上げたのが私だとわかったのなら……」

「おまえだったの？　その人はおまえに違いないと思っていたよ。」

私は頭が混乱して言葉を切った。「あなた、思い出したんじゃなかったの。」

「思い出したのはおまえを見たということだよ。なんだか、ちょっと溺れるのをやめておまえを見て、それからまた溺れ始めたような感じだ。その後で母さんが来て、それから父さんが来た。」

「それから父さんの銃。」私は苦々しく言った。「あなたの父さんはもう少しで私を撃つところだったわ。」

「父さんもおまえを男だと思ったんだ――それに母さんと僕を襲おうとしていると思ったんだ。母さんの話では、おまえを撃っちゃいけないと父さんに言っているうちにおまえがいなくなったんだって。」

「その通りよ。」私はおそらくあの女の目の前で消えたのだ。あの女はそのことをどう考えたのだろうか。

「おまえはどこに行ったのかって母さんに聞いたんだよ」とルーファスが言った。「そしたら母さんは怒って、知らないと言うんだ。後でもう一度聞いたら、僕をたたいた。いつもなら母さんは絶対僕をたたかないのに。」

私は、ルーファスが母親にしたのと同じ質問を私にするだろうと予期して待っていたが、彼はそれ以上しゃべらなかった。ただ、目だけで問いかけていた。私はどう答えたらよいかと思いめぐらしていた。

「私がどこへ行ったと思う？　ルーフ。」

彼は吐息を漏らし、がっかりしたように言った。「おまえも話してくれないんだね。」

「いいえ、話すわ——できるだけ。でもまずあなたが答えるのよ。わたしがどこへ行ったと思うか話してみて。」

彼は、答えるかどうかをまず決心しなければならないような様子だった。「部屋へ戻ったと思う。」彼はようやく言った。「本のあるあの部屋へ。」

「それは当てずっぽうなの、それともまた私を見たからなの？」

「見てないよ。僕、当たった？　おまえはそこへ戻ったの？」

「ええ。うちへ帰って、あなたのご両親に負けず劣らず自分の夫を怖がらせてしまったわ。」

「でもどうやってそこへ行けたの？　ここへはどうやって来たの？」

「こうやって。」私は指をぱちんとはじいてみせた。

「そんなの答えにならないや。」

「これしか答えがないの。私はうちにいたの。すると突然ここに来てあなたを助けている。どうしてそんなことが起こるのか——どうしてそんなふうに自分が移動するのか――いつそれが起こるかもわからないの。自分の力ではどうにもできないの。」

「誰ならできるの？」

「わからないわ。誰にもできないんじゃないかしら。」私はこの子に、自分がその力を握っているなどという考えを持って欲しくなかった。ことに、もし本当にこの子にその力があるとしたらなおさらだ。

「でも……どんな具合なの？」母さんが僕に話したがらないのは、何を見たからなの？」

「たぶん、夫が見たのと同じものよ。夫の話では、私があなたのところへ来た時、私の姿が消えたんだそうよ。ただ掻き消えてしまったの。それからその後でまた現れたのよ。」

ルーファスは考え込んでいた。「掻き消えた？　煙みたいにかい？」その表情に恐怖が浮かんだ。「幽霊みたいに？」

「たぶん煙のようにでしょうね。私が幽霊だなんて考えないで。幽霊なんて存在しないのよ。」

「父さんもそう言うよ。」

「父さんの言う通りよ。」

「でも母さんは一度見たと言うんだ。」

それに対しては私は強いて意見を差し控えた。なんと言ってもこの子の母親なのだし……それに彼女の言う幽霊とはおそらく私のことなのだ。私の消えたことに何かの理由をつけずにはいられなかったのだろう。彼女より現実的なその夫の方はどういう理由づけをしたのだろうか。でもそんなことはどうでもよい。今、私の気がかりなのはこの子を落ち着かせておくことだった。

「あなたには助けがいった」と私は言って聞かせた。「私が助けに来た。二度も。だったら怖がることはないんじゃない？」

「そうだね。」彼はつくづくと私を見ていた。やがて近寄ってきておずおずと煤で汚れた手を伸ばし、私を触った。

「ほらね」と私。「あなたと同じように身があるでしょ。」

彼はうなずいた。「そうだと思っていたんだ。おまえはいろんなことをやったし……そうでなきゃおかしいや。それに母さんもおまえに触ったと言ってるし。」

「触りましたとも。」私は彼女が死に物狂いで殴ってあざをつけた肩を撫でた。一瞬、打ち傷の痛みで私は狼狽し、それから思い出した――私にとっては彼女に殴られたのはほんの一時間前なのだ。だが子供の方は数歳成長している。つまりこれは――どういうわけか、私の旅は距離と同じく時間も越えたということだ。もう一つ言えることは、この子が私の旅の核心――おそらくは原因なのだ。この子は私が彼に引き寄せられる前にうちの居間にいる私を見ている。そんな話をでっち上げられるはずはない。でも私の方は何も見ていないし、むかつきと混乱以外には何も感じなかった。

「母さんは、水の中から僕を引き上げた後でおまえのしたことは、列王伝の第二部のようだって言った。」

「なんのようですって？」

「エリシャが死んだ男の子の口に息を吹き込むとその子が生き返ったんだよ。母さんはおまえが僕にそれをやっているのを見てやめさせようとしたんだって。だっておまえは会ったこともないただのどこかの黒ん坊(ニガー)だったから。でもその時、列王伝二部を思い出したんだって。」

私はベッドに座り、その子を観察した。だが彼の目からは好奇心と記憶を甦らせた興奮しか読み取れなかった。「母さんが私のことをなんと言ったんですって？」私は尋ねた。

「ただの見ず知らずの黒ん坊だって。母さんも父さんもおまえをそれまでに見たことがないということはわかったんだ。」

「息子の命を救ってもらった直後によくもそんな言い方ができたものね。」

ルーファスは眉根を寄せた。「どうして？」

私は彼をまじまじと見つめた。

「何がいけないの？」と彼が尋ねた。「何故怒っているの？」

「母さんは黒人のことをいつも黒ん坊(ニガー)と呼ぶの、ルーフ？」

「そうだよ、よその人がそばにいる時は別だけど。どうしてさ？」

無邪気に問いかけてくるその態度に私は狼狽した。この子は自分の言っていることが本当にわかっていないのか、さもなければハリウッドで待機中の役者志願か。どちらにせよ、私に対してそんな言葉を使わせるつもりはない。

「ルーフ、私は黒人よ。私を名前以外で呼ぶのなら、黒人と言いなさい。」

「だけど……」

「ねえ、私はあなたを助けてあげたのよ。火を消してあげたでしょ？」

「うん。」

「それなら私が呼んでもらいたい通りに呼ぶのが礼儀というものですよ。」

彼はただ私を睨むだけだった。

「さあ、教えてちょうだい。」私は調子を和らげて言った。「カーテンが燃え始めた時、また私が見えた？　つまり、溺れかけた時見えたような具合に私を見た？」

彼は頭の回転にちょっと手間取った。それから「火しか見ていないよ」と言った。

彼は暖炉の近くにある、背がはしご状になった古い椅子に座って私を見つめた。「僕はおまえがここへ来るまでおまえを見てない。でもとっても怖かった……溺れかけた時と同じように……それ以外にあんな気持ちになったことはないよ。家が丸焼けになるんじゃないか、そしたら僕のせいだって思った。僕は死ぬのかと思った。」

私はうなずいた。「その前に逃げ出せただろうから、死にはしなかったでしょう。でももしご両親がここに眠っていたとすれば、目を覚ます前に火が二人に燃え移ったかもしれないわね。」

子供は暖炉の中をじっと見ていた。「前に一度、馬舎を焼いてしまったんだ」と彼は言った。「僕は父さんからネロをもらいたかった——僕の好きだった馬のことだよ。でも父さんはウィンダム牧師に売ってしまった。お金をたくさん出すと言われただけで。父さんはもう充分たくさんのお金を持っているくせに。とにかく、僕は腹が立って、馬舎を焼き払ってやった。」

私は驚嘆してかぶりを振った。この子はすでに私以上に復讐ということを知っている。どんな大人に育つのだろう。「この火付けは何故だったの？」と私は尋ねた。「何か別のことで父さんに仕返しがしたかったわけ？」

「僕をたたいたからだ。ほらね？」彼は背を向け、シャツをめくり上げて、十字に交差した赤く長いみみずばれを見せた。少なくともその他にもう一度、もっとひどく打たれたらしい醜い古い傷跡も見えた。

「まあ、一体どうして……！」

「父さんは僕が父さんの机からお金を取ったと言った。僕は取ってないと言った。」ルーファスは肩をすくめた。「父さんを嘘つきと呼ぶのか、と言って僕をたたいた。」

「何回も、ね。」

「僕はたった一ドル取っただけなのに。」彼はシャツを下ろして私の方を向いた。

私はこれにはなんと言ってよいのかわからなかった。この子は大人になったら——

大人になれればの話だけれど――刑務所に入らずにすめば幸運と思わなければ。その子はしゃべり続けた。

「僕は家を焼いてしまえば父さんはお金を全部なくすことになるだろうと考え始めたんだ。なくしちまえばいいんだ。父さんの考えていることったらお金のことばっかり。」ルーファスは身震いをした。「でもその後で馬舎のことと、火をつけた後、父さんが鞭でたたいたことを思い出したんだ。母さんは、もし自分が止めなかったら父さんは僕を殺していただろうと言っていたよ。今度こそ殺されてしまうと思って、火を消したくなったんだ。でもできなかった。どうしてよいかわからなかったんだ。」

それで私を呼び出したわけか、自分の力で処理できない難儀に陥ると私を引き寄せるのだというわけだ。今や、私は確信を持って言えた。この子はどうやってかということは私にはわからない。明らかにこの子自身、自分がそうしていることすら知らない。もしこの子が知っていたら、そしてもし自分の意志で私を呼ぶことができるのだったら、ルーファスのせっかんの最中に私が父と息子の間に立つことになっていたかもしれないのだ。そんなことになれば何が起こったことやら想像もつかない。ルーファスの父親とは一度出会っただけで、もううんざりだった。子供の方だってそんなに出会いたい人物というわけじゃないが。それにしても、「父さんはあなたに鞭を振るったと言ったわね、ルーフ?」

「うん。黒ん坊や馬をたたく時の鞭だよ。」

それを聞いて、私は一瞬言葉を止めた。「誰を……たたく鞭ですって？」

彼は警戒するように私を見た。「おまえのことを言ったんじゃないよ。」

私はこれを無視した。「ともかく黒人と言って。でも……あなたの父さんは黒人を鞭で打つの？」

「必要な時はね。でも母さんは、僕が何をしたにしてもあんなふうにたたくなんて、残酷だしみっともないことだって。あの後、母さんは僕をボルチモア・シティのメイ伯母さんのうちへ連れて行った。ところが父さんが来て僕は連れ戻されちゃった。しばらくしてから、母さんも帰ってきた。」

ちょっとの間、鞭のことも「黒ん坊」のことも私の念頭を離れた。ボルチモア・シティですって？　メリーランド州ボルチモアのことだろうか。「ここはボルチモアから遠いの、ルーフ？」

「入り江を一つ隔てているよ。」

「でも……メリーランド州の中なのね、ここは。」メリーランドには私の親戚がいる――必要な時は、そして連絡がつけば、私を助けてくれるだろう。だが、私の知っている誰かに連絡がつけられるのだろうか。私はいぶかり始めていた。一つの新しい恐怖がゆっくり形を取り始めていた。

「もちろんメリーランド州だよ」とルーファスが言った。「そんなことも知らないのかい。」

「日付は?」

「知らない。」

「年は! 年を教えて!」

彼は部屋の端の戸口をちらっと見、それからすばやく私に視線を戻した。私の無知と、突然の激しい口調で、この子を不安にさせてしまったのがわかった。私は努めて穏やかに話した。「ねえ、ルーフ、今が何年か知っているでしょう?」

「あの……一八一五年。」

「何年ですって?」

「一八一五年。」

私は静かに座り、深く息を吸い、自分を落ち着かせ、その言葉を信じた。信じたのだ。もっと驚いても当然なのにそれほど驚いてすらいなかった。私は、時間を越えてきたという事実をすでに受け入れていたのだ。今わかったのは、思ったよりうちから遠いところに来ているということだ。それにルーファスの父親が馬と同じように「黒ん坊」にも鞭を使う理由もわかった。

私が目を上げて見ると、子供は椅子から立って私に近寄ってきていた。

「どうしたんだい」と彼は詰問するように言った。「気分が悪いのか。」

「なんでもないの、ルーフ。大丈夫よ。」本当は気分が悪かった。これからどうしよう。どうしてうちに帰れないのだろう。ここは、長く留まらなければならないなら、私にとって恐ろしい場所になるかもしれない。「これはプランテーションなの？」と私は尋ねた。

「ウェイリン・プランテーションだよ。父さんはトム・ウェイリンだ。」

「ウェイリン……」その名前が、何年も考えたこともないある記憶を呼び覚ました。

「ルーファス、あなたの苗字の綴りはW－e－y－l－i－nでよいの？」

「うん、そうだと思う。」

私はいらいらして顔をしかめた。この年齢になっていたら自分の苗字の綴りくらいしっかり覚えているはずだ。このようにちょっと変わった綴りの名前にしても。

「それで合っているよ」と彼が急いで言った。

「それから……この辺りのどこかに、黒人の女の子、たぶん奴隷でしょうけど、アリスという名の女の子が住んでいない？」私はその少女の苗字ははっきり覚えていなかった。記憶は断片的に戻りつつあった。

「いるとも。アリスは僕の友だちだ。」

「そうなの？」私は手を見つめながら考えた。一つあり得ないことに慣れるたびに、また次のあり得ないことにぶつかる。

「それに、奴隷じゃない」とルーファスが言った。「アリスは、あの子の母さんと同じで、生まれた時から自由なんだ。」

「まあ、そう。それではひょっとしたら……」私の思いが先に走っていろいろなこと照らし合わせて行くにつれ、声が小さくなった。州も合っている。時も、変わった名前も、アリスという少女も……

「ひょっとしたら、なんだって?」とルーファスが促した。

そう、ひょっとしたらなんだというのか。ひょっとしたら、もし私が完全に気がふれてしまったのでないなら、もし私が前代未聞の完璧な幻覚のさなかにいるのでなかったら、もし目の前の子供が本物で真実を語っているのなら、この子はたぶん私の先祖の一人なのだ。

たぶん、彼は数代前の私の高祖父なのだが、その名は今でも家族の記憶の中に漠然と残っている。それは、彼の娘がごてごてと装飾を彫った木箱入りの大きな聖書を買い、その中に家族の記録をつけ始めたからだ。私の伯父がそれをまだ持っている。ヘイガー。一八三一年生まれのヘイガー・ウェイリン。その名前がリストの最初にある。そして彼女はルーファス・ウェイリンとアリス・グリーンなんとか・ウェイリンを自分の両親の名前として記録していた。

「ルーファス、アリスの苗字は何?」

「グリーンウッド。なんの話をしていたの? ひょっとしたら、なんだって?」

「なんでもないの。私……ただ、その子の家族の誰かを知っているかもしれないと思ったの。」

「ほんと?」

「わからない。その人に会ったのはずいぶん昔のことだし。」みえすいた嘘だ。でも真実よりましだった。幼いとはいえ、真実を言ったらこの子は私の正気を疑うだろうと思えた。

アリス・グリーンウッド。彼女がどうしてこの少年と結婚することになるのだろう。そもそもそれは結婚だったのだろうか。何故私の家族の誰も、ルーファス・ウェイリンが白人だということを口にしたことがないのだろう。もし知っているなら。おそらく知らないのだ。ヘイガー・ウェイリン・ブレイクは一八八〇年に亡くなった。家族の中で私の知っている誰も生まれていない、ずっと昔のことだ。明らかに、ヘイガーの人生に関するほとんどの情報は彼女とともに死に絶えてしまったのだ。少なくとも、私のところまで伝わる前に消えてしまったのだ。あの聖書が残っているだけだ。

ヘイガーは丹念な筆跡でその数頁を埋めていた。自分とオリヴァー・ブレイクとの結婚の記録、七人の子供のリスト、彼らの結婚、幾人かの孫……やがて誰か他の者が受け継いでリストを続けた。そこに記されたおびただしい数の親戚を私はまったく知らないし、これからも知ることがないであろう。

いや、知ることになるのだろうか？

私は、ヘイガーの父となるはずの少年を見た。私の親戚の誰かを思い出させるようなところは何一つない。少年を見ると混乱する。でも、彼はその人物のはずだ。彼と私が持っているらしい絆には何かの理由があるはずなのだから。私が彼に二度も引き寄せられたことを、血縁で説明がつくと本当に思ったわけではない。そんなことでは説明がつかない。だけど、他に説明のつくものもない。私たちの絆は何か新しいもの、それに対する名称すらないものなのだ。私たちの中に何か適合する不可思議なものがあって、それは血のつながりから生じるのかもしれないし、そうではないのかもしれない。それでも、今、私には彼を救うことができたのを喜ぶ特別な理由がある。結局……結局、もし私が彼を救わなかったら、私や私の母方の家族はどうなっていたのだろうか。

それが私のここに来た理由なのか。ただ一人の事故を起こしやすい小さな男の子の生命を守るためだけでなく、私の家族の存続、私自身の生誕を確かなものにするために？

それでは、この子が溺れてしまったならどうなっていたのだろう。私が来なかったらこの子は溺れてしまったのだろうか。あるいは母親がどうにか救ってやれたのだろうか。父親が救助に間に合うように到着していたのだろうか。どちらかがなんとかして救ったに違いない。まだ孕まれてもいない子孫の行為に彼の命がかかるなんてあり得ない。私のすることとは関係なく、彼は生き続けてヘイガーの父親になるに違いない。そうでなければ私が存在するはずがない。それが道理というものだ。

ところがどうしたわけか、その道理は私にとってなんの慰めにもならなかった。今後難儀に合っている彼を見ても無視し、道理を試してやろうという気にはなれなかった。どんな子であれ、難儀しているのに知らん顔をすることは私にはできない。だが、この子は特別注意のいる子だ。私が生まれることになっているなら、他の人々が生まれることになっているなら、この子に生きてもらわねばならない。私は逆説を敢えて試す気はなかった。

「ねえ」と言いながら彼は私をのぞきこんだ。「おまえはちょっとアリスの母さんに似ているよ。ドレスを着て髪を布でくるめば、ずっと似て見えるだろうね。」彼は親しげに私と並んでベッドに座った。

「それじゃどうしてあなたの母さんは私をその人と見間違えなかったのかしら」と私は言った。

「そんな身なりだもの！　母さんは最初、おまえを男だと思ったんだよ、僕だって――それに父さんだって。」

「ああ、そうだったわね。」その勘違いも今は少々理解しやすい。

「おまえは本当にアリスの親戚ではないの？」

「私の知るかぎりでは違うわ。」私は嘘をついた。それから唐突に話題を変えた。「ルーフ、ここには奴隷がいるの？」

彼はうなずいた。「父さんの話では三十八人。」彼は裸足の足を引き上げ、ベッドの上にあぐらをかいて座り、私と向き合った。興味もあらわにまだ私を観察している。

「おまえは奴隷じゃないね？」

「違うわ。」

「違うと思ったよ。話し方も身なりも態度も奴隷らしくない。逃亡奴隷のようにさえ見えない。」

「違うもの。」

「それにおまえは僕を呼ぶのに『さま』もつけないね。」

私は思わず笑い出した。「さま?」

「そうするものなんだよ。」彼はごくまじめだ。「おまえだって自分を黒人と呼んでくれって僕に言った。」

彼の真剣さに気圧されて私の笑いは止まった。ともかく、何がおかしいというのか。この子の言っていることはおそらく本当なのだ。確かに、敬称をつけるものなのだろう。でも、「さま」ですって?

「そう言わなければいけないんだよ」と彼は言い張った。「さもなければ『坊っちゃま』とか……さもなければアリスが言うように『さん』でもいい。そうするものなんだよ。」

「いやよ。」私はかぶりを振った。「事態が今よりずっと悪くでもならないかぎり。」

子供は私の腕をつかんだ。「いけないよ!」と彼はささやいた。「そうしないと厄介なことになるよ。もし父さんに聞こえたりすると。」

それでなくても私の言っていることがちょっとでも「父さん」に聞こえれば、厄介なことになるだろう。だが、少年は明らかに私のためを思って心配し、脅えてさえいた。彼の父親は恐怖を掻き立てる人物らしい。「わかったわ」と私は言った。「もし誰か他の人が来たら、あなたを『ルーファスさん』と呼ぶことにする。それでいい?」

もし誰か他の人が来たら、生き残れれば幸運というものだ。

「いいよ」とルーファス。ほっとした様子だ。「僕の背中には父さんが鞭でたたいた時の傷がまだあるんだ。」

「見たわ。」もうこの家から出て行かなければ。もうたっぷり話し、学び、うちへ帰れるようにと願いもした。ルーファスを守るためにどんな力が私を利用したにしろ、その力が私自身の守護を考慮していないのは明らかだった。私は夜が明ける前にこの家を出て安全な場所へ行かなければならない――私にとって安全な場所がここにあればの話だが。アリスの両親はどうやって切り抜け、どうやって生き延びているのかしら。

「ちょっと!」ルーファスが突然声を上げた。

私はぎくりとした。彼を見ると、何か言っていたのに――私が聞き落としたのがわかった。

「おまえの名前を尋ねたんだよ」と彼は言った。「まだ教えてくれてない。」

そんなことだったのか。「エダナよ」と私は答えた。「たいていの人はデイナと呼ぶわ。」

「まさか！」と彼が小声で言った。彼は、私を幽霊なのかと思って見たあの目つきでこっちを見ていた。

「どうかしたの？」

「大したことじゃないと思うけど……あのね、今度おまえがここへ来る前に河で見たようにおまえの姿を見たかって尋ねただろ。見てはいないが、声は聞いたと思うんだ。」

「どんなふうに？　いつ？」

「どんなふうにかはわからない。おまえはここにいなかった。でも火が広がり始めて僕がすごく怖くなった時、声がしたんだ、男の人の。その人は『デイナ？』と言って、それから『また始まったの？』と言った。すると誰か他の人が――おまえが――低い声で言ったんだ、『そうらしいわ』って。おまえの声を聞いたんだよ！」

私は疲れて溜め息をついた。自分のベッドが恋しく、答えの出ない疑問に終止符を打ちたかった。どうしてルーファスに、時間と空間を越えてケヴィンと私の声が聞こえたのだろう。わからない。気にかける暇すらない。他にもっと差し迫った問題がある。

「あの男の人は誰？」とルーファスが尋ねた。

「私の夫よ。」私は手で顔をこすった。「ルーフ、あなたの父さんが目を覚ます前にここから出て行かなければならないわ。誰も起こさないように階下へ案内してくれる？」

「どこへ行くつもり?」

「わからないわ、でもここにはいられない。」私はちょっと言葉を切って考えた。この子はどれほど私を助けることができるのか——どれほど助けるつもりがあるのか。「私はうちからずいぶん離れたところに来ているし」と私は言った。「いつそこへ帰れるかわからないのよ。どこか私の行けるところを知らない?」

ルーファスは組んでいた脚をほどいて頭を掻いた。「家の外へ行って朝まで隠れていたらどう? それから出てきて父さんにここで働きたいと頼むんだ。父さんは時々自由の身分の黒ん坊を雇うよ。」

「そう? もしあなたが自由の身で黒人だったら、父さんのところで働きたいと思うかしら?」

彼は私から目をそらし、かぶりを振った。「思わないだろうね。父さんは時々とても意地が悪くなるから。」

「他にどこか行けるところは?」

彼はまた少し考えた。「町へ行って仕事を見つけたら?」

「町の名前は?」

「イーストン。」

「遠いの?」

「そんなに遠くないよ。父さんが通行証をやると黒ん坊たちは時々そこへ歩いて行く。

さもなければ……」

「何？」

「アリスの母さんがもっと近くに住んでいる。あの人のところに行けば、仕事を見つけるにはどこへ行けば一番よいか、教えてくれるだろう。たぶんあの人のところに泊まることもできるよ。そうすればおまえがうちへ帰る前に僕ももう一度会える。」

彼が私にもう一度会う気でいることに私は驚いた。私は自分が子供であった時以来、子供たちとの接触はあまりなかった。だが、どういうわけか、私はこの子を好いているのに気づいた。環境がこの子に好ましくない痕跡を残していた。でも、南北戦争前の南部であることを考えれば、私はもっとひどい誰かの意のままにされていたかもしれない――もっとひどい誰かの子孫であったかもしれないのだ。

「どこへ行けばアリスのお母さんに会えるの？」と私は尋ねた。

「森の中に住んでいる。外へ出よう、道を教えてあげる。」

彼はろうそくを持って部屋の戸口へ行った。彼が動くにつれ、部屋の物影が無気味に動いた。突然、私は悟った――この子にとって私を裏切るのはいとも簡単なのだ。ドアを開け、逃げ出すなり大声で騒ぐなり。

そうはせず、彼はわずかに戸口に隙間を作ってのぞいた。それから振り向いて私に合図をした。興奮し、喜び、少し脅えて用心している様子だ。私はほっとして、すばやくその後を追った。この子は楽しんでいる――冒険なのだ。しかもついでに言うなら、また火遊びをしているのだ。侵入者を見とがめられずに父の家から逃してやっている。もしあの父親が知ったら、おそらく私たち二人とも鞭を受けるだろう。

階下に下りると、大きな重いドアが音もなく開き、私たちは外の暗闇へ足を踏み出した――ほとんど暗闇というべきか。半月と数百万の星が、うちでは見たこともないほどに夜空を照らしていた。ルーファスはすぐに友だちの家への道順を教え始めたが、私は止めた。まずしなければならないことが他にある。

「カーテンはどこに落ちたのかしら、ルーフ。カーテンのところへ連れて行って。」

彼は言われた通りにした。家の角を回って側面の方へ私を連れて行った。そこに、カーテンの残骸が地面の上でくすぶっていた。

「もしこれを取り除いておけば」と私は言った。「父さんに言わずに新しいカーテンをつけてくれるよう、母さんに頼める？」

「頼めると思う」と彼は言った。「どっちみち二人はほとんど話なんかしないよ。」

燃え残りの布の大部分は冷たくなっていた。私はまだ縁が赤くて再燃しそうなわずかな部分を足で踏み消した。それから焼けていないかなり大きな布片を見つけた。それを平らに広げて、小さな布切れや灰、それらと一緒にすくい上げたごみなどをのせた。ルーファスは黙って手伝った。終えると私は布を巻いてきっちりと包み、彼に渡した。

「暖炉にくべなさい」と私は命じた。「眠る前に全部燃えるように見張るのよ。でも、ルーフ……他のものは何も燃やしたりしないで。」

彼はきまり悪そうに目を伏せた。「しないよ。」

「よろしい。父さんを困らすならもっと安全な方法があるに違いないわ。さあ、アリスの家はどっち？」

3

彼は方向を指し示して去り、静かな冷え冷えとした闇の中に私一人が残った。私は脅えと孤独を嚙みしめながらしばらくの間、その家の傍らに立っていた。あの子の存在がこんなに慰めになっていたとは思いもかけなかった。とうとう私は家と畑を隔てている広い草地を歩き出した。周囲に散在する木々や影のような建物が見えた。家がほとんど視界から消える辺りまで来ると、片側の端に小さな建物が並んでいた。奴隷小屋だ、と私は思った。小屋の一つの辺りに人影が動くのを見たような気がした。私は一瞬、枝を広げた巨木の後ろで身を凍らせた。人影は二つの小屋の間でひっそりと消えた——たぶん、私と同じく夜陰の中で見つかるのを懸命に避けている奴隷であろう。

私は、薄明かりの中でそれがなんの作物なのか見ようともしなかったが、腰の丈ほどに茂った作物の畑の縁に沿って歩いた。ルーファスは自分が使う近道を教えてくれ、遠まわりになるが街道もあると言った。でも私は自ら進んで街道を避けた。現代の町の通りで起こり得る暴力行為よりもここで白人の大人に出会う可能性の方が怖かった。

やっと木立が現れた。月光を浴びた畑を見てきた後ではそれは堅い壁のように黒々として見えた。私はその前に数秒立ちすくみ、結局街道を行った方がましなのではないかと考えていた。

その時、犬のほえるのが聞こえた——声から推すとそれほど遠くない。突然の恐怖にかられて私はもつれ合う草木の茂みを越え、木立に飛び込んだ。とげやツタウルシや蛇のことが頭に浮かんだ……浮かんだけれども私は止まらなかった。半ば野生化した犬の群の方がもっと悪い。あるいはきっと、しつけられて逃亡奴隷を追うことに慣れた猟犬の群だ。

森の中は思ったほど真っ暗ではなかった。目がほの暗さに慣れると、ものが見えてきた。丈の高い、影のような木々が見えた。どこもかしこも木ばかり。歩くにつれ、方角が合っているのか確信が持てなくなった。もうたくさんだ。私は向きを変えて——まだ「向き」がわかっていることを願いながら——畑の方へ引き返した。私は結局都会育ちの女なのだ。

私はちゃんと畑に戻れた。それから、ルーファスが街道があると言っていた左手の方へ向かった。街道は見つかり、私はそこを歩き始めたが、犬の声を聞き漏らすまいと耳をそばだてていた。だが今のところ、静寂を破るのはわずかばかりの夜鳥と昆虫

——こおろぎとかふくろう、あるいは私が名を知らぬ鳥——だけだった。私は街道の縁沿いに歩き、不安を抑えようと努め、うちに帰れますようにと祈っていた。

　何かが街道を横切って走り抜けた。私の足をかすめるほどの近さで。私は凍りつき、恐怖のあまり叫ぶこともできなかった。やがてそれはただ、私が驚かせてしまった小さな動物——おそらく狐か兎だということがわかった。めまいがして少し体がふらついた。私はくずおれてひざをつき、めまいが激しくなるのを、例の移動が起こるのを必死に願った……

　私は目を閉じていた。目を開けてみると、土の道も木々もまだそこにあった。私はうんざりして立ち上がり、また歩き始めた。

　しばらく歩き続けているうちに、私は自分が気づかぬまま小屋を通り過ぎてしまったのではないかと心配になってきた。その上、何か物音が聞こえ始めた。今度は夜鳥や動物の声ではない。最初はなんの音かわからなかった。でも、なんにせよ、こっちに近づいてくるようだ。それが街道をゆっくり私の方へ進んでくる馬の足音だと気がつくまでに、馬鹿げたほど長い時間がかかった。

　間一髪で私は藪に飛び込んだ。

　私は耳をすませ、少し震えながら、体を伏せてじっとしていた。馬に乗って近づいてくる人々は私を見ただろうか。もう、黒い人影がゆっくり動いて来るのが見える。ウェイリン家の方角に向かっているからいずれ私のいるところを通り過ぎるだろう。

もし見つかったら、捕らわれて連行されるかもしれない。ここでは、黒人は自由の身であることを証明できなければ――身分証明書を持っていなければ、奴隷と見なされるのだ。証明書のない黒人は、白人にはいいカモなのだ。

案の定、馬に乗っているのは白人たちだった。近づいてきた時、月明かりでそれがわかった。彼らは私からほんの数フィート離れたところで向きを変え、森の中へ入って行った。私は微動だにせず、彼らが皆通り過ぎるのを見守りながら待った。真夜中だというのに悠長な乗馬に出かけて来た八人の白人。森の中のグリーンウッドの小屋があるはずの辺りに入ってゆく八人の白人。

一瞬迷ったけれども、私は起き上がって彼らの後をつけた。注意深く木陰から木陰へ移動しながら。彼らが怖かったが、人間のいることがうれしくもあった。この連中は私にとって危険な人間かもしれないのに、どういうものか、奇妙な物音を立て、未知のものを住まわせ、陰に包まれた暗い森ほど恐ろしいとは思えなかった。

予想した通り、男たちは、森の中のそこだけ伐り開かれて月明かりに照らされた一角に建つ小さな丸太小屋へやって来た。ルーファスは街道を通ってグリーンウッドの小屋へ行けることは教えてくれたが、小屋が街道から見えない引っ込んだところにあることは言わなかった。違うかもしれない。たぶん、これは誰か別の人の小屋だ。私は半ばそう願っていた。小屋の中にいる人たちが黒人なら、その人たちが酷い目に合いそうなのはほぼ確実だったからだ。

男たちのうち、四人が馬から下り、戸口へ行って打ったり蹴ったりした。誰も答えないと見てとると、そのうちの二人がドアを壊しにかかった。ドアは重そうで——壊れるよりもむしろ男たちの肩を壊しそうに見えた。だが掛け金は重いものでなかったらしい。木の裂ける音がし、ドアが内側に揺らいだ。同時に四人の男がなだれ込み、あっという間に三人の人間がまるで投げ出されるように小屋から押し出されてきた。その中の二人——男と女——は、小屋の外で馬を下りて待ち構えていたらしい男たちに捕らえられた。残る一人は小さな女の子で、何か薄い色の裾の長い服を着ていた。その子は地面に転び、這って逃げたが、男たちは気にとめなかった。その子は、伐り開いた土地の端近くの藪に身を伏せている私の数ヤード先の辺りまで逃げてきた。

「通行証を持っておらん」と男たちの一人が言った。「こいつは逃げ出したんだ。」

「違います、旦那さま」と小屋から引き出された一人が懇願するように言った。——明らかに黒人の男が白人たちに向かって話しているのだ。「通行証は持っておりました。持っておりましたが……」

白人の一人がその黒人の顔を殴った。他の二人が黒人の体を押さえ、二人の間でその体ががくりとたわんだ。話が続いた。

「通行証を持っていたというんだな。どこにある？」

「わからんのです。ここへ来る途中で落としたに違いありません。」

白人たちはその男を追い立てて私のすぐ近くの木のそばへやって来た。私は恐怖に身を硬直させ、地面にぴたりと腹這いになった。ほんのちょっと運が悪ければ、白人の誰かが私に気づくかもしれない。あるいは、暗闇で私に気づかずに踏んづけるかもしれない。

その男はむりやり木を抱かされた。手は離さぬよう縛りつけられた。男はベッドから引きずり出されたらしく、裸であった。私は後方で小屋の傍らにまだ立っていた女を見た。女はどうにかこうにか何かに身を包んでいる。たぶん、毛布だろう。そう気がついた時、白人の一人がそれを女から引き剝がした。女は何か言ったが、ごく低い声だったので、私の耳に入ったのはただ抗議の語気だけだった。

「黙れ！」毛布を引ったくった男が言った。男は毛布を地面に放り投げた。「一体自分を何さまだと思っているんだ？」

もう一人の男がこの騒ぎに加わった。「おまえは俺たちが見たことのないものを持っているとでもいうのか？」

耳ざわりな笑い声が上がった。

「もっとたくさんもっとよく見てきたぜ。」

淫らな笑いが広がった。

すでに黒人の男は木にしっかりくくりつけられていた。一人の白人が自分の馬の所へ行き、何かを取ってきた。鞭だ。彼は一度空中にピシッと振った。面白半分なのは明らかだ。それから黒人の男の背中へ振り下ろした。男の体は激しく揺れ動いたが、彼の立てた音はあえぎだけであった。男はさらに数回の鞭打ちを受けたが叫び声を立てなかった。でも私には彼の激しくせわしい息遣いが聞こえた。

男の背後では、母親の足にしがみついて子供が泣き叫んでいたが、その女も夫と同じく声を上げげなかった。彼女は子供をしっかりつかみ寄せ、じっと立って頭を垂れ、鞭打ちを見るのを拒んでいた。

やがて男の決意が崩れた。彼はうめき始めた――低い、はらわたをえぐるような音が彼の意志に反して絞り出されてきた。ついに彼は叫び始めた。

私は文字通り男の汗の臭いを嗅ぎ、乱れた息遣いの一つ一つ、叫びの一つ一つ、鞭の当たる音の一つ一つが聞こえた。鞭が当たるたびに体が激しく動き、悶え、強張るのが見えた。叫び声はいつまでも続いた。私の胃袋がうねった。私はその場から動かぬよう、物音を立てぬよう必死で自分を抑制しなければならなかった。もうやめてくれ！

「どうか、旦那さま」と男が懇願した。「後生ですから旦那さま、どうか……」

私は目を閉じ、吐き気を抑えるために筋肉を硬直させた。

テレビや映画で、人が鞭打たれるのは見たことがある。いやに赤い血の代用品が背中に流れるのも見たし、充分稽古した叫び声も聞いたことがある。でもすぐ近くに身を伏せて、汗の臭いを嗅いだり、家族や仲間の前で恥じ入りながら懇願を繰り返すのを聞いたりしたことはなかった。おそらく、あそこで泣き叫んでいる子供よりも私の方がこの現実に対して備えができていないくらいだ。実際、その子と私の反応はとてもよく似ていた。私の顔も涙に濡れている。それに私の心は、鞭打ちに注意を向けまいとして次々にいろんな思いに走った。ある時点で、この臆病さのおかげで役に立つことまで思い出した。南北戦争前の南部で、夜中に馬に乗ってやって来て、ドアを押し破って入り、殴ったり、その他の方法で黒人を苦しめる白人たちの名前。パトロール。表面上は奴隷たちの秩序維持に努めた白人の若者たちの集団。パトロール。クー・クラックス・クランの先駆者たちだ。

男の叫び声が止まった。

しばらくして目を上げると、パトローラーたちが彼をほどいているのが見えた。縄がはずされても彼は木にもたれたままであった。やがてパトローラーの一人が彼を木から引き離し、両手を体の前で縛った。それから縄の端を握ったままそのパトローラーは馬に乗り、後ろに捕虜を半ば引きずるようにして行ってしまった。他のパトローラーたちも馬に乗って後に従った。一人だけは残って低い声で何か女と話し合っていた。話は男の望む方向に進まなかったらしい。というのは、馬に乗って仲間を追う前にその男は女の顔を殴ったのである。さっき夫の方が殴られたのとまったく同じやり方であった。女は地面にくずおれ、その男は彼女をそのままにして行ってしまった。

パトロール隊はよろめきつまずく捕虜を連れて街道の方へ斜めに引き返し、ウェイリン家の方へ向かった。もし彼らがさっき来た通りに引き返せば、私を踏み越えて行くか、私を隠れ場から駆り出したことだろう。私は運がよかったのだ――それに、こんなに近くまで寄って来ていたのは愚かなことだった。あの捕虜の黒人はトム・ウェイリンの奴隷なのだろうか。だとすれば、ルーファスがあの子、アリスと友だちだというのも合点がゆく。つまり、もしあの子がアリスならば。もしこれが私の目指していた小屋ならば。だがそうであってもなくても、あの女は意識を失って打ち捨てられたまま、助けを必要としている。私は立ち上がって彼女のところへ行った。

彼女の脇にひざまずいていた子供は飛び上がって逃げ出そうとした。

「アリス！」私は小声で呼んだ。

子供は立ち止まり、闇の中で私を透かし見た。ではやっぱりこの子はアリスなのだ。この人たちは私の親類、私の先祖なのだ。それならここが私の避難場になるだろう。

4

「私はお友だちよ、アリス」と言いながら私はひざまずき、気を失っている女の頭をもっとらくそうな位置に向かせた。アリスは疑わしげに私を見守っていたが、やがて小さな声でささやいた。

「死んじゃったの？」

私は目を上げた。その子はルーファスより幼く――黒く、細く、小さかった。子供は袖で鼻を拭き、すすり上げた。

「ううん、死んでないわ。おうちの中に水はあるの？」

「うん。」

「じゃあ取ってきて。」

子供は小屋に走って行き、二、三秒後にひょうたんで作ったひしゃくに水を入れて戻ってきた。私は母親の顔をちょっと濡らし、鼻と口の回りから血を洗い落とした。私の見たところ、女は私と同年輩で、その子と同じように、つまり私と同じようにほっそりしていた。そして私と同じように骨細で、おそらくこの時代を生き抜くために必要なだけの頑丈さは備えていなかった。でも、苦労しつつ、ともかくも彼女は生き延びている。彼女ならきっとどうすれば生き延びられるか私に教えてくれるだろう。

女は徐々に意識を回復した。初めにうめき、次いで「アリス！　アリス！」と叫んだ。

「母さん？」おずおずと子供が応える。

女の目が大きく開き、私を凝視する。「あんたは誰？」

「お友だちです。手を貸していただこうと思ってここに来たんだけど、今は私の方が手をお貸ししましょう。立ち上がれるようになったら、うちの中へお連れしますわ。」

「あんたは誰かって聞いたのよ！」女は声を荒げた。

「私の名前はデイナ。自由黒人です。」

私は両ひざをついて女の傍らにいたので、彼女が私のブラウスやズボンや靴を見つめるのがわかった——引っ越し作業のため、たまたま履いていたのはゴム底の、足首まであるスエードの靴だった。女はじろじろと私を見て、品定めした。

「逃亡奴隷でしょう、本当は。」

「証明書は持っていませんからパトローラーたちならそう言うでしょうね。でも私は自由の身、生まれた時から自由だったし、これからも自由でいるつもりです。」

「私をごたごたに巻き込むつもりね！」

「今夜はそんな気はありません。今夜はもうあなた自身のごたごたがあったことですし。」私は口ごもり、唇を噛んでから低い声で言った。「どうか私を追い払ったりなさらないで。」

女は数秒の間、無言であった。子供を一瞥し、それから自分の顔を触って口の端から血を拭う。「あんたを追い払うつもりなんかなかったわ」と女は静かに言った。「ありがとう。」

私は彼女を支えて立たせ、小屋へ連れて行った。当座の避難場だ。二、三時間のやすらぎは得られるだろう。たぶん、明日の晩には、この女が思っている通り逃亡奴隷のように振る舞うことになろう。たぶんこの女から北に向かう一番速くて安全な道を教えてもらえるだろう。

小屋の中は暖炉の消えかけた火を除けば真っ暗であったが、女はぞうさなくベッドへ進んで行った。

「アリス！」と彼女が呼んだ。

「なあに、母さん。」

「火に薪をくべなさい。」

私は、子供が長い寝間着の裾を熱い燃えさしの近くに危なっかしげに垂らしながら言われた通りにしているのを見守った。ルーファスの友だちは少なくとも火に関するかぎり同じように不注意だった。

ルーファス。その名が私の恐怖や混乱やうちに帰りたい思いをいっぺんに甦らせた。本当に私は、やすらぎを得るためにはるばると北部のどこかの州へ行かねばならないのだろうか。もしそうやってみたとしても、そのやすらぎとは一体どんなものなのだろう。排他的な北部は奴隷制の南部より黒人にとってましだったとは言え、大してよかったわけではない。

「あんたは何故ここへ来たの？」女が尋ねた。「誰に聞いて来たの？」

私は顔をしかめて火に見入っていた。おそらく服を着ているのだろう、背後で女がもぞもぞ動く気配がする。「あの男の子ですよ」と私は低い声で答えた。「ルーファス・ウェイリン。」

ささやかな物音は止まった。一瞬、沈黙が訪れた。私は自分がルーファスの名をもらすという危険を冒してしまったことを悟った。おそらく愚かな危険だったのだ。何故そんなことをしてしまったのだろう。「あの子の他には誰も私のことを知りません」と私は言葉を続けた。

アリスの小さな薪の周囲に炎が上がり始めた。薪ははじけ、ぱちぱちという音だけが静寂を破っていたが、とうとうアリスが言った。「ルーフさんなら告げ口しないわ。」それから肩をすくめて、「あの人は口が堅いもの。」

そしてその言葉にこそ私が危険を冒した理由があった。今までそのことを考えてもみなかったのだけれど、もしルーファスが告げてはならぬことを告げるような子供なら、アリスの母親は私を匿ってもよいか、発たせた方がよいかわかるはずだ。私は彼女の反応を待った。

「あの人のお父さんがあんたを見てないのは確かなの?」と彼女は尋ねた。これは、彼女もアリスと同じ考えであること、つまりルーファスなら大丈夫という意味に違いない。トム・ウェイリンはおそらく、あの鞭で、自分で気づかぬほど深く息子を傷つけたのだ。

「父親に見られていたら、私がここに来られたと思います?」と私は言った。

「そりゃそうね。」

私は振り向いて彼女を見た。彼女はアリスのと似たような裾長の白い寝間着を着ていた。ベッドの縁に座って私を見守っているところだった。私の近くに、滑らかな厚板で作ったテーブルと丸太の破片で作ったベンチがあった。私はベンチに腰を下ろして尋ねた。「トム・ウェイリンがあなたの夫の所有者なの?」

彼女は悲しそうにうなずいた。「見てたんだね?」

「ええ。」

「あの人は来なければよかったのに。来ないでって言ったのに。」

「あの人、本当に通行証を持っていたのですか?」

彼女は苦笑した。「まさか。手に入れることだってできやしない。私に会いに来るためだったらだめ。トム旦那はあそこのプランテーションで別の女を女房に選べとあの人に言ったの。そうすりゃ、あの人の子供は全部トム旦那のものになるから。」

私はアリスを見た。女は私の視線を追った。「私の子は絶対にトム旦那のものになどさせないよ。」彼女はきっぱり言った。

私は思いめぐらしていた。この人たちはここでは簡単に攻撃を受けそうに思える。パトロール隊がやって来たのは今夜が初めてなのかしら。もう二度と来ないと言えるのか。こんなところにいて、この女はどんなことにせよ、よく確信が持てるものだ。でも歴史はすでに起こったのだ。ルーファスとアリスはともかく一緒になるのだろう。

「あんたはどこから来たの?」女が突然尋ねた。「あんたのしゃべり方からすると、この辺りの人じゃないね。」

この新たな話題に不意をつかれて、私はロサンジェルスと言いそうになった。「ニューヨークから」と私は落ち着きはらって嘘を言った。一八一五年には、カリフォルニアは遠いスペインの植民地に過ぎず――この女はおそらく耳にしたことすらなかっただろう。

「ずいぶん遠くから来たんだね」と女は言った。

「夫がそこにいるんです。」この嘘はどこから生まれて来たのだろう。そして私は、今、自分がどんなに努力しても手の届かない遠いところにいるケヴィンへの懐かしさを込めてこの嘘を言ったのだった。

女は近寄ってきて私をじっと見下ろしながら立っていた。彼女は背が高く、真っすぐで、陰気で、さっきよりずっと年齢がいっているように見えた。

「連れ去られたの？」と彼女が尋ねた。

「そう。」ある意味では私は誘拐されたようなものだろう。

「あんたの連れ合いの方は捕まらなかったんだね？」

「私だけです。確かよ。」

「で、これから戻ろうというんだね。」

「そうなんです！」激しく、希望を込めて応えた。「そうなんです！」嘘と真実が混ざり合った。

沈黙が訪れた。女は子供を見つめ、それから視線を私に戻した。「明日の晩までここにいなさい」と彼女は言った。「そしたら次に目指すところを教えてあげる。そこでは食べ物ももらえるし……おっと！」彼女は悔やんでいるような様子を見せた。

「あんた、お腹がへってるはずだ。何かあげ……」

「いいえ、お腹はすいてません。疲れているだけですわ。」

「じゃあ寝なさい。アリス、あんたもだよ。みんなで寝られるだけの場所はあるよ……さあ。」彼女は子供のところへ行き、アリスが外からくっつけてきた泥を払い落とし始めた。私は彼女が一瞬目を閉じ、それから戸口に目をやるのを見た。「デイナ……あんたの名前、デイナだったたね？」

「そうです。」

「毛布を忘れていた。外へ置いたなりだったよ、あの時……外へ置いてきてしまった。」

「取ってきます」と私は言った。戸口へ行き、外を見た。毛布はパトローラーが投げ捨てたところに——小屋からそう離れていない地面の上にあった。私はそれを拾いに行ったが、それに手を延ばした途端、誰かが私を引っつかんでぐるりと振り向かせた。いきなり、目の前に白人の若者が現れた。幅広の顔で髪は黒く、ずんぐりした体格で私より六インチくらい高い。

「一体おまえは……」とその男は興奮してしゃべり出した。「おまえは……おまえはあいつじゃないな。」男は確信が持てないようにじっと私をのぞき込んだ。明らかに、私がアリスの母親に似ているものだから彼を混乱させたのだ——ちょっとの間だけ。

「おまえは誰だ？」彼は詰問した。「どうしてこんなところにいるんだ？」

どうしよう？　彼は余裕たっぷりに私を押さえており、引き離そうと私がもがいても痛くも痒くもない様子だ。「ここに住んでいるのです」と私はでたらめを言った。「あなたこそどうしてこんなところにいるのです？」私が怒っている振りをした方が信じてくれるかも、と思ったのだ。

ところが、男は片手で私を押さえながらもう一方の手で耳も聾せんばかりの平手打ちをくれたのだ。男はとびきり低い声で言った。「黒ん坊、おまえは作法を知らんな、俺が教えてやろう！」

私は無言だった。男の一撃で耳がまだがんがん鳴っていたが、彼の言っていることは聞こえた。

「おまえはあいつの妹みたいだ、双子と言ってもいいくらいだ。」

そんなことを考えてくれた方がいいと思って私は黙っていた。ともかく、黙っているのが一番安全のようだ。

「男の格好をしたあいつの妹か！」彼はにやにやし始めた。「あいつの妹の逃亡奴隷だな。いくらになるかな。」

私は動転した。捕まって押さえられているだけでも恐ろしいことなのに、この男は私を逃亡奴隷として突き出すつもりなのだ……私は動きのとれる方の手指の爪を男の腕に食い込ませて、ひじから手首にかけての肉を掻きむしった。

驚きと痛みで男がちょっと力を緩めたので私は身をねじり離した。

男が叫び、追いかけてくるのが聞こえた。

私は何も考えず、小屋の戸口に向かって走った。が、アリスの母親がそこで行く手を遮った。

「ここへ入らないで」と彼女はささやいた。「お願いだからここへ入らないで。」

入るチャンスなどなかった。男が追いつき、私を引き戻して地面に投げつけた。蹴飛ばそうとしたのだろうが、私は転がって避け、さっと立ち上がった。恐怖のせいで、私は自分でも備わっているとは知らなかった速さと敏捷さを発揮した。

私はまた走った。今度は木立に向かって。自分がどこへ行くつもりかわからなかったが、背後に迫る男の気配が私をじぐざぐに走り続けさせた。今欲しいのは、自分の姿を見失わせるもっと暗くてもっと深い森だ。

男が飛びつき、激しい勢いで私を引き倒した。初めのうち、私は脳震盪（のうしんとう）を起こして倒れていたので、男が両の拳で殴りかかってきても、身動きすることも防ぐこともできなかった。これまでこんなふうに殴られたことは一度もなかった——意識を失わずにこんなにたくさんの強打を受けられるなんて、思いも寄らなかった。

もがいて逃げようとすると、引き戻された。押し退けようとしても、男はびくともしない。でも一度だけ、男をはっとさせた。男は私を仰向けに押さえつけ、近々と身を傾けてきていた。私は両手を男の顔の方に上げ、指でその目に半ば触れたのである。その瞬間、私にはわかった。この男を止められる、ぶち壊してやれる、この野蛮な時代だもの、立ち直れなくしてやれる、と。

その目だ。

指をもう少し動かして、柔らかい組織の中に突っ込み、目玉をえぐり出し、私に与えている以上に苦痛を与えてやるだけでいいのだ。

でも、できなかった。考えただけで気分が悪くなり、手はその位置で凍りついてしまった。やらなければ！　でもできない……

男は私の手を顔から払いのけ、身を起こした——私は自分の愚かさを呪った。チャンスは消え、私は何もしなかったのだ。私の潔癖さは別の時代に属するものだったが、それを持ったままこの時代に来てしまったのだ。私は、もっとも効果的な自衛の方法に耐えられる丈夫な胃を持っていなかったばっかりに、奴隷に売られるわけだ。奴隷に！　しかもさらにさし迫った脅威があった。

男は私を殴るのをやめていた。今、彼はただしっかりと押さえ続けたまま私を見ていた。その顔に私の作った数本の引っかき傷が見えた。大したことのない浅い傷だ。

男は手で傷をこすり、血が出ているのを知ると、私を見た。

「この報いは受けさせるぞ、わかっているな」と彼は言った。

私は何も言わなかった。報いを受けるなら、自分の愚かさに対してだ。

「おまえは姉と同じようにやれるだろう」と彼は言った。「あいつを目当てに来たんだが、おまえはあいつによく似ている。」

それでこの男の正体が大体わかった。パトローラーの一人なのだ——たぶん、アリスの母親を殴った男だ。彼は手を延ばして私のブラウスを引き裂いた。ボタンがあっちこっちに飛び散ったが、私は動かなかった。男が何をしようとしているのかわかった。彼なりの愚かさを見せようとしているのだ。彼を立ち直れなくしてやれるチャンスをもう一度くれようとしているのだ。私はほっとしたくらいだ。

彼がブラジャーを引きちぎり、私は動こうと身構えた。ただ一度、すばやく突くのだ。すると突然、どういう理由からか、彼は身を起こし、またもや私を殴ろうと拳を上げたのだ。私はぐいと頭を脇に引き、何か堅いものにぶつけてしまったがその途端、彼の拳があごをかすめた。

新しい痛みのために決意が崩れ、私はまた、もがき始めた。だが、ほんの二、三インチ動いただけで押さえ込まれてしまった。でも動いたおかげで、私が頭をぶつけたものが重い棒切れ——おそらく木の枝であるとわかった。私はそれを両手でつかみ、できるだけ激しく男の頭の上に振り下ろした。

男は私の体の上にくずおれた。

私は立ち上がって走る力を出そうとして、あえぎながらじっと横たわっていた。男はどこかその辺りに馬をつないでいるはずだ。それを見つけられれば……

私は男の重い体の下から自分の体を引きずり出し、立ち上がろうとした。半ば立ち上がりかけた時、私は自分が意識を失って倒れてゆくのを感じた。私は木につかまり、意識を失うまいとした。もし男が正気づいて、近くに私を見つけたら、私を殺すだろう。必ず殺すだろう！　でも私は木につかまっていられなかった。ゆっくり、という感じで、私は星もない深い暗闇へ落ち込んで行った。

5

意識を取り戻したのは痛みのせいだった。最初は痛みしかわからなかった。体じゅうどこもかしこも痛い。次いで、真上にある輪郭のぼやけた顔が目に入った。男の顔だ。私はパニックに陥った。

私は逃げようとしてもがき、男を蹴り、こっちへ伸ばしてきたその手を引っかき、嚙みつこうとし、目をめがけて攻撃した。今ならやれる。なんだってやれる。

「デイナ！」

私の動きは凍りついた。私の名前ではないか。パトローラーが知っているはずはない。

「デイナ、頼むから僕を見て！」

ケヴィンだ！　ケヴィンの声だ！　見上げて目を凝らすと、どうにかやっと焦点がはっきり定まった。私はうちへ帰っていたのだ。血だらけで汚れていたけれど無事に自分のベッドに横になっていた。無事に！

ケヴィンは半分のしかかるようにして私を押さえていたが、私の血と自分の血で汚れていた。彼の顔のどこを私が引っかいたかわかった――目のすぐそばだ。

「ケヴィン、ごめんなさい！」

「もう大丈夫だね？」

「ええ。私――私、あなたがパトローラーかと思ったの。」

「なんだと思ったって？」

「パト……あとで話すわ。おお痛い、それにくたくたよ。でもそんなことかまわないわ、うちに帰れたんだもの。」

「今度は二、三分いなくなってたよ。どう考えたらよいのか途方に暮れてしまった。また戻ってきてくれて僕がどんなにほっとしているか、君にはわからんぐらいだぜ。」

「二、三分ですって？」

「ほぼ三分だ。僕は時計を見てたんだ。でももっと長く感じたけど。」

痛みと疲れで、私は目を閉じた。私にとってはもっと長く感じたどころではない。何時間もいなくなっていたのだ。自分が知っている。でもその時は、議論しようにもできなかった。なんであれ、議論なんてできる状況ではなかった。命懸けで闘っていると思った時に私を助けてくれたあの力の高まりは、もう消えていた。

「君を病院へ連れて行くよ」とケヴィンが言った。「どう説明したらよいかわからないのだけど、君は助けがいる。」

「いやよ。」

彼は立ち上がった。私は抱き上げられるのを感じた。

「いやよ、ケヴィン、お願い。」

「さあ、怖がらないで。僕が一緒に行くから。」

「だめ。ねえ、あの男は二、三回殴っただけなの。すぐよくなるわ。」

私が必要としたので、突然また力が出てきた。「ケヴィン、私は初めの時も二度目の時もここから消えたわ。そしてここへ戻ってきたわ。もし私が病院から消えて、病院へ戻ったりしたら、どんなことが起こるかしら？」

「たぶん、何事も起こらないだろう」とは言いつつも、彼は足を止めていた。「君が消えたり現れたりするのを見たって誰も信じやしないだろう。それに見たことを他の誰にも話す勇気は持たんだろう。」

「お願い。ただ眠らせて。私が本当に必要としているのはそれだけよ――休息だけ。切り傷やかすり傷は治るわ。元気になるわ。」

彼は、たぶん自分のよりよき判断に逆らってであろうが、私をベッドのところへ連れ戻して寝かせてくれた。「君にとってはどれくらいの時間だったの？」と彼は尋ねた。

「何時間もよ。でもひどい目に合ったのは最後の方だけなの。」

「誰が君にこんな仕打ちをしたの？」

「パトローラー。そいつは……そいつは私が逃亡奴隷だと思ったのよ。」私は顔をしかめた。「私、眠らなければならないわ、ケヴィン。朝になったらもっと筋道立てて話すわ、約束する。」私の声は段々小さくなっていった。

「デイナ！」

私ははっとし、もう一度彼に注意を集中しようとした。

「そいつにレイプされたのか？」

私は溜め息をついた。「いいえ。私、棒で殴ってやった――気絶させたわ。眠らせてちょうだい。」

「ちょっと待って……」

私は彼から漂い離れて行くようだった。聴いたり、理解しようとしたりを続けるのはひどく面倒になってきたし、答えるのもひどく面倒になってきた。

私はもう一度溜め息をついて目を閉じた。彼が立ち上がり、離れて行く気配がし、どこかで水の流れる音が聞こえた。それから私は眠りについた。

6

翌朝、まだ暗いうちに目が覚めてみると、私の体は清潔になっていた。ケヴィンと結婚して以来着たことのない、しかも六月になど絶対着ない古いフランネルの寝間着を着せられていた。片側にズック地の大型手提げ袋があり、中にズボン、ブラウス、下着、セーター、靴、それに見たこともないほど大きな飛び出しナイフが入っている。手提げ袋は一本の紐で私の腰に結びつけられていた。反対側にはケヴィンが横になっており、まだ眠っていた。けれども私がキスをすると彼は目を覚ました。

「君はまだここにいたんだね」と彼は明らかにほっとした様子で言い、私を抱きしめた。おかげで傷の痛みがぶり返した。彼もそれに気づいて腕を離し、明かりをつけた。

「気分はどうなの？」

「まずまずよ。」私は身を起こし、ベッドから出てちょっとの間なんとか立ってみた。それから掛け布とんの下に戻った。「治ってきているわ。」

「よかった。休息したし、治ってきているのだから、もう話せるだろう？　一体君に何が起こったのか。それからパトローラーってなんだい。僕が考えつくものと言ったらハイウエイ・パトロールしかないけど。」

私はかつて読んだことを思い出していた。「パトローラーってのは……白人で、たいていは若者で、貧しいことが多くて、時には酔っ払いだったのよ。黒人を統制しておくための組織団体の一員なの。」

「なんだって？」

「奴隷たちが夜、いるはずのところに確かにいるようにさせ、いなかった者には罰を与えるの。逃亡奴隷を追いかけることもしたわ――礼金を取って。それに、時にははただ問題を起こして、防御することを許されていない人たちを怖がらせて面白がることもあったわ。」

ケヴィンは片方のひじをついて身を起こし、私を見下ろしていた。「なんの話をしているの？　君はどこへ行っていたの？」

「メリーランドよ。ルーファスの言ってたことからすれば東海岸のどこかよ。」

「メリーランドだって！　三千マイルも離れたところへ……？　二、三分でかい？」

「三千マイル以上よ。何千マイルでも利かないわ。」私は身動きして、特に痛い傷に圧力がかからないようにした。「全部すっかり話させてちょうだい。」

最初の時と同じように今度も、私は彼のために詳細にわたって記憶をたどった。今度も彼は口を挟まずに聴いていた。今回は、私が話し終わると彼はただかぶりを振るだけだった。

「段々、途方もない話になってくる」と彼はつぶやいた。

「私にはそうじゃないわ。」

彼はちらっと横目で私を見た。

「私には段々、信じられる話になってきているの。いやなのよ。巻き込まれたくないのよ。どうしてこんなことが起こるかわからないわ、でもこれは本当なの。本当でないならこれほど痛いはずもないし。それに……それに私の先祖たちのこともあるし！」

「まあね。」

「ケヴィン、その古い聖書を見せてあげるわ。」

「でも事実、君はその聖書をすでに見ていたわけだ。君はその人たちのことを知っていた。名前を知っていたし、メリーランドの住人てことも知っていたし……」

「それが一体なんの証明になるの！　私が幻影を見て先祖の名前を使って話を組み立てているってわけ？　あなたの言うところによれば今だに幻覚であるはずのこの痛みを半分分けてあげたいくらいよ。」

彼は私の胸の上の傷のないところに腕を置いた。しばらくして彼は言った。「君は本当に、死んだ先祖たちに会うために一世紀も前の、三千マイルも離れたところへ旅をしたと信じているの？」

私は落ち着きなく身動きした。「そうよ」と私はささやいた。「どう聞こえようと、どうあなたが思おうと、そういうことが起こったのよ。笑ったって私がこのことに取り組む助けにはならないわ。」

「笑ってなんかいない。」

「あの人たちは私の先祖だったわ。あのいやな寄生虫、あのパトローラーだって私とアリスの母親が似ていることを見てとったわ。」

彼は何も言わない。

「言っておくけど……あの人たちが私の先祖じゃないみたいに振る舞うことはできないわ。あの人たちの身に、男の子にしろ女の子にしろ、何事か起こるままにはさせないわ、もし私にそれを防ぐことができるなら。」

「ともかく君はそうするだろうね。」

「ケヴィン、お願いだからまじめに聞いて！」

「まじめだとも。君の助けになることがあるならなんでもやる。」

「じゃあ、信じてちょうだい！」

彼は吐息を漏らした。「君が今言ったのと同じなんだ。」

「どういうこと？」

「信じていないみたいに振る舞うことはできない。なんと言っても、ここから姿が消えた時、君はどこかに行ってたに違いない。もしその場所が君の考えているところだとすれば——つまり南北戦争以前の南部だとすれば、君がその場所にいる間、君を守る方法を考えなくてはならない。」

私はほっとして、この不承不承の受容にすら満足して彼に身を寄せた。彼は突然、私の錨、私を現世に結び付けるものとなっていた。私が自分のそばにどれほどしっかりと彼の存在を必要としていたか、彼には思い及ばなかったことだろう。

「一人ぼっちの黒人の女が——黒人の男だってそうだけど——あんなところで守ってもらえるものかどうか確信がないけれど」と私は言った。「あなたに何か考えがあるなら、喜んで聞かせていただくわ。」

彼は数秒、無言であった。やがて私の体越しに手を伸ばし、ズックの袋をまさぐって飛び出しナイフを取り出した。「これが君のチャンスに加担してくれるかもしれない——これを使う勇気を持てればだけど。」

「それはさっき見たわ。」

「使うことはできるかい。」

「使う気はあるかってことでしょう。」

「それも含めてだ。」

「やれるわ。昨夜までなら確信はなかったでしょうけど、今ならやれるわ。」

彼は立ち上がり、ちょっとの間部屋を出て行った。やがて二個の木製の定規を持って戻ってきた。「やって見せてくれ」と彼は言った。

私は手提げ袋の紐を体からはずして立ち上がった。動くにつれ、ここかしこ、筋肉が痛んだ。足を引きずりながら彼の方へ寄り、定規を一つ受け取って見つめ、ふらふらしながら顔をこすった。そして彼が何か言おうとして口を開いた途端、突然切りかかる動作で、その腹部を定規で引いた。

「ほらね」と私は言った。

彼は顔をしかめた。

「ケヴィン、私、正々堂々の決闘をするわけじゃないのよ。」

彼は何も言わない。

「わかった？ チャンスが来るまでは私は哀れでお馬鹿さんの脅えた黒ん坊でいるの。

そうしていればやつらはナイフを見もしないでしょうよ。見た時はすでに遅しというわけ。」

彼はかぶりを振った。「他にも僕の知らない君のいろんな面があるんだろうな。」

私は肩をすくめてベッドの中に戻った。「今の時代の暴力をスクリーンでずいぶん長らく見てきましたからね、少々のことは覚えたわよ。」

「結構なことだ。」

「大したことじゃないわ。」

彼は横になった私の傍らに腰かけた。「どういう意味だい。」

「ルーファスの周りにいる人たちは、今日の脚本家がとても知り得ないような本当の暴力を知っているの。」

「それは……議論の余地がある。」

「あんなところで生き延びられるとは、とても信じられないわ。ナイフを持っていても、銃さえ持っていても。」

彼は深く息を吸い込んだ。「いいかい、もしまたそこへ連れ戻されたら、生き延びようと努める以外に何ができる？　おとなしく殺されるままになどなるなよ。」

「ああ、やつらは私を殺しはしないわ。レイプしたり、逃亡奴隷として牢屋にぶち込んだり、その後所有者が現れないとなるとせり売りに出して最高の値段で売ったりとか、やつらのやりそうなそういうことに愚かにも歯向かったりしなければ。」私は額をこすった。「そういうことをこれまでに読んでなければよかったのにと言いたいくらいだわ。」

「でもそうなると決まっているわけじゃない。自由黒人が存在したんだ。君も自由黒人の振りをしたらいい。」

「自由黒人は自由の身であることを証明する証明書を持っていたのよ。」

「君も証明書を持っていればいい。偽造すりゃいいんだ……」

「何を偽造するのかがわかっていればね。つまり、必要なのは自由の身分証明書だけれど、それがどういう外観のものかもわからないのよ。読んだことはあるけど、一枚も見たことはないの。」

彼は立ち上がって居間へ行った。しばらくすると戻ってきて、一抱えの本をベッドの上にどさっと置いた。「黒人の歴史に関する我が家の蔵書を全部持ってきたぜ」と彼は言った。「探索を始めたまえ。」

本は十冊あった。私たちは索引を調べ、本によっては頁を一枚ずつ繰って確かめた。何も見つからない。私は、これらの本の中に何かあるだろうと本当に思っていたわけではない。これらの全部を読んではいないまでも、これまでに少なくともざっと目を通したことはあるからだ。

「じゃあ図書館へ行かなければならないね」とケヴィンが言った。「今日、開館次第行こう。」

「開館の時に私がまだここにいればね。」

彼は本を床に置き、夜具の中にもぐりこんだ。そして横になって眉根を寄せて私を見た。「アリスの父親が持っているはずだった通行証はどうだろう?」

「通行証は……奴隷がある決まった時間にどこかに外出することの許可書に過ぎないわ。」

「単なる書き付けのようだな。」

「その通り」と私は言った。「わかった! 州の中には奴隷に読み書きを教えることが違法になるところもあったけど、その理由の一つは奴隷が自分で通行証を書いて逃げるかもしれないからだったのよ。そうやって逃げた者もいたのよ。」私は起き上がり、ケヴィンの仕事部屋へ行って机から小さなメモ帳と新しいペンを、それに本棚から大きな地図帳を取ってきた。

「メリーランドの部分を切り取るわね。」私は彼の方へ戻りながら言った。

「そうしたまえ。道路の地図があるとよいのだが。当時はそういう道路は存在していなかっただろうけど、その辺りを通り抜ける一番わかりやすい方角の目安にはなるだろうから。」

「この地図には主な幹線道路が載っているわ。河もいっぱい載っている。一八一五年にはおそらく橋はたくさんはなかったでしょうね。」私はじっと地図に見入っていたが、また立ち上がった。

「今度はなんだい？」とケヴィンが尋ねた。

「百科事典。ペンシルヴェニア鉄道がこの半島にこのすてきな長い線路を引いたのがいつなのか知りたいの。これに乗るにはデラウェアまで行かなければならないでしょうけど、乗ればそのままペンシルヴェニアまで直行できるわけよ。」

「そんなことは考えるな」と彼は言った。「一八一五年にはまだ鉄道なんかない。」

それでもとにかく私は調べて、ペンシルヴェニア鉄道が一八四六年までは創立もされていなかったことを知った。私はベッドに戻り、ペンと地図とメモ帳をズックの手提げ袋に詰め込んだ。

「紐をまたくくりつけておきたまえ」とケヴィン。

私は黙々と言われたようにした。

「僕たち、何か見過ごしているんじゃないかな」と彼が言った。「うちへ帰ることは君が感じているより簡単なことかもしれない。」

「うちへ帰る？　ここへ？」

「ここさ。君は思っているより自分で帰ってくるための力を持っているのかもしれない。」

「私にはそんな力は全然ないわ。」

「あるかもしれないよ。ねえ、君は兎か何かが目の前で道を横切ったと言っただろう？」

「ええ。」

「で、君は脅えた。」

「怖かったわ。一瞬、それを……わからないけど、何か危険なものだと思ってしまったの。」

「その恐怖でめまいが起こって、君はうちへ帰るのかと思ったわけだ。恐怖を感じるといつもめまいがするのかい？」

「いいえ。」

「この場合も恐怖からきためまいじゃないと思うな――少なくとも普通のめまいじゃない。君の勘は当たっていたと思う。君はうちへ帰りそうになったんだ。恐怖のおかげでほとんど帰るところだったんだ。」

「でも……でもそこにいる間じゅう、私、怖かったのよ。パトローラーに殴られている間じゅう、半分気が狂いそうなほど怖かったわ。だのにあいつをたたきのめして――自分の命を救って、それからやっとうちへ帰れたのよ。」

「じゃあ恐怖もあんまり役に立たないな。」

「そうね。」

「だけど、パトローラーとの格闘は本当に終わっていたの？　君は気絶しているところを見られたらその男に殺されるだろうと脅えたんだったよね？」

「あいつは復讐のために殺したでしょうね。私、歯向かって実際にあいつに怪我をさせたんだもの。そのまま私を放っておくとは思えないわ。」

「そうかもしれない。」

「そうに決まっているわよ。」

「問題は君がそうと信じていることだ。」

「ケヴィン……」

「待って。僕の言うことを全部聞きたまえ。君は自分の命が危険にさらされていると、つまりパトローラーに殺されると信じた。それにこの前の時も、ルーファスの父親が銃を向けたので君は命の危険を信じた。」

「そうだったわ。」

「それに動物の場合だって——君は何か危険なものと取り違えた。」

「ところがどっこい、見てしまった——輪郭もぼやけた黒っぽいものというだけなんだけど、小さな害のないものだということははっきり見えた。あなたの言おうとすることがわかるわ。」

「もしその動物が蛇だったら君はもっと手際よくやってのけられたかもしれない。そしたら危険の——危険だと思ったもののおかげで、パトローラーなんかに出会う前にうちへ帰れたかもしれない。」

「それじゃあ……ルーファスの死の恐怖が私をあの子のところへ呼び寄せ、私自身の死の恐怖が私をうちへ帰らせるってことなのね。」

「そうらしい。」

「だったら、実際には役に立たないじゃないの。」

「立つこともあるだろう。」

「考えてもみてよ、ケヴィン。私の怖がるものが実際は危険なものでないとしたら――蛇でなく兎だとしたら――私、そこにそのままいるのよ。もし危険なものだったら、うちへ帰る前に命を奪われることもあり得るわ。うちへ帰るには、ほら、ちょっと手間がかかるでしょう。まずめまい、それから吐き気……」

「数秒だよ。」

「何かに命をねらわれていれば数秒がものを言うのよ。斧が振り下ろされる前にうちへ帰れることを期待して我が身を危険にさらすような勇気はないわ。それにたまたま厄介なはめに落ち込んだとしたら、ただおとなしく救われるのを待っている勇気もないわ。ずたずたになって帰ってくることになるかもしれない。」

「うん……君の言いたいことはわかる。」

私は溜め息をついた。「だから考えれば考えるほど、あんなところへもう二、三回でも出かけて生き延びられるとは信じがたくなるの。悪いことの起こる可能性が強過ぎるんですもの。」

「やめてくれよ！　いいかい、君の先祖たちはあの時代を生き延びたんだ――君より不利な立場にいながら生き延びた。その人たちより君が劣っているわけじゃない。」

「ある点では劣っているわ。」

「どういう点？」

「強さよ。忍耐力よ。私の先祖たちは、生き延びるために私には耐えられそうもないほどたくさんのことに耐えなければならなかった。比較もできないほど。私の言う意味、わかるでしょう。」

「いや、わからない」と彼はいらだたしげに言った。「君は気をつけないと自殺しかねない気分に自分を追い込んでいるよ。」

「あら、でも私が話しているのは自殺のことなのよ、ケヴィン——自殺か、あるいはもっと悪いことになるか。たとえば、昨夜、あなたのナイフを持っていれば、私はあのパトローラーに向かってそれを使ったでしょう。あいつを殺したでしょうね。そうすれば私にとって目の前に迫った危険は終わっただろうから、私はたぶんうちには帰れなかったでしょうね。でももしあのパトローラーの仲間が私を捕まえれば、やつらは私を殺したでしょうね。私を捕まえなかったとしたら、やつらはたぶんアリスの母親を追及したわ。やつらは……いずれにしてもそうしたかもしれないわ。だから、私が死ぬか、さもなければ他の無実の人を死なせることになるか、どっちかだったのよ。」

「だけどパトローラーが……」彼は言葉を止めて私を見た。「わかったよ。」

「結構。」

長い沈黙があった。彼は私を抱き寄せた。「僕は本当にそのパトローラーに似ているのかい?」

「いいえ。」

「僕が、君がどこにしろ出かけた先から戻ってこようとする相手に思える?」

「私がうちへ戻ってくるためにあなたが必要なのよ。それはもう悟ったわ。」

彼はまじまじと考え深げな目で私を見ていた。「いつでも帰り続けてくれ」と、とうとう彼は言った。

「僕もここで君が必要なんだ。」

転落

私が出会った時のケヴィンは、私と同じように孤独で場違いな思いをしていたんだと思う。もっとも彼の方がうまく切り抜けていたけれど。でもあの時、彼は逃げ出す寸前だったのだ。

1

私がそこで働いていたのは臨時雇用斡旋所から借り出されたからで——その斡旋所のことを常連は奴隷市場と呼んでいた。本当は奴隷制度とは正反対なのだ。斡旋所の経営者側は紹介した職場にその人物が出頭しようがしまいが、一向おかまいなしのようだった。ともかく、いつだって求人より求職者の方が多かったのだから。仕事をまわしてもらいたければ、朝の六時頃事務所へ行き、名前を書き込んで、座って待つ。一緒に待っているのは、もう二、三本の酒にありつくためになんとかしようとしているアル中たち、福祉の小切手では足りない分を補おうとする子持ちの貧しい女たち、初めて仕事を得ようとする若者や何度も何度も失業した年配の連中などだ。それにたいてい、頭のおかしい貧しい老売春婦がいて、その女は絶えず独り言を言っており、どんな仕事にも雇われようとしない。靴を片方しか履いていないからというのが理由だ。

派遣係が仕事を紹介して送り出してくれるか、うちへ帰れと言うまで長々と座り続ける。うちへ帰れば文無しだ。オーブンにジャガイモをもう一個入れる。さもなければ絶望的な気持ちで、斡旋所のちょっと先にいくつかあるストア・フロント（店舗を改造した教会）のどれかに行って血を売る。私は一度だけそうしたことがある。

仕事に派遣されれば最低賃金で――そこからアンクル・サム（合衆国）の分け前（税金）が差っ引かれて――必要とされる間だけ働く。床を掃き、封筒を貼り、棚卸しをし、皿を洗い、ポテトチップスを仕分けし（本当なんだから！）、トイレットを掃除し、商品に値札をつけ……そのために派遣されたんだからなんだってやる。九分九厘、頭を使わなくてよい仕事であり、たいがいの雇い主は頭など使わない人々にやらせていた。人間というに値しない生き物を数時間、数日、数週間、使用料を払って借りる。一向、かまわないのだ。

私は仕事をし、うちに帰り、ものを食べ、それから二、三時間眠った。それからやっと起きて書くのだった。午前一時か二時になるとすっかり目が覚め、生き生きとしてきて、せっせと小説を書いた。日中は居眠り防止用の薬の小箱を携帯し、そのおかげで目は覚ましていたけれどあまりはっきり覚めていたとは言えない。ケヴィンが最初に私に言ったことはこうだ。「君はどうしていつもゾンビーみたいに動くんだい?」

彼は自動車の部品卸し売り店の常雇いの従業員の一人だった。斡旋所から派遣された私たち数人はそこで棚卸しをやっていた。私は、ナット、ボルト、ホイールキャップ、クロームだのなんだのの積んである棚の間を、他の連中の仕事を点検しながらうろついているところだった。私には毎日出勤し、計算もできるという特性があった。それで、店の監督はゾンビーであろうとどうだろうと私に他の連中の点検をさせることを決めたのだ。監督の処置は正しかった。飲み明かしてから出勤する連中ときたら、明瞭に記されているにもかかわらず、五十個入り容器一つにつき五個と勘定してしまうのだから。

「ゾンビーですって?」私は短い黒いワイヤの置いてあるトレイからケヴィンの方へ目を上げてその言葉を繰り返した。

「一日じゅう夢遊病にかかっているみたいに見えるよ」と彼は言った。「何か薬で酔ってでもいるの?」

ただの在庫係助手か一番の下っ端のくせに。私にとやかく言う権利などないはずだ。こっちも言い訳なんぞする義務はない。

「自分の仕事はしてます」と私は静かに言った。ワイヤに目を戻して数え、在庫品目録表を訂正し、自分の頭文字を記入し、隣の棚へ移動した。

「バズから聞いたんだが君は作家なんだってね。」もう立ち去ったと思っていた同じ声だ。

「あのう、話しかけられては勘定ができません。」私は大きなスクリューの載ったトレイを引っ張り出した――一箱につき二十五個。

「一休みしたらいい。」

「昨日、斡旋所から来ていた男の人が帰らされたでしょう？　あの人は一休みを取り過ぎたんですよ。残念ながら私はこの仕事がいるもんで。」

「君、作家なの？」

「バズにかかると私は笑い者になるんです。本を読んでるだけで変わっていると見なすんだから、あの人は。それに」と私は苦々しくつけ加えた。「作家だったら奴隷市場から借り出されて仕事なんかしてるわけないでしょう？」

「部屋代とハンバーガー代のための仕事だろう？　僕がこの店で働いているのはそのためだ。」

そこで私は少し頭の中を覚醒させ、本気で彼を見た。異様な風貌の白人だった。顔は若くてほとんど皺も刻まれていないのだが、髪は完全に白髪で、目の色はあまりに薄いので無色と言えるほどだ。筋肉質で体格はよいが、五フィート八インチの私と背丈は変わらなかったから、私はその奇妙な目を真正面からのぞき込む形となった。私はぎくっとして目をそらせ、そこに見たものは本当は怒りだったのだろうかと考えた。

たぶんこの人は私が思っていた以上にこの店では重要な存在なのだろう。たぶん何か権利もあって……

「あなたは作家なのですか」と私は尋ねた。

「もう作家と言える」と彼が答えた。「一つ売れたばかりなんだ。金曜に、ここを辞めるよ。」

羨望と挫折感の交錯の中で私は彼をじっと見た。「おめでとうございます。」

「ねえ」と彼が微笑を浮かべたまま言った。「そろそろ昼食の時間だ。一緒に食べよう。君がどんなものを書いているのか聞きたい。」

そして彼は離れて行った。私は承諾も拒否もしていなかったが、彼は行ってしまった。

「よお！」背後で別の声がした。バズだ。斡旋所から来ており、しらふの時は道化者だ。だが、ワインを飲むと一種の恍惚状態になり、ただ座ってじっと目を凝らし、知的障害でもあるかのような様子になるが、実はそうではないのだ。ただ、自分も含めて何に対しても頓着しないのだ。給料は全部飲んでしまってぼろを着て歩き回る。それに入浴はまったくしない。「よお、おまえら二人で寄って本を書こうってのかい？」彼はいやらしい目つきで尋ねた。

「あっちへ行ってよ」と私は言いながら、できるだけ息を吸い込まないようにした。

「おまえら一緒にプ、ア、ノグラフィを書くつもりなんだろ！」彼は笑いながら離れて行った。

その後、昼食の場所として使われている店の隅の、錆びた金属の円卓の一つに向かって座り、私は新しい作家友だちについてもっと知ることになった。名前はケヴィン・フランクリン。本を出版しただけでなく、それがペイパーバックになって大当たりしたのだ。その儲けで、次の本を書くまでの生計は立つ。願わくはくだらない仕事とは永久におさらばしたい……

「どうして食べないんだい？」彼は一息つくために言葉を切った時、尋ねた。この卸し売り店はコンプトンの新しく建設された工業地区にあり、コーヒー・ショップやホットドッグ・スタンドのある辺りは遠すぎて食べに出る気になれない。弁当を持参で来る者もいた。仕出しのトラックから買う者もいた。私はどちらもしなかった。私が手にしていたのは店の従業員なら無料で飲める薄くてまずいコーヒーだけだった。

「ダイエット中なの」と私は言った。

彼はちょっとの間私をじっと見ていたが、やがて立ち上がり、私にも立つよう身振りで合図した。「来いよ。」

「どこへ？」

「トラックだよ、もしまだいれば。」

「ちょっと待って。そんなことしてくれなくても……」

「いいかい。僕もそういうダイエットの経験者なんだよ。」

「私は大丈夫よ」と、きまりが悪くなって私は言った。「何も欲しくないの。」

彼は座ったままの私を置いてトラックへ行き、ハンバーガーとミルク、小さなくさび形のアップルパイを持って戻ってきた。

「食べなさい」と彼は言った。「僕はまだ金を無駄に使うほど豊かではない。だから食べてくれ。」

自分でも驚いたが、私は食べた。食べるつもりはなかったのに。私はカフェインのせいで神経が立っており、無愛想だったし、彼の金を無駄にするくらいのことは完全にやれた。それに、金を使うなと私は言ってやったじゃないか。それなのに私は食べたのだ。

バズがにじり寄ってきた。「よお」と低い声で言う。「ポルノ！」

「なんだ？」とケヴィン。

「なんでもないのよ」と私。「あの人、頭がおかしいの。」それから「ランチ、ごちそうさま。」

「うん。ところで君が書いているのはどんなものなの？」

「これまでは短編。でも長編小説に取りかかっているの。」

「もちろんそうだろう。短編はどれか売れたの？」

「いくつかね。誰も聞いたことのないような小さな雑誌に。その雑誌何部かをくれて支払いの代わりにするような。」

彼はかぶりを振った。「飢えてしまうな。」

「いいえ。しばらくすれば、伯父と伯母の言う通りだったと納得するわ。」

「何が？　君が計理士になればよかったということ？」

私は大声で笑っている自分にまた驚いた。食べたおかげで元気が出ていた。「伯父さんたちは会計学のことは考えていなかったわ」と私は言った。「でもそれだったら賛成したでしょうね。それこそ伯父さんたちが堅実と呼ぶものだわ。私を看護師か、秘書か、母と同じように教師にさせたかったのよ。一番よいのは教師ってわけ。」

「うん。」彼は吐息を漏らした。「僕の場合は技師になるのを期待された。」

「その方がましだわ、少なくとも。」

「僕にとってはましなものか。」

「でもとにかく、あなたにはもう自分の選択が正しかったという証拠があるわ。」

彼は肩をすくめ、後で話してくれたことをその時は口にしなかった――つまり、彼の両親も私の両親と同じく亡くなってしまったことを。彼の両親は、息子が迷いからさめて技師になってくれるかもしれないとまだ望んでいるうちに、自動車事故で亡くなり、もう何年も経っていた。

「伯父と伯母は、書きたければ余暇に書けばよいと言ったわ。」私は彼に打ち明けた。「扶養してもらう気なら、その間、本当の将来のために何か堅実なことを学校で習いなさいと言うの。私、看護師養成課程から秘書専攻へ、その次に初等教育専攻へ進んだわ。全部を二年間でやったの。かなりひどいものよ。私も惨憺たるものだった。」

「で、どうなった？」と彼が尋ねた。「退学かい？」

私はパイのかけらでむせた。「もちろん違うわ！　成績はいつもよかったの。ただ、私にはなんの意味も持たなかったの。続けてゆくだけの興味をそういう科目に対してでっちあげることができないの。とうとう就職して、うちから離れ、学校もやめたわ。でも、今でもやれる時にはカリフォルニア大学の学外講座に出るの。創作の授業に。」

「就職ってここの仕事のこと？」

「いいえ、しばらくの間航空宇宙会社で働いたの。ただの事務タイピストだったんだけど、うまいことを述べたてて広報課へ入ったのよ。会社の新聞のための記事や外部に配布する記事を書いたわ。そういう能力があるってことを一度見せたら、会社は喜んで私にやらせたわ。事務タイピストの給料で記者を雇ったわけだもの。」

「そのまま続けていて昇進してもよかったんじゃないの？」

「そのつもりだったのよ。普通の事務の仕事は我慢できないけど、あの仕事は気に入ってたわ。ところが一年ほど前、広報課全体が一時解雇になってしまったの。」

彼は笑ったが、それは同情のこもった笑いに思われた。

コーヒー飲み場から戻ってきたバズがぶつぶつつぶやいた。「チョコレートとヴァニラのポルノか！」

私は憤激して目をつぶった。この男はいつもこうなんだ。そもそもおかしくもない

「冗談」を始め、しつこくからむ。「あの人、酔っ払って口をきかなくなってくれたらいいのに！」

「酔うと口をきかなくなるの？」ケヴィンが尋ねた。

私はうなずいた。「それ以外に黙らせる方法はないでしょうよ。」

「どうってことないじゃないか。今度はあいつの言ったこと、僕も聞こえた。」

ベルが鳴って半時間の昼食休憩が終わった。ケヴィンはにこっとした。彼がにこっとすると例の目の威力も台なしになる。そして彼は立ち上がって去って行った。

でも彼は戻ってきた。一週間ずっと、休憩のたびに、昼食のたびに、戻ってきた。毎日斡旋所で給料を受け取るので自分で昼食を買うことは——家主のおばさんに二、三ドル払うことも——できたけれど、やはり彼に会って話をするのが楽しみだった。彼は三つの小説を書き、出版したのだが、家族以外にそのうちの一つでも読んだ者に会ったことがないそうだ。三つの小説はほとんど儲けにならなかったので、この卸し売り店でのような頭を使わなくてよい仕事を続け、書き続けたのだという——無分別にも、もっと正気な人たちの忠告に逆らって。彼は私に似ていた——根気よく努力する風変わりな同類だ。そうして今やっと……

「僕は君以上に風変わりだよ」と彼が言った。「なんと言っても僕は君より年を食っているものね。敗北を認めて、夢を見るのはやめてもいい年だって言われているよ。」

彼は早々と白髪になってしまった三十四歳だ。私がまだ二十二歳だと知って彼は驚いていた。

「もっと年がいってるように見えるね」と、無神経に言う。

「あなただってそうよ」と、ぶつぶつ。

彼は笑った。「ごめんよ。だけど少なくとも君の場合はすてきだ。」

私の場合は何がすてきなのかわからなかったけれども、彼が気に入ってるならうれしかった。彼の気に入ること、気に入らないことが私にとって重要なことになってきていた。斡旋所仲間のある女が、奴隷市場特有の率直さで、彼と私はこれまで会ったうちで「一番奇妙なカップル」だと言った。

私はちょっと冷ややかに、あんたは大してわかってないわ、それにどっちみちあんたに関係ないでしょ、と言ってやった。でもその時から私はケヴィンと自分をカップルと考えるようになった。そう考えるのは楽しかった。

卸し売り店での私の雇用期間と彼のそこでの仕事は同じ日に終わった。バズのとりもちのおかげで、私たちは一週間を共に過ごせたのだ。

「あのう」最後の日、ケヴィンが言った。「劇は好き？」

「劇？　もちろん。高校の時、二、三度戯曲を書いたわ。一幕物よ。相当ひどい出来だったわ。」

「僕も似たようなことをした。」彼はポケットから何か取り出して差し出した。切符だ。ロサンジェルスにやってきたばかりのヒット作の切符が二枚。私の目は輝いていたと思う。

「もう同僚ではなくなるからというだけで僕から離れて行って欲しくない」と彼が言った。「明日の晩、いい？」

「明日の晩ね」と私は同意した。

すてきな晩だった。劇が終わった後、彼をうちへ伴った。するとその夜はさらにすてきになった。翌朝まだ早く、疲れて満ち足りた二人がベッドに横になっている時、私は自分が思っていたより孤独について知らないことを悟った――彼が帰ってしまったら、その後の孤独はいかばかりであろうか。

2

自由の身分を証明する書類をこしらえるためにケヴィンと一緒に図書館へ調べに行くのはやめにした。車が動いている最中にルーファスに呼び出されるようなはめになったらどうなるか、心配だったのだ。体を保護する車体が消えて、体だけ動きながらあの時代へ到着するのだろうか。あるいは、安全に静止した状態で到着はするが、帰る段になって厄介なことになりはしないか――だって今度帰るのは交通の激しい通りのど真ん中かもしれないのだから。

どうなるのかを知りたいとは思わなかった。だから、ケヴィンが図書館へ行く支度をしている間、私はきちんと身支度をすませてベッドに座り、櫛やブラシや石鹸をズックの袋に詰めていた。また呼び出された場合、もっと長い間あの時代に閉じ込められることになるかもしれない。最初はほんの数分だったが二度目は数時間かかった。次はどうなるだろう。数日だろうか？

ケヴィンが、出かけるよ、と言いに来た。一人きりにされるのはいやだったが、私は自分が朝のうちずっと泣き言を並べていたことを考え、恐怖のことは胸に秘めた――自分ではそうしたつもりだった。

「大丈夫かい？」と彼が聞いた。「顔色が悪いよ。」

つい先ほど、殴られてから初めて鏡を覗いてみたのだが、自分でも顔色が悪いと思った。彼を安心させようとして口を開いたのだが、言葉が出てくる前に、やっぱりどこか具合が悪いのだとわかった。部屋が暗くなり、ぐるぐる回り出したのだ。

「ああ、いや」と私はうめいた。吐き気を伴うめまいに逆らって目を閉じた。それからズックの袋を抱え、座ったまま待っていた。

突然、ケヴィンがそばに来て私に抱きついた。私は押し退けようとした。何故かわからないが、彼のことを気遣ったのだ。離して、と叫んだ。

やがて周囲の壁と、体の下のベッドが消えた。私は一本の木の下に手足をひろげて倒れていた。ケヴィンはまだ私に抱きついたままそばに倒れていた。二人の間にズックの袋があった。

「まあ、なんてこと！」私はつぶやいて身を起こした。ケヴィンも起き上がり、慌てて辺りを見回した。私たちはまた森の中におり、今度は昼間だった。その辺りは初回の時の記憶とよく似ていた。ただ今回は目の届くところに河はなかった。

「それが起こったんだね」とケヴィンが言った。「これは現実だよ！」

私は彼の手を取り、そのなじみ深さをうれしく感じながら握った。でも彼がここに来なければよかったのにと思った。ここでは、たぶん彼がいれば自由証明書よりも私を保護する役には立つだろうが、いて欲しくなかった。私を通して以外、この場所が彼に触れるのはいやだった。でももう遅い。

私はルーファスが近くにいるに違いないと思って辺りを探した。彼を見た瞬間、今回は難儀から救うには遅すぎたことを知った。

彼は地面に横たわり、体を小さなこぶのように丸め、両手で片方の脚をぎゅっとつかんでいる。傍らにもう一人、黒人の十二歳くらいの少年がいる。ルーファスの注意は自分の脚だけに集中しているようだが、もう一人の少年は私たちを見ていた。私たちがどこからともなく現れたのさえ見たのかもしれない。だからあんなに脅えた顔つきをしているんだろう。

私は立ち上がってルーファスのところへ行った。最初は彼は私を見なかった。顔は苦痛に歪み、涙と泥で汚れていたが、大声で泣いてはいなかった。黒人の少年と同じように、彼も十二歳くらいに見えた。

「ルーファス。」

彼はびっくりして目を上げた。「デイナ？」

「そうよ。」彼にとっては数年が経っているはずなのに、私がわかったのは驚きだった。

「またおまえを見たよ」と彼が言った。「ベッドの上にいたね。僕が落ちかけた時に見えたんだ。」

「見ただけではないわね」と私は言った。

「落ちちゃったんだ。脚が……」

「あんたは誰？」ともう一人の少年が詰問した。

「この人なら心配ないよ、ナイジェル」とルーファス。「おまえに話したのはこの人のことだ。」

ナイジェルは私を見つめ、それからルーファスに視線を戻した。「この人、坊ちゃんの脚を治せるですか。」

ルーファスは問うように私を見た。

「それはどうかしら」と私。「でもともかく見せて。」私はルーファスの両手をどかせ、できるだけそっとズボンを引き上げた。脚は変色し、腫れていた。「足の指を動かせる？」と私は尋ねた。

彼はやってみた。なんとか二本の指が弱々しく動かせた。

「折れているね」とケヴィンが解説する。彼も見ようとして近寄っていたのだ。

「そうね。」私はナイジェル少年を見た。「どこから落ちたの？」

「あそこ。」少年は上の方を指した。頭上高くに、木の枝が一本、垂れ下がっていた。折れた木の枝が。

「この子の住んでいる所を知っている？」と私は尋ねた。

「もちろん。俺もそこに住んでいるから。」

少年はたぶん奴隷で、ルーファスの家族の所有物なのだと私は悟った。

「あんたのしゃべり方は確かにおかしいね」とナイジェル。

「見解の問題よ」と私。「ね、ルーファスがどうなるかが気になるのなら、この子のお父さんのところへ行って、ええと……馬車をよこしてくれるよう言った方がいいわ。どこにしたって歩いては行けないのだから。」

「俺にもたれてくれたらいい。」

「だめ。仰向けに寝てうちへ帰るのが一番いいの——ともかく一番痛くない方法なの。ルーファスのお父さんにルーファスが脚を折ったって言ってきてちょうだい。医者を迎えに行くように言っておいて。あなたが馬車を連れて戻ってくるまで私たちがルーファスのそばにいるわ。」

「あんたたちが？」少年は私からケヴィンへ目を移し、私たちをちっとも信用していないことを隠そうともしなかった。「どうしてあんたは男の格好をしているのかね？」

と彼は私に尋ねた。

「ナイジェル」とケヴィンが静かに言った。「この人の格好のことは気にしなくていい。行って君の友だちのために助けを頼んできなさい。」

友だち？

ナイジェルは脅えたような目でケヴィンを見、次いでルーファスを見た。

「行ってこい、ナイジェル」とルーファスがささやいた。「ひどく痛むんだ。僕が行けと言ったと言え。」

ナイジェルはやっと行った。渋々と。

「あの子は何を恐れているの？」私はルーファスに尋ねた。「あなたを置いてきたために面倒なことになるの？」

「おそらくね。」ルーファスは苦痛のためにちょっとの間目を閉じた。「あるいは僕に怪我をさせたために。面倒なことにならないといいんだけど。近頃誰かが父さんを怒らせたかどうかで決まる。」

じゃあ、この子の父さんは相変わらずなんだ。ちっとも会いたい人物ではない。でも少なくとも一人で会わなくてもすむ。私はケヴィンをちらりと見た。彼は私のそばにひざをついて、ルーファスの脚を近々と見ていた。

「この子は裸足でよかったよ」と彼が言った。「靴を履いていたら切り取らなければならないところだ。」

「あんたは誰なの」とルーファスが尋ねた。

「僕の名前はケヴィン――ケヴィン・フランクリンだ。」

「今、デイナはあんたのものなの？」

「ある意味ではそうだ」とケヴィンが言った。「僕の妻だ。」

「妻だって？」ルーファスが甲高い声を上げた。

私は溜め息をついた。「ケヴィン、私の位を下げた方がいいと思うわ。この時代には……」

「黒ん坊(ニガー)は白人と結婚なんてできないんだ！」とルーファスが言った。

私はケヴィンの腕に手を置き、彼が言おうとした言葉をかろうじて抑えさせた。彼の顔つきを見れば、口を開かせてはまずいことが一目瞭然だった。

「この子がこういう口のきき方を覚えたのは母親のせいよ」と私は低い声で言った。「それに父親、それにたぶん、奴隷たち自身のせいもあるわ。」

「どんな口のきき方を覚えたって？」とルーファスが尋ねた。

「黒ん坊(ニガー)という言い方よ」と私は答えた。「その言葉は嫌いなの。覚えているでしょう？　黒人かニグロか、せめてカラードとでも呼ぶようにして。」

「そんなことを言ってなんの役に立つの？　それにどうしておまえがこの人と結婚なんてできるの？」

「ルーフ、人があなたに話をする時、貧乏白人と呼んだらどんな気がする？」

「なんだって?」彼は怒りのために脚のことを忘れて立ちかけ、倒れた。「僕は貧乏白人なんかじゃない!」彼は小声で言った。「このいまいましい黒……」

「しーっ、ルーフ。」私は彼を鎮まらせるためにその肩に手を置いた。明らかにねらいが当たったようだ。

「あなたが貧乏白人だって言ったんではないわ。そう呼ばれたらどんな気がするかって言ったのよ。あなたがいやがっているのはわかったわ。私も黒ん坊と呼ばれるのはいやなの。」

彼は眉をしかめて私を見ながら黙って横たわっていた。まるで私が外国語でもしゃべっているかのように。たぶん、私の言葉は彼にとって外国語に等しかったのだろう。

「私たちのいたところでは」と私は説明した。「白人が黒人を黒ん坊と呼ぶのは俗悪で侮蔑的なことなの。それに、私たちのいたところでは白人と黒人は結婚できるの。」

「でもそれは法律違反だ。」

「ここではね。でも私たちのいたところでは違うわ。」

「どこから来たの?」

「君の招いた質問だよ」と彼が言った。

私はケヴィンを見た。

「この子に説明してみる気はある?」

彼はかぶりを振った。「無駄だろう。」

「あなたにとってはそうかもね。でも私にとっては……」私はちょっとの間、適切な言葉を模索した。「この子と私は、望もうと望むまいと長い関係を持つことになりそうだわ。この子にはわかってもらいたいわ。」

「まあがんばってくれ。」

「どこから来たの？」とルーファスが繰り返した。「おまえは確かに僕の知ってる誰とも違うしゃべり方をする。」

私は眉根を寄せ、思案し、とうとうかぶりを振った。「ルーフ、教えてあげたいんだけど、おそらくあなたには理解できないわ。私たち自身も理解できないの、本当は。」

「前からわからなかったよ」と彼が言った。「おまえがここにいないのにどうしておまえのことが見えるのか、おまえはどうやってここへ来るのかとか。脚がひどく痛むもんで考えることもできないや。」

「それじゃあ待ちましょう。あなたがよくなってから……」

「僕がよくなった頃には、きっとおまえは行ってしまうんだろう。ディナ、教えておくれ！」

「いいわ。やってみましょう。カリフォルニアという場所のことは聞いたことがある？」

「うん。母さんのいとこが船でそこへ行った。」

ついてる。「そう、そこから来たのよ、私たち。カリフォルニアから。でもあなたの親戚が行ったカリフォルニアではないの。まだ存在していないカリフォルニアからなの、ルーファス。一九七六年のカリフォルニアよ。」

「なんのこと?」

「場所も違うけど時間も違うところから来たということよ。理解するのは難しいと言ったでしょう。」

「だけど一九七六年てなんなの?」

「暦の上の年よ。私たちのいたところではその年なの。」

「今は一八一九年だよ。どこへ行ったって一八一九年だよ。おまえは変てこなことを言うね。」

「その通り。私たちに変てこなことが起こったの。でも本当のことを言っているのよ。私たち、時間と空間を越えた未来から来たの。どうやってここに来たのかは知らないわ。来たかったわけではないわ。この土地のこの時代の人間ではないの。でもあなたが難儀していると、どういうわけか私に連絡をしてきて、つまり私を呼んで、それで私が来るの。もっとも今見ての通り、いつも助けてあげられるとはかぎらないけど。」

彼と私の間にある血縁関係のことは言わずにおいた。この子がもう少し成長してからまた会うようなことになったら、おそらく言うだろう。でも今はもう充分この子の頭を混乱させてしまった。

「そんな変てこな」と彼は繰り返した。彼はケヴィンを見た。「あんたが話してよ。あんたはカリフォルニアから来たの？」

ケヴィンはうなずいた。「そうだよ。」

「じゃあ、あんたはスペイン人なの？　カリフォルニアはスペインのものだよ。」

「今の時代にはね。でもいずれ合衆国の一部になるんだよ、メリーランドやペンシルヴェニアと同じように。」

「いつ？」

「一八五〇年に州になるだろう。」

「でもまだ一八一九年だよ。どうしてわかるの、そんな……？」彼は急に口をつぐみ、混乱してケヴィンから私の方へ視線を移した。「こんな話、本当のはずがない」と彼は言った。「あんたたちが全部でっちあげているんだ。」

「本当なんだよ」とケヴィンが静かに言った。

「どうしてそんなことがあり得るの？」

「わからない。でも本当なんだ。」

ルーファスはしばらくの間、私たちを代わる代わる見ながら考えていた。「信じないよ。」

ケヴィンは笑いともつかぬ音をたてた。「無理もないね。」

私は肩をすくめた。「いいわ、ルーフ。本当のことを知ってもらいたかったのだけど、それを受け入れることができなくても無理はないわ。」

「一九七六年だなんて」と少年はゆっくり言った。かぶりを振り、目を閉じた。何故この子に納得してもらおうなんてしたのかしら。結局、私だって一八一九年からやって来たと主張する人間に出会ったら——それを言うなら二〇一九年だって同じことだが——信じられようか。タイム・トラヴェルは一九七六年のSFの中で起こることだ。一八一九年では——ルーファスの言う通り——それはまったくの狂気だ。子供以外の誰もケヴィンと私の話を聴こうとさえしなかったことだろう。

「カリフォルニアが州になることを知っているなら」とルーファスが言った。「これから起こる何か他のことも知っているに違いない。」

「ええ」と私は認めた。「いくつかは知っているわ。そんなにたくさんではないけど。私たち、歴史家ではないから。」

「あんたたちの時代にすでに起こったことなら何もかも知ってるはずだ。」

「ルーフ、一七一九年のことについてあなたはどれだけ知っているの？」

彼はぽかんとして私を見つめた。

「人は自分より前の時代のことを何もかも学びはしないわ」と私は言った。「その必要はないでしょ？」

彼は溜め息をついた。「何か教えておくれよ、デイナ。おまえの言うことを信じたいんだ。」

私は在学中及び卒業後に学んだアメリカ史を頭の中でほじくり返した。「今が一八一九年なら、大統領はジェームズ・モンロウでしょう?」

「うん。」

「次の大統領にはジョン・クインシー・アダムスがなるわ。」

「いつ?」

私は在学中に特に理由もなく暗記した大統領のリストをさらに思い出しながら、顔をしかめた。「一八二四年。モンローは二期勤めたの――そのう、勤めるはずよ。」

「他には?」

私はケヴィンを見た。

ケヴィンは肩をすくめた。「僕に考えつくのは昨晩読んだいくつかの本からの知識だけだ。〝ミズーリの妥協〟でミズーリ州が奴隷州、メイン州が自由州として連邦に入ることになった。僕の話しているのがなんのことか見当つくかい、ルーファス?」

「ううん、全然。」

「だと思ったよ。お金を持っているかい?」

「お金? 僕が? 持っていないよ。」

「では、お金を見たことは? それはあるだろうね。」

「あるとも。」

「硬貨には作られた時の年が今でも刻んであるはずだ。」

「そうだね。」

ケヴィンはポケットに手を突っ込み、一握りの小銭を取り出した。それをルーファスに差し出すと、ルーファスは数枚の硬貨をつまんだ。「一九六五」と読み上げる。

「一九六七。一九七一。一九七〇。どれも一九七六とは刻んでないよ。」

「どれも一八なにがしとも刻んでないだろう」とケヴィン。「でもちょっと待って。」

彼は独立二百周年記念の二十五セント硬貨を拾い出してルーファスに手渡した。

「一七七六、一九七六」と、少年が読む。「年号が二つある。」

「一九七六年にこの国は二百歳になったのだ」とケヴィンが説明した。「それを記念していつもと違う硬貨も作られたのさ。納得したかい?」

「ふむ、こんなものはあんたが自分でこしらえることもできるよね。」

ケヴィンは金を取り戻した。「坊や、君はミズーリのことは知らんかもしれんが」と彼はうんざりしたように言った。「でもさぞや立派なミズーリ人になったことだろう(ミズーリ出身者は疑い深い、の意がある)。」

「なんだって?」

「ちょっとした冗談さ。まだ流行語になっていないんだ。」

ルーファスは困ったような表情だった。「あんたの言うことを信じるよ。デイナが言ったように、理解はできないけれども、信じてると思う。」

ケヴィンは溜め息をついた。「やれやれ。」

ルーファスはケヴィンを見上げ、なんとかにっこりしてみせた。「あんたは僕が思ったほど悪い人じゃないね。」

「悪いだって？」ケヴィンは私を責めるような目で見た。

「あなたのことは何もこの子に言っていないわ」と私。

「あんたを見たんだ」とルーファスが言う。「あんたはここへ来る直前にデイナと喧嘩していた……喧嘩のように見えたんだ。デイナの顔はあざだらけだけど、あんたがつけたの？」

「いいえ、違うわ」と私は急いで言った。「それにこの人と私、喧嘩はしていなかったわ。」

「ちょっと待ってくれ」とケヴィンが言った。「どうしてこの子はそんなことを知っているの？」

「この子が言ってたでしょう」と私は肩をすくめた。「ここへ来る直前の私たちを見ているのよ。どうやって見るのかわからないけど、前にも同じことがあったの。」私はルーファスに視線を下ろした。「誰か他の人に、私を見たことを話した？」

「ナイジェルだけだ。他の誰も僕の言うことを信じないだろう。」

「よかった。今も他の誰にも言わないのが一番よ。カリフォルニアのことも一九七六年のことも。」私はケヴィンの手を取り、握った。「ここにいなければならない間は、できるだけここの人たちに合わせなければならないわね。ということは、あなたが言っていた役割を私たちが演じなければならないってことよ。」

「おまえはこの人のものだって言うつもり？」

「そうよ。誰かに尋ねられたらあなたもそう言っておいてね。」

「この人の妻だと言うよりその方がいい。妻だなんて誰も信じやしないから。」

ケヴィンは嫌悪を表す音をたてた。「いつまでここにひっかかっているんだろう」

と彼はつぶやいた。「もうホームシックにかかっているみたいだ。」

「わからない」と私。「でも、私のすぐ近くにいてね。私に抱きついていたからここへ来てしまったのよ。あなたがうちへ帰るにはそうするしか方法がないんじゃないかしら。」

3

ルーファスの父親は囲いのない荷馬車でやって来た。例の長いライフルを携えている——旧式の先込め銃であることがわかった。彼と一緒に荷馬車の中にいるのはナイジェルと背の高いがっしりした体格の黒人の男だった。トム・ウェイリン自身も背は高いが、痩せているので、大男の奴隷ほど印象が強くない。ウェイリンは特に残酷とも邪悪とも見えなかった。今のところはただいらいらしているように見えるだけだ。

彼が荷馬車から下り、こっちへ向かってきた時、私たちは立ち上がった。

「ここで何があったんだ？」と彼はうさんくさそうに尋ねた。

「この子が脚を折ったのです」とケヴィンが答えた。「この子のお父さんですか？」

「そうだ。あんたは誰？」

「ケヴィン・フランクリンです。」ケヴィンはちらっと私に目を走らせたが、はっと気づき、私の紹介はしなかった。「事故の直後にこの子たちに偶然出会ったのですよ。あなたが迎えにこられるまで息子さんのそばにいてあげた方がよいと思いましてね。」

ウェイリンは不満そうにぶつくさ言いながらひざまずいてルーファスの脚を見た。

「確かに折れているようだ。治療費がかかることだろう。」

黒人の男が彼に嫌悪の視線を投げたが、ウェイリンがそれに気づいたら間違いなく激怒したであろう。

「木になんぞ登って何をしていたんだ？」ウェイリンはルーファスに詰問した。

ルーファスは黙って父親を見つめていた。

ウェイリンは何かつぶやいたが私にはよく聞き取れなかった。彼は立ち上がり、黒人の男に荒っぽく身振りで指図をした。男は進み出てルーファスを優しく抱き上げ、荷馬車の上に寝かせた。抱き上げられた時、ルーファスの顔は苦痛に歪んだ。そして荷馬車に寝かされる時は叫んだ。ケヴィンと二人であの脚に副木を作ってやればよかった、と思ったが手遅れだ。私は黒人の男について荷馬車のところへ行った。

ルーファスは私の腕をつかみ、明らかに泣くまいと努めながら握っていた。その声はかすれて小さかった。

「行かないで、デイナ。」

行きたくなかった。この少年が好きだったし、十九世紀初期の医術に関して私の聞いているところでは、この子はウイスキーをぶっかけられ、脚の綱引きみたいなことをやられるはずだ。そしてこの子は苦痛とはどんなものかを知る新しい体験をするはずだ。そばにいてやることで何かの慰めになるなら、いてやりたかった。

でもそうしてやれそうにない。

彼の父親はケヴィンと二言、三言ひそひそ話してから荷馬車の席に戻ってきた。彼は帰る用意ができていたが、ケヴィンと私はまだ招かれていない。これはウェイリンのもてなしが大したものではないことを意味する。プランテーションは広範囲にちらほら、ホテルなどなおさら広い範囲にちらほらというこの時代、人々は旅人を家に迎え入れたものなのだ。もっとも、怪我をした息子を見て治療費のことしか考えない男が、旅人のことなど気にかけそうにもない。

「一緒に来てよ」とルーファスが懇願した。「父さん、この人たちに来てもらって。」

ウェイリンは腹立たしげに振り返った。私はルーファスがしっかりつかんでいる手をそっとはずそうとした。一瞬の後、ウェイリンが私を見ているのに――じっと凝視しているのに気づいた。おそらく私がアリスの母親に似ているのを見て取ったのだろう。河べりでは私をそんなにはっきり長く見ていたはずはないから、一度は撃ち殺しかけたあの女であるとは判別できないだろう。最初、私は見つめ返した。それから自分が奴隷と思われているのを思い出し、目をそらした。奴隷は恭しく目を伏せるものだ。見つめ返すのは無礼なのだ。少なくとも、書物にはそう書いてあった。

「うちへ来て晩飯を食べてって下さい」とウェイリンがケヴィンに言った。「かまわんでしょう。いずれにしても、どこで夜を明かすつもりだったのかね？」

「必要なら木の下で」とケヴィン。私たちは荷馬車に上がり、黙ったままのナイジェルのそばに座った。「お話しした通り、大して選択の余地はありませんから。」

この人はウェイリンに何を話したのだろうと考えながら私はケヴィンを見た。だが黒人の男が馬を歩かせ始めたので口をつぐまねばならなかった。

「おい、女」とウェイリンが私に言った。「おまえの名は？」

「デイナです。」

彼は振り向いてもう一度私をじっと見たが、今度は私が何かまずいことでも言ったみたいな見方だった。

「おまえ、どこの生まれだ？」

私はケヴィンの話したことと矛盾したことを言いたくなかったので、ちらりと彼を見た。彼がかすかにうなずいてみせたので、自分で勝手に嘘をでっち上げてもいいのだと受け取った。「ニューヨークです。」

ところがウェイリンが私に向けた表情は実に醜いものだった。この人は最近ニューヨーク人のアクセントを聞いたことがあって私のそれが似ていないと気づいたのだろうか。あるいは私は何かまずいことを言っているのだろうか。この人には十言も話していないのに。何がまずかったのだろう。

ウェイリンは厳しい目でケヴィンを見てから背を向け、その後はそれっきり私たちを無視した。

森を抜けると街道に出た。街道沿いに丈高く伸びた黄金色の小麦畑が続く。畑では奴隷たちが、一定の速度で大鎌を振りながら働いている。ほとんどが男だ。大鎌には木製のラックが取り付けられており、ラックは刈った小麦を受けては、きちんと揃えて溜める。別の奴隷たちが、その後をついて歩き、小麦を束ねて行く。そのほとんどは女だ。誰一人、私たちに注意を払っていないようだ。私は辺りを見回して白人の監督の姿を探したが、一人もいないので驚いた。昼の光の中でウェイリン家を見た時も驚いた。それは白塗りではなかった。高い円柱も、取り立てて言うほどのポーチもない。私は失望に近いものを覚えた。ジョージ王朝風をまねた植民地時代様式の赤レンガ造りで、箱みたいだが地味な端正さを備えている。屋根窓つきの二階半。両端に煙突。館と呼べるほど大きくもなく堂々ともしていない。現代のロサンジェルスだったら、私たちでも手に入れられそうだ。

荷馬車が正面の石段に近づいて行った時、片側のはずれに河と、私が数時間前に——いや、数年前に走り抜けた土地の一部が見えた。散在する木々、でこぼこに刈られた草、片側のはずれのほとんど木立に隠れた奴隷小屋の列、畑、森。家の後ろに近いところに、奴隷小屋と向かい合って別の建物が並んでいた。馬車が止まった時、私はその建物のうちの一つへ行かされそうになった。

「ルーク」とウェイリンが黒人の男に言ったのだ。「デイナを裏へ連れて行って何か食べさせてやれ。」

「はい、旦那さま」と黒人の男は小声で言った。「先にルーフ坊ちゃまを二階へお連れしましょうか。」

「言われた通りにするんだ。この子はわしが運ぶ。」

ルーファスが歯を食いしばるのが見えた。「あとで会いましょう」と私はささやいたが、手を離そうとしないのでとうとう私はこの子の父親に言った。

「ウェイリンさん。私、坊ちゃまのところに参りましょうか。坊ちゃまはそうして欲しいご様子です。」

ウェイリンはひどくいらいらした顔をした。「じゃあ、そうしろ。医者が来るまで息子のところで待っていてもいい。」彼は特別な気遣いは何もせずにルーファスを抱え上げ、大股に石段を上がって行った。ケヴィンは彼の後について行った。

「気をつけるんだよ。」私が彼らの後から進みかけた時、黒人の男が小声で言った。

私はびっくりして、自分に言われたのかどうかもよくわからないまま彼を見た。私に言っているのだった。

「トム旦那はあっという間に機嫌が悪くなるんだ」と彼は言った。「坊ちゃまだって、もう大きくなってきたから同じことかもしれんよ。おまえさんの顔では当分白人の意地の悪さに悩まされそうだ。」

私はうなずいた。「わかったわ。警告してくれてありがとう。」

ナイジェルがその男の隣に来て立っていた。話をしている時、私は二人がとてもよく似ているのに気づいた。少年はその男の小型の複製みたいだ。おそらく父子なのだろう。二人は、ルーファスとトム・ウェイリン以上に互いに似ている。私は急ぎ足で石段を上って家に入りながら、ルーファスとその父親のこと、ルーファスが父親になることを考えていた。少なくともある意味ではいつの日かそういうことが起こるだろう。いつの日かルーファスがこの農園の所有者になるだろう。いつの日か奴隷主となり、あの半分見え隠れしている小屋に住む人々の身に起こることに自分で責任をもつことになるだろう。この少年は私が見守っている間に文字通り成長してきている。私が見守って、無事を保つよう手助けしているから、成長してきている。私はこの少年にとって考え得るかぎりの最もふさわしくない守護者だった——黒人を人間以下と見なす社会で彼を守る黒人、女を永遠に子供であると見なす社会で彼を守る女なのだから。私はできるかぎりのことをして自分を守らねばならないだろう。でも最善を尽くしてルーファスのことも守ろう。そして彼との友情は壊さないように努めよう。私にも、そして将来彼の奴隷になるはずの人々にも助けとなるような思想をいくらか、彼の頭に植えつけるよう努めよう。アリスのために事態を耐えやすいものにさえしてやれるかもしれない。

私はウェイリンについて階段を上がり、寝室へ行った――この前、ルーファスがいた部屋ではなかった。ベッドはもっと大きかったし、ゆったりした天蓋もカーテンも、緑色ではなくて青だ。部屋そのものも大きい。ウェイリンは、ルーファスの苦痛の叫び声を無視してベッドにどさりと下ろした。ウェイリンがルーファスに痛い思いをさせようとしているとは見えない。ただその子の扱い方に多少でも注意を払っているとは思えなかった――関心がないかのようだ。

ウェイリンがケヴィンを伴って部屋から出て行こうとした時、赤毛の女が急いで入ってきた。

「坊やはどこ?」彼女は息を切らして詰問した。「何があったの?」

ルーファスの母親だ。この女のことは覚えている。彼女は私がルーファスの頭の下に枕を当てがっている最中に突進してきた。

「この子に何をしているの?」と彼女は叫んだ。「ほっといて!」彼女は息子から私を引き離そうとした。ルーファスが難儀している時の彼女の反応は一つしかない。一つの的はずれな反応。

私たち両方にとって幸いなことに、私が我を忘れる前にウェイリンが手を伸ばして彼女を押し退けた。彼女を捕まえ、押さえ、静かに話しかけた。

「マーガレット、聞くんだ。この子は脚を折った、それだけだ。折れた脚に君がしてやれることは何もないんだ。わしがもう医者を迎えにやった。」

マーガレット・ウェイリンは少し落ち着いたようだった。彼女は私をじろじろ見た。

「この女は何故こんなところにいるの？」

「この女はこちらのケヴィン・フランクリンさんのものだ。」ウェイリンが片手を振ってケヴィンを紹介すると、驚いたことにケヴィンは女に軽くお辞儀をした。「フランクリンさんはルーファスが怪我したのを見つけてくれたんだよ」とウェイリンは続けた。それから肩をすくめた。「ルーファスはその女にそばにいて欲しいんだとさ。べつに悪いこともなかろう。」彼は背を向けて離れて行った。ケヴィンは不承不承ついて行った。

女は自分の夫が話している時、聴いていたのかもしれないが、そうは見えなかった。まるで、これまでにどこで私に会ったのかを思い出そうとするように眉をしかめながらまだ私をじろじろ見ていた。年月は彼女を大して変えていなかったが、もちろん、私は全然変わっていない。でも彼女が覚えているとは思わない。あれはほんの短い間のことだったし、彼女は他のことで頭がいっぱいだったのだし。

「前に会ったことがあるわね」と彼女が言った。

なんてこった！「はい、奥さま、そうかもしれません。」ルーファスを見ると、彼は私たち二人を見守っている。

「母さん」と彼が小声で言った。

責めるような目つきが消え、女はすばやく振り向いて彼の面倒を見始めた。「かわいそうな坊や」とつぶやきながら両手で彼の頭を抱える。「ありとあらゆることがあなたの身に降りかかるみたいね。脚を折るなんて！」今にも泣き出しそうだ。ルーファスは父の無関心から母の甘ったるい心配へと揺られている。この子はこの対照に慣れてしまって、当惑すら覚えないのではないかしら。

「母さん、水をもらえる？」と彼は頼んだ。

女はまるで私が怒らせることをしたかのように振り向いてじっと見た。「聞こえないの？　水を持ってきなさい！」

彼女は嫌悪を表す音をたてたと思うと、私の方へ突進してきた。少なくとも私にはそう思えた。避けようとして飛び退くと、彼女は真っすぐ進んで、私がその前に立っていたドアを通り抜けて行った。

私は彼女を見送り、かぶりを振った。それから暖炉の近くにあった椅子を取ってきてルーファスのベッドのそばへ置いた。私が腰を下ろすと、ルーファスは重々しい表情で見上げた。

「脚を折ったことある？」と彼は尋ねた。

「いいえ。でも、一度手首を骨折したことがあるわ。」

「治療した時、すごく痛かった？」

私は深く息を吸い込んだ。「ええ。」

「僕、怖いよ。」

「私もそうだったわ」と、思い出しながら私は言った。「だけど……ルーフ、長くはかからないわ。それにお医者さんのその治療がすめば、もう最悪の事態は終わるの。」

「その後はもう痛まないの?」

「しばらくは痛いでしょう。でも治っていくわ。触らずにしばらくそっとしておけば、治るのよ。」

マーガレット・ウェイリンがルーファスのために水を持って急いで部屋に戻ってきたが、私には理由のわからぬ敵意を示した。

「炊事場へ行って夕飯を食べてきなさい!」私が脇へ退くと彼女は言った。でもそれはまるで「真っすぐ地獄へお行き!」とでも言っているような口調だった。私にはこの人たち――ルーファスは別として――の気に入らない何かがあるのだ。ただの人種差別ではない。この人たちは黒人には慣れている。一体なんのせいなのか、ケヴィンならきっと見つけ出してくれるだろう。

「母さん、デイナは行かなくちゃだめ?」とルーファスが尋ねた。

女は私に意地の悪い目を向けたが、息子には優しい眼差しを返した。「後で来させましょう」と言う。「お父さまが下でご用があるのですって。」

私を階下に行かせたいのはどうも母親の方らしい。それもおそらく息子が私を好いているという以外に大した理由もなく。彼女がもう一度いやな目を向けたので私は部屋を出た。たとえ彼女が私を好いたとしても、この女の存在は私を落ち着かない気分にさせたであろう。彼女はあまりに小さな容器に詰め込まれたあまりに神経過敏なエネルギーといったところだ。爆発する時に近くにいたくない。しかし、少なくとも彼女はルーファスを愛している。そしてルーファスは母親が自分のことで大騒ぎするのに慣れっこになっているに違いない。気にかけている様子はなかった。

　私は広い廊下に出た。数フィート先に階段が見えたのでその方へ歩き出した。ちょうどその時、長い青いドレスを着た黒人の若い娘が、廊下の反対側の端にあるドアから出てきた。彼女は好奇心をあらわにしてじろじろ見ながら私の方へやって来た。頭に青いスカーフをかぶり、こっちへ近寄りながらそれを引っ張っていた。

「炊事場ってどこにあるのかしら、教えていただける？」私は彼女がすぐ近くまで来た時、尋ねた。マーガレット・ウェイリンより、この娘に尋ねる方が安全に思われた。

　彼女は目をちょっと見開き、相変わらずじっと見続けている。明らかに娘にとって、私は外観と同じく言葉も奇妙な人間なのだ。

「炊事場は？」と私は言った。

　娘はもう一度私を見回してから一言も言わずに階段を下り始めた。私はためらったが、他にどうしてよいのかわからなかったのでとうとう娘について行った。せいぜい十四、五歳で肌の色の薄い娘だ。眉をしかめながら私を振り返り続けている。一度、彼女は立ち止まって振り向き、私と正面から向かい合った。うわの空でスカーフを引っ張っていた手が下りてきて口を覆った。そしてしまいに再び体の脇に下りた。娘が徒労感のありありと見える表情をしていたので、何か誤解があることに私は気づいた。

「あなた、話はできるの？」と聞いてみた。

娘は溜め息をついてかぶりを振った。

「でも耳は聞こえて、わかるのね。」

娘はうなずき、それから私のブラウスとズボンを引っ張った。顔をしかめてみせる。じゃあ、これが問題だったのか――この娘にとってもウェイリン夫妻にとっても。

「今はこの服しか持っていないの」と私は言った。「そのうちに私のご主人がもっとましな服を買って下さるでしょう。」私が「男みたいな格好」をしているのはケヴィンのせいにしておこう。女がズボンをはくのが通常のところを想像するよりも、貧し過ぎるかしみったれ過ぎるかでふさわしい服を買ってやらない主人を想像する方が、ここの人たちにはきっと容易だろう。

娘は、私の言ったことは正当だと確信させるかのように哀れみの表情を見せ、それから私の手を取って家の外の炊事場へ案内してくれた。

その途中、家の中をこの前よりも注意して見た――と言っても、階下の廊下のことだけれども。壁は薄緑色で、廊下は家の奥行きを端から端まで通り抜けている。正面玄関のところでは幅が広がり、側窓と戸口の上から入る光で明るかった。大きさの違う幾枚かの東洋の敷物が置いてある。玄関のドアの近くに木製ベンチと椅子が一つずつ、それに小さなテーブルが二つ。階段のところを通り過ぎると廊下は狭くなり、その端に裏口のドアがあって、私たちはそこから出た。

外に出ると、母屋からそう遠くないところに、炊事場となっている小さな白い木造小屋があった。戸外の台所や戸外のトイレのことは読んだことがある。どちらも体験したいと思ってはいなかった。ところが今、炊事場は私がここへやって来てから見たうちで一番親しみのこもった場所のように見えた。ルークとナイジェルが中にいて、木製の鉢を前に木製のスプーンみたいなもので食事をしていた。それにもっと幼い二人の子供、男の子と女の子が床に座って指を使って食べていた。私はそこにいる子供たちを見てうれしかった。というのはこのくらいの年齢の子供たちは集められて豚のようにかいば桶から食べさせられるということを読んだことがあるからだ。どこでもそうというわけではなかったのは明らかだ。少なくともここでは違う。

がっしりした体格の中年の女が、暖炉の火にかけた釜の中を掻き回していた。暖炉は片側の壁全体を占めていた。レンガ造りで、その上の大きな厚板には台所用具がいくつかかかっていた。片側のちょっと離れたあたりの壁の鉤にはもっとたくさんの道具がかかっていた。それらの道具を見て、自分がどれに対しても名称を知らないことに気づいた。こんなありふれた物ですら知らないのだ。私は違う世界にいるのだ。

料理人は釜を掻き回し終えると、振り向いて私を見た。口のきけない私の案内人と同じように肌色が薄くて――背は高く、がっちりした体格の顔立ちのよい中年女性だ。表情は陰気で、口はへの字に曲げているが、声は穏やかで低かった。

「キャリー」と彼女が言った。「この人は誰？」

案内人は私を見た。

「私、デイナといいます。ご主人がここに来ておられるのです。ウェイリン夫人がここで夕食をいただくようおっしゃいました。」

「ウェイリン夫人？」料理人は眉をしかめた。

「赤毛の女の人――ルーファスのお母さんです。」うっかり、ルーファス坊ちゃまと言うのを忘れた。だが実際、どうしてこんなことを言わなければならないのか。いずれにしても、ここに何人のウェイリン夫人がいるというのか。

「マーガレットさまのことだね」と女は言った。そして「性悪女！」とささやいた。

私は自分のことを言われたのかと思い、びっくりして彼女を見つめた。

「サラ！」ルークの口調は警告的であった。彼のいるところからでは料理人の言ったことは聞こえたはずがない。とすれば、女がしばしばこの言葉を発するか、彼が女の唇の動きを読んだかのどちらかだ。だが少なくとも、性悪女と思われているのはウェイリン夫人――つまり、マーガレットだということがわかった。

料理人は他には何も言わなかった。木の鉢を持ってきて、火の近くの鍋から何かをすくってそれに入れてくれた。それから木のスプーンを添えて渡してくれた。

夕食は粗びきのとうもろこし粥だった。料理人は、私が食べずに見つめているのを見て、私の表情を取り違えた。

「足りないのかね?」と聞く。

「いえ、たっぷりですわ!」これ以上入れられたら困る。私は防ぐように鉢を抱えこんだ。「ありがとうございます。」

私は大きな重いテーブルの端に、ナイジェルとルークに向かい合って腰を下ろした。彼らも同じ粥を食べていた。もっとも、彼らの粥にはミルクがかけてある。私もミルクをかけてもらおうかと考えたが、それで耐えやすくなるとも思えなかった。

釜の中身はなんだかわからないけれどもよい匂いがしてきて、私は朝食を食べていないこと、昨夜の夕食だってほんの二口、三口しか食べていないことを思い出した。腹ぺこなのだ。それにサラは肉料理を――たぶん、シチューを作っている。私は粥を一口含むと味わわずに呑み込んだ。

「後で、白人衆が食べ終わってからもっとましなものをもらうだよ」とルークが言った。「白人衆の残したものをな。」

残飯のことでしょ、と私は苦々しく考えた。他人の食べ残し。しかももし私がここに長くいることになれば、確実に私はそれを食べるだろうし、喜んでそれをもらうことになるだろう。それは粗びきを煮たものより上等のはずだ。私は数匹の大きな蠅（はえ）を急いで追い払いながら、口の中へ粥をすくい込んだ。蠅。これは流行り病の時代だ。

食べ残しが私たちのところへ来る頃には、清潔度はどうなっていることやら。

「あんたはニューヨークから来たと言ったな？」ルークが聞いた。

「そうです。」

「自由州だな？」

「そうです」と私は繰り返した。「だから私はここへ連れてこられたのです。」自由州という言葉が、その質問が、私にアリスとその母のことを思い出させた。あの人たちのことを聞くのはまずいかしらと思いながら、私はルークの大きな顔を見つめた。でも、ここへは初めて来たと思われているのに、あの人たちを知っているなんて――何年も前に知り合ったなんて、そんなことを言えようか。ナイジェルは私が以前ここへ来たことを知っているが、サラとルークは知らないかもしれない。待っていた方が安全のようだ――ルーファスに尋ねることにしよう。

「ニューヨークの人たちってあんたのような話し方をするのかね？」とナイジェルが聞いた。

「する人もいるわ。皆じゃないけど。」

「あんたみてえな格好してるのかい？」とルーク。

「いいえ。私はケヴィンさまが着ろと言って渡して下さったものを着ているだけです。」質問はやめてくれればいいのに。後で忘れてしまうかもしれない嘘を言わせないで欲しい。私の素性はできるだけ単純にしておくのが一番よいのだ。

料理人が近づいてきて私を、私のズボンを見つめた。彼女は布地をちょっとつまみ、手触りを試した。「この生地は何？」と聞く。

二重織りのポリエステル。でも私は肩をすくめた。「知りません。」

彼女はかぶりを振って鍋のところへ戻った。

「あのう」と私はその背中に向かって言った。「マーガレットさまのことでは私もあなたと同じ意見ですわ。」

彼女は無言だった。部屋に入ってきた時感じた暖かさは暖炉の熱でしかないことがわかってきた。

「どうして白人みたいにしゃべろうとするんだね？」ナイジェルが私に尋ねた。

「そんなことはしていないわ」と、私はびっくりして言った。「だって、本当にこれが私の話し方なんですもの。」

「白人でもあんたほど白人ふうにしゃべれんやつもおるくらいだ。」

私は肩をすくめ、受け入れられそうな釈明を心の中であれこれ探した。「母が学校の教師で」と私は言った。「それで……」

「黒ん坊の先生かい？」

私はたじろぎ、うなずいた。「自由黒人は学校を持つことができるのよ。母は私と同じ話し方をしていたわ。私は母から教えてもらったの。」

「あんた、厄介な目に合うよ」と彼は言った。「トム旦那ははやくもあんたが気に入らんようだ。めっぽう教育のあるしゃべり方をするし、自由州から来たとなりゃ。」

「そのどちらも、どうしてあの人にとって問題になるの？　私はあの人のものではないのに。」

少年が微笑を浮かべた。「自分よりきちんとしゃべれて、俺たちの頭に自由のことなんか吹き込む黒ん坊にこの辺りをうろついて欲しくねえのさ。」

「まるで俺たちが根っからあほうで、よそ者が来なけりゃ自由のことなど考えもしねえみてえに」とルークがつぶやいた。

私はうなずいたものの、彼らの考えが間違いであるよう願った。私に対してそんな判断をさせるほどウェイリンにしゃべったとは思わない。彼にそんな判断をして欲しくない。私はアクセントというものが苦手なたちだ。どこかのアクセントをまねることは敢えて避けたのだ。でも、そのために、私が口を開くたびに厄介な目に合いそうだというなら、ここでの生活は想像したよりさらにひどいものになるだろう。

「ルーフ坊ちゃんは、あんたがここへやって来る前にどうしてあんたを見たりできるんだろう？」ナイジェルが尋ねた。

私はむせながら粥を呑み込んだ。「わからないわ」と私は言った。「でも、あの坊やにそんなことができなければどんなによいか！」

4

私は食べ終わっても炊事場に留まっていた。そこは母屋に近かったし、万一に備えて、もしめまいが始まったら炊事場から母屋の廊下へ駆け込むこともできると思ったからだ。ケヴィンが家の中のどこにいるにしても、廊下で私が叫べば聞こえるだろう。ルークとナイジェルは食べ終わると暖炉の方へ行き、サラに何かひそひそと話していた。その瞬間、口のきけないキャリーが、パンと厚切りのハムをそっと渡してくれた。私はそれを見つめ、感謝をこめて彼女にほほ笑みかけた。ルークとナイジェルがサラを部屋から連れ出した時、私は不格好なサンドイッチをぱくついた。そのさなかに、ハムのことを、充分調理してあるのかしらと心配している自分に気づいた。何か他のことを考えようとするのだが、私の心はこの時代に猛威をふるった病気の恐ろしい話の漠然とした記憶で占められてしまった。医術は魔術よりほんのちょっとましという時代である。マラリアが悪い大気から発生した。外科手術ははっきり目を覚ましてもがき苦しむ患者に行われた。ばい菌は、多くの医者の頭の中でさえ、疑問符だった。そして人々は、自分たちを病気にするか死なせかねない、調理も不充分、保存法も不確かなあらゆる食べ物を不用意に知らずに取り入れていた。

まさに恐怖物語だ。

ただ、これは実話であり、私はここにいるかぎり、こういうものと共に暮らさねばならないのだ。おそらくこのハムは食べない方がよかったのだ。だがこれを食べなくても、次は食卓の余り物の問題がある。どこかで危険を冒さねばならないだろう。

サラがナイジェルと一緒に戻ってきて、さやをむかせるために鍋一杯の豆を彼に渡した。生活が、まるで私など存在しないかのように私の周囲で続いていた。いろんな人が炊事場に入ってきて——黒人ばかりだったが——サラに話しかけ、ぶらぶらし、手当たり次第に何かを食べる。そのうちサラがどなりつけて彼らを追い出す。何か手伝うことはないかとサラに尋ねている最中に、ルーファスがかなきり声を上げ始めた。

母屋の壁は厚いので、声はずっと遠いところから来るように聞こえた。かぼそい甲高いかなきり声だ。炊事場を離れていたキャリーが走って戻り、私のそばに座って両手で耳を覆った。

十九世紀の医術が行われているのは明らかだった。

突然かなきり声が止まったので、私はキャリーの手をそっとどけてやった。私は彼女の感受性に驚いていた。この娘は人の苦痛の叫びを聞くことには慣れているだろうと、私は思っていたようだ。彼女はちょっとの間耳をすまし、何も聞こえないと知ると私を見た。

「たぶん、坊ちゃまは気を失ったのよ」と私は言った。「それが一番いいのよ。しばらくは痛みを感じなくてすむわ。」

彼女はぼんやりとうなずき、さっきまでしていた何かの用事を続けに出て行った。

「あの娘はいつも坊ちゃまのことが好きだったんだよ」とサラが沈黙を破って言った。

「坊ちゃまはあの娘が小さかった頃、他の子供たちがいじめないようにかばって下さったもんでね。」

私はびっくりした。「あの娘さんは坊ちゃまより二つ三つ、年が上ではないの？」

「一年早く生まれてる。でも子供たちは坊ちゃまの言うことは聞くからね。白人だもの。」

「キャリーはあなたの娘さんなの？」

サラはうなずいた。「私の四人目の子だよ。トム旦那が私のそばに置かせてくれたただ一人の子さ。」彼女の声が段々低くなってささやき声になった。

「それはあの人が……あの人が他の子供たちを売ってしまったということ？」

「売ってしまったんだ。最初に私の連れ合いが死んで──切っていた木が真上に倒れたんだよ。それからトム旦那が子供たちを奪った。キャリーを残してあとは全部。ありがたいことに、キャリーは口がきけないもんで他の子たちほど値打ちがなかったのさ。人はこの娘は利口じゃないと思っている。」

私は彼女から目をそらせた。彼女の目は──今にも泣き出しそうに見えたが──悲しみを越えて怒りを表していた。夫は死に、三人の子供は売られ、四人目は欠陥があり、しかもその欠陥を神に感謝しなければならないとは。怒り以上のものを抱いて当然なのだ。ウェイリンが彼女の子供たちを売って、まだ自分の食事を彼女に作らせているとは驚きだ。彼がまだ生きているとは驚きだ。だが、もし彼がキャリーの買い手を見つけたら、彼の命も長くはないだろうと思う。

そんなふうに考えている時、サラが背を向けて一握りの何かを、料理中のシチューかスープの中に投げ入れた。私はかぶりを振った。万一彼女が復讐を決意したとしても、ウェイリンには自分が何にやられたのか決してわからないだろう。

「このジャガイモの皮をむいておくれ」と彼女が言った。

私は自分が手伝いを申し出たことを、一瞬考えてから思い出した。彼女が渡した大きな鍋と、ナイフと木鉢を受け取り、私は黙って働いた。皮をむいたり、うるさい蠅を追い払ったりしながら。やがてケヴィンが外で呼ぶ声を聞いた。私は強いて落ち着いてジャガイモを下に置き、サラがテーブルの上に置いた布きんをかぶせた。それから、再び彼の近くにいられることに感じたうれしさや安堵の気ぶりは見せずに、急がずに彼のところへ行った。私が行くと彼は妙な面持ちで私を見た。

「大丈夫かい？」

「ええ。」

彼は私の手を取ろうとしたが、私は彼を見ながら身を引いた。彼は手を脇に下ろした。「来いよ」とうんざりしたように言う。「話ができるところへ行こう。」

彼は奴隷小屋やその他の建物を離れ、互いに追いかけたり叫んだりしているがまだ自分たちが奴隷であるとわかっていない幼い奴隷の子供たちを離れ、母屋も通り過ぎて行った。

それぞれ一本の木と言えるほど太い枝が広がって大きな木陰を作っている樫の巨木があった。美しい孤独な老木だ。私たちは家から見えないように木の後ろ側に座った。私はケヴィンに体を寄せて座るとほっとして、自分ではほとんど意識していなかった緊張を解いた。二人ともしばらく無言だった。ケヴィンも木にもたれて自分の緊張をほぐしているようであった。

とうとう彼が口をきいた。「僕たちが戻って行けたかもしれない本当に魅力的な時代はいろいろあるよね。」

私の笑いにはユーモアがなかった。「戻ってみたい時代なんて一つも考えつかないわ。それにしてもその中でこれは一番危険な時代の一つに違いないわ——とにかく私にとっては。」

「僕が一緒にいる間はそんなことはない。」

私は感謝の目を向けた。

「どうして僕の来るのを止めようとしたの？」

「あなたのために心配したから。」

「僕のために！」

「最初はどうしてだかわからなかったの。ただ、一緒に来ようとしてあなたが怪我でもしやしないかと思ったの。それからあなたがここへ来てしまった時、気がついたんだけど、私と一緒でないとあなたはおそらく帰れないでしょう。と言うことは、もし私たちが離ればなれになると、あなたはここに何年も、たぶん永久に、取り残されてしまうのよ。」

彼は深く息を吸い込み、かぶりを振った。「それはちっともよいことじゃないな。」

「私の近くにいるようにして。呼んだらすぐ来て。」

彼はうなずき、しばらくしてから言った。「だけど僕はここで生き延びてゆけると思うよ、もしもそうしなければならないならば。つまり、もし……」

「お願い、ケヴィン、もしもなんて考えないで。」

「僕はただ、僕なら君の陥るような危険は免れられると言うつもりだったんだ。」

「そうだわね。」でも彼は別の危険に陥るだろう。このような場所が、ある意味で彼を危険にさらすと思われるが、それについて私は彼に話したくなかった。もし彼が何年間もここに取り残されてしまったら、この場所の影響が幾分かは彼に刻印されるだろう。大きな影響ではない。私にはそれがわかる。それでも、もし彼がここで生き延びるとすれば、それはここの生活をどうにか黙過するからなのだ。自ら加わらないまでも、沈黙は守っていなければならないだろう。南北戦争以前の南部では、言論の自由はあまりうまくいっていなかった。ケヴィンもあまりうまくやっていけそうもない。この場所と時代は、彼をすぐに殺してしまうか、何かの痕跡を残すかだろう。どちらの可能性もいやだ。

「デイナ。」

私は彼を見た。

「心配するな。一緒に来たんだ。一緒に帰ろう。」

私は心配をやめはしなかったがほほ笑み、話題を変えた。「ルーファスの具合はどうなの？　かなきり声が聞こえたけど。」

「かわいそうに。あの子が気絶してほっとしたぜ。医者は阿片を呑ませたけど痛みはそんなもの突き抜けてしまったようだ。あの子を押さえるのに手を貸さねばならなかったよ。」

「阿片なんて……大丈夫なのかしら。」

「医者は大丈夫と思っていた。この時代の医者の意見がどれほどの価値をもっているのか知らないけれど。」

「医者の言う通りだといいんだけど。あんな両親を持ってしまったということでルーファスが自分の悪い運を全部使い果たしているよう願うわ。」

ケヴィンは片腕を上げ、それを曲げて血のにじんだ長い数本の引っかき傷を見せた。

「マーガレット・ウェイリンね」と私は小声で言った。

「あの女はあの場にいない方がよかったんだ」と彼は言った。「僕を引っかいた後で次は医者を引っかき始めた。『坊やにひどいことするのはやめて！』だって。」

私はかぶりを振った。「これからどうしましょう、ケヴィン。たとえここの人たちが正気であったとしてもここに滞在して皆に混じっていることはできないわ。」

「できるよ。」

私は振り向いて彼をまじまじと見た。

「僕たちが何故ここへ来たか——何故一文無しか、僕は話をでっち上げてウェイリンに説明したんだ。やつは仕事をしないかと言ってくれた。」

「何をしろというの?」

「君の小さい友だちの家庭教師さ。あの子は読み書きも木登りよりましではないらしい。」

「だって……学校へ通っているんじゃないの?」

「脚が治るまでは通えない。だからおやじさんとしては息子がこれ以上遅れてはかなわんのだ。」

「同じ年齢の他の子供たちより遅れているわけ?」

「ウェイリンはそう思っているみたいだった。口に出してはっきり言ったわけではないが、あの子があまり賢くないんじゃないかと気にしているようだ。」

「どっちにしてもあの父親が気にしているとは驚いたわ。それに彼の考えは当たっていないと思うわ。だけど今度ばかりはルーファスの運の悪さが私たちの幸運になったわ。あなたが給料を受け取るまで私たちがここにいるかは疑問だけど、少なくともここにいる間、食べ物と寝る所はあるわけだもの。」

「僕もそう思ったから引き受けたんだ。」

「で、私はどうなるの？」

「君が？」

「ウェイリンは私のことは何も言わなかったの？」

「うん。どうして？　僕がここに滞在すれば君も滞在するってことは彼も承知だ。」

「そうだわね。」私はほほ笑んだ。「その通りだわ。契約する時、あなたが私のことを思い出さなかったのならあの人が思い出さないのは当然よ。だけどしなければならない仕事が出てきたら、きっと私を忘れたままではおいといてくれないわね。」

「ちょっと待ってくれ、君があの男のために働くことはないんだ。誰も君をあの男のものと考えていないのだから。」

「ええ、でも私、ここにいるのよ。それに奴隷と思われているのよ。働かなかったら、なんのための奴隷なの？　きっとあの男は何か私のする仕事を見つけるわ。――というより、あの男の目がこっちに向く前に私が自分の仕事を見つけるつもりでいないとあの男が必ず見つけてくるわ。」

　ケヴィンは顔をしかめた。「働くことは君の望みなの？」

「私の望みは……私はここで自分の居場所を作らなければならないわ。つまり、仕事よ。私が働いていなければ、黒人にしろ白人にしろここの皆が腹を立てると思うの。

しかも私には友だちが必要なのよ。ここで作れるかぎりの友だちが必要なの、ケヴィン。あなたは一緒じゃないかもしれないもの、私がまたここへ来る時。もしまた来るとすれば。」

「あの子がもっともっと注意深くならないと、君はまたここへ来るのだろうね。」

私は溜め息をついた。「そのようね。」

「あの連中のために君が働くなんてこと、考えるのはいやだ。」彼はかぶりを振った。

「君が少しでも奴隷の役を演じるなんて、考えるのはいやだ。」

「そうしなければならないのはわかっていたでしょう。」

彼は何も言わない。

「時々あの連中から離れられるよう、私を呼んでね、ケヴィン。そうやってあの連中に思い出させてやってね、なんであれ、私があの連中の所有物じゃないことを……今のところはまだそうじゃないことを。」

彼は怒ったようにかぶりを振った。それは拒否するようなしぐさであったが、私には彼が言う通りにしてくれるのがわかっていた。

「私たちのことをウェイリンにはどう言っておいたの?」と私は尋ねた。「ここの人たちがいろいろ質問してくるから、二人とも同じ話をするよう確認しておいた方がいいわ。」

数秒間彼は無言であった。

「ケヴィン？」

彼は深い息を吸った。「僕はニューヨークから来た作家というふれこみだ」と、やっと彼は口を開いた。「どうかニューヨーク人には出会いませんように。僕は本を書くために調べものをしながら南部を旅行しているんだ。二、三日前に性悪なやつらと飲んで金を奪われてしまったから無一文。残っているのは君だけ。君が読み書きができるので金を奪われる前に君を買った。君が僕の仕事のことでも、他のことでも役に立つと思った、とこういう次第。」

「あの男、信じた？」

「信じたかもしれない。君が読み書きできることをあいつはもう確信していた。あいつがあんなに疑り深く、うさんくさそうにしていた理由の一つはそれだったんだ。教養のある奴隷はこの辺りじゃ人気がないんだよ。」

私は肩をすくめた。「ナイジェルがそう教えてくれたわ。」

「ウェイリンは君の話し方が気に入らんのだ。あいつ自身あまり教育を受けてないんで君に腹を立てているのだと思う。君をわずらわすことはないと思うよ――そうでなきゃここに滞在しようなんて考えない。だができるだけあいつを避けていた方がいい。」

「喜んで。私、できれば炊事場に入り込もうと考えているの。あなたが自分のために料理の仕方を私に習わせたがっているのだとサラに言おうと思うの。」

彼はちょっと笑った。「僕がウェイリンにでっち上げた話の残りを君に言っておいた方がよさそうだ。もしサラがこれをすっかり聞いたら、僕の食べ物の中に少しばかり毒を入れる方法を君に教えるかもしれん。」

私は飛び上がったと思う。

「ウェイリンは君のような奴隷を——教育があって、たぶん自由州からさらわれてきたようなのを——こんなに北部に近いところで連れているのは危険だと警告するんだ。君が逃げ出して僕が投資物件を失うようなことにならぬうち、ジョージアかルイジアナへ向かう奴隷商人に売るべきだとさ。それで思いついてこう言っておいた。君をルイジアナで売るつもりだ、何故ならそこが旅の最終目的地だし——それにそこだと儲けも大きいと聞いたからって。

あいつはこれが気に入ったらしくて、僕の考えている通りだ、ルイジアナへ連れて行くまで君をしっかりつかんで離さんようにすればあそこではいい値がつく、と言うんだ。そこで僕はこう言った。教育があろうとなかろうと、君は逃げそうにない、何故なら僕は君を一緒にニューヨークへ連れて戻り、自由にしてやると約束してあるからって。ともかく本当は君が今すぐ僕から離れたがってはいないのだって。あいつはその意味を理解した。」

「あなたがとてもひどい人に聞こえるわ。」

「わかっている。ぎりぎりのところでやってみたんだ。君に対する僕の行為のために、あいつに自分の息子の近くに置きたくない人物と思われるか、試してみようとしたんだ。君に自由を約束したと言った時にあいつはちょっと冷ややかになったと思う。でも何も言わなかった。」

「あなたは何が目的だったの？　手に入れたばかりの仕事を失いたかったの？」

「いや、だけどあいつと話している間、僕が考えたことは、君がいつか一人でここへ戻ってくるかもしれないということだけだった。僕はあいつに人間性を見つけようとし続けたんだ。君は大丈夫だと僕自身を安心させるために。」

「ああ、あの男は充分に人間的よ。もうちょっと上流の社会に属していれば、あなたのおしゃべりに嫌悪を覚えて、周りにいて欲しくないとさえ思ったかもしれないわ。でもあなたが私を裏切るのを止めはしなかったでしょう。私はあなたの私有財産でしょ。あの人はそれを尊重するわよ。」

「それを人間的と呼ぶのかい？　僕は君が二度とここへ一人で来ることのないように、やれることを全部やるつもりだよ。」

私は彼を見守りながら木にもたれた。「万一来ることがある場合に備えて保険をかけましょうよ、ケヴィン。」

「なんだって？」

「ルーファスのことはできるだけ協力させてもらうわ。あの子が成長して父親の赤毛の複製にならないようにするには、私たちに何ができるか考えてみましょうよ。」

5

だが私は三日間ルーファスに会わなかった。やっとうちへ帰れるのだと予言してくれるめまいをもたらすようなことも何も起こらなかった。私は精一杯サラの手伝いをした。彼女は少し好意的になったようで、料理に関して私が無知であることにも辛抱してくれた。教えてくれたり、また、もっとよいものを私が食べるよう気をつけてくれた。私が粗びきとうもろこし粥を好かないことを一度知ると、もうそれは出さなかった。（「どうして何も言わなかったんだい？」と聞かれてしまった。）彼女の指図を受けながら、私はずいぶん長い時間をかけて、擦り減った切り株の上で手斧でスコーンのこね粉をたたいた。（「そんなに強くたたいてはだめ！　釘を打ち込んでいるわけじゃないんだよ。規則正しく、こんなふうに……」）私は鶏の羽をむしって内臓を始末し、野菜の下ごしらえをし、パン生地をこね、サラが私を面倒くさそうにする時はキャリーや他の屋内奴隷の仕事を手伝った。ケヴィンの部屋をいつも掃除しておいた。手や顔を洗ったり髭を剃るのに使う熱いお湯を彼に持っていってやり、私も彼の部屋でお湯を使った。そこは私が一人でいられる唯一の場所だった。例のズックの袋もそこに置き、マーガレット・ウェイリンが、埃を拭った家具の上を指でこすったり充分掃いた床のカーペットの下を点検したりしに来ると、彼女を避けてその部屋へ行った。

時代の違いがなんだ。これが何世紀のことであろうと床の掃き方や埃の拭い方は心得ている。マーガレット・ウェイリンは、不満を言う口実が見つからないものだから不満を言った。ある日、冷めたコーヒーを持ってきた、とかなきり声で叫び、やけどするような熱いコーヒーを私にぶっかけたので、それが痛いほどはっきりわかった。だからケヴィンの部屋へ行って彼女から隠れた。そこが私の避難場だった。でも寝場所ではなかった。

私は屋内奴隷たちのほとんどが眠る屋根裏に寝場所を与えられていた。私がケヴィンの部屋で寝るということは、明らかに誰も全然考えていないのだった。ケヴィンと私の間にあるはずの関係を、ウェイリンは知っているが気にかけていないのははっきりしている。だが私たちの寝る場所の配置は、彼が思慮分別を求めていることを示していた――というより、私たちはそう解釈した。私たちは三日間は協力した。四日目、炊事場へ向かっていた時ケヴィンが私に追いつき、再び樫の木のところへ連れて行った。

「マーガレット・ウェイリンに厄介な思いをさせられているの？」と彼は尋ねた。

「手に負えないようなことではないわ」と、私はびっくりして言った。「何故？」

「屋内奴隷たちが二、三人で話していた。漠然とだけど、ごたごたがあると言っているのを耳にしたんだ。はっきり知ろうと思ってね。」

私は肩をすくめて言った。「ルーファスが私を好いているので腹を立てているのだと思うわ。おそらく誰も息子に近づけたくないのよ。あの子がもう少し成長して離れて行こうとする時が大変でしょうね。それに、マーガレットもご亭主同様、教育のある奴隷が好きじゃないんだと思うわ。」

「なるほど。ついでに言うと、僕の勘は当たっていたよ。あの男は読み書きがかろうじてできる程度だ。細君の方も大して変わらない。」彼は私に真正面から向かい合った。「あの女は君に熱いコーヒーをぶっかけたのか？」

私は目をそらせた。「大したことじゃないわ。どっちみちねらいがはずれてほとんどかからなかったのだし。」

「どうして僕に言わなかったのだい。怪我をさせられたかもしれないのに。」

「怪我はさせられてないわ。」

「もう一度やるようなきっかけは与えないぞ。」

私は彼を見つめた。「どうしようというの？」

「ここを出るのさ。あの女が次にやらかすつもりのことを君が耐え忍ばなけりゃならんほど、僕らは金に困っているわけではない。」

「だめよ、ケヴィン。コーヒーのことをあなたに黙っていたのは理由があるの。」

「他にも黙っていることがあるんだろうな。」

「大したことはないのよ。」私は心の中で、マーガレットから与えられたささいな侮辱のあれこれを思い出していた。「出て行こうと思うほどのことは何もないわ。」

「だけどどうしてさ？　何も君が……」

「理由があるの。私もそのことは考えてみたのよ、ケヴィン。私が気にかけているのはお金でもないし、屋根の下で暮らせるってことですらないわ。何がなくとも私たち二人一緒ならここで生き延びてゆけると思うの。でも私一人だったらあまり生き延びられそうにはないわ。そのことは話したでしょう。」

「君一人にはしない。そうならんように僕がする。」

「そうならないようにあなたはしてくれるでしょうね。たぶんそれでうまくゆく。そうであって欲しいわ。でも万一うまくゆかなかったら、万一私が一人でここへ来なければならないとしたら。今はここに滞在して、前に話し合った保険のために働いておけば、生き延びる可能性が高くなるでしょ。ルーファスのことよ。次に私が来る頃にはおそらくあの子はある程度支配力を持つ年齢になっているでしょう。私を助けられる年齢に。今のうちにできるだけたくさん、私に関してよい思い出を持たせたいの。」

「君がここからいなくなったらそれっきりあの子は忘れてしまうかもしれない。」

「覚えているわよ。」

「覚えていても役に立たんかもしれない。結局、この環境は君がいなくなってから毎日あの子に影響を与えるんだもの。それに僕の聞いたところでは、この時代、主人の子供たちは奴隷たちとほぼ対等の間柄にあるのが普通だそうだ。だが成人すると双方が身分をわきまえることになっている。」

「そうでないこともあるわ。ここでだって、子供たちが全部、両親の思惑通りに形成されるとはかぎらないでしょう。」

「君は賭けをしているよ。なんとまあ、歴史に逆らって賭けているんだ。」

「他に何ができる？　私は試してみなければならないのよ、ケヴィン。そして試すというのが、後で生き延びられるように今は小さな危険を冒したり小さな侮辱に耐えることを意味するなら、私はやるわ。」

彼は深く息を吸い、口笛に近い音を立ててそれを吐いた。「うん、君の言うことはもっともだ。いやだけど、もっともだ。」

私は彼の肩に頭をのせた。「私だっていやよ。ああ、ぞっとするほどいや。あの女は神経衰弱を起こしかけているわ。私がここにいる間に発作が始まらないよう、願うだけよ。」

ケヴィンがちょっと体の位置を変えたので、私は座りなおした。「マーガレットのことはしばらく忘れよう」と彼が言った。「僕はあそこの……君の寝る場所のことも言いたかったんだ。」

「ああ、あれね。」

「ああ、あれだ。とうとう見に行ってみたんだ。デイナ、床の上にぼろ毛布を敷いただけの寝床なんて！」

「あそこで何か他のものを見た？」

「なんだって？　他に何か見るべきものがあったというの？」

「床の上にはたくさんのぼろ毛布の寝床があったでしょう。それにとうもろこしの皮を詰めたマットレスが二、三個。私が他の屋内奴隷たちより特に待遇が悪いわけではないのよ、ケヴィン。畑で働く奴隷たちよりましなの。あの人たちの寝床は地面の上なの。あの人たちの小屋には床もないし、しかも蚤だらけなの。」

長い沈黙があった。ようやく、彼は溜め息をついた。「他の人たちには何もしてあげられない。でも君にはあの屋根裏から出てもらいたい。僕と一緒にいてもらいたいんだよ」と彼は言った。

私は背筋を伸ばして座り、目を伏せて自分の手をじっと見た。「私がどれほどあなたと一緒にいたかったか、あなたにはわからないくらいよ。ある朝目覚めたら――自分が一人っきりで――うちにいる、という想像ばかりしているの。」

「あり得ないことだよ。夜の間に何かが君を脅かすとか危険にさらすとかでもないかぎり。」

「確信はできないわ。あなたの推論が間違いだということもあるわ。ひょっとしたら、私がここに留まれる期間に限度みたいなものがあるのかもしれないし。ひょっとしたら、悪夢一つで私をうちへ帰らすに事足りるのかもしれないし。なんでも原因になるのかも。」

「僕の推論を試してみるべきかもしれない。」

それを聞いて私は黙ってしまった。彼の言った意味は、彼が自ら私を危険な目に合わすか、あるいは少なくとも私に命の危機を信じさせる――つまり心底怖がらせることだとわかったからだ。怖がらせてうちへ帰らせる。たぶん、そうなるだろう。

私は唾を呑んだ。「それはいい考えかもしれないけど、私に言わない方が――警告しない方が――よかったと思うわ。それに……あなたに私を充分怖がらせるなんてできるかなあ。私、あなたを信頼しているもの。」

彼は私の片方の手に自分のそれをかぶせた。「僕を信頼し続けてくれていいんだ。君に怪我はさせないから。」

「だけど……」

「怪我をさせる必要はないよ。君が考える間もないうちに怖がるようなことを何か手筈しよう。うまくやってのけられるよ。」

私はその提案を受け入れ、彼がたぶん本当に二人をうちへ帰らせることができるような気がしてきた。「ケヴィン、ルーファスの脚が治るまで待ってね。」

「そんなに長く?」と彼は抗議した。「六週間か、たぶんもっとかかるよ。ちえっ、こんな遅れた社会のことだ、脚が治るかどうかもわからんぜ。」

「何が起ころうとあの子は生きてゆくわ。まだこれから父親になるはずだもの。ということは、あの子には時間があって、おそらくまたここへ私を呼び出すのでしょう。あなたと一緒であろうとなかろうと。ケヴィン、あの子と接触して私のための避難場をここに作っておくために、必要な機会を下さいな。」

「わかったよ」と彼は溜め息をつきながら言った。「しばらく待とう。でもあの屋根裏で待つのはやめてもらう。今夜から僕の部屋へ移るんだ。」

私は思案した。「いいわ。私がうちへ帰る時にあなたも一緒に帰らせることは、ルーファスのところにいるより大事なことだわ。そのためにこのプランテーションを追い出されたっていいわ。」

「そんな心配はいらないよ。ウェイリンは僕たちのすることなんて気にかけない。」

「でもマーガレットは気にするわ。あの人が例の限りある能力を使って聖書を読んでいるのを見たわ。あの人はあの人なりの意味で、かなり道徳的なんじゃないかしら。」

「あの女がどれほど道徳的か知りたいかい？」

その言い方を聞いて、私は眉をしかめた。「どういう意味？」

「もしあの女がもうちょっとしつこく僕を追い回したら、あの女の読んでいる聖書の一場面を演じるはめになるだろうよ。ポテパルの妻とヨセフについての場面さ（創世記三九章。エジプト役人ポテパルの妻がヨセフを誘惑しようとする）。」

私は唾を呑んだ。あの女が！　だが私の心の目には彼女の姿が浮かんだ。頭に高く巻き上げた豊かな赤毛。すべすべしたきめの細かい肌。彼女の感情の問題はともかくとして、醜い女ではない。

「いいわ、今夜移るわ」と私。

彼は微笑した。「僕たちが黙っていれば、あの連中は気づきもしないかもしれない。ちぇっ、裏の方で泥んこになって遊んでいる小さな子を三人見たが、ルーファスよりその子たちの方がウェイリンに似ているんだ。マーガレットは気づかぬことにかけては訓練を積んできているよ。」

どの子供たちのことか私にもわかっていた。母親はそれぞれ違うのだが、その子供たちには同じ家系の持つ類似性がはっきり現れていた。マーガレット・ウェイリンがそのうちの一人の顔に激しい平手打ちを加えるのを見たことがある。その子はただ彼女の行く手にちょこちょこと歩み出てしまっただけなのに。夫の罪のために子供に罰を与えることにやぶさかでない女なら、自分がケヴィンと一緒にいたいところに私がいると知れば私にも罰を与えるのにやぶさかでないのではなかろうか。そのことは考えまい。

「私たち、やっぱり出て行かなくてはならないかもよ」と私は言った。「あの連中がお互いに何を許容しようと、私たちの『不道徳』を認める気にはならないかもしれないわ。」

彼は肩をすくめた。「出て行かねばならないなら、出て行くさ。あの坊やのことで機会をつかむためであっても、君の忍耐にも限度がある。なんとかしてボルチモアへ行こう。そこで何かの職は得られるだろう。」

「都会へ行くならフィラデルフィアはどう?」

「フィラデルフィア？」

「ペンシルヴェニア州にあるからよ。ここを出るなら自由州へ向かうことにしましょうよ。」

「ああ、そうとも。僕もそのことを思いつくべきだった。あのね、デイナ……僕たち、どっちみちどこか自由州へ行かなくてはならないかもしれないよ。」彼は口ごもった。「つまり、万一、僕たちが考えているような具合にはうちへ帰れないとわかったら。ルーファスの脚が治ればウェイリンにとって僕はおそらく不必要な出費になるだろう。そうしたらどこかに僕ら自身で住まいを作らなくてはならない。そういうことはおそらく起こらないだろうが、一つの可能性ではあるからね。」

　私はうなずいた。

「じゃあ行ってあの屋根裏から君の持ち物を取ってこよう。」彼は立ち上がった。「それからね、デイナ、ルーファスの話では今日は母親が外出するそうだ。留守の間に君に会いたいと言っている。」

「どうしてもっと早く言ってくれないの？　ようやく手がかりができたわ！」

　その日、もっと後になってからだが、サラに代わってとうもろこしパンの粉をこねていると、キャリーが私を迎えに来た。彼女はサラにある合図をしたが、それが何を意味するか私はもう覚えてしまった。彼女は顔の脇をまるで何かこすり落とすみたいに片手で拭うのである。それから彼女は私を指さした。

に行っといで。」

「デイナ」とサラが肩ごしに言った。「白人衆の誰かがご用だって。キャリーと一緒

私は行った。キャリーは私をルーファスの部屋へ案内し、ノックをし、私をそこに残して去った。入って行くと、ベッドではルーファスが二枚の木の板で脚を挟まれ、その板と脚は綱と鋳鉄を使った装置で真っすぐに支えられている。鉄のおもりはサラの台所から借りてきたもののようだ――重い小さな鉤型のもので、サラがそれに肉を引っ掛けてあぶり焼きにしているのを一度見かけたことがある。でも明らかにそれはルーファスの脚を牽引する役にも立っていた。

「気分はどう?」私はベッド脇の椅子に座りながら尋ねた。

「以前ほど痛くない」と彼は言った。「よくなってきてるようだよ。ケヴィンが言ったんだけど……あの人をケヴィンと呼んでもかまわないかい?」

「かまわないわ、あの人もそう呼んでもらいたがっていると思うわ。」

「母さんの前ではフランクリン先生と呼ばないといけないんだ。とにかく、あの人が言ったんだけど、おまえはサラばあさんのところで働いているんだってね。」

サラばあさんですって? そうね、サラばあやよりましな呼び方だわ、と私は考える。「あの人の料理の仕方を習っているの。」

「あれは料理がうまいよ。だけど……おまえを殴ったりしないかい?」

「もちろんしないわ。」私は笑った。

「少し前のことだけど、炊事場に女の子が一人いた。サラばあさんはよくその子を殴ったんだ。とうとうその子は父さんに、畑へ戻らせてくれって頼んだ。でもそれは父さんがサラばあさんの息子たちを売ったすぐ後のことだったけど。その時はサラばあさんは誰に向かってもひどく腹を立てたよ。」

「もっともだわ」と私は言った。

ルーファスはドアをちらりと見て、それから声を低くして言った。「僕もそう思うよ。あれの息子のジムは僕の友だちだったんだ。僕が小さい時、乗馬を教えてくれた。でもともかく父さんは売ってしまった。」彼はもう一度ドアに視線を投げ、話題を変えた。「デイナ、おまえは字が読めるのかい?」

「ええ。」

「ケヴィンはそう言った。僕が母さんにそう言ったら、母さんはおまえが読めないと言うんだ。」

私は肩をすくめた。「あなたはどう思うの?」

彼は枕の下から革表紙の本を取り出した。「ケヴィンがこの本を階下から持ってきてくれた。僕に読んで聞かせてくれる?」

私はあらためてケヴィンにほれ込んでしまった。これこそこの子と長時間を過ごす絶好の口実だ。本は『ロビンソン・クルーソー』だった。小さい時に読んだことがあるが、本当は好きになれないのに、かと言ってまったく本を投げ出すこともできなかった覚えがある。クルーソーは結局のところ、船が難破した時奴隷貿易の航海中だったのだ。

私は幾分不安を抱きながら本を開けた。どんな昔ふうの綴りと発音に向かい合わねばならないのだろう。SがFと綴られているのは予想していたことだし、他にもそれほど頻繁には現れないいくつかの違いがあるのがわかったが、すぐに慣れてしまった。そして私は『ロビンソン・クルーソー』にのめり込んで行った。私自身がいわば漂流者なので、別の人間が難儀をする空想の世界へ喜んで逃避したのである。

どんどん読み続け、ルーファスの母親が彼のために置いていった水を飲み、さらに読み続けた。ルーファスは楽しそうだった。彼がうとうとしかけたと思って私はようやく読むのをやめた。ところがその時でさえ、私が本を置くと彼は目を開いてほほ笑んだ。

「ナイジェルが言ってたけど、おまえの母さんは学校の先生だったんだね。」

「そうよ。」

「おまえの読み方、気に入ったよ。まるでその場にいて、出来事を全部見ているようだ。」

「ありがとう。」

「階下にはまだいっぱい本があるよ。」

「見たわ。」私はそれらの本をいぶかりもしていた。ウェイリン家は図書室を持ちたがるような人々には見えないからだ。

「本はハンナさんの物だったんだよ」と、ルーファスが親切にも説明してくれた。「父さんが母さんと結婚する前に結婚していた人だ。でもハンナさんは死んじゃった。ここだってその人の物だったんだよ。父さんの言うには、その人があんまり読書好きだったから、次に母さんと結婚する時には母さんが読書嫌いなのを確かめたんだって。」

「あなたはどう？」

彼は落ち着かない様子でもぞもぞした。「字を読むのはすごく面倒だよ。ジェニングス先生はどっちみち僕は馬鹿だから覚えられないと言った。」

「ジェニングス先生って？」

「学校の先生。」

「本当？」私は嫌悪を覚えてかぶりを振った。「その人は先生になるべきではないわ。ねえ、あなたは自分が馬鹿だと思う？」

「ううん。」ためらいがちの小声の否定だ。「だけど僕、もう父さんに負けないくらい読めるんだよ。どうしてそれ以上やらなくちゃいけないの？」

「やらなくちゃいけないことはないわ。今のままでいることもできるわ。それだと、もちろん、ジェニングス先生は自分の目が正しかったと考えて満足なさるでしょうけど。その先生のこと、好き？」

「あの先生を好きな者なんていないや。」

「じゃあそんなに熱心にその先生を満足させるのはよしなさい。で、一緒に学校へ行っている男の子たちはどう？　男子だけの学校なんでしょう——女の子はいないんでしょ？」

「うん。」

「大人になった時にその男の子たちがあなたに対して持つことになる有利な立場を考えてごらんなさい。あなたよりたくさんのことを知っているのよ。その気になればあなたを騙すこともできるでしょうよ。それにね」と言いながら私は『ロビンソン・クルーソー』をさし上げてみせた。「あなたが取り逃がす楽しみのことを考えてみて。」

彼はにんまりした。「おまえがここにいればそれはないや。もっと読んでよ。」

「やめた方がいいと思うわ。もう遅いし。お母さんがもうすぐ帰っておいでになるでしょう。」

「まだだよ。読んでってば。」

私は溜め息をついた。「ルーフ、お母さんは私のことを好いておられないのよ。あなたも知っていると思うけど。」

彼は目をそらせた。「もう少し時間はあるけど」と言う。「たぶん読むのはやめた方がいいね。おまえが読んでいる間、母さんの帰った音に気を配るのも忘れていた。」

私は彼に本を渡した。「あなたが二、三行読んで聞かせて。」

彼は本を受け取り、まるで敵でも見るようにそれを見た。ちょっと間をおいてから、彼はつっかえつっかえ読み始めた。彼の読みを完全に止めてしまう語もいくつかあり、私が助けてやらねばならなかった。苦労しながら二文節進むと、彼は読むのをやめていやそうに本を閉じた。「僕が読むと同じ本とさえわからないくらいだ」と彼は言った。

「ケヴィンに教えてもらえばいいわ」と私は言った。「あの人はあなたを馬鹿だなんて信じてないし、私だって同じよ。あなたはちゃんと覚えるわ。」本当に何か問題が――視力の弱さとか、この時代の人々が頑固さとか愚鈍さと見なしたであろう学習不能とかが彼にあるのでなければ。そうでなければ。子供を教えることについて私が何を知っているというのか。私にできるのはただ、この少年が私が思った通りの潜在能力を持っていてくれるようにと望むことだけだ。

私は行こうとして立ち上がったが――もう一つまだ答えを聞いていなかった質問を思い出し、また腰を下ろした。「ルーフ、アリスに一体何が起こったの?」

「何も。」彼は驚いた表情だ。

「そのう……この前会った時、あの子のお父さんがあの子とお母さんに会いに行ったというんで打たれたところだったの。」

「ああ、あれ。父さんはあの男が逃げ出すんじゃないかと心配して、奴隷商人に売ってしまった。」

「売ってしまった……まだこの辺りに暮らしているの？」

「ううん、その商人は南へ向かっていた。ジョージアへ行ったんだと思う。」

「まあ。」私は溜め息をついた。「アリスとお母さんはまだここにいる？」

「もちろん。僕は今でも会うよ――歩けるようになれば。」

「あの夜、私が一緒にいたためにあの人たち厄介な目に合わなかった？」それは私を奴隷にしようとしたあの男がその後どうなったかを知るための精一杯の問いだった。

「合わなかったと思うよ。アリスは、おまえが来たけどすぐに行ってしまったと言っていた。」

「うちへ帰ったの。いつそういうことになるか、予想ができないのよ。突然そうなるから。」

「カリフォルニアへ戻るんだね？」

「そう。」

「アリスはおまえが行くところは見ていない。おまえがただ森の中へ入って行ったきり戻ってこなかったと言ったよ。」

「よかったわ。私が消えるのを見たら腰をぬかしちゃったでしょうね。」それでは、アリスも口をつぐんでいるわけだ――あるいはその母親がそうしているのか。アリスは何が起こったか知らないのかもしれない。明らかに、友好的な幼い白人にも知らせるわけにゆかぬことがあるのだ。一方、パトローラー自身が私のことを言いふらしたり、アリスと母親に仕返しをしたりしていないところをみると、たぶん死んだのだ。私が殴り殺したのだろうか。それとも私がうちへ帰った後で誰かがとどめをさしたのだろうか。彼女たちがそれをしたのなら、詮索はしたくない。

私はまた立ち上がった。「もう行かないと。ルーフ、会える時にはいつでもまた来るわ。」

「デイナ。」

私は彼に目を下ろした。

「おまえが誰かってことは母さんに話したよ。僕を河で助けてくれたのがおまえだということを。母さんはそうじゃないと言ったけど、本当は僕の言うことを信じたと思う。僕はその方が母さんがおまえを好きになるかもしれないと思って言ったんだよ。」

「効果はなかったみたい。」

「知ってる。」彼は顔をしかめた。「どうしておまえを好かないのだろう。おまえ、母さんに何かした？」

「そんなことあるわけないわ！　何かしたりしたら、結局私はどうなると思う？」

「そうだよね。だけどどうしてかなあ。」

「お母さんに聞くしかないわ。」

「話してくれないだろうよ。」彼は真剣な面持ちで見上げた。「おまえが今にも帰ってしまうんじゃないかっていつも考えているんだ。誰かが、おまえとケヴィンがいなくなったと言いに来るんじゃないかって。おまえに帰ってもらいたくない。でもここで痛めつけられて欲しくもない。」

私は何も言わなかった。

「気をつけて」と彼はそっと言った。

私はうなずいて部屋を出た。ちょうど階段のところまで来た時、トム・ウェイリンが自分の寝室から出てきた。

「こんなところで何をしているんだ？」と彼は詰問した。

「ルーファス坊ちゃんのところにおりました」と私は言った。「私に会いたいとおっしゃったので。」

「あの子に読んでやっていたな！」

私を捕まえるのにちょうどよい時にこの男が現れた理由がこれでわかった。なんと、立ち聞きをしていたのだ。何を聞くつもりだったのだろう。というより、聞かれてはならぬどのことを聞かれてしまったのだろうか。きっとアリスのことだ。彼はあのことをどう考えるだろうか。ちょっとの間、私は頭の中で口実やら言い訳やらをせわしく探し回った。それから、そんなものはいらないのだと悟った。もしこの男がアリスのことを耳にするまで留まっていたなら、ルーファスの部屋のすぐ外で私に出会ったはずだ。たぶん、この男は私が少し馴れ馴れし過ぎる態度でルーファスに話しかけているのを聞いただけだろう。それより具合の悪いことは聞いていないはずだ。私はマーガレットの人柄を損なうようなことはわざと何も言わなかった。私の言うことなんかより、あの女自身の態度が、自らを損なって息子の目に映っていると思ったからだ。私は自分の気を落ち着かせながらウェイリンと向かい合った。

「はい、読んであげておりました」と私は認めた。「それも坊ちゃんの望まれたことです。何もしないで横になっていることに退屈されたのだと思います。」

「おまえの考えなど聞いてはおらん」と彼。

　私は無言だ。

　彼はルーファスの部屋からさらに離れたところまで私を歩かせ、それから立ち止まって振り返り、じっと私を見つめた。その目は、女をセックスの対象として品定めする男のように私の体を点検していたが、彼から情欲はまったく伝わってこない。これが初めてというわけではないが、私は彼の目がケヴィンとほとんど変わらぬほど色が薄いのに気づいた。ルーファスとその母親の目は明るい緑色だ。私はなんとなくその緑色の方が好きだ。

「おまえはいくつだ」と彼が尋ねた。

「二十六歳です、旦那さま。」

「確信ありげにいうじゃないか。」

「はい、旦那さま。確かでございます。」

「何年に生まれたのだ?」

「一七九三年です。」もし誰かに尋ねられたら、口ごもったりしてはならぬ略歴の一部だと思って、数日前、計算しておいたのだ。私の本来の場所では、誕生の日付を口ごもる人物は十中八九、嘘をつこうとする。ところがここでは、しゃべりながら気がついたのだが、単に知らないという理由で誕生年月日を口ごもるかもしれないのだ。サラは自分のそれを知らない。

「それなら二十六だな」とウェイリンが言った。「これまでに子供は何人生んだ?」

「一人も生んでおりません。」私は平然とした顔を崩さなかったが、これらの質問はなんの目的があるのだろうといぶからずにはいられなかった。

「これまでに一人も産んでいないだと?」彼は眉を寄せた。「それじゃあおまえはうまずめに違いない。」

私は何も言わなかった。この男に何も言い訳するつもりはない。いずれにせよ、私の受胎能力は彼が口を出す問題ではない。

彼はなおもじろじろ見続けるので私は腹を立て、落ち着かなくなったが、できるだけ感情は隠した。

「だが、子供は好きなんだろう?」と彼が尋ねた。「おまえは倅を好いておる。」

「はい、好きです、旦那さま。」

「教えることをやってみる気はないか?」

「私が?」私はどうにかしかめ面を作ってみせた……ほっとしたあまり大声で笑い出

すのをなんとかこらえた。トム・ウェイリンは私を買いたいのだ。ケヴィンに教育のある北部生まれの奴隷を所有するのは危険だと警告しておきながら、私を買いたがっている。私は理解できぬふりをした。「でも、それはフランクリンさまの仕事です。」

「おまえの仕事にすることはできる。」

「そうですか?」

「おまえを買えばいいわけだ。そうすればおまえも充分な食べ物や寝る場所もないまま田舎を旅してまわらんでここへ住める。」

私は目を伏せた。「それはフランクリンさまにおっしゃって下さい。」

「それはわかっているが、おまえはどう思う?」

「あのう……お怒りにならないで下さい、ウェイリンさま、ここに滞在できることを喜んでおりますし、申し上げたように坊ちゃまが好きです。でもフランクリンさまと一緒にいたいのです。」

彼が私に見せたのは取り違えようのない哀れみの表情だった。「そんなことをしていると今に悔いることになるぞ。」彼は向きを変えて行ってしまった。

私は我知らず、彼が本当に私を哀れんでいるのだと信じて彼の後ろ姿をじっと見ていた。

その夜、ケヴィンにことの次第を話すと、彼もいぶかった。

「気をつけろよ、デイナ」と彼は意識はせずにルーファスの言ったことを繰り返した。

「できるだけ気をつけて。」

6

私は気をつけていた。日が過ぎるにつれ、注意深くする習慣が身についた。奴隷の役を演じ、たぶん必要以上に自分の振る舞いに気を配った。というのは、どうすれば事なくすむのかはっきりわかっていなかったからだ。その結果、大して気を使わなくてもいいことがわかってきた。

一度、奴隷小屋に――奴隷居住区に――呼びつけられ、ウェイリンが口答えをした農場奴隷を罰するところを見させられた。ウェイリンの命令でその男は裸にされ、枯れ木の幹に縛りつけられた。他の奴隷たちの手でそういうことがされている間、ウェイリンは鞭をぐるぐる回しながら、薄い唇を噛みしめて立っていた。突如、彼は奴隷の背中に鞭を振り下ろした。奴隷の体がぎくりと動き、縛った縄に逆らって硬直した。私は一瞬、あれはウェイリンが数年前ルーファスに用いたのと同じようなものなのかしらと思ってその鞭を見守った。もしそうなら、マーガレット・ウェイリンが息子を連れて逃げた理由が完全に理解できた。鞭は重くて、少なくとも六フィートほどの長さがあり、私だったらどんな生き物にもとても使う気にならないだろう。一打ちごとに血と叫び声を生む。私は見守り、聞きながら、その場を離れたくてたまらなかった。

だがウェイリンはその男をみせしめにしているのだ。私たち全員にその鞭打ちを見ているよう命令していた――奴隷たち全員に。ケヴィンは母屋のどこかにいたが、おそらく何が起きているかも気づいていないのだ。

鞭打ちは私に関するかぎり、その目的を果たした。私は脅えて考えた。今に私も誰かに鞭打ちの理由を与えてしまうようなへまをやるのではないか。もしかしたらすでにそういうへまをやっているのだろうか。

私は結局、もうケヴィンの部屋へ移っていた。それはケヴィンのさせたことだとは見なされるだろうけれど、そのために私が罰を受けることだってあり得る。ウェイリンが私の移ったことに気づいていないらしい事実も、私にとって本当の安堵にはならなかった。ウェイリンたちの生活と私の生活とはまったく別々なので、私が屋根裏の寝場所を捨てたことに彼らが気づくまでに数日かかるのかもしれない。私はいつも彼らより早く起きて水と、ケヴィンの炉に火をおこすための燃えた石炭を取りに炊事場へ行った。マッチは明らかにまだ発明されていない。サラもルーファスもマッチのことは耳にしたことがないのだ。

ウェイリンがケヴィンに割り当てた男の召し使いは、これまでにもう完全にケヴィンのことを無視しており、ケヴィンのことも彼の部屋のことも私にまかされていた。火をおこすのに他の人の倍も時間がかかり、水を運んで階段を上がり下りするにはさらに時間がかかったが、私は頓着しなかった。私が自分に割り当てた仕事はいつなんどきでもケヴィンの部屋に出入りできる正当な理由になったし、もっといやな仕事を割り当てられることへの防御にもなった。が、一番大事なのは、奴隷や奴隷所有者のただ中にあって、少しでも一九七六年らしさを守る機会が作れることだった。

自分の洗顔をすませ、ケヴィンがウェイリンから借りた折りたたみ式のかみそりで髭を剃って顔を血で汚しているのを見守って、それから私は階下へ行き、サラが朝食を作るのを手伝うのであった。午前中はウェイリン一家の誰にも顔を合わせぬまま過ぎる。夜は、夕食後の後片づけと翌日の準備を手伝った。だからサラやキャリーと同じく、私もウェイリン一家が起きる前に起き、彼らが寝てから寝た。そのおかげで数日間は平穏に過ごせたのだが、とうとうマーガレット・ウェイリンが、私を嫌うもう一つの理由を見つけてしまった。

ある日、図書室を掃いていると彼女が私を窮地に追い詰めたのだ。彼女がもう二分早く入ってきたら、私は本を読んでいるところを見つかっていただろう。「昨夜はどこで寝たの？」彼女は奴隷専用に使うきーきーと責めたてる声で詰問した。

私は体を真っすぐにして彼女と向かい合い、立てた箒の上に両手を置いた。意地悪女め、おまえの知ったことか！と言ってやれたらどんなに気分がよいだろう。そうは言わずに私は静かに恭しくこう言った。「フランクリンさまのお部屋です、奥さま。」屋内奴隷たちの全員が知っているのだから、わざわざ嘘をつく気はなかった。彼らのうちの誰かがマーガレットに注進したということだって考えられる。さあ、これからどうなるのだろう？

マーガレットは私の顔に平手打ちをくれた。

私は非常に静かに立ったまま氷のように冷ややかに彼女を見下ろしていた。彼女の方が三、四インチ背が低く、全体に小柄であった。平手打ちをくらっても大して痛くない。ただこっちから痛めつけてやりたいという気になっただけだ。でも鞭打ちのことを思い出してじっとしていた。

「この汚らわしい黒い女郎めが！」と彼女は叫んだ。「ここはキリスト教徒の家だというのに！」

私は何も言わない。

「おまえの居場所の奴隷小屋へ行かせてやるから！」

私はなおも無言のまま。彼女を見つめる。

「私の家の中には置かないよ！」彼女は一歩、私から後じさりした。「そんなふうに私を見るのはおやめ！」もう一歩後じさり。

この女は少し私を怖がっている、という考えが浮かんだ。なんと言っても、私は見知らぬ――予測のできぬ新しく来たばかりの奴隷なのだ。それにたぶん、私はちょっとばかり静か過ぎたのだろう。ゆっくり、慎重に、私は背を向けて掃き始めた。

でも、私はそぶりには出さぬようにして彼女を見張っていた。結局のところ、彼女だって予測のできないのは同じだ。ろうそく立てか花瓶をつかみ上げて私を殴ることだってあり得る。鞭打ちされようがされまいが、おとなしく突っ立ったまま本当に怪我をさせられるつもりはない。

しかし彼女は私の方へは向かってこなかった。それどころか、振り向いて走り出て行った。それは暑くて湿気の多い、不快な日だった。誰も、蠅を追い払う以外は動作が緩慢だった。だのにマーガレット・ウェイリンはあっちこっち走り回っていた。彼女にはすることなんかないに等しかった。奴隷たちが掃除し、縫い物も大部分やり、料理洗濯の全部をやるのだ。彼女が服を着たり脱いだりするのまでキャリーが手伝う。そこでマーガレットは監督をする——奴隷たちがすでにやっている仕事をやれと命令したり、彼らが迅速に、勤勉にやっていても、遅いの、怠けるのとけちをつけ、おしなべて面倒を引き起こす。ウェイリンが結婚したのは貧しくて無教養で神経質でびっくりするほどきれいな若い女であったが、この女はレディとはこういうものだと自分の考えているその通りの人物になろうと心を決めていた。それは明らかに「卑しい」仕事を、いや、どんな仕事も自分はしないということらしい。他に比べると言っても、彼女のところへ来る客たちしかいないが、その人たちは少なくとももっと落ち着いているように見えた。でも当時のほとんどの女性は、自分たちを「レディ」と考えようと考えまいと、ほどよく忙しくしていられるくらいの仕事は見出していたのではないだろうか。マーガレットは退屈なものだから、ただ駆けずり回って人の邪魔になっている。

私は図書室の仕事を終えたが、仕事をしながらずっと、マーガレットは夫のところへ私のことを言いに行ったのだろうかと考えていた。彼女の夫は恐ろしい。農場奴隷を打っていた時の彼の顔にあった表情は忘れられない。喜びでも怒りでもなく、特別関心すらない表情なのだ。木を伐っているのと変わらないのだ。サディストではないが、農園主としての「義務」からしりごみはしないのだ。それだけの理由があると思えば彼は私を打って血まみれにするだろうし、ケヴィンが知った時にはもう手遅れになるかもしれない。

私はケヴィンの部屋へ上がって行ってみたが、彼はいなかった。ルーファスの部屋の前を通り過ぎた時ケヴィンの声が聞こえた。入って行こうと思った途端、マーガレットの声がした。はじかれたように私は階下に戻り、炊事場へ出て行った。入って行くと、そこにいたのはサラとキャリーだけで、私はうれしかった。時々、そこには老人や子供がぶらぶらしていたり、屋内奴隷や、農場奴隷までがこっそり数分の暇を見つけてやってくる。私は彼らの話に耳を傾けるのが好きで、そのアクセントをなんとか聞き分けながら、彼らがどうやって奴隷制度のもとで生き延びているのかについて知識を増やすこともある。彼らはそれと意識せず、私に生き延びるための備えをしてくれているのだ。でも今はサラとキャリーだけの方がよかった。彼女たちのいるところでなら感じたままを口に出せるし、それがウェイリン夫妻のどちらにも伝わる心配はない。

「デイナ」とサラが声をかけてくれた。「気をおつけよ。今日、あんたのことをほめておいたんだ。あたしを嘘つきにしてもらいたくないね！」

私は眉を寄せた。「ほめた？　マーガレットさまに？」

サラはしわがれた短い笑い声を出した。「まさか！　あたしがあの女には必要以外口をきかないの知っているだろう。あっちの領分は母屋、あたしの領分は台所さ。」

私はほほ笑んだ。私の心配事は少し遠のいた。サラの言う通りだった。マーガレット・ウェイリンはサラを避けていた。二人の間で交わされる会話は短く、たいてい食事の献立のことに限られていた。

「あの人があなたにちょっかいを出さないなら、どうしてそんなに嫌うの？」と私は聞いた。

サラは、私がこの農園に来た最初の日以来見せなかったあの沈黙の憤怒を顔に現した。「あたしの子供たちを売ったのは誰の考えだと思うのかね？」

「まあ、そうだったの。」サラは失った子供たちのことも、あの最初の日以来口にしていなかった。

「あの女は新しい家具だの、新しい陶器だの、今あの家の中にあるいろんな高級な品物が欲しかったんだよ。これまでにあったものでハンナさまは充分満足だったし、しかもハンナさまは本物のレディだった。上流なんだよ。ところがくず白人のマーガレットにはそれじゃ不足だってわけだ。で、いりもせんものを買う金が欲しくて、あの女はトム旦那をたきつけてあたしの三人の坊やたちを売らせたんだよ！」

「まあ。」私は他に言うべき言葉を知らなかった。自分の難儀が縮小して、口に出すほどのことではないように思えてきた。しばらくの間サラは沈黙し、おそらく必要以上の力をこめて、両手でパン生地を自動的にこねていた。やっと彼女はまた口を開いた。

「あんたのことはトム旦那にほめておいたんだよ。」

私は飛び上がった。「私、何か厄介なことになっているの？」

「私の言ったことで厄介な目になど合わないよ。旦那はただあんたの仕事ぶりとか怠けていないかとか聞いただけだ。怠けてなんかいないって言ってやったよ。あんたがやり方を知らないこともいくつかはある、と言っておいた。ほんとはあんた、ここへ来た当座はなんにも知らなかったよね。でもそんなことはあの人には言ってない。わからないことがあっても、自分でやり方を見つけてゆく、と言ったんだ。それに働き者だってね。何かやっておくように言っておけば必ずやってくれる、って。トム旦那はあんたを買ってもいいと言ってた。」

「フランクリンさまが売らないでしょうよ。」

サラは頭を少し上げ、文字通り、軽蔑のしぐさで私を見下ろした。「ふん。そうだろうよ。どっちみち、マーガレットさまがあんたをここに置きたがらないさ。」

私は肩をすくめた。

「性悪女め」とサラは単調につぶやいた。それから「そりゃ、あの女は欲張りで意地悪だけど、少なくともキャリーをあんまりかまわないでいてくれる。」

私は口のきけぬその娘が、白人たちの食卓から下がってきたシチューとコーン・ブレッドを食べているのを見つめた。「そうなの？　キャリー。」

キャリーはうなずいて食べ続けた。

「もちろん」とサラはパン生地から目をそらせながら言った。「キャリーにはマーガレットさまが欲しがるようなものが何もないものね。」

私はただ彼女を見つめるだけだった。

「あんたが二人の間の邪魔になってることがばれたんだ」と彼女は言った。「それはわかっているだろう？」

「夫一人で満足するべきだわ。」

「どうするべきかは問題じゃないよ。問題は現実がどうなっているかだよ。フランクリンさんに、あんたがまた屋根裏で眠るようにさせることだね。」

「させるですって！」

「あんた……」サラはちょっと微笑した。「誰も見ていないと思ってるんだろうが、あんたとあの人が一緒にいるところを時々見たよ。あんたがあの人にさせたいと思えばたいがいのことはさせられるよ。」

彼女の微笑に私は驚いた。私はなんとなくサラがこのことで私に――あるいはケヴィンに、嫌悪感を抱いているだろうと思い過ごしていたみたいなのだ。

「実際言うとね」と彼女は続けた。「あんたに分別があれば、あんたがまだ若くてきれいで、あの人があんたの言うことを聴いてくれる今のうちに、自由の身にしてもらうようやってみることだ。」

私は彼女を値踏みするように見た――私よりかなり薄い色の、皺のないふっくらした顔にはめ込まれた大きな黒い目。彼女自身、きれいだったのはそう昔のことではないだろう。今でも魅力的な女性だ。私は彼女に静かに言った。「あなたは分別があったの、サラ？　若い時、やってみた？」

彼女は私をじっと見た。大きな目が突然細められた。とうとう、彼女は答えずに立ち去った。

7

私は奴隷の部屋には移らなかった。私は前に炊事場でルークがナイジェルに与えるのを耳にした忠告を受け入れたのだ。「白人衆に口答えはしねえことだ」と彼は言った。「あの衆に『いいえ』と言っちゃならん。ただ『はい、旦那さま』と言うんだ。こっちが腹を立てているのをわからせちゃいけねえ。ただ『はい、旦那さま』と言うんだ。そうしておいてどんどんこっちのやりたいようにやりゃいいのさ。あとで鞭を食らうことになるかもしれんが、それがどうしてもやりたいことなら、鞭打ちなんぞ大した問題じゃねえやな。」

ルークの背中には幾筋か鞭打ちの痕跡があり、しかもトム・ウェイリンがその筋跡を増やしてやるぞと怒鳴っているのを私は二度も耳にした。でも実行はしていない。そしてルークはかなり好きなように振る舞いながらせっせと自分の仕事をしている。彼の仕事というのは、農場奴隷たちを統制することである。親方と呼ばれ、いわば黒人監督なのだった。そして彼はこの比較的高い地位を、その態度にもかかわらず、保っていた。私は似たような態度をとろうと決めた――もっとも、我が身に危険がいっそう少ないようにと考えたが。避けられることなら鞭打ちを受けるつもりは毛頭なかった。それに、必要な時にケヴィンが近くにいてくれたらきっと守ってくれると思った。

ともかく、私はマーガレットの怒号を無視して彼女のキリスト教徒の家を汚し続けた。それでも何も起こらなかった。

ある朝、トム・ウェイリンが早く起きてきて、私はケヴィンの部屋から、まだ半分眠ったような状態でふらつきながら出てくるところを見つかってしまった。私は身が凍る思いだったが、強いて気を落ち着かせた。

「おはようございます、ウェイリンさま。」

彼はほとんどほほ笑みかけた――これまで見たこともないほどほほ笑みに近いものを漏らした。それから片目をつぶって見せたのだ。

それだけだった。その時私にわかったのは、マーガレットが私をたたき出したとしても、それは所有者と寝るというようなありふれたことを私がしたからではないということだった。そして何故か、そのことで心を乱された。私の持ち主ということになっている人のためにうれしそうに売春婦の役を演じたりして、まるで本当に何か恥ずかしいことをやっているように感じたのだ。私は落ち着かず、なんとなく恥ずかしい気持ちでその場を離れた。

時は流れて行った。ケヴィンと私は、馴じまれ、受け入れられ、こちらも受け入れてさらに深くこの所帯の一部となって溶け込んでいった。そのこともまた、考えてみると心を乱されることであった。自分たちがいともあっさりと同化してしまったみたいに思えるのだ。困難に出会うことを望んだわけではないが、歴史の中のこの特別な期間に自分を適応させるには——奴隷所有者の所帯の中での自分たちの位置に適応するには、もっと辛い体験をするはずのような気がしたのだ。私にとっては、仕事は辛いこともあったが、それはたいていの場合、肉体的疲労というより退屈のためであった。

ケヴィンも退屈に不平を漏らし、ウェイリン家を絶え間なく訪れる無知で気取りやの客たちと愛想よく付き合わねばならぬことに不平をこぼした。でも、違う世紀から不意にやって来たにしては、私たちは驚くほどらくに過ごしていると思う。そして私は気楽さということに心を乱されるようなつむじ曲がりなのであった。

「これは暮らしてみるにはまたとない時代かもしれないぜ」と、一度ケヴィンが言ったことがある。「この時代にしばらくいるってのはすごい体験になるだろうと思うんだ——西部へ行って国の建設ぶりを観察したり、懐かしの西部神話がどこまで真実なのかを見たりってのは。」

「西部なんて」と私は苦々しく言った。「連中がこういうことを黒人の代わりに先住民(インディアン)に対してやっているところよ！」

　彼は私を妙な面持ちで見た。近頃、彼はよくこういう面持ちを見せる。

　ある日、私は図書室で読書しているところをトム・ウェイリンに見つかった。私は床を掃き、埃を拭っていなければならなかったのだ。目を上げて、彼が私を見守っているのに気づくと私は本を閉じ、しまって、雑巾を取り上げた。手が震えている。

「倅には読んでやれ」と彼が言った。「それはさせてやる。だが本を読むのはそれだけで充分だ。」

　長い沈黙の後、私は不承不承答えた。「はい、旦那さま。」

「実際、ここに入ることもせんでよい。この部屋の掃除はキャリーにさせるのだ。」

「はい、旦那さま。」

「それに、本に触ってはならん！」

「はい、旦那さま。」

　数時間後、炊事場で、ナイジェルが字の読み方を教えて欲しいと言った。

この要求に私は驚き、それから驚いた自分を恥じた。これは極めて当然な要求と思われた。ナイジェルがルーファスのお相手役に選ばれてから数年が経っている。もしルーファスがもっと勉強をする子だったら、ナイジェルもすでに読み方を知っていたかもしれないのだ。現実には、ナイジェルは他のことを習ってきた。たくましい十三歳に成長したこの少年は、馬に蹄鉄をつけることも、戸棚を作ることも、いつの日かペンシルヴェニアに逃亡する策を企てることもやれるだろう。彼の方から頼んでくるずっと前に私の方で教えることを申し出るべきだった。

「もし見つかったら二人ともどうなるか、わかっているのね？」私は聞いた。

「怖いのかい？」と彼。

「ええ。でもそれはかまわないわ。教えてあげましょう。ただ、どういうことになるか、あなたが知っているのを確かめておきたかっただけよ。」

彼は後ろ向きになり、背中のシャツを持ち上げて傷が私に見えるようにした。それからまた私と向かい合った。「知っているよ」と言う。

その日、私は一冊の本を盗んできて彼に教え始めた。

そして私はケヴィンと私がどうしてこんなに簡単にこの時代におさまり込んだのかを悟り始めた。私たちは本当に入り込んではいないのだ。私たちはショウを見守る観察者なのだ。周囲で起きている歴史を見守っているのだ。そして私たちは役者なのだ。うちへ帰るのを待っている間、周囲の人々と同類であるように振る舞いながら彼らに調子を合わせているのだ。だが私たちは下手な役者であった。決して本当に役にのめり込んでいなかった。演技をしているということをどうしても忘れないのである。

このことをケヴィンに説明しようとしたのは、子供たちが私の演技を突きくずしてきた日のことである。ケヴィンに理解してもらうことが突然とても重要になったのだ。

その日は惨めなほど暑く、じっとりと蒸し、蠅やら蚊やらいっぱいで、石鹼作りのいやな臭い、納屋や誰かの捕ってきた魚や洗っていない体の不快な臭いで充満していた。黒人も白人も、皆臭かった。誰も充分に体を洗わないし、衣類も充分に着替えない。ケヴィンと私は衣類を充分持っていないし、防臭剤は全然ないときているから、私たちも臭いことがよくあった。驚いたことに、私たちはそれに慣れ始めていた。

その時、私たちは一緒に歩いて、家や奴隷居住区から遠ざかって行くところだった。例の樫の木へ向かっていたのではない。その頃には、私たちがそこにいるのを見るとマーガレットが私に仕事を言いつけるために誰かを遣わしてくるようになっていたからだ。彼女の夫は、彼女が私を家から放り出すのは止めたかもしれないが、彼女が前よりひどい困りものになるのは止めなかった。時にはケヴィンが、こっちにも仕事がある、と言って彼女の命令を取り消させて私を呼び戻してくれた。すると私はちょっと休息がとれ、ナイジェルにいくらか余分に教えることもできるのだった。だが、その時は私たちはしばらく二人で過ごそうと思って森の方へ向かっていた。

だが、建物の辺りからすっかり離れないうちに、伐り株の周りに集まっている奴隷の子供たちの群が目に入った。農場奴隷の子供たちで、まだ小さ過ぎて農場では大して役に立たない。そのうちの二人が幅広の平らな伐り株の上に立ち、他の子供たちが周りに立って見守っている。

「あの子たち、何をしているの？」と私が尋ねた。

「たぶん、何かの遊びだろう」と彼は肩をすくめた。

「あれはまるで……」

「なんだい？」

「近くへ行ってみましょうよ。あの子たちが何を言っているのか聞いてみたいわ。」

伐り株の上の子供たちにも地面の上の子供たちにも顔を合わせないように、私たちは片側から近づいた。彼らは遊びを続け、私たちは観察し、耳をすませた。

「さあ、これは買い得のねえちゃんだよ」と叫んだのは伐り株の上の男の子である。その子はほんの少し後ろに立っている女の子の方を身振りで指した。「料理、洗濯、アイロンができる。おい、こっちへ来い。皆さんに見てもらうんだ。」男の子は女の子をそばに引き寄せた。「若くて丈夫だ」と続ける。「大金の値打ちがあるよ。二百ドル。二百ドルでどうだ？」

小さな女の子が彼の方を向いてしかめ面をした。「あたしは二百ドルより高いよ、サミー！」と彼女が抗議する。「マーサのことは五百ドルで売ったくせに！」

「黙るんだよ」と男の子が言う。「おまえは口をきいちゃいけないんだ。トム旦那さまがかあちゃんと俺を買った時、俺たち何も言わなかったぜ。」

私は向きを変え、口論している子供たちのところから離れた。疲れと嫌悪を覚えていた。ケヴィンが話しかけてくるまで彼が後からついて来たのにも気づかなかった。

「思った通りの遊びだった」と彼は言った。「前にもあの遊びをしているのを見かけたよ。あの子たちは農場の仕事のまねもして遊ぶんだ。」

私はかぶりを振った。「ああ、どうしてうちへ帰れないのかしら。この場所は不健全だわ。」

彼は私の手を取った。「子供たちはただ大人のすることを見てまねしているだけだよ」と彼は言った。「あの子たちにわかっているわけじゃないよ……」

「わかる必要はないのよ。遊びまでがあの子たちに将来の覚悟をさせているんだわ――そしてその将来はあの子たちがわかろうとわかるまいと、やって来るわ。」

「確かに。」

私は振り向いて彼を睨みつけた。彼は穏やかに見返した。それは、僕にどうして欲しいと言うんだい、という表情だった。私は何も言わなかった。なぜなら、もちろん、彼にもどうにもできないことなのだから。

私はかぶりを振って、額をこすった。「これから何が起こるか知っていたって役には立たないのね」と私は言った。「この子たちのうちの誰かは自由を目の当たりにするまで生きるだろうということは知っているわ。人生の一番よい時期を奴隷として費やした後に。自由が訪れる頃にはもう遅いのよ。たぶん、今でももう手遅れだわ。」

「デイナ、君は子供の遊びを深読みし過ぎるよ。」

「それならあなたは読みが浅過ぎるんだわ。どっちにしても……どっちにしても、あれはあの子たちのする遊びではないわ。」

「そうだね。」彼はちらっと私を見た。「ねえ、君がどう感じているかわかると言うつもりはない。だっておそらくそれは僕にわからないことだろうから。でも君の言った通り、君はこれから起こることを知っている。もうすでに起こったことだ。僕たちは歴史のど真ん中にいるんだよ。もし何かまずいことになれば、ただ生き延びるためにやれるだけやらなければならないかもしれない。これまでのところ、僕たちは運がよかったんだ。」

「たぶんね。」私は深く息を吸い、それをゆっくり吐き出した。「でも私、目をつぶってはいられないの。」

ケヴィンはもの思わしげに眉を寄せた。「僕にとっては見るべきものがあまりに少ないのが驚きだね。ウェイリンは皆のやっていることに大して注意を払っているようにも見えないけれど、仕事はちゃんとすまされている。」

「あの人が注意を払っていないと思っているのね。誰も鞭打ちを見に来るようにとあなたを呼び出したりしないもの。」

「鞭打ちは何回あった？」

「私の見たのは一度よ。一度でも多過ぎるくらいだわ！」

「一度でも多過ぎる。その通りだ。それでも、ここは僕が想像していたのとは違うんだ。奴隷監督がいない。労働も人々がなんとかこなせる限度を越えていない……」

「……住居はまともじゃない」と私は口をはさんだ。「寝るのは土の床、食べ物も不充分だから、余暇となるはずの時間に野菜畑を作ったりサラが見逃してくれる時に炊事場から盗んだりしなければ、皆、病気になってしまうわ。権利は皆無だし、何か理由があると――あるいは理由なんて全然なくても、虐待されたり家族から引き離されて売り飛ばされる可能性はあるのよ。ケヴィン、人を残酷に扱うというのは何も殴るだけではないわ。」

「ちょっと待ってくれ」と彼が言った。「ここで行われている不当な振る舞いを矮小化しているわけじゃないよ。僕はただ……」

「矮小化しているわよ。そのつもりはなくてもしているわよ。」私は高い松の木にもたれて座り、彼を引っ張ってそばに座らせた。もう森の中へ来ていたのだ。片側のそう遠くない辺りで、ウェイリン家の奴隷数人が群がって木を伐っていた。その音は聞こえたが彼らの姿は見えなかった。ということは、彼らにも私たちの姿が見えない――というか、その隔たりと伐採の音を越えて私たちの話していることを聞きとることはできないはずだ。私はまたケヴィンに話しかけた。

「あなたはこの体験の始めから終わりまで観察者として通り抜けて行くことはできる

かもしれない」と私は言った。「それは理解できるのよ、だって私もほとんどいつも観察者のままでいるのだから。それが保護になっているの。一九七六年が楯となって一八一九年の衝撃を緩めてくれているの。でも時々、さっきの子供たちの遊びの場合のように、距離を保っていられなくなるの。一八一九年の中にすっぽり引きずり込まれて、どうしたらよいのかわからなくなるわ。だけど何かしなければ。それはわかっているの。」

「君が何をしたって結局鞭打ちになるか、殺されてしまうのがおちだよ！」

私は肩をすくめた。

「君は……君はもう何かをしたんじゃないだろうね？」

「ナイジェルに読み書きを教え始めたところよ」と私は言った。「それ以上に破壊的なことは何もしてないわ。」

「もしウェイリンに見つかって、僕がそばにいなかったら……」

「わかっているわ。だからいつも近くにいてね。あの子は習いたがっているのだし、私は教えるつもりよ。」

彼は片脚を曲げて胸に引き寄せ、体を前に傾けるようにして私を見つめた。「いつの日かあの子が自分で通行証を書いて北部を目指すと思っているんだろう？」

「少なくともそうできるようにはなるでしょうね。」

「ウェイリンが教育のある奴隷を警戒するのももっともだ。」

私は彼の方に向き直って見つめた。

「ナイジェルにしっかり教えてやれよ」と彼が静かに言った。「もしかしたら君がいなくなってからはあの子が他の仲間たちに教えることができるだろう。」

私は厳粛にうなずいた。

「あの家で連中がドアのところで立ち聞きするのがあれほど上手くなければ、あの子を連れて行ってルーファスと一緒に勉強させてやるんだが。それにマーガレットがいつもうろうろと出たり入ったりするし。」

「わかっているわ。だから私、あなたに頼まなかったの。」私は目を閉じた。子供たちがあの遊びをしている光景がまた浮かんだ。「安易さがとても恐ろしいものに思えたけれど」と私は言った。「今はその理由がわかるわ。」

「なんだって?」

「安易さよ。私たちにしても、あの子供たちにしても……人々がどれほど安易に奴隷制を受け入れるよう訓練され得るものか、わかっていなかったのよ。」

8

字を教えたためにとうとう私が難儀に出会うことになったその日、私はルーファスにさよならを言った。もちろん、自分がさよならを言っているなんて知らなかった

──ナイジェルと会うことになっている炊事場でどんな難儀が自分を待ち受けているのか知らなかった。ルーファスの部屋で充分難儀をしたと思っていた。

あの部屋でルーファスに本を読んでやっていたのだ。父親に初めて見つかった時以来、私は規則的にそうしてきていた。トム・ウェイリンは私が自分一人で読むのは望まなかったが、息子には読んでやれと命じた。一度彼は私のいる前でルーファスにこう言ったことがある。「恥ずかしく思え！　黒ん坊の方がおまえよりよく読めるとは！」

「デイナは父さんよりもよく読めるよ」とルーファスは答えた。

父親は冷ややかに息子を凝視し、それから私に部屋を出てゆくよう命じた。一瞬私はルーファスのことを心配したのだが、トム・ウェイリンは私と一緒に部屋を出てきた。

「わしがよいと言うまで倅のところへは二度と行くな」と彼は命じた。

彼がよいと言うまでに四日間が過ぎた。そしてまたもや彼は私の前でルーファスを叱責した。

「わしは学校の教師ではない」と彼は言った。「だがおまえに習う能力があるならわしが教えてやる。わしはおまえに敬意というものを教えてやる。」

ルーファスは無言だった。

「この女に読んでもらいたいか？」

「はい、父さん。」

「ではおまえは何か私に言うことがあるはずだ。」

「す……すみませんでした、父さん。」

「読んでやれ」とウェイリンが私に言った。彼は背を向け、部屋を出て行った。

「正確には何に対してすまないと言わなければならないの？」ウェイリンが出て行ってから私は尋ねた。とても低い声で話した。

「口答えに対して」とルーファス。「父さんは僕が言うことはなんでも口答えだと思うんだ。だから父さんには僕はあまり口をきかない。」

「なるほど。」私は本を開き、読み始めた。

『ロビンソン・クルーソー』はとっくに読み終わっており、ケヴィンは図書室から他に数冊のなじみのある本を選んでおいてくれた。一冊目の『天路歴程』はもう読み通した。今は『ガリヴァー旅行記』を読んでいるところだ。ルーファス自身の読む力はケヴィンの指導のもとにゆっくりと向上しつつあったが、まだ読んでもらうのを楽しんでいた。

だが、ルーファスと過ごした最後のあの日、他にも数回そういうことはあったが、マーガレットが入ってきて聴いており――私が読んでいる間、ルーファスの髪を触ったりいじったり、彼を愛撫していた。いつものようにルーファスは母親のひざの上に頭をのせて黙ってその愛撫を受けていた。だがその日は明らかにそれだけではもの足りなかったようだ。

「気分はどう？」私が読み出して数分すると彼女はルーファスに尋ねた。「脚は痛まない？」彼の脚は思ったほど回復していなかった。ほぼ二か月経つのに、まだ歩けない。

「大丈夫だよ、母さん」と彼が答えた。

突然、マーガレットは体をねじって私の方を向いた。「何してるの」となじるように言う。

私は彼女がルーファスと話せるようにと思って読むのを一時休止していたのだ。私は顔を伏せてまた読み始めた。

六十秒ほど後に彼女は言った。「坊や、暑い？　ヴァージーをここに呼んで扇がせましょうか？」ヴァージーというのは十歳くらいで、白人のために扇いだり使い走りをしたり、覆いをかけた料理の皿を炊事場から母屋へ運んだり、食卓で白人に給仕したりする小さな屋内奴隷の一人だ。

「大丈夫だよ、母さん」とルーファス。

「どうして読み続けないの？」とマーガレットが私にがみがみ言う。「おまえは読むためにここにいるはずでしょ。だったらお読み！」

私は彼女の言葉のしまいの方と少し重なりながらまた読み始めた。

「坊や、おなかはすいてない？」一分後にマーガレットが尋ねる。「サラばあさんがケーキを作ったところなの。一切れ食べてみる？」

今度は私は読むのをやめなかった。ただちょっと声を低め、機械的に抑揚もつけずに読んだ。

「どうしてこの女の読むのなんか聞きたがるのかしらね」とマーガレットがルーファスに言っている。「蝿がぶんぶんいってるみたいな声だわ。」

「ケーキなんかいらないよ、母さん。」

「本当？　サラのかけたすてきな砂糖衣を見てごらんなさいよ。」

「僕はデイナの読むのを聞きたい、それだけだよ。」

「なら、そこで読んでいるじゃないの。あれでも読んでいるというなら。」

私は彼らがしゃべるにつれ、段々と声を低くしていた。

「母さんがしゃべっているとデイナの声が聞こえないよ」とルーファスが言う。

「坊や、私が言ったのはただ……」

「何も言わないで！」ルーファスは母親のひざから頭をはずした。「邪魔するのはやめてあっちへ行ってよ！」

「ルーファス！」彼女の声は怒るというより傷ついていた。それにこうした状況とはいえ、ルーファスの言ったことは私にはとても無礼に思えた。私は読むのをやめ、爆発を待った。爆発はルーファスの方から起こったのである。

「あっちへ行ってよ、母さん！」と彼は怒鳴った。「僕にかまわないで！」

「静かになさいな」と母親がささやいた。「坊や、体によくないわ。」ルーファスは頭をめぐらせて彼女を見た。その表情に私はぎくりとした。この時ばかりは、彼が父親の縮小版のように見えたのだ。彼は今、ウェイリンが腹を立てると、時々やるように静かにしゃべっている。「僕の体によくないのは母さんだよ。離れておくれよ！」

マーガレットは立ち上がり、目頭を押さえた。「どうして私にそんな口がきけるのかしら」と彼女が言う。「どこかの黒ん坊のために……」

ルーファスはただ彼女を見つめるだけだ。とうとう彼女は部屋を出て行った。

彼はほっとしたように枕にもたれ、目を閉じた。「時々母さんにはうんざりする」と彼が言った。

「ルーフ……」

彼はものうげな、親しみを込めた目を開けて私を見た。怒りは消えていた。

「気をつけた方がいいわ」と私は言った。「あなたがあんな口のきき方をしたことをお母さんがお父さんに告げ口なさったらどうなるの？」

「母さんは絶対に告げ口しないよ。」彼はにやにやした。「しばらくすればすてきな砂糖衣をかけたケーキを一切れ持って戻ってくるさ。」

「お母さんは泣いていらしたわ。」

「いつも泣くんだ。読んでおくれよ、デイナ。」

「お母さんにしょっちゅうあんなふうに口をきくの？」

「仕方がないんだ。そうしないと僕を一人にしておいてくれないから。父さんも同じようにやるよ。」

私は深く息を吸い込み、かぶりを振り、『ガリヴァー旅行記』に戻っていった。

その後、ルーファスのところから出てくると、彼の部屋へ戻る途中のマーガレットとすれちがった。案の定、彼女はケーキの大きな一切れを皿にのせて運んでいた。

私は階下に下り、ナイジェルに読み方を教えるために母屋を出て炊事場へ行った。ナイジェルが待っていた。私は驚いた。すでに、隠し場所から本を出してきて、キャリーに字を綴ってみせていた。というのは、キャリーにもナイジェルと一緒に教えてあげると申し出たのに、彼女は断ったのである。ところが今、炊事場で二人きりで綴りに没頭している。私に気づきもしないほどだ。で、私はドアを閉めた。すると二人は恐怖のために見開かれた目を上げた。私だとわかると彼らはほっとした。私は二人の方へ寄って行った。

「習いたいの？」と私はキャリーに尋ねた。

彼女は恐怖が戻ったらしくドアにちらっと視線を走らせた。

「サラばあさんがキャリーの習うのを怖がっているんだ」とナイジェルが言った。「習っていれば、見つかるかもしれないし、そうしたら鞭打ちに合うか売り飛ばされるかもしれないって。」

私は頭を垂れて吐息をついた。この娘は話すことができない。自分で考案した不充分な身振りの合図でしか人との伝達手段がない。その合図も母親ですら半分しか理解できないのだ。もっと良識のある社会だったら、読む力が彼女の大きな助けになるだろう。しかしここでは、彼女の書くことを読める唯一の人々は、書くことができるために彼女を罰する人々ということになるだろう。ああ、でもナイジェルがいる。ナイジェルが読める。

私はナイジェルからキャリーへ視線を移した。「私が教えてあげましょうか、キャリー。」もし私が教えて、サラに見つかったら、トム・ウェイリンに見つかるよりもっと厄介なことになるかもしれない。キャリーのためにも自分のためにも、この娘に教えるのは怖かった。この娘の母親を怒らせたり心を傷つけたりしたくない。でもこの娘が習いたいのであれば彼女を拒むことは私の良心が許さないであろう。

キャリーがうなずいた。確かに彼女は習いたがっている。彼女はちょっとの間私たちに背を向け、ドレスに何かしていたかと思うと、こっちに向き直った時には手に小さな本を持っていた。彼女もやはり図書室から盗んできたのだ。その本は英国史の一冊で、二、三の挿絵がついており、キャリーはそれを私に指し示した。

私はかぶりを振った。「隠すか戻すかしておきなさい」と私は彼女に命じた。「この本で勉強を始めるのは難し過ぎるわ。ナイジェルと私が使っている本は習い始めの人々のために書かれたものなの。」それは古い綴り字教本で——おそらくウェイリンの最初の妻が綴りを覚えるのに使ったものだろう。

キャリーの指はちょっとの間挿絵の一つをいとおしそうに撫でていた。それから彼女はドレスの中に本をしまった。

「さあ」と私は言った。「お母さんが入ってきた時の用心に、何かする仕事を見つけておきなさい。ここではあなたに教えてあげられないわ。どこか他に会う場所を探しましょう。」

彼女はほっとした様子でうなずき、部屋の反対側を掃きに行った。

「ナイジェル。」彼女が行ってから私は小声で言った。「私、入ってきた時あなたたちを驚かせてしまったんでしょ？」

「あんただと知らなかったもんで。」

「ええ。サラだったということもあり得るわよね？」

彼は何も言わなかった。

「私がここであなたを教えるのはサラが許してくれたからよ。それにウェイリン夫妻はここへやって来そうにないからよ。」

「来ないよ。サラに用事があると俺たちをここへ来させて言わせるから。さもない時はサラに母屋へ来るようにと伝えさせる。」

「それならあなたはここで勉強してもいいわね。でもキャリーはだめよ。そりゃ、どんなに注意深くしていても厄介は起こるかもしれないわ、だけどこっちから厄介を求めることはないわ。」

　彼はうなずいた。

「ついでだけど、あなたのお父さんは私があなたに教えていることをどう思っているの？」

「知らんよ。あんたに教わってること言ってねえもん。」

おお。私の息は震えた。「でもお父さんは知っているんじゃない？」

「サラばあさんがおそらく言っただろうね。でもおやじは俺には何も言わねえ。」

もし何かまずいことになれば、白人からの折檻がすんだ後で私に復讐する黒人もいることだろう。一体いつになったらうちへ帰れるのだろう。そもそもうちに帰れるのだろうか。あるいは、もしここに留まらねばならないなら、どうしてこの子たちをしりぞけ、良心を消し、安全で安楽な臆病者でいられないのか。

　私はナイジェルから本を受け取り、自分の鉛筆とはぎとってきた便箋を一枚渡した。

「綴りの試験よ」と私は静かに言った。

　彼は合格だった。どの単語も正しく書けていた。彼と同じく私も我ながら驚いたことに、私はナイジェルを抱きしめていた。彼は半分きまり悪そうに、半分うれしそうに、にやにやした。それから私は立ち上がって試験の答案を炉の燃える石炭にくべた。めらめらと炎が上がり、紙はすっかり燃え尽きた。私はこういうことにはいつも気を配っており、しかも気を配ることにいつも嫌悪を感じていた。私はナイジェルとルーファスの勉強ぶりを比べずにはいられなかった。そしてその対照が私を辛くした。

私はナイジェルの待っているテーブルへ戻ろうとして振り向いた。その瞬間、トム・ウェイリンがドアを開けて踏み込んできたのである。

そういうことは起こらないはずだった。というのは、私がプランテーションに来てから一度もこういうことはなかったのである。白人は誰も炊事場へ入ってこなかった。ケヴィンすら入ってこなかった。ナイジェルも私の考えに同意して、そういうことは起こらぬと言ったばかりだった。

ところがトム・ウェイリンがそこに立って私を睨んでいる。彼は視線を少し下げて顔をしかめた。私は自分がまだあの古い綴り字教本を手に持っているのに気づいた。それを手に持ったまま立ち上がり、テーブルの上に置いていなかったのだ。読んでいたページを押さえて指まではさんでいた。

私は指を引き抜いて本を閉じた。これは殴られるに決まっている。ケヴィンはどこにいるのだろう? たぶん、母屋の中のどこかにいるんだ。私が叫べば聞こえるかもしれない――それにいずれにせよ、すぐに私は叫ぶことになるだろう。だが、ただウェイリンを通り過ぎて母屋に走り込めれば、その方がよい。

ウェイリンはドアの真ん前に立っていた。「本を読むなと言ったろうが!」

私は何も言わなかった。何を言っても役に立たないのは明らかだった。自分の体が震えているのを感じて、私は震えを抑えようとした。ウェイリンに見られませんように。それにナイジェルがテーブルから鉛筆を払い落とすぐらいの分別を持っていてくれたらいいのに、と願った。これまでのところ、難儀に巻き込まれているのは私だけだ。事態がこのままでいてくれたら……

「おまえにはよくしてやった」とウェイリンが静かに言った。「なのにおまえは盗みで報いるわけだな！　わしの本を盗んで！　読んで！」

彼は私から本をひったくり、床に投げ捨てた。それから私の腕をつかみ、ドアの方へ引きずって行った。私はどうにか体をねじってナイジェルと向き合い、声は出さず口だけ動かして「ケヴィンを捜して」と伝えた。ナイジェルの立ち上がるのが見えた。

それから炊事場の外に出た。ウェイリンは数フィート私を引きずってから、激しい力で押した。私は倒れ、地面にいやというほど強くたたきつけられた。鞭がどこから飛んでくるのか全然見てはいないし、最初の一撃が来るのさえ見てはいなかった。でもそれは来たのだ——背中に当たり、薄いシャツを通して私の体に焼きついた。肌を焦がすアイロンのように……

私は身もだえして叫んだ。ウェイリンは何度も何度も打ち、とうとう私は銃をつきつけられても立ち上がれそうもない状態になった。

私は鞭の攻撃から這って逃げようとし続けたのだが、遠のけるほどの体力も筋力の協調もなかった。まだ叫んでいたのか、ただしくしくやっていただけなのか、それもわからない。本当にわかっていたのは痛みだけだ。ウェイリンは私を殺すつもりなのだと思った。打ちすえながら呪ったり小言を言ったりしている白人の前で、口じゅうに泥と血を詰めたままこの地面の上で自分は死ぬのだろうと思った。その頃にはもう、私はほとんど死を願っていた。痛みを止めるものなら死でもなんでもよかった。私は吐いた。もう一度吐いた。というのは顔をどけられなかったからだ。

ケヴィンの姿が見えた。ぼやけてはいるがなんとかまだ判別できる。私の方へ駆けてくるのが見える。スロー・モーションだ。駆けてくる。脚をかき回し、腕を上下させ、でもほとんど近づくようには見えない。

突然、何が起こっているかを悟った私は叫んだ——叫んだと思う。私のところに着いてくれなければ大変だ。着いてくれなければ！

そして私は気を失った。

争い

1

実を言うとケヴィンと私は一緒に越してきたのではない。私はクレンショウ大通りにイワシの缶詰のような狭苦しいアパートを借りていたし、ケヴィンはそう離れていないオリンピック大通りのもっと大きなアパートに住んでいた。二人とも棚に並べたり、積み重ねたり、箱に入れたり、家具を置く場もないほどの本を所有していた。二人一緒になったら、とてもじゃないがどっちのアパートにもおさまらなかっただろう。ケヴィンは一度、私が彼のところにおさまれるよういくらか本を手放したらどうかと提案した。

「気でも狂ったの！」と私は言ってやった。

「君の読まない図書クラブお勧め品みたいな本だけでも。」

その時は二人で私のアパートにいたので、私はこう言った。「あなたのアパートへ行きましょう。あなたの読まない本を決めるのを手伝ってあげるわ。それを捨てるのだって手伝うわよ。」

彼は私を見つめ、溜め息をついたが、他には何も言わなかった。私たちはただなんとなく互いのアパートを行ったり来たりした。私は以前より眠りが浅くなった。でも眠れないことは以前ほど私を悩まさなくなったように思えた。どんなことも大した悩みにはならなくなったようだった。いまだに雇用斡旋所は好きではなかったが、もう朝になると家具にやつあたりして蹴っ飛ばすこともしなくなった。

「辞めちまえよ」とケヴィンは言った。「もっとよい職を見つけるまで僕が援助するよ。」

もしその頃までにまだ彼を愛していなかったとしても、この言葉が決め手になったことだろう。でも私は辞めなかった。斡旋所が与えてくれる自活は不安定なものではあったが、現実に存在していた。この自活はその時書いていた長編小説が完成するまでは私が崩れぬよう支えてくれるだろう。その後は何かもっと本格的な職場を探す覚悟をしていた。その時が来たら、誰にも負い目を感じずに斡旋所と縁を切ることができるだろう。いくら愛してくれる人でも、こっちが応えられる以上のものを求めてきたり――こっちはその人に借りがあるのだからその要求は当然応えてもらえるものと期待されたりすることがある。そのことを私は伯母と伯父の記憶から学んでいた。

ケヴィンがそういう人でないことはわかっていた。状況がまったく異なる。でも私は職を手放さなかった。

やがて出会ってから四か月ほど経った時、ケヴィンが言った。「結婚するってのはどうだろう?」

驚かなくても当然だったのだろうが、私はやっぱり驚いた。「私と結婚したいの?」

「うん。君は僕と結婚したくないの?」彼はにやにやした。「僕の原稿を全部君にタイプさせちゃおう。」

ちょうどその時、夕食の皿を洗って拭いていた私は、ふきんを彼に投げつけた。実際、彼は三度も私にタイプのことを頼んだのだ。一回目はいやいやながらやった。タイプを打つのがどれほど嫌いかも、自分の小説も最終稿以外はいつも手書きだということも彼には言わなかった。そういう理由があるからこそ、私は事務職斡旋所ではなく軽労働斡旋所へ行ったのだ。だが二度目に頼まれた時には理由を言って断った。彼はいらだった。三度目にやはり断った時、彼は腹を立てた。ちょっとした頼みもきいてくれないなら帰ってくれていい、と言う。そこで私は帰った。

翌日職場の帰りに寄ってドアの呼び鈴を押すと、彼は驚いた顔だった。「戻ってきたの。」

「戻って欲しくなかったわけ?」

「そのう……いや。じゃあタイプしてくれるの?」

「いいえ。」

「なんてこった、デイナ……！」

私は彼が私を締め出すのか、中へ入れるのか、立って待っていた。彼は私を中へ入れた。

そして今、彼は私と結婚したいと言う。

私は彼を見つめた。長く思われる一瞬、ただ見つめていた。それから、彼を見守っているとものが考えられないので目をそらせた。「あなたは、ええと……親戚とか誰か、私のことであなたに辛い思いをさせるような人はいないのでしょうね？」しゃべっている間に、彼のプロポーズに驚いた理由の一つは、私たちが家族のことはほとんど話し合っていなかったこと、彼の家族が私にどう反応し、私の家族が彼にどう反応するか話し合ったことがないからだと思い当たった。その話題を互いに避けていたという意識はないが、どういうわけか私たちは一度もそれに触れずじまいだった。今だって彼は驚いた顔だ。

「残っている唯一の近い親戚といったら姉だけだよ」と彼は言った。「姉はもう何年も僕を結婚させて〝落ち着かせ〟ようとしてきた。君のこと気に入るだろう。本当だよ。」

どうも本当とは思えなかった。「だといいのだけど」と私。「うちの伯母と伯父はあなたを気に入らないんじゃないかしら。」

彼はこっちへ向き直った。「そうなの？」

私は肩をすくめた。「古いのよ、伯母たちは。考えていることが今起こっていることとほとんど関係ない時もあるわ。今でも私が分別を取り戻して故郷に帰り、秘書養成学校へ通うのを待っているだろうと思うわ。」

「僕たち、結婚するの?」

私は彼のところへ行った。「するに決まっているじゃないの。」

「伯母さんと伯父さんに話しに行く時、僕も一緒に行こうか?」

「いいえ。もしお姉さんに話しに行きたければ行ってきてちょうだい。気を引き締めてね。お姉さんがあなたを驚かすかもしれないから。」

その通りになった。気を引き締めていたにしろいなかったにしろ、彼は姉の反応に対する心の備えができていなかった。

「姉さんのことはわかっていると思っていたんだけど」と彼は後になってから私に語った。「いや、わかっていたんだよ。だけど考えていた以上に疎遠になっていたのだと思う。」

「お姉さんはなんておっしゃったの?」

「君に会いたくない、自分の家に入れるつもりはない——君と結婚するなら僕のことも家に入れない、だって。」彼は私のアパートから運んできたみすぼらしい紫色のソファにもたれて私を見上げた。「それに他にもいろいろ言ったよ。君は聞きたくないだろうよ。」

「わかるわ。」

彼はかぶりを振った。「姉さんがあんなふうに反応する理由は全然ないんだ。僕に聞かせたああいうくだらん話を自分では信じてすらいなかった——少なくとも以前はそうだった。まるで誰か他の人の言葉を借りているみたいなんだよ。おそらく亭主の言葉なんだろうな。横柄なつまらんやつだよ。以前は姉さんのためにやつを好きになろうとしたものだが。」

「お姉さんのご亭主は人種偏見主義者なの？」

「あいつは申し分のないナチ党員になれただろうよ。姉さんはよくそのことで冗談を言っていた——あいつの聞いているところでは絶対に言わなかったけれど。」

「でもその方と結婚なさったのね。」

「やけになっていたんだ。ほとんど誰とでも結婚しそうな具合だったんだ。」彼はちょっと微笑した。「高校でね、姉さんはいつでもある友だちと一緒だった。二人ともボーイフレンドがいなかったからなんだ。この友だちってのは黒人で太っていて不器量、姉さんのキャロルは白人で太っていて不器量なのさ。姉さんがその娘の家で暮らしているのかその娘がうちの家族と暮らしているのか、区別がつかんほどだったぜ。僕の友だち連中も姉さんたちを知ってはいたけど、相手にするには年が若すぎた——キャロルは僕より三つ年上だからね。ともかく、その娘と姉さんはなんとなく互いに慰め合って、ダイエットも一緒にやめちまうし、チームをこわさなくてもすむよう同じ大学へ行く計画までたてた。その娘は実際にその大学へ行ったが、キャロルは気が変わって歯科助手になる訓練を受けた。結局最初の雇い主の歯科医と結婚することになった——二十歳も年上の、ひとりよがりでつまらん反動家と。今、姉さんはラ・カナダの大きな家に住んで、僕が君との結婚を望んでいるからというので陳腐で偏狭な意見を引用する。」

私はなんと言ってよいのかわからず肩をすくめた。だから初めにそう言ったでしょ、なんてとても言えやしない。「一度、母の車がラ・カナダで故障したことがあるの」と私は話した。「伯父が来て拾ってくれるのを母が待っている間に、三人の人が警察に通報したわ。怪しい人物だと言ってね。五フィート三インチ。体重約百ポンド。危険人物。」

「あの反動家はおあつらえ向きの町に居を定めたわけだ。」

「さあね。あれは母が亡くなる寸前の一九六〇年のことよ。もう事態は改善されているかもしれないわ。」

「君の伯母さんと伯父さんは僕のことをなんと言ったの、デイナ?」

私は両手を見つめながら伯母たちの言ったあらゆることを考えたが、うんざりして、小さく削ってしまった。「伯母は私とあなたの子は肌色が薄くなるだろうというわけでこの結婚を受け入れるようだわ。ともかく、私よりは薄いはずだから。伯母はいつも私がちょっと〝歴然と〟し過ぎるって言っていたのよ。」

彼は私を凝視した。

「ほらね。古い人たちだって言ったでしょう。伯母は白人をあまり好きじゃないのに、肌色の薄い黒人を好むの。考えてもみて。ともかく、伯母はあなたのために私を〝許してくれる〟の。でも伯父は違う。伯父はこの結婚をいわば個人的に解釈してたわ。」

「個人的って？」

「伯父は……つまり、伯父は母の長兄で、私の父は私が赤ん坊の時に亡くなったものだから母の亡くなる前でも私には父親のようなものだったの。ところが……この結婚はまるで私が伯父を拒絶したようなものなのね。少なくとも伯父はそう感じているの。これにはまったくまいったわ。伯父は怒るというより傷ついていた。本当に傷ついていた。私、伯父から逃げてこなければならなかったわ。」

「だけど伯父さんも、君がいつかは結婚するとわかっていただろう。これほど当たり前なことがどうして拒絶になるの？」

「私が結婚しようとしているのがあなたでしょう。」私は手を伸ばし、彼のまっすぐな灰色の髪の毛を数本、指の間でひねった。「伯父は自分のような男と結婚させたいのよ――自分に似ている人と。黒人と。」

「そうか。」

「私はいつも伯父と親密だったの。伯父と伯母は子供が欲しかったのに一人もできなくてね。私があの人たちの子供だったわけよ。」

「で、今は？」

「今は……そうね、伯父たちはパサディーナに二つ三つアパートを持っていて——小さいけど感じのよいところよ。伯父が最後に私に言ったのは、アパートを私に譲ってそれが白人の手に落ちるのを見るくらいなら、遺言で教会に寄付するということ。それは伯父が私に対して考えつく最悪の仕打ちなのだと思うわ。少なくとも伯父はそれが最悪だと思ったのよ。」

「なんてこった」とケヴィンがつぶやいた。「ねえ、本当にまだ僕と結婚したいと思っている？」

「ええ。そりゃあできることなら……いえ、気にしないで。ただ、イエス。間違いなくイエスよ。」

「それじゃあベガスへ行って、親戚はいないことにしよう。」

そういう次第で私たちはラス・ベガスへ車を飛ばし、結婚し、数ドルを賭けですった。今までのより大きな新しいアパートへ帰ってきてみると、私の親友からの贈り物——ミキサーと、『アトランティック』からの小切手が待っていた。私の短編の一つがついに売れたのだ。

2

目が覚めた。

腹這いになっていて、顔は何か冷たくて堅いものにぎこちなく押しつけられている。首から下の体はそれよりわずかに柔らかみのあるものにのっている。ゆっくりと、私は日の光と陰、そして物の形に気づき始めた。

顔を持ち上げ、身を起こしかけると、背中に突然火がついた。前に倒れ、頭を風呂場のむき出しの床にきつくぶつけてしまう。うちの風呂場だ。私はうちへ帰ったのだ。

「ケヴィン？」

耳をすます。見回すこともできたろうが、そうしたくなかった。

「ケヴィン？」

私は立ち上がった。気づいてみると、目から泥まみれの涙が流れている。それに痛い。おお痛い！　数秒間、私にできたのは壁にもたれ、耐えることだけだった。

ゆっくりと、私は思ったほど自分が弱っていないことを知った。実際、すっかり意識が戻る頃には、私は少しも弱ってなどいなかった。ただ痛みのために、三倍も年をとった老女のようにゆっくり、注意深く動いただけだ。

もう私は、自分が頭を風呂場に、体を寝室に置いて横たわっていたことがわかった。風呂場へ入って行き、浴槽を満たすために蛇口をひねる。ぬるま湯にする。熱い湯には耐えられそうにない。冷たいのもだめだ。

ブラウスは背中にへばりついている。実際、びりびりに切れていたが、布の破片がへばりついているのだ。触ってみたところでは、背中もかなりひどく切れている。元奴隷だった人々の背中を写した古い写真を見たことがある。太く醜いその傷を覚えている。ケヴィンは私の肌がとても滑らかだといつも言ってくれたのに……

私はズボンと靴を脱いで、ブラウスを着たまま浴槽へ入った。お湯に浸かって柔らかくなったら背中からそっとはがせるだろう。

浴槽に入ると、長い間身動きもせず、ものも考えず、この家のどこからも聞こえてこないとわかっている音に耳をすませながら座っていた。痛みは友だちだった。これまで痛みが友だちだったことなど一度もないが、今は痛みのおかげで私は静かにしていられた。痛みが現実を押しつけてくるので私は正気を保っていた。

でもケヴィンは……

私は前屈みになって汚れたピンク色のお湯の中に涙を落とした。背中の皮膚が引きつれて痛み、お湯はいっそうピンク色を増した。

しかも泣いたところでまったく無意味だった。私にできることは何もない。自力では何をどうすることもできないのだ。ケヴィンは死んだも同然だった。一八一九年に取り残されて、ケヴィンは死んだのだ。死んで何十年も、おそらく一世紀も経っているのかも。

いや、もしかしたら私はまた呼び戻されるかもしれない。もしかしたら彼はまだそこにいて私を待っているのかもしれない。彼にとってはほんの数年が過ぎているだけなのかもしれない。彼は無事かもしれない……だけど以前に、西部へ行って歴史の進行を見るとか言ったことがあったではないか?

傷が柔らかくなってブラウスの破片が傷からはがれてきた頃には、私は疲れ切っていた。これまで感じなかった衰弱を今になって感じた。浴槽を出て、どうにか体を拭き、よろよろと寝室に行くとベッドに倒れ込んだ。痛みにもかかわらず、すぐに眠りに落ちた。

目覚めた時、家の中は暗く、ベッドには私一人だった。その理由を初めからもう一度思い出さなければならなかった。体を強張らせ、痛みをこらえながら起き上がり、もう一度すぐに眠らせてくれるものを探しに行った。目を覚ましていたくなかった。生きていたいとも思わぬくらいだった。ケヴィンは以前に不眠症にかかって薬を処方してもらったことがある。

私は残っていた薬を見つけた。二粒呑もうとしてふと洗面台の上の棚の鏡に映る自分を見た。顔が腫れてむくんで老けて見えた。髪はもつれ合い、かたまり合い、泥で茶色になり、血がこびりついている。半狂乱の状態だったさっきは、髪を洗うことに思いが及ばなかった。

私は薬を置いて、また浴槽に戻った。今回はシャワーをひねり、どうにかこうにか髪を洗った。腕を上げると痛い。前に屈んでも痛い。シャンプーが傷にかかると痛い。縮み上がったり顔をしかめたりしながらそろそろと洗い始めたのだが、とうとうかんしゃくを起こして、痛さにかまわず活発に動作した。

まずまずの人間らしさを取り戻してから、私はアスピリンをいくらか呑んだ。大した効果はなかったが、割合に気がしっかりしてきて、もう一度眠る前にするべきことがあると悟った。

失ったズック地の袋に代わるものを用意する必要があった。「黒ん坊（ニガー）」が持ち歩いても上等すぎると思われないもの。ようやく、高校時代に自分で作って使っていた体育用品入れの古いデニムの袋がよいと決めた。ズック地の袋同様丈夫でたくさん入る。それに色あせているから適当にみすぼらしく見える。

今回はもし持ってさえいれば裾の長いドレスを入れたかった。だが私の持っているのは色鮮やかな薄地のイブニングドレスが二、三枚だけ。これでは注目の的になるし、ああいう状況では馬鹿げて見える。男のような身なりのままでいるのが一番だ。ジーンズのズボンを二、三本丸めて袋に詰めた。それから靴、シャツ、毛糸のセーター、櫛、ブラシ、練り歯磨きに歯ブラシ――ケヴィンも私もこれを本当に恋しく思った――大きな石鹼二個、手拭い、アスピリンの瓶――もし背中の痛む間にルーファスが私を呼び戻せば必要になる――それにナイフ。ナイフは、たまたま間に合わせの革のさやに入れて足首にまきつけていたために私と一緒に舞い戻っていた。ウェイリンに対してこれを使う機会がなかったことを喜んでよいのかどうかわからない。ひょっとしたら彼を殺すことだってやりかねなかった。それほど私は怒り、脅え、屈辱を覚えていた。そういうことになっていたら、ルーファスがまた私を呼び戻した時に私は殺しの責任をとらねばならないだろう。あるいはたぶん、ケヴィンがその責任をとらねばならないだろう。突然、ウェイリンを生かしたままにおいてきたことがとてもうれしくなった。それでなくてもケヴィンはいろいろな目に合っているのだもの。それにまた、ルーファスに再会する時は——もし再会するなら——彼の助けが必要になるだろう。彼の父親を殺してしまっていたら——たとえ彼の好きでない父親であるにしても——その助けは得られそうにない。

新たに鉛筆、ペン、メモ帳を袋に詰めた。私はゆっくりとケヴィンの机の上をからにしていた。私のものはまだ全部梱包したままになっている。そのうち、役に立ちそうな小型ペイパーバックのアメリカ奴隷制史を見つけた。それには私が気をつけておくべき日付や出来事の一覧表があり、メリーランドの地図もついていた。

何もかも詰め込んでみると袋はきちんと閉まらないくらい一杯だった。でも袋についている引き紐できっちり締め、その紐を腕に巻きつけた。腰に何かを巻きつけるのには我慢できなかった。

それから場違いのようだが空腹を覚えた。台所へ行き、半箱の干しぶどうとまるまる一缶のナッツを見つけた。我ながら驚いたことに、私は両方とも平らげ、あっさりとまた眠りについた。

目が覚めると朝になっており、私はまだうちにいた。身動きするたびに背中が痛む。

ケヴィンが日焼けの時に使った軟膏をなんとか塗りつけてみた。鞭の裂傷の痛みはやけどに似ている。軟膏を塗るとひんやりしてらくになるようだった。でも、何かもっと強力な薬を使った方がよいような気がした。油と血でしなやかになった鞭からどんな菌が感染するやらわかったものではない。トム・ウェイリンは、鞭打った農場奴隷の背中に塩水をかけろと命じていた。その水薬が背中に落ちた途端、男がかなきり声で叫んだのを覚えている。しかし男の傷は感染症を起こさずに治った。

あの農場奴隷のことを考えているうち、私は自分がどこにいるのかわからないような妙な気分になった。一瞬、またルーファスに呼び寄せられているのかと思った。それから、本当はめまいなど起こしているのではなく——ただ混乱しているだけだと悟った。鞭で打たれる農場奴隷の記憶は、こうして私がうちへ帰っていると突然現実味を失ったように思えた。

私は風呂場から出て寝室へ行き、辺りを見回した。我が家。ベッド——天蓋はついていない——鏡台、押し入れ、電灯、テレビ、ラジオ、電気時計、本。我が家だ。私が行ってきたところとなんの関係もない。これは現実だ。私が暮らす本来のところだ。

私はゆったりしたドレスを着て前庭に出てみた。隣の、髪を青く染めた小柄な女性が私に気づいておはようと挨拶する。四つんばいになって花壇の土を掘っており、明らかに楽しそうだ。彼女を見ると、やはり花壇を持っていたマーガレット・ウェイリンを思い出した。マーガレットの客たちが花壇をほめているのを聞いたことがある。

でももちろん、マーガレットは自分で花の世話をするわけではない……

今日と昨日がうまく嚙み合わない。私の気分は初めてルーファスのところへ行ったあの旅の直後とほとんど同じくらい変だった。彼の家と我が家との間にいるようなのだ。

通りの向こう側に一台のボルボが停まっている。頭上には電線がある。やしの並木があり、舗装道路がある。今出てきたばかりのトイレがある。息をつめて入らなければならない、地面に穴を掘っただけの屋外便所ではなくてトイレ。

私はうちの中へ戻ってラジオをつけ、ニュースだけを流す局にチャンネルを合わせた。その結果、その日が一九七六年の六月十一日、金曜日と知った。私はほぼ二か月もうちを留守にして昨日帰ってきたというのに——うちを離れたのと同じ日に帰っているのだ。何もかも現実ではないということか。

たとえ私が今日ケヴィンの後を追って行き、今夜連れ戻したとしても、彼は何年間もあちらにいることになるだろう。

私は音楽だけ流す局にチャンネルを合わせ、ボリュームを大きくして考えをかき消そうとした。

時が過ぎて行き、私は荷ほどきの続きをしたが、しばしば手をとめ、規定量を越えるアスピリンを呑んだ。自分の書斎がいくらか片づいてきた。一度はタイプに向かって座り、起こったことを書こうとした。六回試みてから諦め、全部捨てた。いつかすっきりことが終わったら、もし本当に終わるのだったら、その時にはこれについて書くことができるだろう。

私はパサディーナに住む仲のよいいとこに電話をかけた――父の妹の娘である。そして食料品を買ってきてもらった。自分は病気だし、ケヴィンは留守だからと言った。私の口調にいとこは何かを感じ取ったに違いない。何も質問はしなかった。

私は歩くにせよ、車を運転するにせよ、うちを離れるのがやはり心配だった。運転していてまの悪い時にルーファスに呼び出されたりしたら、自分ももちろん死ぬだろうし、車が他人を轢き殺す可能性がある。歩いていても、通りを横切っているさなかにめまいがして倒れるかもしれない。あるいは歩道で倒れて人の注意を引くかもしれない。誰かが私を助けに来るだろう――警官か誰かが。すると私はその誰かを巻き添えにして過去に乗り上げてしまうという罪を犯すことになるかもしれない。

いとこはよい友だちだった。私を一目見るなり知り合いの医者を推薦してくれた。警察にケヴィンを捜させるようにと忠告もしてくれた。私の傷は彼の仕業だと思ったのだ。でも絶対に口外しないことを誓わせた時、私は彼女が黙っていてくれるとわかっていた。彼女と私は互いの秘密を守り合いながら成長してきたのだ。

「あんたが男に殴らせておくほど馬鹿だとは思わなかったわ」と、去りぎわに彼女が言った。私に失望したのだろう。

私はデニムの袋をいつでも手近に置いて家の中で待機していた。日々はのろのろと過ぎ、時々、自分が起こるはずのないことを待っているような気がした。でも私は待ち続けた。

　私は奴隷制に関する本を、小説やら、ノン・フィクションやら読みあさった。この問題にはわずかにしか関連していないものでも、家にあるものは全部読んだ。『風と共に去りぬ』まで、部分的にしろ読んだ。でもこの小説の、優しく情愛ゆたかな奴隷制度下の幸せな黒ん坊（ニガー）の図には我慢できなかった。

　そのうちどういうわけか第二次世界大戦に関するケヴィンの蔵書の一つに引っ掛かった。強制収容所で生き残った人々の回想録の抜粋を集めた本である。暴力、飢餓、不潔、病気、拷問、人間の品位を貶める考え得るかぎりのあらゆる行為の話であった。それはまるで、アメリカ人がほぼ二百年にわたってやってきたことを、ドイツ人がたった数年のうちにやろうとしているようなものであった。

　それらの本のおかげで私は意気消沈し、脅え、ケヴィンの睡眠薬を例の袋に詰めた。ナチと同じように、南北戦争前の白人も拷問についてはかなりよく知っていた――私が知りたいと思ったよりかなりよく。

3

　うちへ帰ってから八日目、とうとうまためまいが襲ってきた。自分のためにそれを呪うべきか、ケヴィンのためにそれを歓迎すべきかわからなかったが、どっちだったかは問題ではない。

ルーファスの時代へ舞い戻った時、わたしはきちんと服を着てデニムの袋を持ち、ナイフを身につけていた。めまいのためにひざをついた姿で到着したが、すぐに機敏に辺りに気を配った。

私は森の中におり、時刻は夕暮れか早朝だった。太陽は空の低いところにあり、私は木立に囲まれていたのでその太陽が昇りかけているのか沈みかけているのか判断の参考になるものがなかったのだ。それほど遠くないところに、高い木々の間を流れる小川が見えた。向かい側のずっと離れた辺りに黒人の女がいた。若い女で――実際、少女と言った方がよいくらいだ。ドレスの前のあたりが引き裂かれている。それを寄せ集めて手に持ち、黒人の男と白人の男が争っているのを見守っている。

白人の男の赤毛が、それが誰であるかを教えてくれた。顔はすでにめちゃめちゃに汚れ過ぎていて判別できなかった。彼は争いに負けかけていた――いや、もう負けていた。彼の相手は同じように細身で体の大きさも似たようなものだが、細身にもかかわらずその黒人の男は筋肉質で強そうだった。おそらく長年の重労働で鍛えられてきたのだろう。ルーファスに殴られても大して影響を受けていないようだった。しかし彼の方はルーファスを殺しそうな勢いだった。

その時、彼が本当にそれをやりかけているのかもしれないということに私は思い当たった。私がケヴィンを捜すのに手を貸してくれることができそうな唯一の人間を殺すことを。私の先祖を殺すことを。ここで何があったのかは明らかに思われた。少女とその裂かれたドレス。見た通りだとすれば、ルーファスが殴打を招いたのであり、それではすまないかもしれない。もしかしたら彼は私が恐れたよりさらにひどい大人に成長したのかもしれない。だがどういう人間であれ、彼には生きていてもらう必要がある――ケヴィンのためにも私自身のためにも。

ルーファスが倒れ、起き上がり、また打ちのめされるのが見えた。今回はもっとのろのろと起き上がったが、ともかく立った。これまでに何度も何度も起き上がっているという感じがした。もう大して起き上がれないだろう。

私は近寄って行った。女が私を見た。彼女は何かを叫んだが私には何を言ったのかわからなかった。男は彼女の方へ頭をめぐらし、次いで彼女の視線を追って私の方を向いた。ちょうどその時、ルーファスが男のあごを殴った。

意外なことに、黒人の男は後ろへよろめき、今にも倒れそうになった。だがルーファスはこの優勢を押し進めるには疲れ過ぎ、傷を負い過ぎていた。黒人の男にもう一度強烈な一撃をくらい、ルーファスはくずおれた。今度は起き上がる可能性はなかった。彼は意識を失っていた。

私が近づいた時、黒人の男はまたも打とうとするかのように手を伸ばしてルーファスの髪をつかんだ。私は急いで彼のところへ行った。「この人を殺したらやつらはあなたに何をするかしら」と私は言った。

男は体をひねってこちらを向くと私を睨みつけた。

「この人を殺したらやつらはこの女の人に何をするかしら」と私は尋ねた。

これは彼の心を動かしたようだ。ルーファスを放し、真っすぐ立って私と向かい合った。「俺がこいつにやったことをやつらに言うのは誰だ?」彼の声は低く脅迫的であった。私は自分も意識を失って地面でルーファスと並ぶはめになるのかと心配になってきた。

私は肩をすくめてみせた。「やつらがあなたに正面切って尋ねたら、自分のしたことを自分で言えばいいでしょう。この女の人もそうすればいいわ。」

「おまえはなんと言うつもりだ?」

「できれば一言も言わないわ。でも……お願い、この人を殺さないでね。」

「おまえはこいつのものか?」

「いいえ。ただこの人は私の夫の居所を知っているかもしれないからなの。この人に教えてもらえるかもしれないから。」

「おまえの夫……?」彼は私を頭から爪先までじろじろ見た。「どうして男みてえな格好して歩くのかね?」

私は何も言わなかった。その質問に答えるのはもううんざり。危険を冒してもロングドレスを買いに出ておけばよかった。ルーファスの血まみれの顔を見下ろして私は言った。「今この人をここへ置いたまま行ってしまえば、この人が誰かにあなたの後を追わせるまでには長くかかるわ。逃げる時間はあるわ。」

「もしおまえがこの娘だとしたら、おまえはこの男に生きていて欲しいと思うだろうか？」彼は女の方を指した。

「あなたの奥さん？」

「そうだ。」

私が想像するしかない激しい怒りにもかかわらず、自制し、相手を殺さぬ点では彼はサラに似ていた。終生馴らされた抑制を破ることはできなくはないが、簡単にはゆかない。私は娘を見つめた。「この男をご亭主に殺させたい？」

彼女はかぶりを振った。その顔の片側が腫れているのが見えた。「ちょっと前だったら私が自分でこの人を殺していたかもしれない」と彼女が言った。「でも今は……アイザック、このまま逃げよう！」

「逃げてこの女をここへ放っておくのか？」彼は疑わしそうに敵意をもって私をじろじろ見た。「こいつの話し方は確かに他の黒ん坊と違う。白人のすぐ近くで——それも長い間、暮らしてきたみてえな話し方だ。」

「この人は遠くから来たからこんな話し方するんだよ」と娘が言った。

私は驚いて彼女を見つめた。背が高く、ほっそりして、肌の色は濃い。ちょっと私に似ている。もしかするととてもよく似ているのかもしれない。

「あんたはデイナでしょう？」と彼女が尋ねた。

「ええ……どうしてわかったの？」

「この人があんたのことを話してくれたわ。」彼女は足でルーファスをこづいた。「この人はいつもあんたの話をしてたわ。それに小さい時、一度あんたに会ったわ。」

私はうなずいた。「じゃあ、あなたはアリスなのね。そうだと思ったわ。」

彼女はうなずき、腫れた顔をこすった。「私はアリスなの。私はアリス。」それから誇らしげに黒人の男を見た。「今はアリス・ジャクソンよ。」

私はあの痩せて脅えていた子供――ほんの二か月前に会ったあの子供として、あらためて彼女を見直そうとした。信じがたいことだ。でももう私は信じがたいことに慣れていたはずだ。黒人の女を食いものにする白人の男にも慣れていたはずだ。結局、ウェイリンがそのよい例だった。だがどういうものか、私はルーファスにもっとましな例を期待していたのだ。この娘はもうヘイガーを身ごもっているのだろうか。

「この前会った時は私の名前はグリーンウッドだったけど」とアリスが言葉を続けた。

「去年アイザックと結婚したの……母さんが死ぬちょっと前に。」

「ではお母さんは亡くなったのね。」私は思わず、自分と同年配の女の死を頭に浮かべたがもちろんそれは間違いだと知っている。それでもやはり、あの女の人はかなり若死にであったには違いない。「お気の毒に」と私は言った。「私を助けようとして下さったわ。」

「大勢の人を助けていたよ」とアイザックが言った。「このろくでなしをこいつの家族がするよりよっぽど大事に扱っていた。」彼はルーファスの体を移動させたくなった。私はたじろぎ、彼の足の届かないところへルーファスの脇腹を激しく蹴った。

「アリス」と私は話しかけた。「ルーファスはあなたのお友だちだったんじゃないの？そのう……大きくなったら友情が続かなくなったとか、そういうことなの？」

「私が望むよりもっと親しくしたがるようになったの」と彼女は説明した。「私とアイザックを結婚させまいとして、ホルマン判事にアイザックを南の方へ売らせようとしたわ。」

「あなたは奴隷なの？」私は驚いてアイザックに言った。「大変、この土地から出て行った方がいいわ。」

アイザックは、おしゃべりが過ぎるぞと明白に語っている目でアリスを見た。アリスはその目に返事をした。

「アイザック、この人なら心配いらないよ。以前、奴隷に読み方を教えて鞭をくらったくらいだもの。鞭を振るったのはトム・ウェイリンだよ。」

「俺が知りたいのは、俺たちが行っちまった後でこの女がどうするつもりかってことだ」とアイザックが言った。

「私はこのままルーファスのところにいるわ」と私は言った。「意識が戻ったら、手を貸してうちへ帰らせるつもりよ——できるだけゆっくりと。あなたたちがどこへ行ったかなんて言わないわ、だって知らないんですもの。」

アイザックはアリスを見、アリスは彼の腕を引っ張った。「行こうよ！」と彼女がせかす。

「だけど……」

「誰でもかまわず殴っちまうなんていけないよ！　行こうってば！」

彼が行きかけた時、私は言った。「アイザック、もしあなたが望むなら、通行証を書いてあげるわよ。本当に行こうとしているところを書かなくてもいいのよ。でも誰かに止められた時、役に立つかもしれないわ。」

彼は全然信用していない目で私を見ると、背を向けて返事もせずに歩き去った。

アリスはもじもじしてから低い声で話しかけてきた。「あんたの連れ合いは行ってしまったよ」と言う。「長い間あんたを待っていたけど、もう行ってしまった。」

「どこへ行ったの？」

「どこか北の方。私は知らない。ルーフさんなら知っているよ。でも気をつけないとだめだよ。ルーフさんは時々ひどく意地悪くなるから。」

「ありがとう。」

彼女はくるりと向きを変えるとアイザックの後を追って行った。私一人が意識のないルーファスと残された。一人きりになって私は考えた。アリスとアイザックはどこへ行くのだろう。北のペンシルヴェニアだろうか。だとよいのだが。それにしてもケヴィンはどこへ行ったのだろう。どうしてどこかへ行ってしまったのだろう。もしルーファスが、彼を捜すのに手を貸してくれなかったらどうなるのだろう。もし彼を捜せるほどこの時代に留まれなかったらどうなるのだろう。どうして彼は待てなかったのだろう……？

4

私はルーファスの傍らにひざまずき、彼の体を転がして仰向けにした。鼻血が出ている。唇が裂けて血が流れている。おそらく歯の二、三本は折れているだろうが、確かめられるほどまじまじとは見なかった。顔はでこぼこでひどい有様だ。しばらくは目の周りの黒あざが消えないだろう。だが概して言えば、おそらく実際は見た目ほどひどくないのだろう。衣類を脱がせなければ見えない傷がいくつかあるのは明らかだが、重傷とは思えなかった。意識が戻れば痛むだろうが、自ら招いた結果だ。

ひざを折って座り、彼を見守っているうち、初めは早く意識を回復してもらいたいと願ったのだが、やがてアリスとその夫が時間をかせげるよう、気を失ったままでいてくれることを望み始めた。小川を見て、冷たい水を少し持ってきてやれば早く気がつくだろうとは思った。でも私はじっとしていた。アイザックの生命は危機に瀕していた。もしルーファスが復讐心に燃えれば、きっとあの男を殺させるだろう。奴隷にはなんの権利もなく、白人を殴るなど許されるはずがない。

できることなら、もしルーファスがまだどんな点でも私の知っていたあの少年のままでいてくれたら、アイザックを追いかけるのをやめさせる努力をしよう。今、ルーファスは十八か十九に見える。少しはだましたりいじめたりできるだろう。彼と私が互いに必要とし合っているのを彼が認識するのにそう長くはかからないはずだ。もう互いに交代で助け合えばよいのだ。どっちも相手がぐずぐずするのを望んでいない。私たちは互いに協力することを——妥協することを覚えねばならない。

「そこにいるのは誰だ?」と突然ルーファスが口をきいた。その声は弱々しくほとんど聞き取れぬほどだった。

「デイナよ、ルーフ。」

「デイナ?」彼は腫れ上がった目を少し広げた。「戻ってきたんだね!」

「あなたは相変わらず自分を死にそうな目に合わせるのね。だから私も相変わらず戻ってくるんだわ。」

「アリスはどこだ?」

「知らないわ。ここがどこかもわからないのよ。でも方角を指してくれればあなたに手を貸してうちへ帰らせてあげるわ。」

「アリスはどこへ行ったんだ?」

「知らないのよ、ルーフ。」

彼は身を起こそうとしてなんとか六インチほど体を持ち上げたが、倒れてうなった。「アイザックはどこだ？」と彼はつぶやく。「僕が追いかけて捕まえたいあの野郎のことだよ。」

「しばらく休みなさい」と私は言った。「体力を取り戻しなさい。その人がたとえ隣に立っていたとしても今のあなたには捕まえられないわ。」

彼はうめきながらおそるおそる脇腹を触った。「あいつ、仕返ししてやる！」

私は立ち上がり、小川の方へ歩いて行った。

「どこへ行くんだ？」と彼が呼ぶ。

私は答えない。

「デイナ？　ここへ戻って！　デイナ！」

つのってゆく絶望感が声に現れている。彼は怪我をしていて、私を除けば一人ぼっちだ。立ち上がることさえできない。しかも私は彼を捨て置いて行ってしまいそうな様子なのだ。私は彼にその恐怖を少し体験させたかった。

「デイナ！」

私はデニムの袋から手拭いを探り出し、水に濡らして彼のところへ持って行った。傍らにひざをついて彼の顔から血を拭い始めた。

「どうしてどこへ行くつもりか言ってくれなかったんだ？」と彼はいらいらしながら言った。あえぎながら脇腹を押さえている。

この人は実際どれほど成長したのだろうといぶかりながら、私は彼を見守った。

「デイナ、何か言えよ！」

「あなたに言ってもらいたいわ。」

彼は横目でちらっと私を見た。「何を？」私は彼の間近に身をのり出していたので、彼がしゃべると息の微かなにおいがした。酒を飲んでいたのだ。酔っているようには見えなかったが、飲んでいたのは確かだ。気になったが、それは私にどうすることもできない。彼がすっかりしらふになるまで待つ気にはなれない。

「あなたを襲った男たちのことを話してもらいたいの。」

「どの男たちだって？　アイザックが……」

「一緒に飲んでいた男たちよ」と私は即席ででっち上げた。「見知らぬ人たち――白人だったわ。連中があなたを酔わせておいはぎをやろうとしたのよ。」ケヴィンの例の作り話が役に立っている。

「一体なんの話だ。これがアイザック・ジャクソンの仕業だってことはおまえも知っているだろう！」その言葉は耳ざわりなささやき声となって飛び出してきた。

「わかった。アイザックがあなたを打ちのめした。」私は同意した。「どうしてなの？」

彼は答えずに私を睨んだ。

「あなたは女をレイプした――あるいは、しようとした――だからその夫があなたを打ちのめしたのよね」と私は言った。「あの男があなたを殺さなかったのはあなたの

幸運というものだわ。アリスと私が説得しなかったら殺していたでしょうよ。さて、
あなたの命を救ってあげたことにはどう報いてくれるの？」
当惑と怒りは彼の顔から消え、彼はぽかんとして私を凝視した。しばらくして彼は
目を閉じ、私は手拭いをゆすぎに行った。戻ってみると、彼は立とうとしては――倒
れていた。とうとうくずおれて、あえぎながら脇腹を押さえている。見た目より怪我
がひどいのだろうか――体の内部の怪我かもしれない。たぶん、肋骨だ。

私はまた彼の傍らにひざをついてその顔から残りの血と泥を拭った。「ルーフ、あ
の娘さんをレイプしてしまったの？」

彼はやましげに目をそらせた。
「どうしてそんなことをするの？　あなたのお友だちだったのに。」
「小さい時は友だちだった」と彼は小声で言った。「二人とも大人になった。そうし
たらアリスは僕より黒ん坊の男なんかを相手にしたがって！」
「それはアリスの夫のこと？」と私は尋ねた。なんとか努力して声を平静に保った。
「決まってるじゃないか！」
「そうだわね。」私は苦々しく彼を見下ろした。ケヴィンの言った通りだ。ルーファ
スを感化しようと望んだりして、私は愚かだった。「そうだわね」と私は繰り返した。
「あの子があつかましくも自分の夫を選んだというわけね。自分が自由の身分の女か
何かだと思っていたに違いないわね。」

「それがなんの関係があるんだ？」と彼はくってかかった。それから声が落ちてほとんどささやきに変わった。「僕ならどんな農場奴隷よりもあの子の面倒をよくみてやれたのに。あの子がいやだと言い続けさえしなかったら、痛めはしなかったのに。」

「あの子にはいやと言う権利があったのよ。」

「あの子の権利のことはなんとかしてみせるよ！」

「えっ？　まだ痛めるつもりなの？　私に協力してあなたの命を救ってくれたのよ、覚えていないの？」

「アリスは報いを受けるさ。僕が与えようと与えまいと報いを受けるよ。」彼は微笑した。「もしアイザックと逃げれば、報いはどっさりだ。」

「どうして？　どういう意味？」

「じゃあ、アイザックと逃げたんだね？」

「知らないわよ。アイザックは私があなたの味方だと思って信頼しなかったから、これからどうするのか教えてくれなかったわ。」

「教えなくたっていいんだ。アイザックは白人を襲った。そんなことをした後でホルマン判事のところへ帰りゃしないよ。他の黒ん坊なら帰るかもしれないが、アイザックは違う。あいつは逃げたんだ。そしてアリスはあいつと一緒にいて、逃亡を手伝っている。少なくとも、判事はそう見るだろう。」

「アリスはどうなるの？」

「監獄行き。たっぷり鞭打ち。それから売っ払われる。」

「奴隷になるの？」

「身から出た錆だ。」私は彼を凝視した。どうかアリスとアイザックが助かりますように。どうか私も助かりますように。ルーファスが生涯の友に対してもこのようにすみやかに敵対するのなら、彼が急に私の敵にまわるのにどれほどの時がかかるというのか。

「でもあの子が南の方へ売られるのは僕は望んでいない」と彼はささやいた。「あれの身から出た錆だろうとなんだろうと、どこかの水田で死んだりして欲しくない。」

「かまわないじゃないの」と私は痛烈に言った。「そんなこと、あなたにはどうでもいいことでしょう。」

「そうだったらいいけどね。」

私は眉をしかめて彼を見下ろした。彼の声音が突然変わったのだ。では、少々の人間性を見せようというつもりか。見せるだけのものがまだ残っているというのか。

「おまえのことはあの子に話した」と彼が言った。

「知っているわ。私を誰だかわかってくれたわ。」

「あの子にはなんでも話した。おまえとケヴィンが結婚してることだって話した。特にそのことを話した。」

「もしアリスが連れ戻されたら、あなたはどうするつもりなの、ルーフ。」

「買うよ。金はいくらか持っている。」

「アイザックはどうするの？」

「アイザックなんかくそくらえ！」彼はあまりに激烈に言ったものだから脇腹を痛めた。顔が苦痛にゆがんだ。

「じゃああなたはあの男を追い払って、望み通りに女を手に入れるわけね」と私は嫌悪を込めて言った。「レイプの甲斐があったじゃないの。」

　彼は頭を私の方に向け、腫れ上がった目の奥からじっと見た。「あいつと一緒に行かないでと僕はアリスに頼んだ」と彼は静かに言った。「聞いているのか？　頼んだんだ！」

　私は何も言わなかった。彼があの娘を愛しているのだとわかってきた——不幸なことに。黒人の女をレイプすることは恥ではないが、愛するのは恥になるのだ。

「あの子をただ藪の中へ引きずり込むなんてことしたくなかった」と彼は言った。「そんなふうには絶対したくなかったんだ。でもあの子はいやだと言い続けた。藪の中へ連れ込むことだけが望みだったら何年も前にとっくにやれたよ。」

「わかるわ」と私は言った。

「僕がおまえの時代に生まれていたら、あの子と結婚しただろうに。しようとしただろうに。」彼はまた立ち上がろうとし始めた。前より力が出たようだが、苦しそうだ。私は座って見守っていたが、手は貸さなかった。彼が回復して帰宅することに私は熱心になれなかった――帰宅してからどんな話を人々に告げるつもりか確かめるまでは。

とうとう苦痛が彼を圧倒したようで、彼は再び横になってしまった。「あの野郎は僕に何をしたんだ?」と彼はささやき声で言った。

「行って助けを呼んでくるわ」と私は言った。「どっちの方角へ行けばいいか教えてくれれば。」

「待ってくれ。」彼はあえぎ、咳をした。咳のためにひどく痛みが増した。「なんてこった」と彼はうめいた。

「肋骨が折れたんだと思うわ」と私は言った。

「そう言われても驚かないくらいだ。おまえに行ってもらった方がよさそうだ。」

「いいわ。でもね、ルーフ……白人があなたを襲ったのよ。わかった?」

彼は何も言わない。

「あなたは皆がどっちにしてもアイザックを追いかけると言ったわね。じゃあわかった、そういうことにしましょう。でもアイザックと――アリスに――一度はチャンスを持たせてあげて。あの人たちもあなたに一度チャンスをくれたのよ。」

「僕が告げようと告げまいと変わりはない。アイザックは逃亡奴隷だ。事情がどうあれ、その責めは負わなければならない。」

「それならあなたが黙っていても事態は同じね。」

「ただおまえが望んでいるように二人に時間をかせがせることになる。」

私はうなずいた。「確かにそれが私の望みよ。」

「じゃあ、僕を信用するんだね？」彼はじっと私を見守っている。「僕が告げ口をしないと言ったら、僕の言葉を信じるんだね？」

「ええ。」私は一瞬、言葉を止めた。「私たちは絶対に互いに嘘をつくべきではないわ、あなたと私は。そんなことしてもなんの役にも立たないと思うの。私たちはどちらも報復の機会を過分に手中にしているのですもの。」

彼は顔をそむけた。「おまえの話し方はいまいましい本みたいだ。」

「それならケヴィンが読み方をあなたにしっかり教えてくれたことを期待するわ。」

「おまえ……！」彼は私の腕をつかんだ。もぎとることもできたが、私はそのままつかませておいた。「僕を脅すなら、おまえだって脅してやる。僕がいなけりゃ絶対おまえはケヴィンを捜せないんだぞ。」

「わかっているわ。」

「それなら僕を脅すな。」

「私は、私たちは互いにとって危険な存在だと言ったのよ。それは脅しというより思い出させるための注意なのよ。」実際は、それははったりと言った方が合っている。

「おまえの脅しや注意は必要ない。」

私は何も言わなかった。

「それで？　僕のために助けを呼びに行くのだろ？」

私はまだ黙っていた。体も動かさなかった。

「この森を抜けて行くんだ」と彼は指しながら言った。「出ると街道がある。そう遠くはないよ。街道に出たら左手をただまっすぐ進めば、うちへ着く。」

私は、遅かれ早かれこの道案内を使うことになるだろうと知りながら、聞いていた。だが私たち、彼と私は、まずある協定を結ばなければならない。彼はその協定を結んだと認めなくてもよい。危機にさらされているのが自分のプライドだと思うなら、プライドは保っていてくれてもかまわない。だが了解したという態度は示してもらわなければならない。拒めば、今、さらに苦痛を味わうことになる。そしてたぶんもっと後でケヴィンが無事とわかり、少なくともヘイガーの生まれるチャンスが生じたら――それはわからずじまいになるかもしれないが――私はルーファスを置き去りにして、難儀を自力で切り抜けさせよう。

「デイナ！」

私は彼を見た。気が散ってぼんやりしていたのである。

「あの子に……あの二人に時間をかせがせてやると言ったんだよ。僕を襲ったのは白人だ。」

「それでよし、よ。ルーフ。」私は彼の肩に手を置いた。「ねえ、あなたのお父さんは私の言うことを聴いてくれるでしょうね？　この前私がうちへ帰ってしまった時、お父さんは何を見たのかしら。」

「父さんも何を見たのかわからないんだ。なんであるにしろ、父さんは前にもそれを見ているよ――あの時に河で――でもあの時も父さんは信じなかった。でもおまえの言うことは聴くよ。おまえをちょっと怖がってさえいるかもしれない。」

「その方がそうでない場合よりましだわ。できるだけ早く戻ってくるわね。」

5

街道は私が予期したより遠いところにあった。あたりが暗くなってきたので――太陽は昇りかけではなくて沈みかけていたのだ――私はメモ帳から数ページ引きちぎり、目印として時おり木に張りつけて行った。それでもなお、ルーファスのところへ戻って行けないのではないかと気がかりだった。

街道に出ると、茂みを少し引き抜き、白い紙切れを点々と混ぜてバリケードみたいなものを作った。戻ってきた時、ここで足を止めればよい――その間に誰もこれを動かさなければの話だが。

街道をたどるうち日が落ちた。さらに行くと森を抜け、畑を抜け、ウェイリン家よりはるかに立派な大きな家を通り過ぎた。誰にも妨げられなかった。一度、白人が二人、馬に乗って通った時は木の後ろに隠れた。彼らは私になんの注意も払わないかもしれなかったが、危険は冒したくなかった。それから三人の黒人の女が頭に大きな荷をのせて歩いてきた。

「こんばんは。」私が通りかかると彼女たちが挨拶した。

私は会釈し、挨拶を返した。それから足を速めながら、この年月がルーク、サラ、そしてナイジェルとキャリーにどのような変化をもたらしたかしらと突然考えた。互いをせり売りして遊んでいた子供たちはもう今では農場で働いているかもしれない。それに時の経過はマーガレット・ウェイリンに何をもたらしただろうか。時が経ったからといって、彼女と暮らしやすくなっているとはどうも思えなかった。

さらに多くの森や畑を越えた後、遂に質素な四角い家が私の前に現れた。一階は黄色い光が満ちあふれていた。「やっとうちに着いた」と疲れきって思わず言ってしまい、私ははっとした。

私は畑と家との間にしばらくじっと立ち、敵意に満ちた場所にいるんだということを思い出した。その場所は、もはや異質とは感じられなかったが、それがかえってその場所をいっそう危険なものにしていた。つまり私の気を緩めさせ間違いを起こさせるものにしていたのだ。

私は背中をさすった。数本の長い傷に触れて間違いを犯してはならないことを思い出した。さらにその傷のおかげで、たった数日しかここを離れていなかったということを思い出さざるを得なかった。いや、忘れていたのではない。まるで歩いている間に、最後に会ってから、ここの人たちにとっては何年間も経っているのだという思いに慣れてしまったかのようなのだ。私にとってもまた、多くの時間が経ったのだということを、私は考えるのではなく、感じ始めていた。それは漠然とした感じであったが、ふさわしく、しっくりするように思えた。本当に起こっていることを心に留めておこうとするよりもしっくりきた。私の中のある部分は、時が歪めてしまった現実に見切りをつけて、事態を受け入れやすくしていた。そうだ。行き過ぎないかぎりそれでよい。

私はトム・ウェイリンに会うことを思い、覚悟をきめて家の方へ向かった。しかし私が近づくと、背の高い痩せた白人の影が、家からこちらの方へやって来た。「おい」と彼は声をかけた。「ここで何をしているんだ?」彼の長い歩幅は、私たちの距離をまたたくまに縮めた。しばらくの間、彼は立って私を見つめていた。「おまえはここの者じゃあないな」と彼は言った。「おまえの主人は誰だ?」

「私はルーファスさんのために助けを求めにきたところなのです」と私は言った。「この男と会ったことがなかったので、突然不安になり、「ここはまだルーファスさんの住んでいらっしゃるところでしょうね」と尋ねてみた。

その男は返事を返さなかった。彼は私を見つめ続けた。彼が見極めようとしているのは、私の性別なのだろうか、私のアクセントなのだろうか。たぶん私が彼に「さま」とか「旦那」とかをつけなかったからなのだろう。

「ルーファスはここの者だ」とやっと答えが返ってきた。「あいつがどうかしたのか？」

「殴られて歩けないんです。」

「あいつは酔っているのか？」

「え、いいえ、そんなに酔ってはいませんでした。」

「あのろくでなし。」

私は驚いて飛び上がった。彼は低い声で言ったが、言った内容は間違いようがなかった。私は口を閉ざしていた。

「来い」と彼は言って私を家の中へと導いた。彼は私を玄関の広間に立たせたまま、ウェイリンがいるらしい図書室へ入って行った。私は数歩離れたところにあるひじ掛け付きの木製のベンチを見たが、疲れているにもかかわらず座らなかった。以前、マーガレット・ウェイリンが、そこに座って靴ひもを結んでいる私を見つけたことがあった。彼女は叫び声を上げ、まるで私が宝石を盗んでいるところを捕まえたかのように怒り狂った。あれと同じような状況で彼女と再会したくなかった。彼女との再会なんてちっともしたくないが、避けられそうにない。

背後で音がしたので、不安に駆られて振り返った。若い奴隷の女が私を見つめて立っていた。肌の色が薄く、青いスカーフをまとい、身ごもっている。

「キャリーなの？」と私は言った。

彼女は走り寄ってきて、私の肩をつかみ、顔をのぞき込んだ。それから私を抱きしめた。

ちょうどその時、あの見知らぬ白人がトム・ウェイリンと一緒に図書室から出てきた。

「何をやってんだ？」とその男は言った。

キャリーはすばやく私から離れ、うなだれた。そこで私は、「私たちは昔からの友だちなんです」と言った。

以前よりも白髪が増え、痩せていかめしくなったトム・ウェイリンは、私の方へやって来た。彼はしばらく私を見つめ、それからあの見知らぬ男へと向き直った。「あいつの馬はいつごろ帰ってきたんだ、ジェイク？」

「一時間程前です。」

「そんなに経っているのか……報告すべきだったな。」

「あの人はいつもそのぐらいは出かけているし、前はもっと長いこともありましたよ。」

ウェイリンは溜め息をつき、私をちらっと見た。

「そうだな。しかし今度はもう少し深刻だろう。キャリー！」

この無言の女は、裏口の方へ立ち去ろうとしていた。彼女はウェイリンの方へと向き直った。

「ナイジェルに馬車を回しておくように言ってこい。」

彼女は、いつも白人に対してだけやる半分うなずくような、半分お辞儀をするような仕草をして、急いで立ち去った。彼女が立ち去る時、私の心に浮かんだことがあった。私はウェイリンに話しかけた。「ルーファスさんは、肋骨を折っているかもしれません。咳をしても血を吐き出さないので、たぶん肺は大丈夫でしょう。でも動かす前に私が包帯をするのがいいでしょう。」私は指を切った時以外、包帯など巻いたことはなかったが、学校で習った応急手当を少し思い出した。彼が足の骨を折った時には、行動を起こそうとは思わなかったが、今度は助けてやれるかもしれない。

「ここへ連れてきてから包帯を巻いてやれ」とウェイリンは言った。そしてその見知らぬ男に向かって、「ジェイク、誰かをやって医者を連れてこい。」

ジェイクは非難するような視線をもう一度私に向けてから、キャリーの後を追って裏口から出て行った。

ウェイリンはそれ以上私に言葉をかけず、玄関から外へ出た。私は折れた肋骨に包帯を巻くことがどれほどの意味を持っているのか思い出そうとしながら――つまりウェイリンに「口答え」する価値があるのかどうかと考えながら――彼の後に従った。当然の報いだとしても、私はルーファスにひどい怪我をして欲しくはなかった。どんな怪我でも危険なものだ。しかし私が覚えているかぎり、肋骨に包帯をするのは、ほとんどの場合、痛みを軽くするためだ。真実だからそんなことを思い出したのか、ウエイリンと対立したくないから思い出したのかは、はっきりしなかった。背中の傷に触ってみるまでもなく、私はその傷を意識していたのである。

背の高い頑丈な奴隷が、荷馬車を御してきた。ウェイリンが御者の横の席につく間に、私は後部に乗りこんだ。御者は私をちらっと振り返り、「やあ、デイナ」と小声で言った。

「ナイジェル？」

「そうだよ。」彼はにやっと笑った。「最後に会った時よりずいぶん大きくなっただろう。」

彼はルークそっくりに成長していた――あの私が覚えている少年の面影をほとんど留めぬハンサムな大きな男に成長していたのだ。

「黙って道路に注意していろ」とウェイリンが言った。

それから私に、「どこへ行くのか言ってくれ」と言った。

どこへ行けばいいのかを彼に教えてやるのは、快感だっただろうが、私は丁寧に言った。「かなりの道のりがあります。ここへ来るまでに、誰かの家や畑を通らなければなりませんでした。」

「判事のところだ。おまえはそこで助けを求められたんだがな。」

「知りませんでした。」知っていたところでそんなことはしなかっただろう。しかしそれはアイザックを追うためにすぐに人をやるであろうあのホルマン判事のことなのだろうか。たぶんそうだ。

「おまえは、ルーファスを道の脇へ置いてきたのか」とウェイリンは聞いた。

「いいえ、森の中です。」

「森の中のどこかはっきりと覚えているんだろうな？」

「はい。」

「その方がいいぞ。」

他には彼は何も言わなかった。

私は特に苦労もせずにルーファスを見つけた。ナイジェルはかつてルークがしたように、優しく、易々と彼を持ち上げた。馬車の上で、ルーファスは脇腹を押さえ、それから私の手を取った。一度だけ彼は「約束は守るよ」と言った。

私はうなずき、うなずいたのが見えないといけないと思い、彼の額に触れた。その額は熱く乾いていた。

「こいつはなんの約束を守るんだ？」とウェイリンが尋ねた。

彼が私の方を振り返ったので、私は顔をしかめて困惑した様子をしてみせ、「骨を折った上に、熱まであるんですよ」と言った。ウェイリンは、嫌悪感のこもった音をたてた。「こいつはきのう病気だったんだ。至る所に吐いてやがった。それが今日起き上がって出かけたんだ。この馬鹿者が。」

そして彼は再び黙り込み、家に着くまでそのままだった。ナイジェルがルーファスを二階へ運び上げている時、ウェイリンは、私が入るのを禁じられていた図書室へ導いた。彼は私を鯨油ランプの方へ押しやり、明るい黄色い光の中で、静かに、批判がましくじっと私を見つめ続けた。とうとう私はドアの方へ目を走らせた。

「おまえは確かにあの同じやつだな。」やっと彼は言った。

「信じたくはなかったがな。」

私は黙っていた。

「おまえは誰なんだ」と彼は言った。「何者だ。」

私はどう答えていいのかわからず、躊躇していた。というのは、彼がどの程度私のことを知っているのかわからなかったからだ。本当のことを言えば、彼は私を気が狂っていると思うだろうし、かといって嘘で動きがとれなくなるのもいやだった。

「どうなんだ！」

「どう言えばあなたが満足するのか私にはわかりません」と彼に言った。「私はデイナです。あなたは私をご存じです。」

「すでに俺が知っていることは言うな！」

私は困惑して、恐怖におののきながら、黙って立っていた。ケヴィンは今ここにいない。助けが必要になっても、頼れる人は誰もいない。

「私はただあなたの息子さんの命を助けたと言ってもよい者です。」私は静かに言った。「息子さんは今頃、病気を患い、傷を負って、一人であそこで死んでいたかもしれないのです。」

「わしに感謝しろとでも言うのか?」

なぜ彼はそんなに腹を立てているんだろう。なぜ彼は感謝してはいけないんだろう。

「どうしろなんて私には申せません、ウェイリンさん。」

「その通りだ。」

私が何か言うのを彼が待っている間、沈黙があった。

懸命に私は話題を変えた。

「ウェイリンさん、フランクリンさんがどこへ行ったかご存じですか?」

妙なことに、この問いは彼の心に触れたようだ。彼の表情が少し和らいだ。

「あいつか」と彼は言った。「あの馬鹿。」

「どこへ行ったのですか?」

「どこか北だ。わしは知らん。ルーファスがあの男からの手紙を持っている。」再び彼は、私をじっと見据えた。「ここにいたいか?」

彼は、私に選択の機会を与えているかのような言い方をした。彼にとってそんな必要などないので、驚くべきことだった。たぶん感謝の念が結局彼にそう言わせたのだろう。

「しばらくいたいと思います」と私は言った。ケヴィンを捜して北部の町をさ迷い歩くよりはここにいて連絡を取る方がいいだろう。

「食べるためには働くのだぞ」とウェイリンは言った。「おまえが前にやっていたよんおまえを見つけようと思ってな。」
「あのフランクリンは、帰ってきたらここへ寄るだろう。一度帰ってきたんだ。たぶ
「はい、わかりました。」
うにな。」

「いつのことですか？」
「去年だったな。医者が来るまで二階へ上がってルーファスといるんだ。あいつの世
話をしてやれ。」
「はい。」私はきびすを返した。
「いずれにしてもそのためにおまえは来たらしいからな」と彼はつぶやいた。
私は彼から解放されたことを喜んで、立ち去った。
彼は、口に出さなかったが私のことをもっと知っていたと思う。それは質問されな
かったことから判断して明らかだ。彼は私が二度消えるのを目撃していた。そしてケ
ヴィンとルーファスは、たぶん私のことを少なくとも何か彼に話しているだろう。ど
の程度話しているんだろうか。ケヴィンは、「馬鹿」と言われるような何を言い、何
をしたのだろうか。
それがどんなことであっても、ルーファスから聞き出そう。ウェイリンは、質問す
るには危険過ぎる。

6

私はできるかぎりルーファスの体を拭い、ナイジェルが持ってきた布で肋骨に包帯を巻いた。左側の肋骨を触るととても痛がった。ルーファスは、包帯のおかげで呼吸が少しらくになったと言ったので、私はうれしくなった。でも彼は病気だった。熱はまだひいていなかった。そして医者も来なかった。ルーファスは時々咳きこんだ。そしてそれが肋骨に響き、苦しんでいるようだった。サラが見舞いに入ってきて、私を抱きしめた。彼女はルーファスの肋骨や熱よりも殴られた傷に驚いた。彼の顔は黒や青のあざができ、腫れ上がって変形していた。「この人はよくけんかをするよ」と彼女は腹を立てて言った。ルーファスは腫れて細くなった目を開けてサラを見た。かまわず彼女は続けた。「ただ意地悪をするためにこの人がけんかするのを見たことがあるよ」と言う。「そのうち死んじまうだろうよ。」

サラは、まるでルーファスの母親であるかのように、怒りと心配が入り雑じった感情に捕らわれ、どちらの感情をぶつけていいのかわからない様子だった。彼女はナイジェルが持ってきたたらいを持ち去り、きれいな冷たい水を入れて戻ってきた。

「この人の母親はどこ?」サラが立ち去ろうとした時、私は小声で尋ねた。

彼女はすこし後じさりして、「行っちまったよ」と言った。

「亡くなったの?」

「まだだよ。」彼女は、ルーファスが聴いているかどうか確かめるために、ちらっと見た。彼の顔はあちらを向いていた。「ボルチモアへ行っちまったんだよ」とささやく。「明日詳しく話してやるよ。」

私はそれ以上質問せずサラを立ち去らせた。突然襲われることはないだろうとわかっただけで充分だ。今度ばかりはルーファスに私を近寄せまいとするマーガレットはいない。

ルーファスのところへ戻った時、彼は弱々しくのたうち回っていた。痛みを罵り、私を罵り、それから我に返っては、今のは本気で言ったわけじゃない、と弁解する。熱でかっかしていた。

「ルーフ?」

彼は頭を左右に動かし、私の言っていることは聞こえないようだった。私はデニムの袋をまさぐり、プラスチックのアスピリンの容器を見つけた。それは大きな容器で、ほとんどいっぱいだった。分けてやれる量は充分ある。

「ルーフ!」

彼は目を細めて私を見た。

「ねえ、私の時代から持ってきた薬があるのよ。」ベッドの横にある水差しから水を注いで、容器を振ってアスピリンを二錠出した。「これを呑めば熱は下がるわよ」と私は言った。

「痛みも和らぐわよ。呑む?」

「それはなんだ?」

「アスピリンよ。私の時代では、頭痛や熱やその他いろんな痛みに使うのよ。」

彼は私の手の中の二つの錠剤を見、それから視線を私に移した。「くれ。」

呑み込むのに苦労して、彼は少し嚙み砕いた。

「うう」と彼はうなった。「こんなに苦いのは効くに違いない。」

私は笑い、たらいの中で布を濡らし、彼の顔を拭いた。ナイジェルがバスケットを持って入ってきて、医者は難しいお産で手間どっていると告げた。ルーファスと一晩一緒にいるのが私の務めだった。

私はべつにかまわなかった。ルーファスは私に興味を持つような状態になかった。ただナイジェルが一緒にいる方が普通ではないかと思った。私はそのことについてナイジェルに尋ねてみた。

「トム旦那はあんたのことをよくご存じだ」とナイジェルは静かに言った。「ルーファス旦那とケヴィンさんの両方が、トム旦那に話したんだ。トム旦那は、あんたが充分に手当できると思っているよ。たぶん手当以上のことをね。旦那はあんたがうちへ帰るところを見たんだ。」

「知っているわ。」

「俺も見たんだよ。」

私はナイジェルを見上げた。今では私より頭一つ背が高かった。その目には好奇心以外何もなかった。私が消えて彼を怖がらせたとしても、その恐れはとっくに消え去っていた。私にはそれがうれしかった。私には彼の友情が必要だった。

「トム旦那は、あんたはルーファス旦那の世話をすることになっているし、うまくやってもらおう、と言ってた。サラばあさんは、もし必要なら手を貸すと言ってるよ。」

「ありがとう。サラにもありがとうと言っておいてね。」

ナイジェルはうなずき、少しほほ笑んだ。「あんたが現れてくれて本当によかった。俺は今はキャリーと一緒にいたいんだ。もうすぐ生まれるんでね。」

私はにんまりした。「あなたの赤ちゃんなの、ナイジェル？　そうだろうと思ったわ。」

「そうだといい。あれは俺の女房なんだから。」

「おめでとう。」

「トム旦那は、金を払って自由な身分の黒人牧師を町から呼んできて、白人や自由黒人の時と同じ言葉を言わせたんだよ。箒の柄を飛び越えなくてもよかったんだ。」

私は奴隷の結婚の儀式について読んだことを思い出しながら、うなずいた。花嫁と花婿は、地方の習慣によって前向き後ろ向きの違いはあるが、箒の柄を飛び越えるか、主人の前で夫と妻であることを宣言される。あるいは、ナイジェルがしたように牧師まで雇って式を挙げてもらうとか、いろいろな習慣に従う。しかしそのどれもが、法律的に言えば大した違いはない。奴隷の結婚に法律上の束縛はない。アリスの結婚でさえも、アイザックが奴隷——少なくとも過去に奴隷であったのだから、ただの非公式な合意でしかない。私はアイザックがペンシルヴェニアに向かう途中でうまく自由な身分になることを望んでいた。

「デイナ?」

私はナイジェルを見上げた。彼は私の名前をほんの小さな声でささやいたので、ほとんど聞き取れなかった。

「デイナ、あれは白人がやったの?」

びっくりして、私は指を唇にあて注意を与えて、手を振って彼を去らせようとした。

「明日詳しくね」と私は約束した。

しかし彼はサラほど協力的ではなかった。「アイザックの仕業なの?」

私はうなずいた。納得すれば話題を変えてくれるかなと思ったからだ。

「あいつは逃げたの?」

もう一度うなずいた。

ナイジェルはほっとした様子で立ち去った。

ルーファスがどうにか眠り込むまで私は起きていた。アスピリンが効いたようだ。

それで暖炉の前に椅子を二つ並べておき、毛布を体に巻きつけ、できるだけ心地のよい姿勢で横になった。なかなか心地よかった。

医者は翌日の朝遅くに来たのだが、ルーファスの熱はその前にもう下がっていた。体はまだ傷だらけで痛み、肋骨のせいで浅い呼吸しかできず、咳が出ないように悪戦苦闘していたが、それでさえ状態は昨日よりもずっとましだった。サラが作った朝食を持って行くと、彼は一緒に食べようと私を誘った。私はバターと桃のジャムをぬったビスケットとハムを食べ、コーヒーを飲んだ。とてもおいしくお腹がいっぱいになった。ルーファスは卵とハムととうもろこしのケーキを食べた。食べ物はたっぷりあったが、彼はあまり食べる気がしないようだった。食べるかわりに、くつろいで楽しそうに私を見た。

「もしおやじが入ってきて、僕たちが一緒に食べているのを見たら、怒り狂うだろうな」と言う。

私はビスケットをテーブルに置き、一九七六年に置いてある私の意見のすべてを控えた。彼の言う通りだった。

「そしたらあなたはどうするの。面倒を起こすつもり?」

「いいや、おやじは僕たちの邪魔はしないよ。食べなよ。」

「この前も誰かが、あの人は私の邪魔なんかしないと言った時にあの人が入ってきて、私の背中を鞭で思いっきり打ったわ。」

「そうだな。そのことは知っているよ。でも僕はナイジェルじゃあないんだ。もし僕がおまえに何かをしろと言って、それがおやじの気に入らなかったとしても、おやじは僕のところへ来るだろうよ。僕の命令に従ったからって鞭打たれることはないんだ。おやじは公平な男なんだよ。」

私はびっくりして彼を見た。

「公平だと言ったんだよ」と彼は繰り返す。「好感は持てないがね。」

私は黙っていた。彼の父親は、奴隷を支配するあのような力があればそうなってもあながち不思議ではないのだが、怪物ではなかった。彼は怪物でもなんでもない。ただこの社会が合法的で適当だと認める怪物的なことを時々する普通の男なんだ。しかし私は、彼には公平さなんかないと思った。ただ自分の好きなことをしているだけだ。もし彼のことを公平でないと言えば、口答えしたと言って鞭を振るうだろう。少なくとも私が知っているトム・ウェイリンならそうしただろう。たぶん彼は柔和になったんだ。

「ここにいてくれ」とルーファスは言った。「おまえがおやじのことをどう思おうと、僕はおまえに指一本触れさせないぞ。気分転換に、話がわかるやつと飯を食うのは、気分がいいんだ。」それならよい。なぜ彼は今日こんなに機嫌がいいんだろうと思いながら、私は再び食べ始めた。昨晩、怒り狂ってケヴィンがどこにいるか絶対に言わないと私を脅していた彼とはうって変わっていた。

「なあ」と彼は考え深げに言った。「おまえは本当にまだ若く見えるな。おまえは、十三年か十四年前に僕をあの河から引っ張り上げてくれたんだが、今の様子から見ると、おまえはあの時はほんの子供だったんだろうね。」

うーん。「ケヴィンはそのことを説明していないのね。」

「なんの説明だい？」

私はかぶりを振った。「それが私にとってはどんな具合だったか、ちょっと説明させて。何故そんなことが起こるのか説明できないけど、それが起こる一般的傾向はわかるの。」私は、口ごもりながら考えた。「私が河であなたに会った時、私にとってそれは一九七六年の六月九日だったのよ。うちに帰った時も同じ日だったわ。ケヴィンが言うには、私は数秒間いなくなっていただけなんですって。」

「数秒だって……？」

「待って。全部言わせて。後でじっくり考えて質問する時間はたっぷりあるわ。同じ日の少し後で、私はまたあなたのところへ行ったの。あなたは三、四歳大きくなっていて、家に火をつけようとしていたわ。うちに帰ると、私が消えてから数分経っただけだとケヴィンは言ったの。次の朝、六月十日にあなたが木から落ちたおかげで、私はあなたのところへ行ったわ。ケヴィンと私、二人で行ったのよ。私は二か月近くここにいたんだけれど、うちに帰ってみると、それは同じ六月十日の数分か数時間のことだったの。」

「おまえは二か月後に帰ると……」

「私が去った同じ日にうちに帰ったのよ。どうしてなんて聞かないで。私にもわからないの。それから八日間家にいて、またここへ戻ってきたの。」しばらくの間、私は無言のまま彼と向かい合っていた。「それでルーフ、私がここにいてあなたは安全なんだから、私は夫を捜したいの。」

ルーファスはまるでちがう言語から翻訳しているかのように、眉をひそめながらゆっくりとその言葉を消化していった。それから漠然と机に向かって手を振った。その机は新しく、この前私が来た時彼が持っていたのより大きかった。古い方はただの小さなテーブルにすぎなかったが、今度のは巻き込み式のふたがあり、上や下に多くの引き出しがついていた。

「ケヴィンからの手紙はそこの真ん中の引き出しにあるよ。よかったら持っていろよ。住所が書いてあるだろう……でもデイナ、僕が大きくなる一方で、時間はおまえにとってほとんど止まっているようだと言ったな。」私は散らかった引き出しの中の手紙を捜していた。「時間は止まってはいないわ」と私は言った。

「うちのカレンダーがどうであろうと前に二回ここへ来ている間に少し年をとったわ。」手紙を見つけた。その三通の手紙は大きな紙に書かれた短いメモで、折りたたんでろうで封をし、封筒なしで郵送されたものだった。「ここに私のフィラデルフィアの住所を書いておきます」という一通があった。「ちゃんとした仕事が見つかったら、しばらくここにいるつもりです。」住所を除けばそれだけだった。ケヴィンは本を書いてはいるが、手紙を書くのは嫌いだった。うちでは私の機嫌がよい時をみはからって、自分の手紙を私に代理で書かせようとしたことがある。

「僕は年をとって老いぼれになるが、おまえはちょうど今のままの姿でまたやって来るんだろうな」とルーファスは言った。

私はかぶりを振って、「もっと注意しなければ、年寄りになるまで生きていられないわよ。あなたはもう大人になったのだし、そんなにあなたを助けることはできないかもしれないわ。一人前の大人のあなたが起こすような問題は、あなたにもお手上げでしょうけれども、私にもお手上げなのよ。」

「そうだな。でもこの『時間』の話は……」

私は肩をすくめた。

「ちくしょう、僕たちには何か突拍子もないことがあるに違いないんだ、デイナ。他の誰かにこんなことが起こったなんて聞いたこともないぞ。」

「私だって。」私は他の二通を見た。一通はニューヨークからで、もう一通はボストンからだった。ボストンのには、メインへ行くと書かれてあった。何が彼をどんどん遠くに行かせているんだろう。彼は西部に興味は持っていたが、メインには……

「僕はケヴィンに手紙を書くつもりだ。おまえがここにいると言ってやる。あの男は走って戻ってくるだろうよ」とルーファスは言った。

「私が書くわ。」

「手紙を郵送するのは僕でなけりゃいけない。」

「わかったわ。」

「まだメインに出発していなければいいんだが。」

ウェイリンが、私が返事をする前にドアを開けた。彼は一人の男を連れて入ってきた。医者であった。私ののんびりした時間は終わった。私はケヴィンの手紙をルーファスの机に戻した。そこが一番安全な場所だと思ったからだ。朝食のお盆をさげ、その医者が望んだからのたらいを持ってきた。そして医者がウェイリンに、私に常識があるかどうか、また私が簡単な質問に正確に答えられるかどうか問いただしている間、そばに立っていた。

ウェイリンは私を見ずに二度イエスと答えた。医者は私に質問を始めた。ルーファスに熱があったのは確かか？　どうしてそれがわかったか？　彼はうわごとを言ったか？　どんなうわごとを言っているのかわかったか？　おまえは利口な黒ん坊というわけだな？

私はこの男を憎んだ。背が低く痩せていて黒髪、黒目で、気取っていて、侮蔑的で、医学的には、私と同じくらいほとんど無知だった。熱がなくなっているのでルーファスから血を取らないでおこう、と言う――血を取るなんて！　肋骨が二本折れているようだ、と言う。まさにその通り。彼はいいかげんに包帯を巻き直した。私に対する用はこれ以上ないので、私が立ち去るべきだと彼は思っているようだった。

　私は炊事場に逃げ込んだ。

「どうかしたのかい？」サラが私を見て言った。

　私はかぶりを振った。「別になんでもないけど、ただあのまじないや幸運のお守りなんかとあんまり変わりのないことをするあの馬鹿な小男がねえ。」

「なんだって？」

「いいから、気にかけないで、サラ。私に何かできることはない？　しばらく母屋から離れていたいから。」

「することならいつでもあるよ。何か食べたかい？」

　私はうなずいた。

　サラは頭を上げ、見下すような視線を私に向けた。

「そう、ルーフ旦那の盆の上には食べ物を充分置いといたからね。さあ、このパン生地をこねておくれ。」

　彼女はパン生地の入ったボールを渡してくれた。それは酵母でふくれていたので、後はこねるだけだった。「あの人は大丈夫なの？」と彼女は聞いた。

「よくなってきているわよ。」

「アイザックは大丈夫なのかい？」

　私はちらっと彼女を見た。「大丈夫よ。」

「ナイジェルは、ルーフ旦那は何も言ってないだろう、と言ってたよ。」

「何も言ってないわよ。言わないように私がうまくあの人に話したの。」

彼女は私の肩にちょっと手を置いた。「しばらくここにいて欲しいね。最近では、父親でもあの人に説教して何かするのを思い止まらせることはできないんだよ。」

「そう、私にそれができてうれしいわ。でも、ねえ、あの人の母親について教えてくれるって約束したわね。」

「あまり言うこともないんだよ。奥さまはもう二人赤ん坊を産んだんだよ。双子をね。二人とも病弱な小さな子でね。しばらくして次々死んだんだよ。自分も死ぬところだった。気が狂ったみたいになってね。とにかく産後の肥立ちがかなり悪かった。病気と精神的な傷だ。トム旦那とけんかしてね。それ以来、旦那と顔を合わせるごとに叫んで罵ったりしたんだ。いつも傷ついていて、ベッドから出ることができなかったんだよ。とうとうお姉さんがやって来て、ボルチモアに連れて行っちまったんだ。」

「まだそこにいるの？」

「まだいるし、まだ病気しているよ。私が知っているかぎりでは、まだ狂ってるね。ずっとあそこにいて欲しいよ。奴隷監督のジェイク・エドワーズは、奥さまのいとこなんだけど、これが最低の卑しい白人の屑なんだよ。」

ジェイク・エドワーズは奴隷監督だったのだ。ウェイリンは、奴隷監督を雇い始めたのだ。何故なんだろう。私が理由を聞こうとする前に二人の屋内奴隷が入ってきたので、サラはわざと私に背中を向け、話を終わりにしてしまった。しかしナイジェルにルークはどこにいるのか聞いた時、その後何が起こったのか私は理解し始めた。「売られたんだ」とナイジェルは静かに言った。それ以上何も言わなかった。ルーファスが残りを私に語った。ルーファスにその話をもち出した時、彼は、「そんなことをナイジェルに聞くもんじゃあない」と言った。

「知っていたのなら聞かなかったわ。」ルーファスはまだ寝たままだった。医者は彼に下剤を与えて去って行った。ルーファスは下剤を室内用便器に流して、父親には呑んだと報告するよう私に命じた。彼は私がケヴィンへの手紙を書けるよう、父親に言って私をここに来させていたのである。「ルークは自分の仕事をちゃんとしていたのに」と私は言った。「どうしてあなたのお父さんは売ったの?」

「あいつはちゃんと働いていた。みんなもあいつのためによく働いた。ほとんど鞭を使わなくてもよかった。でも、時々やつは分別をなくすことがあったんだ。」ルーファスはそこで話をやめ、大きく息を吸い、痛さに顔をしかめた。「おまえはどこかルークに似ているな」と彼は続けた。「そこでだ、分別を持った方がよさそうだな、デイナ。今度は頼れる者がいないのだから。」

「でもルークはどんな間違いをしたの?　私がどんな間違いをしているの?」

「ルークか……あいつはただ、おやじがどう言おうとかまわずどんどん自分のやりたいことをやったのさ。おやじはいつも、あいつは自分のことを白人だと思ってやがる、と言ってたな。ある日、おまえが行っちまってから二年ぐらい経った頃、おやじはもうそんなことに飽き飽きしちまったんだ。ニューオーリンズの奴隷商人がうちへ来た時、おやじは、逃げ出すまでやつを鞭打つより売り飛ばした方がよかろうと言ったんだ。」

私は目を閉じてあの大きな男を思い出した、するとナイジェルに白人を無視する方法を教えている彼の声が再び聞こえてくるようだった。それが彼に災いしたのだ。

「奴隷商人は、ルークをニューオーリンズまで連れて行ったと思う？」と私は尋ねた。

「そうだよ。やつは繋がれて、船でそこまで行ったのさ。」

私はかぶりを振った。「かわいそうなルーク。ルイジアナには今もさとうきび畑はあるの？」と尋ねた。

「さとうきび、綿、米、あそこではいろんなものを作っているよ。」

「私の父の両親は、カリフォルニアに行く前、そこのさとうきび畑で働いていたの。ルークはひょっとしたら私の親戚かもしれない。」

「やつのようなはめになるなよ。」

「私はなんにもしていないわ。」

「字の読み方を誰にも教えるんじゃないぞ。」

「ああ、そのこと。」

「そう、そのことだ。おやじがおまえを売ろうと決めたら、僕はそれを止められないかもしれないぜ。」

「私を売るですって！　あの人は私を所有していないわ。ここの法律でもね。あの人は、私を所有しているというどんな書類も持っていないわ。」

「デイナ、馬鹿なことを言うな！」

「でも……」

「昔、町でな、ある男とその友だちが、どうやって自由な身の黒人を捕まえて、身分証明書を破り、奴隷商人に売り飛ばしたか自慢しているのを聞いたことがあるんだ。」

私は何も言わなかった。もちろん彼の言う通りだ。私には、なんの権利もない。破り捨てられる身分証明書さえ持っていないんだ。

「気をつけるんだぞ。」彼は静かに言った。

私はうなずいた。もし必要なら、メリーランドから逃げ出すこともできるだろう。簡単なことではないが、できるはずだ。一方、この時代の観点からすれば私よりずっと賢い人の場合でも、水や奴隷州に囲まれているルイジアナからどうやって逃げることができるものか、私には皆目わからなかった。私は気をつけねばならない、そしてもし売られる危険性があるのなら、逃げる準備をしておこう。

「ナイジェルがまだここにいるのは、驚きだわ」と私は言った。それから、たとえルーファスに対してでもそんなことを言うのは利口なことではないと気がついた。自分の考えは、自分の中にしまっておかなければならない。

「ああ、ナイジェルなら逃げ出したよ」とルーファスは言った。「パトローラーたちが、腹を減らして弱っているところを連れ戻したんだ。連中はやつを鞭打った。おやじがさらに打った。サラばあさんがやつを看護したんだ。僕はおやじを説得して、やつを売らずに僕のものにさせてもらった。説得するのは容易じゃなかった。おやじはナイジェルがキャリーと結婚するまで安心できなかったと思うよ。男が結婚して子供を持つと、今いる所に留まっていたいと思うようになるからね。」

「もう奴隷主になったみたいに話すのね。」

彼は肩をすくめた。

「あなただったら、ルークを売ったかしら？」

「そんなことしないよ！　僕はやつが好きだった。」

「あなたは誰かを売れる？」

彼は口ごもった。「わからない。できないと思う。」

「そう願うわ」と私はルーファスを見ながら言った。「あなたはそんなことする必要はないもの。すべての奴隷主がそんなことをしているわけじゃあないのよ。」

私はベッドの下に隠していたデニムの袋を取り出し、手紙を書こうと机に向かった。ルーファスのものである大きな紙に自分のペンを使って書こうとした。机の上の羽ペンにインクをつけて書くのが煩わしかったからだ。

「愛するケヴィン、私は戻ってきました。私も北に行きたいと思っています……」

「書き終えたら、そのペンを見せてくれ」とルーファスは言った。

「いいわよ。」

書き進んでいくうちに何故か涙が出そうになった。本当にケヴィンに話しかけているようだった。私はきっとまた彼に会えると信じ始めた。

「持ってきたものを見せてくれよ」とルーファスは言った。

私は袋をベッドの上に放り上げた。「見てもいいわよ」と言って書き続けた。手紙を書き終えて初めて、ルーファスが何をしているのかと思って見上げた。

彼は私の本を読んでいた。

「ほら、ペンよ」と何気なく言って、彼が本を置いたとたんひったくってやろうと思って待っていた。ところが彼は本を置かず、ペンも無視して私を見上げた。

「こんな馬鹿げた奴隷廃止論者なんて見たこともない。」

「そうじゃあないの。この本は奴隷制が廃止されて一世紀経ってから書かれたものなのよ。」

「それなら何故やつらはまだ文句を言ってやがるんだ？」

私が本を引っ張り下ろしたので、ルーファスがどこを読んでいたかわかった。本の中のソジャナー・トルースの写真が威厳を持った目で私を見返していた。写真の下には彼女の演説の一部が載っていた。

「あなたは歴史を読んでいるのよ、ルーフ。数ページ先をあけてごらんなさい。J・

D・B・デバウという人物に出会うわ。彼は奴隷制のよい点の一つは貧乏な白人にも見下げることのできる対象を与え得ることだと言ったのよ。それが歴史なのよ。それがあなたを怒らせようと、本当に起こった事実なの。私もかなり腹は立つけど、どうしようもないわ。」彼が読んではいけない歴史があるのだ。その多くはまだ起こっていない。たとえば、ソジャナー・トルースはまだ奴隷なのだ。もし誰かがニューヨークにいる持ち主から彼女を買って、北部の法律が彼女を自由にする前に南部に連れてきたら、彼女は残りの生涯を綿を摘んで暮らすことになるかもしれない。そしてここメリーランドにも重要な奴隷の子が二人いた。年上の子は、タルボット郡に住んでいて、一、二回、名前を変えた後、フレデリック・ダグラスと呼ばれるようになるだろう。もう一人の子は、数マイル南のドーチェスター郡で成長しているハリエット・ロスで、やがてハリエット・タブマンとなる。いつか彼女は三百人の逃亡奴隷を自由へ導くことによって、東海岸のプランテーションの持ち主に多大な損害を与えることになる。さらにもっと南のヴァージニア州、サウザンプトンでは、ナット・ターナーという男が好機を窺っている。まだまだある。前に私は歴史を変えることなどできないと言った。しかし歴史を変えることができるとしたら、それはこの本が白人の手に入った時――たとえどんなに同情のある白人でも――起こるかもしれない。

「こんな歴史はおまえを今ルークがいるところへ送っちまうぞ」とルーファスは言った。「注意しろと言ったはずだ！」

「私だったら他の人には見せないわ。」私はそれをルーファスの手から取って、もっと穏やかに言った。「それとも、私はあなたのことも信じてはいけないということかしら？」

彼はびっくりしたようだった。「とんでもない、デイナ、僕たちは信じ合わなくちゃあいけない。おまえがそう言ったんだぞ。だが、おやじがおまえの袋を調べたらどうなるんだ。おやじはしたいことをする。僕はそれを止めることはできない。」

私は何も言わなかった。

「もしおやじがその本を見つけたら、前に鞭でやられたぐらいじゃあすまないぞ。その本を少しでも読んだらな。おやじはおまえをデンマーク・ヴィシーのような者だと思ってしまうぞ。ヴィシーが誰だか知っているだろうな？」

「ええ。」仲間を武力で解放しようと企てた自由黒人だ。

「やつがどうなったか知っているだろう。」

「ええ。」

「それなら、その本を火に投げ込め。」

私はしばらくその本を持っていた。それからメリーランドの地図が載っているところを開けてそれを破り取った。

「見せろ」とルーファスは言った。

私はその地図を渡した。彼はそれを見て、裏返してみた。裏にはヴァージニアの地図しか載っていなかったので、私に返してくれた。「それは簡単に隠せるな」と彼は言った。「しかしな、もし白人がそれを見たら、逃げるために使うと思うだろう。」

「その機会を窺っているのよ。」

彼はあいそが尽きたようにかぶりを振った。

私はその本を破いて暖炉の熱い炭の上に投げた。火は燃え上がり、その乾いた紙を焼きつくした。私の思いはナチが本を焼いたことに移っていた。弾圧的な社会は、「誤った」考えの持つ危険性をいつも理解しているようだ。

「おまえの手紙に封をしろよ」とルーファスは言った。「机の上にろうとろうそくがあるだろう。町に行けるようになったらすぐ出してやろう。」

私は不器用に熱いろうを指に垂らした。

「デイナ……？」

彼をちらっと見ると、思いもかけない熱心さで私を見ている。「何？」

彼の視線は私からはずれたようだった。「あの地図はまだ心配の種だ。聞いてくれ。あの手紙をすぐに町へ持っていって欲しいなら、ゆすりだ。地図も燃やすんだ。」

私は失望して彼と向かい合った。また、この問題は片がついたと思っていた。そう望んでいたのだ、私には彼を信じることがどうしても必要だったから。もし彼を信じることができなければ敢えて一緒にいることもない。

「そんなこと言わずにいて欲しかったわ、ルーフ」と私は静かに言った。私は怒りと失望を抑えてルーファスのところへ行き、彼が散らかした物を袋へ戻し始めた。

「ちょっと待て」彼は私の手をつかんだ。「怒った時には、本当に冷たくなるんだな。待つんだ！」

「何故待つのよ？」

「どうして怒っているのか言ってくれよ。」

どうしてだって？ 彼のゆすりが私のより悪質だと思っているのがわからないのか？ 本当に悪質だ。もし私が彼の気まぐれに逆らって、私を自由に導く役に立つかもしれないあの紙を焼いてしまわなかったら、夫から引き離すと脅しているのだ。私の脅迫は窮余の一策だったが、彼の行動は気まぐれと怒りからだ。少なくとも私にはそう思える。「ルーフ、取り引きできないものもあるのよ。これがその一つよ。」

「何が取り引きできないものか言ってないじゃあないか。」彼は怒るというより驚いて言った。「その通りね。」私は、ことさら声を和らげて言った。「私は、夫も、私の自由も取り引きに使う気はないわ！」

「取り引きしようにも、おまえはどちらも手にしていないんだよ。」

「あなただって手にしていないのよ。」

彼は私を睨みつけたけれど、その目に怒りと同時にとまどいがあって、それは私を勇気づけた。彼はかっとして今にも私をプランテーションから追い出すことだってできたはずなのだ。「なあ」と彼は言った。「僕はおまえを助けようとしているんだよ。」

「本当に？」

「僕が何をしようとしていると思うんだ？　まあ、聞け、ケヴィンがおまえを助けようとしていたのは知っている。あいつは一緒にいることでおまえの立場をらくにした。しかし本当におまえを守ることはできなかった。やり方を知らないからな。あいつは自分の身さえ守れなかった。おまえが消えた時、おやじはもう少しであいつを撃ち殺すところだったんだ。暴れて悪態をつくものだから……最初、おやじはその理由もわからなかった。ケヴィンが元のように家庭教師として働けたのは僕のおかげだぜ。」

「あなたが？」

「僕がおやじを説得してあいつにもう一度会わせたんだ。簡単じゃあなかったがね。もしおやじがあの地図を見たら、もう説得なんかできないだろうな。」

「わかったわ。」

彼は私を見ながら待っていた。もし地図を焼かなかったら、ルーファスは私の手紙をどうするのか、私は聞きたかった。聞きたかったが、しかしまたパトローラーに直面したり、鞭打たれたりする可能性のある答えはごめんだった。できれば事態をらくに処理したかった。私はここにいて、手紙をボストンに送り、ケヴィンをここに連れ戻したかった。

それでとにかく地図は必要なものというよりは、ただのシンボルにすぎないと自分に言い聞かせた。もし私が逃げ出さなければならないとしたら、夜、北極星をたどっていく方法を知っている。そして日中は、太陽が私の右に昇り左に沈む位置を進んで行けばいいのだ。

私はルーファスの机から地図を取って、暖炉の中へ落とした。それは黒くなってから燃え上がった。

「そんなものなくてもうまくやるわ」と私は静かに言った。

「そんな必要ないさ」とルーファスは言った。「おまえはここにいれば大丈夫だ。おまえのうちなんだから。」

7

アイザックとアリスは四日間自由だった。五日目に捕まった。七日目に私はそのことを知った。それは、ルーファスとナイジェルが私の手紙を投函して、自分たちの用事をすませるために荷馬車で町へ行った日である。私は彼らについて何も聞いていなかったし、ルーファスも忘れているようだった。彼は気分がよくなり、外見もまともになった。彼にはそれで充分のようだった。彼は、町へ行く前に私のところへ来て、「アスピリンをくれ。ナイジェルが御者だと必要になるかもしれない」と言った。ナイジェルは聞いていて、「ルーフ旦那、手綱を握ってくださいよ。旦那があのでこぼこ道をガタゴト揺られずに進む方法を教えてくれてる間、俺は後ろに座ってのんびりしていますから。」

ルーファスが土くれを投げると、ナイジェルは笑いながらそれを受け、ルーファスに当たらないように投げ返した。「見たか」とルーファスは私に言った。「僕の体が不自由になっているのにやつはそれにつけこみやがる。」

私は笑ってアスピリンを出してきた。ルーファスは断りもなしに私の袋のものを取ったりしなかった。しようと思えばできたのに。それを手渡す時、「もう町に行けるほど元気になったの？」と聞いてみた。

「いいや、でも行くんだ」とルーファスは言った。私は後になるまで、来訪者がアリスとアイザックが捕まったことを彼に知らせていたことに気がつかなかった。彼はアリスを連れに行ったのだ。

そして私は庭に出て、テスという若い奴隷がたくさんの重たい臭い服から汚れをたたき出したり、煮出したりして洗濯するのを手伝った。私はまだしたい仕事だけしている状態だった。彼女は病気していたので、手助けすることを約束していたのだ。私はまだしたい仕事だけしている状態だった。そのことに対しては、少し罪悪感を覚えていた。屋内奴隷でも農場奴隷でも、他の奴隷にはそんな自由は許されていなかった。私は自分の好きなところか、助けが必要だと思ったところで働いた。サラは時々私にあれこれ仕事をさせた。でも私はそんなことは気にしなかった。マーガレットがいない間、サラが家と屋内奴隷の管理をしていた。彼女は仕事を公平に分け、マーガレットに劣らず能率よく家を切り盛りしていたが、マーガレットが引き起こした緊張や衝突はなかった。もちろん彼女は、嫌いな仕事をなんとかして避けようとする奴隷には腹を立てた。しかし皆、彼女には従順だった。

「怠け者の黒ん坊め！」誰かを叱る時に彼女はよくこうつぶやいた。

私は最初にそれを聞いた時、驚いて彼女を見た。「なぜあの人たちはそんなに働かねばならないの？」と私は尋ねた。「何か得るものがあるの？」

「働かなければ、鞭を得るんだよ」と彼女は厳しく言った。「私はあの連中がしなかったことでとがめを受けるのはごめんだよ。あんたはどうだい？」

「そうね、いやだわ。でも……」

「私は働く。あんたも働く。いつも後ろから誰かに追い立ててもらわんでも人は働くものだよ。」

「働くのをやめてここから出ていく時がくれば、そうするわ。」

彼女は飛び上がり、辺りを見回した。「あんたは時々分別をなくすね！　そこらじゅうでしゃべっているんだろう！」

「私たちだけよ。」

「そう見えるだけだよ。連中は聞き耳をたてているよ。そして告げ口するんだ。」

私は何も言わなかった。

「したいことをし、好きなことを考えればいいさ。でもそれは自分だけに取っときな。」

私はうなずいた。「わかったわ。」

彼女は声を抑えてささやいた。「あんたは捕まって連れ戻された黒ん坊を見る必要があるね。そうだよ、飢えて、裸にされて、鞭打たれて、引きずられて、犬に嚙まれた黒ん坊を……そういうのを見ておく必要がある。」

「私はそれより別の人たちを見たいわ。」

「別の人たちって誰だい？」

「うまくやった人たちよ。今自由に生活している人たちよ。」

「そんな連中がいたらね。」

「いるわよ。」

「そんなことを言う人もいる。でもそんなの死んで天国へ行くようなものだよ。帰ってきてそれを報告してくれた人は今まで一人もいやしないんだから。」

「帰ってきたら、また奴隷にされてしまうからよ。」

「そりゃそうだけど。こんな話は、危険だよ！　ともかく、したって意味ないよ。」

「サラ、私はね、逃亡して北部で暮らした奴隷が書いた本を読んだことがあるのよ。」

「本だって！」サラは軽蔑をこめて言おうとしたが、何か曖昧な言い方になった。彼女は字が読めない。本は彼女にとって畏敬の念を起こさせる神秘的なものか、危険な、時間を浪費する馬鹿げたものなのだろう。それは彼女の気分次第で変わる。今、彼女の気持ちは、好奇心と恐れの間を揺れているようだった。恐れが勝った。「馬鹿げたことを！」と彼女は言った。「黒ん坊が本を書くって！」

「でも本当なのよ。私は見たんだから……」

「そんなことこれ以上聞きたくないね！」サラは声を荒げた。そんなことは普通ないので、私は驚いたが、彼女自身も驚いたようだった。「もう聞きたくないよ」と彼女は穏やかに繰り返した。「ここはそんなに悪くないよ。なんとかやっていけるよ。」

彼女は安全な方を選んだ。恐れのために奴隷の生涯を受け入れたのだ。彼女は、どこかよその所帯では「ばあや（マミー）」と呼ばれていた類の女なんだろう。戦闘的な一九六〇年代だったら、軽蔑される女だろう。頭にスカーフを巻いた屋内の黒ん坊、アンクル・トムの女性版、抵抗する力をすっかり失った脅えた女、来世のことに劣らず北部の自由についてほとんど知らない女。

私はしばらくの間彼女を見下していた。道徳的な優越感を感じていた。ここには私よりずっと勇気のない者がいるんだ。私はこれでなんとか自分を慰めていた。少なくとも、ルーファスとナイジェルが町へ行って、めちゃくちゃになったアリスを連れて帰ってくるまではそんな気分でいた。

遅くなってから彼らは帰ってきた。もう暗くなりかけていた。彼らが帰ってきたと気づく前に、ルーファスは家に駆け込んで私の名を叫んだ。「デイナ！　デイナ、来てくれ！」

私はルーファスの部屋から出て――彼がいない時はそこが私の避難場所だった――

階段を急いで下りた。

「早く、早く！」と彼はせかせた。

私は、何を予想してよいかもわからず、黙って彼の後に従って玄関の外へ出た。彼はアリスが血みどろで、汚れて、息も絶え絶えに横たわっている荷馬車のところへ私を連れてきた。

「まあひどい」と私はささやいた。

「助けてやるんだ」とルーファスは命令した。

私は、なぜアリスがこうなったのか思い出しながら彼を見た。私は何も言わず、自分がどんな表情をしているのかもわからなかったが、彼は私から一歩後じさりした。

「ともかく助けてやるんだ！」と彼は言った。「僕を責めたければ、責めろよ、だけどアリスは助けてやってくれ！」

私はアリスの方を向き、その体をそっと伸ばし、骨が折れていないか調べた。奇跡的に折れていないようだった。アリスはうめき、弱々しく声を上げた。目は開いていたが、私が見えていないようだった。

「どこへ置くの」と私はルーファスに尋ねた。「屋根裏？」

ルーファスは彼女をそっと注意深く抱き上げ、自分の部屋へ連れて行った。ナイジェルと私はルーファスについて上がり、彼が自分のベッドにアリスを寝かせるのを見た。それからルーファスは私をもの問いたげに見た。

「サラにお湯を沸かすように言って」と私はナイジェルに言った。「それから包帯用の清潔な布をよこすようにね。清潔な布よ。」どのくらい清潔だろうか？　もちろん殺菌してあるわけではない。でもたまたまその日、私は一日中衣類をアルカリ石鹸液で煮沸していた。あれならきっと清潔になっているに違いない。「ルーフ、このぼろ服を切り取るものを持ってきて。」

ルーファスは急いで出て行って、母親のはさみを持ってきた。アリスの傷のほとんどは新しく、布は簡単にはがれた。乾いてくっついたところはほっておいた。ぬるま湯で柔らかくなるだろう。

「ルーフ、何か消毒液はある？」

私は彼を見た。「聞いたことないの？」

「なんだって？」

「ないね。なんだい、それは？」

「いいのよ。塩水を使えると思うわ。」

「塩水？　この娘の背中にか？」

「どこにしろ傷のあるところに使いたいの。」

「もっとよいものが袋にないのか？」

「石鹸だけよ。それも使うつもりよ。捜してくれる？　それから……まあ、私がこんなことするべきじゃあないのよ。なぜ医者に連れて行かなかったの？」

彼はかぶりを振った。「判事はこの娘を南の方へ売ろうとしていたんだ。腹いせにね。僕はこの娘を買うのに普通の二倍払ったんだ。それは僕の全財産だった。おやじは黒ん坊のために医者に金なんか払わないよ。医者はそんなことはよくご存じさ。」

「あなたのお父さんは、助かりそうな時でも人をそのまま死なせてしまうというの？」

「死ぬか元気になるかさ。メアリばあさん——覚えているだろう、子供の面倒をみていた女だよ。」

「ええ。」メアリばあさんは子供の面倒なんかみてはいなかった。年老いて、足が不自由で、鞭に使う小枝をもって木陰に座り、子供が彼女の前で行儀の悪いことをすると、血みどろにするぞと脅かしていた。その他の時には、子供を無視し、縫い物をしたり、ぶつぶつ言ったりして、すっかりぼけていた。子供たちは自分たちで互いの面倒をみていた。

「メアリばあさんは、治療ができるんだ」とルーファスは言った。「薬草の知識があるんだ。でも僕はおまえの方がもっと詳しいと思った。」

その言葉が信じられず、私は彼の方を振り返った。時々メアリは自分の名前さえほとんどわからなくなるほどだというのに。ついに私は肩をすくめた。「塩水を持ってきて。」

「しかし……それはおやじが農場の奴隷に使うもんだぜ」と彼は言った。「時には鞭打ち以上に痛いんだ。」

彼は顔をしかめて、守るように彼女に寄り添って立った。「おまえの背中は誰が治したんだ？」

「自分でよ。誰も周りにいなかったからね。」

「どうやったんだ？」

「石鹸と水でよく洗い、薬をつけたのよ。ここでは、塩水が私の薬よ。同じくらいよく効くわ。」ああ、どうぞ同じくらい効きますように。私は自分がやっていることの半分しか知らなかった。たぶん年寄りのメアリの薬草もそんなに悪い考えではないかもしれない。もしまともな時のメアリを捕まえることができたらだが。でもだめだ。私は自分が無知だとわかっているが、彼女を信じるよりも自分を信じる。たとえ彼女と同じように私に何もできなくても、少なくとも害になるようなことはしない。

「おまえの背中を見せてみろ」とルーファスは言った。

私は躊躇し、怒りの言葉を呑みこんだ。彼はこの娘に対する愛から言っているんだ。破壊的な愛だが、愛は愛だ。彼女にさらに痛い思いをさせることは必要なことなのだと、そして私がしていることには目算があるのだと、彼に知ってもらわなければならない。私は彼に背中を向けて、シャツを少し上げた。私の傷は治っているか、もしくはほとんど治っていた。

彼はしゃべりもしなければ、触りもしなかった。しばらくして私はシャツを下ろした。

「おまえには、農場奴隷にあるような大きな深い傷はないな」と彼は言った。

「ケロイドね。おかげさまで、そうならずにすんだわ。でもかなりひどい傷跡でしょう。」

「この娘の傷跡はそんなものじゃおさまらないだろうよ。」

「塩を持ってきて、ルーフ。」

彼はうなずき、出て行った。

8

私はアリスに最善を尽くした。できるだけ痛みを与えないようにし、体をきれいに拭き、犬が噛んだ一番ひどい傷に包帯を巻いた。

「やつらは、犬をけしかけたな」とルーファスは腹を立てて言った。私が噛み傷をきれいに洗って、念入りに手当をしている間、彼はアリスを押さえていなければならなかった。彼女は暴れ、泣き、アイザックの名を呼んだ。とうとう私は、こうして彼女にさらなる苦痛を与えなければならないことが辛くて、吐きそうになった。吐き気をぐっと呑み込み抑えようと歯をくいしばった。ルーファスに話しかけたのは、情報を得るというより自分を落ち着かせるためだった。

「連中はアイザックをどうしたの、ルーフ？　判事のところへ連れ戻したの？」

「奴隷商人に売ったよ。ミシシッピーに奴隷を連れていく連中にな。」

「まあ。」

私はかぶりを振って、もう一つ犬の嚙み跡を探りだした。私にはケヴィンが必要だった。こんなことに縁を切って、むしょうにうちに帰りたくなった。「私の手紙を投函してくれた、ルーフ？」

「したよ。」

それでよい。あとはケヴィンさえ早く来てくれたら。

アリスの手当を終え、アスピリンではなく睡眠薬を与えた。数日間も逃げまわり、犬に追われ、鞭打たれた後だから、彼女には休息が必要だった。特にアイザックのこの後だから。

ルーファスは自分のベッドに彼女を寝かせていた。彼は彼女の横に入り込んでいった。

「ルーファス、お願いだから！」

彼は私を見、それから彼女を見た。「馬鹿なことを言うなよ。僕はこの娘を床に寝かすつもりはないよ。」

「でも……」

「それにこんなに傷ついているのに、ちょっかいを出したりしないよ。」

「それならいいわ。」彼の言うことを信じて、ほっとして言った。「できれば触ることもやめておいてね。」

「わかったよ。」

私は散らかしたものを片づけて、出て行った。やっと屋根裏のわら布とんの方へ向かい、疲れきって横になった。

しかし疲れているにもかかわらず、眠れなかった。私はアリスのことを考え、それからその考えはルーファスの方へ移って行った。ルーファスは私がそうするだろうと言った通りのことをした。つまり夫のことで煩わされないで女を手に入れたのだ。もうアリスは夫を失ったことも、自分が奴隷の身にされたこともなんとか受け入れなければならないだろう。ルーファスがこの難儀の原因だが、彼は今その報いを受けていた。馬鹿げたことだ。彼女をひどい目に合わせた償いで、今彼がいかに彼女に優しくしても、なんの意味もない。

私は寝返りを打ち、体をよじり、目を閉じ、最初は何か考えようとし、次には何も考えまいとした。眠るためにもう二つ睡眠薬を呑もうかと思った。

その時、サラが入ってきた。窓から入ってくる月明かりで、朧げながら彼女の輪郭を見ることができた。誰も起こさないように私は彼女の名前をささやいた。

サラは、私のそばに寝ている二人の子供を乗り越えて、私が寝ている隅へやって来た。「アリスはどうだい？」彼女はそっとささやいた。

「わからないけど、たぶん大丈夫よ。とにかく体の方はね。」

サラはわら布とんの端に腰を下ろした。「見舞いに行きたかったんだけどね。」彼女は言った。「でもルーファスの旦那にも会わなくっちゃならないだろう。あの人にはしばらく会いたくないいんだよ。」

「わかるわ。」

「やつらは耳を切り落としたんだよ。」

私は飛び上がった。「アイザックの？」

「そうだ。両耳ともだ。アイザックは暴れたよ。分別はなかったといえ、強い男だ。判事の息子が殴ったら、殴り返したんだよ。その上、言ってはいけないことまで言っちまったんだよ。」

「やつらはアイザックをミシシッピーの奴隷商人に売ったとルーファスが言ってたけど。」

「その通りだ。散々痛めつけてからね。やつらがどんなふうに切り刻んだり殴ったりしたかナイジェルが教えてくれたよ。ミシシッピーにしろ、どこへ行くにしろ、その前に少し傷を癒しておかなくちゃならないだろうね。」

「なんということでしょう。あの馬鹿が、飲み過ぎてレイプしようとしたばっかりに！」

彼女は、「しっ」と言って私を黙らせた。「自分の言うことに注意しなくちゃあ！

この家には、告げ口が好きな連中がいるのを知らないのかい?」

私は溜め息をついた。「知ってるわ。」

「あんたは農場用の黒ん坊じゃあないけど、黒ん坊には変わりないんだからね。ルーフ旦那を怒らすと、ひどい目に合うよ。」

「わかっているわ。その通りね。」ルークはよく彼女に「しっ」と言って黙らせていたものだ。ルークが売られたことで、彼女はひどく怖がっているに違いなかった。

「ルーファス旦那はアリスを自分の部屋に置いておくつもりかい?」

「そうよ。」

「ああ、あの娘をほっておいて欲しいよ。せめて今夜だけはね。」

「そうすると思うわよ。もうアリスを手に入れたんだから、辛抱して優しくすると思うわ。」

「ふん!」気分を害した声だ。「あんたはどうするんだい?」

「私? アリスがよくなるまで身体を洗ったり気持ちよくしたりしてあげるわ。」

「そんなこと言ってるんじゃあない。」

私は顔をしかめた。「じゃあ、どういう意味?」

「あの娘が入って、あんたは出ることになる。」

私は表情を見ようと思って彼女を見つめた。よく見えなかったが、彼女は真剣なんだと判断した。「そんなんじゃないわよ、サラ。あの人が欲しいと思っているのはアリスだけよ。私は夫で満足しているわ。」

　長い沈黙があった。「あんたのご亭主は……あのケヴィンさんかい？」

「そうよ。」

「ナイジェルはそう言ってたんだけど、私は信じなかった。」

「ここでは合法的じゃあないので、秘密にしていたの。」

「合法的だって！」また気分を害した声だ。「ルーフ旦那があの娘にしたことも合法的なんだろうね。」

　私は肩をすくめた。

「あんたのご亭主はね……時々白黒の区別がつかなくて面倒に巻き込まれていたよ。今何故だかわかったよ。」

　私はにやっとした。「それは私のせいじゃあないわ。結婚した時からそうだったの。そうでなかったら、結婚なんかしないわ。ケヴィンに帰ってきてくれるように書いた手紙をルーファスが投函してくれたところよ。」

　彼女は口ごもった。「確かなのかい？」

「あの人は投函したと言ったわ。」

「ナイジェルに聞いてみな！」彼女は声を落とした。「ルーファス旦那は時々、あんたが気分をよくするようなことを言うんだよ。本当でないことでもね。」

「でも……あの人はそんなことで嘘を言う理由はないわ。」

「嘘を言っているなんて言ってやしないよ。ちょっとナイジェルに聞いてみなって言っただけだよ。」

「わかったわ。」

しばらく彼女は黙っていた。それから、「あの人はあんたのために帰ってくると思う、デイナ？　あんたの……ご亭主のことだけど？」

「帰ってくるわ。」彼は帰ってくる。必ず帰ってくる。

「あの人はあんたを殴ったことある？」

「まさか！　もちろんないわ！」

「私の男はしょっちゅうだった。愛しているのは私だけだって言ったものだよ。そして次には、私が他の男を見ていたと言って、殴るんだ。」

「キャリーのお父さん？」

「いいや、私の長男の父親だよ。ハンナさまの父親だ。いつも遺言を書いて自由にしてやると言ってたが、そうはしなかった。また嘘だったんだよ。」関節をきしませて、彼女は立ち上がった。「さあ、休まなくちゃ。」彼女は離れかけた。「忘れちゃあいけないよ、デイナ。ナイジェルに聞くんだよ。」

「ええ。」

9

翌日ナイジェルに聞いてみたが、彼は知らなかった。その時ルーファスは彼を使いにやっていたのだ。ナイジェルが再びルーファスに会ったのは、ルーファスがアリスを買った監獄の前だった。

「あの娘はその時には、まだ立ってたんだ。」彼は思い出しながら言った。「どうやってだかわからないけど。ルーフ旦那が行こうとして腕を取った。するとあの娘が倒れたんで、周りの連中は笑ったよ。旦那はあの娘に大金をつぎ込んだんだが、あの娘は死んだも同然とみんな思っていたんだ。連中は旦那には分別がないと思ったんだろう。」

「ナイジェル、ボストンまで手紙が着くのに何日くらいかかると思う?」私は尋ねた。

彼は磨いていた銀製品から顔を上げた。「そんなことどうして俺にわかるんだい?」彼はまた磨き始めた。「だけど知りてえな――手紙について行ってみてえや。」彼は大変穏やかに言った。

ウェイリンが辛い思いをさせたり、奴隷監督のエドワーズがあごで使おうとした時、時々彼はこんなふうなことを言った。今度の場合はエドワーズだと私は思った。その男は、私が炊事場へ入る時、ドカドカと出てきた。もし私が飛びのかなかったら、彼は私を殴り倒していただろう。ナイジェルは屋内奴隷で、エドワーズは彼に命令する立場ではなかったのだが、エドワーズはそうした。

「どうかしたの?」私は尋ねてみた。

「あの老いぼれが、俺を畑に出すと言うんだよ。俺が偉そうにし過ぎると言ってね。」

私はルークのことを思って身震いした。「いずれ、連れて逃げた方がいいわよ。」

「キャリーのこと。」

「そう。」

「一度逃げようとしたことがあるんだ。星を頼りにな。もしルーフ旦那がいなかったら、捕まった時に南部へ売られていたよ。」彼はかぶりを振った。「たぶん今頃は死んでいただろうよ。」

これ以上逃げたり捕まったりする話は聞きたくなかったので、私は彼のところから立ち去った。外はどしゃ降りの雨だったが、母屋へ向かう途中、奴隷がまだ農場にいて、とうもろこし畑を耕しているのが見えた。

ルーファスは図書室で父親と一緒に何か書類を調べていた。私は父親が立ち去るまで廊下の掃除をしていた。それからルーファスに会いに入って行った。

私が口を開く前に、彼は、「アリスの様子を見に行ったか?」と尋ねた。

「すぐに行くわ。ルーフ、ここからボストンまで手紙が着くのにどれくらいかかる?」

彼は眉を上げた。「いつかおまえが僕のことをルーフと呼んで、おやじがおまえのすぐ後ろに立っているなんてことになるぞ。」

私は急に心配になって振り返ると、ルーファスは笑った。「今日じゃあないよ」と彼は言った。「でもおまえが覚えていなかったら、いつかはな。」

「まったくもう」と私はぶつぶつ。「どのくらいかかるの？」

彼はまた笑った。「わからないよ、デイナ。数日か、一週間か、二週間か、あるいは三週間か……」彼は肩をすくめた。

「ケヴィンの手紙には、日付があったわ」と私は言った。「いつボストンからの手紙を受け取ったか覚えている？」

彼は考えて、かぶりを振った。「いいや、デイナ、注意していなかったんだ。それよりアリスを見に行った方がいいぞ。」

私はいらいらしたが、何も言わず立ち去った。ルーファスには、言おうと思えば、だいたいの日付くらいは言えるはずだと思った。でもそんなことは、大したことじゃあない。ケヴィンは手紙を受け取って、私に会いに来るだろう。ルーファスが手紙を送ったかどうか本当に疑っていたわけではない。私が彼の信頼を失いたくないのと同じように、彼も私の信頼を失いたくないはずだ。それに手紙の投函くらい、わけのないことだもの。

アリスは私の仕事の一部――重要な一部――になった。ルーファスはナイジェルと若い農場奴隷を使い自分の部屋にもう一台ベッドを入れた。それは小さな低いベッドで、ルーファスのベッドの下にしまえるものだった。アリスとルーファスがらくに休めるように彼女をルーファスのベッドから移さねばならなかったのだ。と言うのは、しばらくの間アリスは小さな子供のようになってしまい、失禁もし、彼女を痛がらせるか、食べさせる時以外、ほとんど私たちに気づかない状態になっていた。しかもスプーンで一口ずつ食べさせてやらなければならなかった。

私が食べさせている時、一度、ウェイリンが彼女を見に来た。

「なんというざまだ！」彼はルーファスに言った。「一番親切なのは、こいつを撃ち殺すことじゃないのか。」

ルーファスが彼に向けた視線は、少し彼を怯えさせたようだ。彼はそれ以上何も言わないで出て行った。

私は包帯を換え、病菌に感染していないことを願いながら、念入りに傷を調べた。破傷風か狂犬病の潜伏期間のことが頭に浮かんだが、敢えて考えるのをやめた。アリスの体は、ゆっくりではあるが、きれいに治りつつあった。私は彼女を確実に死に至らしめる病気について考えることさえ、迷信を信じてやめた。それに、彼女をきれいにしたり、もう一度元の大人に戻らせることなど、本当に心配しなければならないことが他にたくさんあった。しばらくの間、彼女は私のことを母さんと呼んでいた。

「母さん、痛い。」

しかし彼女にはルーファスはわかった。ルーファスさん。彼女の友だち。あの娘は夜こっちのベッドにもぐり込んでくるんだ、とルーファスは言った。それは、ある点ではかまわなかった。彼女はまた寝室用便器を使えるようになっていたから。でも別の点では……

「そんなふうに僕を見るなよ。」私とその話をしている時、ルーファスは言った。「あの娘に手出しはしないよ。赤ん坊を痛めつけるようなもんじゃあないか。」

後では、女を痛めつけるんだろう。そんなこと、この男はちっとも気にしないだろうと私は思った。

回復するにつれて、アリスはルーファスに対して慎み深くなった。彼をまだ自分の友だちと思っていたが夜はずっと脚輪つきの低いベッドで寝ていた。そして私のことを母さんと呼ぶのはやめていた。

ある朝、朝食を持って行った時、彼女は私を見て、「あんたは誰？」と言った。

「デイナよ」と私は言った。「覚えている？」私はいつも彼女の質問に答えていた。

「いいえ。」

「気分はどう？」

「凝って痛い感じ。」彼女は文字通り犬が一口食いちぎったももに手を置いた。「脚が痛いわ。」

私はその傷を見た。生涯大きな醜い傷跡が残るだろうが、それでもちゃんと治りつつあるようだった。異常な黒みや腫れはなかった。彼女はちょうど私に気がついたように、自分の傷のこの特別な痛さに気づいたようだった。

「ここはどこなの？」彼女は尋ねた。

彼女は急に多くのことに気がついたようだった。「ここはウェイリン家よ」と私は言った。「ルーファスさんの部屋なの。」

「ああ。」彼女は満足して、くつろぎ、それ以上の好奇心はなくなったようだった。

私は彼女に無理はさせなかった。そう決めていた。現実に向かい合う体力が出れば、自分で現実に戻るだろうと私は思っていた。トム・ウェイリンは不愉快に黙り込んでおり、彼女のことを絶望的だと思っているのが明らかだった。ルーファスは何を考えているのか言わなかったが、私と同じように彼女に無理をさせなかった。

「僕はあの娘に思い出して欲しくないくらいだ」と彼は一度言った。「そうすりゃあアイザックに会う前のあの娘に戻るだろう。そしたらたぶん……」彼は肩をすくめた。

「アリスは毎日だんだん思い出しているわ。」私は言った。「それに質問もするわ。」

「答えるな！」

「私が答えなくても、誰かが答えるわ。アリスはすぐに起きて歩き回るようになるわ。」

彼は息を呑んだ。「このところずっとうまくいってたのに……」

「うまく？」

「あの娘は僕を憎まずにいてくれたんだよ！」

10

アリスは回復して大人に戻っていった。キャリーが赤ちゃんを産んだ日に初めて彼女は私と一緒に炊事場へ行った。

アリスは三週間私たちといたことになる。今彼女は精神的には十二か十三歳だろう。その朝彼女は、私と一緒に屋根裏で寝たいとルーファスに言った。驚いたことに、ルーファスは承諾した。そうしたくはなかったろうが。もしもアリスが彼を憎むことなくなんとかやっていけたら、彼に頼んでかなえられないことはほとんどないと私は前から思っていた。もしもの話だ。

さてゆっくりと、用心しながら、アリスは私について階段を下りてきた。以前より弱々しく痩せていて、マーガレット・ウェイリンの古いドレスを着て、子供のように見えた。しかし退屈したのでベッドから出てきたのだ。

「よくなったら、うれしいだろうな。」彼女は階段で一服しながら言った。「こんなのはいやだ。」

「よくなってきているわ」と私は言った。私は彼女の少し前に立って、彼女がつまずかないように注意していた。階段のてっぺんで腕を取ったのだが、彼女はそれを振り払ったのだ。

「私、歩ける。」

　私たちは歩かせた。

　私たちはナイジェルと同時に炊事場に着いたが、彼は大慌てだった。私たちは脇によけて彼を先に中へ入れた。

「ふん！」彼が入る時、アリスは言った。「どうぞお先に！」

　ナイジェルは彼女を無視した。「サラばあさん」と彼は叫んだ。「サラばあさん、キャリーに陣痛がきたんだ！」

　メアリが、まだそんな年になる前には産婆の役目を果たしていたが、今ではウェイリン家の連中は彼女に奴隷の治療をさせようとしていた。しかし奴隷たちはもっとよい治療法を知っていた。彼らは最善を尽くして互いに助け合っていた。赤ん坊が生まれる際にサラが助けに呼ばれるのを前に見たことはなかったが、この場合、彼女が呼ばれるのは当然だ。とうもろこしの料理を作っていたフライパンを置き、彼女はナイジェルについて出て行こうとした。

「何かすることはないの？」と私は聞いた。

　たった今私に気づいたようにサラは私を見た。「夕食を取りはからっておくれ」と彼女は言った。「誰かをよこして、料理を仕上げてもらうつもりだったんだ。でもあんたできるよね？」

「ええ。」

「よかった。」彼女とナイジェルは急いで出て行った。彼は奴隷居住区とは離れたところ、炊事場に近い辺りに小屋を持っていた。それは彼が自分とキャリーのために建てた、こぎれいな木の床やレンガの煙突がついた小屋だった。彼はそれを一度私に見せた。「もう屋根裏のぼろの上に寝なくてもいいんだ」と彼は言った。彼はベッドと椅子を二脚作った。ルーファスはナイジェルに自分の時間を使って働いてかせぐことを許した。ナイジェルはこの辺りの白人のために働き、自分で作ることができない物を買った。それは、ルーファスにとって、よい投資だった。彼はナイジェルのかせぎの一部を取ったばかりでなく、唯一の貴重な財産であるナイジェルがすぐには逃げないという保証を手に入れたからだ。

「見に行ってもいい？」アリスは尋ねた。

「いいえ」と私はしぶしぶ言った。私も行きたかったが、サラには私たち二人とも必要ではなかった。

「いいえ、あなたと私にはここですることがあるのよ。ジャガイモの皮をむける？」

「ええ、もちろん。」

私は彼女をテーブルの前に座らせ、ナイフとジャガイモを渡した。この光景を見て、私はこの炊事場に最初に来た時、ケヴィンが呼び出すまで座ってジャガイモをむいていたことを思い出した。ケヴィンはもう手紙を受け取っただろう。そのはずだ。彼はすでにここへ向かっているかもしれない。

私はかぶりを振り、チキンを切り始めた。自分を苦しめたってしかたないわ。

「母さんはよく私に料理させたものよ」とアリスは言った。彼女は思い出そうとするように顔をしかめた。「夫のために料理するようにならなければって母さんは言った。」彼女はまた顔をしかめた。私は彼女に気を取られていたので、もう少しで手を切りそうになった。彼女は何を思い出したんだろう？

「デイナ？」

「何？」

「夫はいないの？　あんたは夫持ちだとかなんとか、覚えているんだけど。」

「そうよ。今北部にいるわ。」

「その人は自由の身なの？」

「そう。」

「自由な身の人と結婚するのはいいね。母さんはいつも私にそうしなさいって言ってた。」

母さんの言う通りだ、と私は思った。しかし私は何も言わなかった。

「父さんは奴隷だったの。そして母さんから引き離されて売られてしまったの。奴隷と結婚するのは、奴隷になるのと変わらないくらいひどいって母さんは言ってた。」

彼女は私を見た。「奴隷になるってどんなふうなの？」

私は驚いていていないようにみせた。自分が奴隷であることがアリスにわかっていなかったなんて思いも寄らなかった。彼女はここでの自分の存在を自分にどう説明していたのだろう。

「デイナ?」

私は彼女を見た。

「私は、奴隷になるってどんなふうって聞いたの。」

「わからないわ。」私は大きく息を吸った。「キャリーの具合はどうかしら――あの痛みでも、叫ぶことさえできないのよ。」

「どうして奴隷がどんなふうか知らないの。あんたは奴隷なのに。」

「長い間奴隷だったわけじゃないの。」

「あんたは自由の身分だったの?」

「そうよ。」

「だのにあんたは奴隷にされてしまったの? あんた、逃げればいいのに。」

私はドアの方をちらっと見た。「そんなことを言って。気をつけなくちゃあ。面倒なことになるわよ。」私は自分が用心深いサラになったように感じた。

「でも本当のことだよ。」

「時々ね、真実は自分の胸のうちにしまっておいた方がいいこともあるのよ。」

彼女は心配そうに私を見つめた。「あんたに何が起こるの?」

「私のことは心配しないで、アリス。夫が自由にしてくれるわ。」

私はドアのところへ行って、キャリーの小屋の方をのぞいてみた。何か見えるとは思っていなかった。ただちょっとアリスの注意をそらせたかっただけだ。彼女は近づき過ぎているし、早く「成長」し過ぎている。思い出せば、彼女の人生はもっと悪くなるだろう。彼女はさらに傷つくだろうし、その多くはルーファスが原因となるだろう。そして私はそれを見ているだけで、何もできないのだ。

「母さんは、奴隷になるより死んだ方がましだって言ってた」と彼女は言った。

「生きていた方がよいわよ」と私は言った。「少なくとも自由になるチャンスのある間は。」私は袋の中にある睡眠薬のことを考えた。私はなんという偽善者なんだろう。苦痛を抱えたまま生き続けよ、と忠告するなんて、他人にだから簡単に言えるのだ。

突然、彼女は皮をむいていたジャガイモを火の中へ投げこんだ。

私は驚いて飛び上がり彼女を見た。「何故そんなことするの？」

「あんたが言ってないことがあるからだよ。」

私は吐息を漏らした。

「私もここに住んでいる」と彼女は言った。「長い間住んでいた。」彼女は目を細めた。

「私も奴隷なの？」

私は答えなかった。

「私は奴隷なのかと聞いているんだよ。」

「そうよ。」

彼女は長椅子から腰を半分浮かせていた。体全体で、私が答えることを迫っていた。私が答えたので、彼女は再び重々しく座り、背中と肩を丸め、自分自身を抱きしめるように、胸の上に腕を組んでいた。「でも私は自由のはずだよ。自由だった。自由の身で生まれたんだよ！」

「そうよ。」

「デイナ、私が覚えていないことを教えてよ。教えて！」

「そのうち思い出すわよ。」

「いいえ、言って。」

「しっ、静かにして！」

彼女は驚いて少しのけぞった。私は彼女に向かって叫んだのだ。彼女はたぶん私が怒ったと思ったんだろう――確かに私は怒っていた。でも彼女に対してではない。私は崖っ淵から彼女を引き戻したかったのだ。しかしもう遅い。ここまできたら彼女は落ちないわけにはゆかないだろう。

「あなたが知りたいと思っていることはなんでも教えるわよ」と私は疲れてしまって言った。「でも信じて。あなたは自分が思っているほど知りたいとは思っていないのよ。」

「いいえ、思っているよ！」

私は溜め息をついた。「わかったわ。何が知りたいの？」

彼女は口を開けたが、顔をしかめ、再び閉じてしまった。とうとう、「いっぱいある……全部知りたい。でもどこから始めたらいいかわからない。何故私は奴隷なの？」「あなたは罪を犯したの。」

「罪？　私が何をしたの？」

「奴隷が逃亡するのを助けたのよ。」ちょっと間を置いた。「あなたがここにいる間じゅうずっと、どうして怪我をしたのか聞かなかったことに気がついていた？」

その言葉が彼女の中の何かに触れたようだった。数秒間呆然とした後、顔をしかめ、立ち上がった。私は注意深く見つめていた。もし彼女がヒステリーになるなら、ウェイリン家の連中がいないところでそうなって欲しい。特にトム・ウェイリンが怒ることを彼女が言う可能性が大だったからだ。

「あいつらは私を殴った」と彼女はささやいた。「思い出した。犬、それに縄……あいつらは私を馬の後ろにくくりつけた。私は走らねばならなかった。でもできなくって……それから私を殴ったんだ……でも……でも……」

私は彼女のところまで歩いていって、彼女の前に立った。しかし彼女は私を通して向こうを見ているようだった。彼女はルーファスが町からつれて帰ってきた時と同じ痛みと混乱が混ざったような表情をしていた。

「アリス？」

聞こえていないようだった。「アイザック？」彼女はささやいた。ささやきと言うよりは、音のない唇の動きであった。それから、「アイザック！」音の爆発だった。彼女は突然ドアの方へ走り出した。私は三歩走った所で彼女を捕まえた。

「放して！　アイザック！　アイザック！」

「アリス、やめなさい。傷に障るわ。」彼女はその弱々しい力をすべて使って私に抵抗していた。

「やつらはあの人を切り刻んだ。耳を切り取ったんだよ！」

私は彼女がその光景を見なかったことを望んでいたのだが。「アリス！」肩をつかんで、揺すった。

「行かなくっちゃ。」彼女は泣いていた。「アイザックを捜さなくちゃ。」

「たぶんね。あなたが疲れないで十歩以上歩けるようになったらね。」

彼女は抵抗をやめて、流れる涙の中から私を見つめた。「やつらはあの人をどこへやったの？」

「ミシシッピーよ。」

「ああ、なんということ……」彼女は泣きながら、私の方へくずおれてきた。抱きとめなかったら、倒れていただろう。私は半分引きずって、彼女を長椅子まで連れて行った。彼女は崩れるように座り、泣き、祈り、罵った。私はしばらく彼女と一緒に座っていたが彼女は泣き疲れなかったし、少なくとも、泣きやみはしなかった。私は夕食の準備のため彼女のそばを離れなければならなかった。そうしなければ、ウェイリンを怒らせて、サラが面倒に巻き込まれる恐れがある。アリスの記憶が戻ったからには、この家には多くの面倒が起こるだろう。そして何故か、面倒を収めるのは私の仕事になっていた――最初はルーファスの、今はアリスの――私は最善を尽くした。

私はどうにか夕食を作り終えた、心はそこになかったが。サラがとろ火にかけたままにしていたスープがあった。揚げものにする魚があった。岩のように固いハムはサラが水に浸けてゆでてやわらかくしてくれていた。その上、チキンの揚げもの。とうもろこしパンとソースも作らなければならない。アリスがむきかけて放りっぱなしのジャガイモをむき終え、暖炉の脇の小さなレンガのオーブンでパンを焼く。野菜、サラダ、砂糖漬けの桃――ウェイリンは桃を育てていた。サラがすでに作っていたケーキ、ああ、ありがたい。コーヒーと紅茶の両方。これをすっかり平らげる客がいるのだろう。客はいつもあった。そして連中は本当に大量に食べた。この時代の主な薬が下剤だったのにはなんの不思議もない。

私はだいたい時間通りに作り終えた。それから料理を炊事場から母屋の食卓へ運んで給仕する役目の二人の小さな少年を捜さなければならなかった。やっと二人を見つけると、彼らは、今は黙っているアリスをじろじろ見つめて時間を無駄にし、それから私が手を洗えと言ったことに文句を言った。とうとう私の洗濯仲間であり、母屋でも働いているテスが走り出てきて、「トム旦那が食卓に料理を出せだって」と言った。

「食卓の準備はできたの？」

「できてるよ！　あんたに言われなくてもね。」

おっと。「ごめんなさい、テス。手伝ってちょうだいね。」私は彼女の手に覆いを掛けたスープを差し出した。「キャリーに赤ちゃんが生まれそうなのでサラが手伝いに行ってるのよ。これを持って行ってくれる？」

「それからまた戻ってこようか？」

「ええ、お願い。」

彼女は急いで立ち去った。私は数回彼女の洗濯を手伝ったことがあった。ウェイリンが時折彼女をベッドに連れ込んで苦しめていたので、近頃、私はできるだけ彼女に代わって洗濯をしていた。明らかに彼女は借りを返しているのだ。

私は井戸のところへ行ってあの少年たちが水遊びを始めようとしていたところを捕まえた。

「あんたたち二人が料理を運ばないんなら……！」

「サラみたいな言い方だな。」

「いいえ違うわ。あんたたちはサラがどう言ったか知っているわね。どうするかも知っているわね。さあ、仕事しなさい！　でないと、鞭を持ってきて本当にサラのようになるわよ。」

食事は出された。どうにか。そして食べられるものだった。サラが料理したのならもっと量はあったんだろうが、でも味は変わらないはずだった。サラは、炉を使う料理に対する私の自信のなさや無知をなんとか克服して、多くのことを私に教えてくれていた。

食事が進み、残り物が返ってきたので、私はアリスに食べさせようとした。彼女の前に皿を置くと、彼女はそれを押しやり、私に背中を向けた。

彼女は座ったまま何時間も宙を見つめたり、頭をテーブルにのせたりしていた。とうとう口を開いた。

「どうして言ってくれなかったの？」苦々しく彼女は言った。「あんたは何か言えたはずだよ。私をあの男の部屋から、あの男のベッドから連れ出してくれても……ああ、あの男のベッド！　あいつが自分の手でアイザックの耳を切り落としたようなものだ。」

「あの人はアイザックに殴られたなんて誰にも言わなかったのよ。」

「嘘っぱちだ！」

「本当よ。言わなかったわ。あの人はあなたに怪我をさせたくなかったんだもの。私はあの人が立てるようになるまで一緒にいたんだから確かよ。私があの人の手当をしたの。」

「あんたに分別があれば、あいつをそのまま死なせていたのに！」

「私に分別があっても、あなたとアイザックが捕まらずにすむことにはならなかったでしょうね。逆に、誰かがアイザックのしたことを推測して、あなたたちは殺されていたかもしれないわ。」

「黒ん坊のお医者さん。」軽蔑を込めて彼女は言った。「あんたは自分のことをずいぶん物知りだと思っているんだろう。読むのが上手な黒ん坊。白い黒ん坊！　何故あんたは私を死なせるだけの分別がなかったんだよ！」

私は何も言わなかった。彼女はますますたけり狂って、私に向かって叫び声を上げた。私は悲しくなって彼女に背を向け、誰か他の人にその感情を向けるより私に向けた方が彼女のためには安全なんだと自分に言って聞かせた。

そのうち、彼女の叫び声と同時に、赤ん坊の細いかすかな泣き声が聞こえてきた。

11

キャリーとナイジェルはその痩せた皺だらけの茶色い息子をジュードと名づけた。ナイジェルは気取って歩き回り、幸せそうに、べらべらしゃべりまくっているものだから、遂にウェイリンが、黙っておまえがすることになっていた母屋と炊事場とをつなぐ屋根付きの渡り廊下を作る仕事に戻れ、と言った。しかし赤ん坊が生まれた数日後、ウェイリンは彼を図書室に呼び、キャリーには新しいドレス、ナイジェルには新しい毛布と服一着を与えた。

「わかったかい」と後でナイジェルは苦々しく私に言った。「キャリーと俺のおかげで旦那は黒ん坊一人分、もうけたわけだ。」しかしウェイリン家の連中の前では、彼は適当に感謝の念を表していた。

「ありがとうございます、トム旦那さま。はい。本当にありがとうございます。こんな立派な服を、はい……」

やっと彼は渡り廊下の仕事に逃げ帰って行った。

その間、図書室ではウェイリンがルーファスにこう言っているのが聞こえた。「おまえがやつに何かをやるべきだったんだ。あんな役にも立たない女に金を無駄に使うくらいだったらな！」

「あの娘は元気になったぞ！」ルーファスが答えた。「ディナが元気にしてくれたんだ。何故役にも立たないなんて言うんだい？」

「と言うのはな、おまえがあの女から欲しいものを得るには、もう一回あいつを病気にするほど鞭打たなくちゃあならないからさ！」

沈黙。

「おまえにはディナで充分のはずだった。あいつには分別がある。」

彼はちょっと間を置いた。「あいつ自身のためにならぬほど分別があると言った方がいい。だが、少なくともあいつはおまえに面倒はかけないぞ。あのフランクリンのやつが教えたんだろう。」

ルーファスは返事もせずに、立ち去った。彼が近づいてくるのが聞こえたので、私はすばやく立ち聞きしていた図書室のドアから離れた。私は食堂に潜り込み、彼が通りかかった時、再び出てきた。

「ルーフ。」

彼は邪魔されたくないという視線を私に向けたが、とにかく立ち止まった。

「もう一通手紙を書きたいの。」

彼は顔をしかめた。「辛抱しなくちゃあな、デイナ。そんなに経っちゃあいないよ。」

「一か月以上よ。」

「そうか……わからないな。ケヴィンがまた移動したか、何かやらかしたか。もう少しあの男に返事する時間をやったらどうだい。」

「何に返事するんだ?」ウェイリンが尋ねた。彼はルーファスが予言したように、私が気づかないほど静かに私の後ろにやって来ていた。ルーファスは不機嫌そうに彼を見た。「デイナがここにいることを知らせるケヴィン・フランクリンへの手紙にさ。」

「こいつが手紙を書いたのか?」

「僕が書けって言ったんだよ。こいつができるのに、なぜ僕が書かなくっちゃあならないんだ?」

「おい、おまえには分別ってものがないのか――」突然彼は言葉をはさんだ。「デイナ、仕事に戻れ!」

ルーファスは自分で書く代わりに私が書いたので分別がないと言われたのか、あるいはそれを投函したからそう言われたのか、と考えながら私はその場から去った。結局、もしケヴィンが帰ってこなかったら、ウェイリンの財産に奴隷が一人増えることになる。たとえ私がそんなに役に立たないように見せても、彼は私を売ることができる。

私はぞっとした。ルーファスを説得して、もう一回手紙を書かせてもらわなければならない。最初の手紙は、紛失したか、事故にあったか、間違った場所へ配達されたのかもしれない。そんなことは一九七六年でもまだ起こっている。ましてや馬と馬車の時代ではどんなに事情が悪いことだろう。それにもし私がもう一度ケヴィンを連れないで家に帰って、さらに長い間ここに残しておいたら、彼は私に見切りをつけるだろう。もしまだ見切りをつけていなかったらの話だが。

私はそんな考えを心から追い払おうとした。人々の話から判断して、彼は私を待っているとは思ったが、でも時々、そんな考えが心に浮かぶことがあった。いや、彼はまだ待ち続けているんだ。

私はテスの手伝いをしようと洗濯場へ行った。辛い仕事は歓迎したいくらいだった。何も考えたくなかった。白人たちは私を勤勉だと思っている。黒人たちはほとんど、私を馬鹿か、さもなければ白人を喜ばそうとしているのだ、と思っている。私はできるだけ恐れや疑いを心から追い払って、なんとか気を確かに持とうと思っただけなのだが。

次の日、私は再びルーファスが一人でいるところを捕まえた。それも今度は誰にも邪魔されそうにない彼の部屋で。しかし彼は私が手紙の話を持ち出しても聴こうとしなかった。彼の心はアリスのことで占められていた。彼女はもう回復しており、彼は辛抱できなくなっていた。私は彼がいずれまた——何度も——彼女をレイプするだろうと思っていた。実際まだしていなかったので驚いていたくらいだ。彼がそのレイプに私を巻き込もうとしていたとは気がつかなかった。彼は私を巻き込むつもりだったし、実際そうした。

「あの娘に言ってくれよ、デイナ」と彼は私の手紙の件を無視して言った。「おまえはあれより年上だし、あれはおまえは物知りだと思っているんだ。あれに話してくれ！」

彼は冷たくなった暖炉を見つめて、ベッドに座っていた。私は彼の机の前に座り、彼に貸した透明なプラスチックのペンを見ていた。彼はすでにインクを半分使っていた。「これで一体何を書いたの？」

「デイナ、聞いてくれ！」

私は彼の方へ向き直った。「聞いているわよ。」

「じゃあ、どうなんだよ？」

「私はあなたがあの人をレイプするのは止められないけどね、ルーフ、でも手助けもしないわよ。」

「おまえはあれを苦しめたいのか？」

「もちろんいやよ。でもあなたはあの人を苦しめるつもりでしょう？」

彼は答えなかった。

「あの人を思い切りなさい、ルーフ。あなたのせいであの人は充分苦しんだでしょう？」彼は思い切りなどしないだろう。それはわかっている。

彼の緑の目がきらっと光った。「あれを二度と僕のそばから離しはしない。絶対に！」彼は息を深く吸い、ゆっくり吐いた。「知っているだろう、僕があれを畑に出して、おまえを選ぶことをおやじは望んでいるんだ。」

「そうなの？」

「おやじは僕が欲しいのは女だと思っているんだ。どんな女でもよいと思っているんだ。それなら、おまえだ。おまえはそんなに面倒はかけないとおやじは言うんだ。」

「あなたもそう思うの？」

彼は躊躇し、どうにか少し笑った。「いいや。」

私はうなずいた。「よかった。」

「僕はおまえを知ってるよ、デイナ。僕がアリスを欲しいように、おまえはケヴィンが欲しいんだ。それにおまえは僕より幸運だよ。というのは、今はどんなことが起こっていようとも、しばらくはケヴィンもおまえを欲しがっていたからな。僕の場合はたぶんそれはない――両方で欲しがり、両方で愛し合うというのは。でも、手に入るものをあきらめたりはしないぞ。」

「『今はどんなことが起こっていようとも』っていうのはどういう意味？」

「一体どんな意味だと思っているんだい？　五年なんだぞ！　おまえはもう一通手紙を書きたいと言う。あの男が最初の手紙を捨ててしまったと思ったことはないのか？　たぶんあいつはアリスと同じような気持ちになったんだ――同じ人種の女と一緒にいたくなったんだよ。」

私は何も言わなかった。彼がしていることは私にはわかっていた。つまり自分が苦しんでいるように私を苦しめて痛みを分け合おうということだ。そしてもちろん私の弱点を彼は知っていた。私は表情を変えないように努めていたが、彼は続けた。

「おまえたち二人は結婚して四年になるとあいつは一度言ったことがある。ということは、一緒にいるより長い間おまえたちは離れていたことになる。もしおまえがあいつを元の時代に連れて帰る唯一の人間でなかったら、あんなに長い間おまえを待っていたかどうかな。でも今はな……わからないぞ。ぴったりの女がこの時代を結構楽しいものにしてくれているかもしれないな。」

「ルーフ、あなたが何を言ったって、アリスとのことでらくになることはないのよ。」

「ないかな？　こういうのはどうだい。おまえがあれに話す――うまく分別を持たせるんだ。さもないとジェイク・エドワーズが鞭を使ってあれに分別をたたきこむぞ！」

私はむかむかして彼を見つめた。「それがあなたが愛と呼ぶものなの？」私はそのまま
私がもう一息つく前に彼は立ち上がって部屋を横切ってやって来た。すばやく取れる
彼を見守り、脅えて座っていた。突然持ってきたナイフを意識した。ルーファスに限ってそんな気はな
だろうか。でも彼は私を殴るつもりではなかった。ルーファスに限ってそんな気はな
い。決してない。

「立て」と彼は命じた。ルーファスは私に命令したことがなかったわけではないが、そんな調子で言ったことはなかった。「立てと言ってるんだ！」

私は動かなかった。

「おまえに甘くし過ぎたようだな」と彼は言った。声が突然低く不機嫌になった。「普通の黒ん坊よりおまえによくしてやったんだがな。それが間違いだとわかったよ！」

「そうね」と私は言った。「私も間違いをしていたことをあなたが教えてくれるのを待っていたのよ。」

数秒の間、彼は硬直して立ち、私を殴ろうとするように、私を上から睨みつけた。しかし最後には、緊張を解いて、机にもたれかかった。「おまえは自分を白人だと思っているな！」彼はつぶやいた。「おまえは動物も同然だってことがわからないのか！」

私は何も言わなかった。

「僕の命を救ったんで、僕を自分のものだと思っているんだろう！」

私が救ったその命を奪う必要がないことを、また私の命も含めて誰の命も危険にさらす必要がないことをうれしく思い、私も緊張を解いた。

「もし僕があの娘を欲しいようにおまえを欲しいなんて思ったら、僕は喉を切って自殺しなくちゃあならないな」と彼は言った。

そんな問題が起こらなければよいがと私は思った。もしそんなことになれば、確かにどちらかが、刃傷に及ぶことになるだろう。

「手を貸してくれよ、デイナ。」

「できないわ。」

「できるよ！　おまえでなけりゃだめだ。あれのところへ行ってくれ。あの娘を僕のところへよこしてくれ。おまえが手を貸さなくてもあれは僕のものにする。ただあれを殴らなくてもよいように話をつけさえすればいいんだ。そんなこともしないなんて、おまえはあの娘の友だちなんかじゃあないぞ！」

あの人の友だちですって！　彼にはその属する階級の下劣なずるさがあった。その通り、私にはアリスを救うのを拒むことはできない。少なくとも、彼女が苦痛を避ける手助けをするのを拒むことは。でもこんなふうに彼女を助けても彼女は私を尊重してはくれないだろう。私も自分を尊重なんてできはしない。

「やれ！」彼は低く言った。

私は立ち上がり、アリスを見つけに行った。

彼女はこの頃、時々軌道を逸して調子がおかしくなった。時々は私の友情を必要とし、また自由への危険な望みを持って、再び逃げる無茶な計画を私に打ち明けたりした。かと思うと、時々は私を憎み自分の難儀を私のせいにして責めた。

ある夜、屋根裏で彼女は静かに泣き、私にアイザックのことを語った。彼女は突然話をやめ、「夫から便りはあったの、デイナ？」と尋ねた。

「まだよ。」

「もう一通書きなよ。たとえ内緒で書かなければならなくってもね。」

「今書いているの。」

「あんたまで連れ合いをなくしちゃ、なんにもならないよ。」

しかししばらくすると、なんの理由もなしに、私を責めるのだった。「恥ずかしくないの？　あんた、黒人のくせしてあんな白人の屑のために泣いたり叫んだり。あんたはいつも白人みたいに振る舞うね。自分の仲間にそむく白い黒ん坊！」

私は決して彼女の突然の変化や攻撃に慣れはしなかったが、辛抱した。彼女の回復の段階をずっと見守ってきたので、どういうものか、ここまできて彼女を見捨てることはできなかった。たいてい私は怒りさえしなかった。彼女はルーファスに似ていた。傷つくと誰かを攻撃する。しかし日が経つにつれて苦しみもやわらぎ、攻撃をしかけることも少なくなった。彼女は肉体的にも情緒的にも治りつつあった。私はその手伝いをしてきた。今ルーファスが彼女の傷を再び開くのを手伝わなければならない。

アリスはキャリーの小屋で、ジュードと誰かが置いていったちょっと年上の二人の乳幼児の面倒をみていた。彼女にはまだ決まった仕事はなかったが、私のように自分の仕事を見つけ出していた。彼女は子供と裁縫が好きだった。小さな子供たちが足下で遊んでいる間、彼女は、ウェイリンが奴隷のために買った青い粗末な布で、きちんとした丈夫な服を作っていた。ウェイリンは、子供と裁縫にかまけるなんて、あいつは年老いたメアリのようだと不平を言っていたが、しかし彼女のところへ行って自分の服をつくろわせていた。彼女は年老いたメアリの裁縫を引き継いだ女奴隷よりも上手に手早く縫った。もしこのプランテーションに彼女の敵がいるとしたら、それはもっとわずらわしい仕事をさせられそうなその女奴隷、リザだった。

私は小屋の中へ入って、冷たい暖炉の前の彼女の横に座った。ジュードは彼女のそばの、ナイジェルが作ったベビーベッドで眠っていた。ほかの二人の子供は目を覚ましていて、毛布を敷いた床の上に裸で座り、おとなしく自分の足で遊んでいた。

アリスは私を見上げ、裾の長い青いドレスを持ち上げた。「これ、あんたのだよ」と言った。「そのズボン姿は見飽きちまった。」

私は自分のジーンズを見た。「この格好に慣れているものだから、時々着ているのすら忘れるわ。少なくとも、この服のおかげで給仕しなくてすむのよね。」

「給仕は悪くないよ。」彼女は数回したことがあった。「もしトム旦那がけちじゃあなかったら、あんたはとっくにこんなドレスを持っているはずだよ。人は神様を愛するより一ドルを愛するものだね。」

私は文字通りその言葉を信じた。ウェイリンは銀行と取り引きがあった。ある時彼が銀行のことで文句を言っていたので、わかったのだ。しかし彼が教会と関係があるとか家で祈禱会を開いたという話は聞いたことがない。もし奴隷が宗教の集まりに出たかったら、パトローラーに出くわす危険を冒して抜け出さなければならない。

「あんたの連れ合いが帰ってきても、これで少なくともあんたは女に見えるよ」とアリスは言った。

私は深く息を吸った。「ありがとう。」

「いいんだよ。さて何を言いにここへ来たのか言ってちょうだい……言いたくないことだね。」

私は驚いて彼女を見た。

「この期に及んで、私があんたを知らないとでも思っているの。あんたの顔に、ここに来たくなかったと書いてあるよ。」

「そうなの。ルーファスが私をここへ来させたのよ。」私は口ごもった。「あの人は今夜あなたが欲しいのよ。」

彼女の表情は強張った。「それを言うために、あんたをここへよこしたの？」

「いいえ。」

彼女はもっと詳しく話すことを黙って要求して、私を睨みつけ、待っていた。

私は何も言わなかった。

「そう！　それなら何故あんたをここへよこしたの？」

「あなたを説得して、あの人のところへおとなしく行かせるためよ。それに今度逆らったら、鞭打ちだとあなたに言うためよ。」

「ちくしょう！　そう、わかった、確かにあんたは私に言ったよ。さあ、このドレスを暖炉に投げこんで火をつける前に、ここから出て行って。」

「そのドレスにあなたが何をしようとかまうもんですか。」

今度は彼女が驚く番だった。普段私は彼女にこんな言い方をしたことがなかった。たとえ彼女がそれに値する時でも。

私はナイジェルの手作りの椅子にゆったりもたれた。「メッセージは伝えたわ。」私は言った。「好きなようにしなさい。」

「そうするつもりだよ。」

「だけどちょっと先を見た方がいいわ。先と、そして三つの方角とをね。」

「なんのことよ？」

「そう、あなたには三種類の選択ができそうだわ。命じられた通りルーファスのところへ行くか、拒否し、鞭打たれ、力ずくであの人のものにされるか、あるいは、もう一回逃げるかよ。」

彼女は何も言わないで、縫い物の方へかがみ込み、手は震えていたけれども、きれいな小さい縫い目を作っていった。私はかがんで乳幼児の一人と遊んだ。それは、自分の足のことは忘れて、私の靴を調べようと這ってきた子だった。この子は、私が抱き上げたとたん、ブラウスのボタンを引きちぎり始めた。生後七か月の、好奇心の強い太った男の子だった。

「その子はすぐにあんたをおしっこだらけにするよ」とアリスは言った。「誰かが抱いたら、おしっこするの。」

私は彼をすばやく下ろした――ちょうど間に合った。

「デイナ？」

私は彼女を見た。

「私はどうすればいい？」

私は躊躇し、かぶりを振った。「あなたに助言なんてできないわ。あなたの体よ。」

「私のじゃあないよ。」彼女の声は低く落ちてささやきになった。「私のじゃあないよ。あいつのだよ。あいつが金を払ったんだろう？」

「誰に？　あなたに？」

「私に払うわけないだろ！　ああ、誰に払ったって関係ないんだってば。正当であろうとなかろうと、法律では、今あいつが私を所有しているんだ。何故あいつがまだ私を鞭打たないのかわからないよ。私があいつに言ったことでね……」

「わかっているはずよ。」

彼女は泣き出した。「ナイフを持って行って、あの喉を切ってやらなくては。」彼女は私を睨みつけた。「それをあいつに言ってきて！　私があいつを殺す話をしていたと言ってやって！」

「自分で言ったら。」

「自分の仕事をやりとげたらどうなの！　行ってあいつに言うんだよ！　それがあんたの役目――白人の手助けをして、黒ん坊を押さえつけること。それが、あいつがあんたをよこした理由だ。二、三年もしたら皆はあんたをばあやと呼ぶだろうね。あの年寄りが死んだら、あんたが家全体を切り盛りするんだろう。」

私は肩をすくめ、あの好奇心の強い子が私の靴紐を吸うのをやめさせた。

「行って私のことを言いつけといで。私じゃあなくて、あんたが彼にとって必要な女だってことを見せといで。」

私は何も言わなかった。

「白人一人も、二人も同じだろう？」

「黒人一人も、二人も同じでしょう？」

「自分の仲間にそむかなけりゃ、十人の黒人でもいいよ。」

私はまた肩をすくめて、議論するのを拒否した。何を勝ち取ることができるんだろう。

彼女は言葉にならない音を出して、両手で顔を覆った。

「どうしたというの？」疲れたように彼女は語った。「何故あんたは、あんたのことを悪く言うように私を仕向けるの？　あんたは私のためにできるだけのことをしてくれた。たぶん私の命さえ救ってくれたんだね。破傷風の痙攣に襲われて、私よりずっと軽い症状なのに死んでいった人たちを見てきたもの。何故あんたのことを悪く言うように私を仕向けるの？」

「何故あなたは、そんなことをするの？」

彼女は溜め息をつき、体を「C」の字のように丸めて椅子に座っていた。「何故なら本当に腹が立ったからだよ。口の中に怒りが込み上げてくるほど。そして私が怒りをぶつけることができるのはあんただけなの。あんただけが、傷つけても仕返ししない人だから。」

「もうそんなこと続けないでよ。」私は言った。「私もあなたと同じ気持ちなのよ。」

「あいつのところへ行って欲しい？」

「私にはそんなこと言えないわ。あなたが決めなければね。」

「あんたならあいつのところへ行く？」

私はちらっと床を見た。「私たちは違った立場にいるのよ。私がどうするかは問題じゃあないわ。」

「あんたならあいつのところへ行くかって聞いてるんだよ。」

「いいえ。」

「あいつがあんたの夫と似ていても?」

「似ていないわ。」

「でも……じゃあ、あんたが……私みたいにあいつを憎んでいなくても?」

「それでも行かないわ。」

「じゃあ私も行かない。」

「これからどうするつもり?」

「わからない。逃げようかな?」

私は立ち上がった。

「どこへ行くの?」彼女は急いで尋ねた。

「ルーファスをだまして引きのばすの。うまくいったら、今夜あなたに手を出させないわ。それであなたは出発できるわ。」

彼女はドレスを床に落とし、椅子から飛び出し、私をつかんだ。「だめ、デイナ。行かないで。」彼女は深く息を吸い力がぬけたようだった。「私、嘘を言ってたの。私は二度と走れない。走れないよ。おなかが減って、寒くて、気分が悪くて、歩けないほど疲れきるんだよ。それからやつらが見つけて、犬をけしかけるの……なんてこと、犬を……」彼女はしばらく黙っていた。「あいつのところへ行くよ。遅かれ早かれ私が行くってことはあいつにはわかっていたんだ。でもあいつは私があいつを殺す勇気さえあればとどれほど思っているかわかっていないよ！」

12

アリスはルーファスのもとへ行った。彼女は順応して、おとなしい元気のない人間になった。彼を殺しはしなかったが、彼女自身のある部分が死んだように見えた。ケヴィンは私のところへ来もしないし手紙もよこさなかった。ルーファスは遂にもう一通手紙を書かせてくれた――たぶん私がしてやったことに対する報酬として――そしてそれを私に代わって投函した。しかしもう一か月が過ぎたが返事は来なかった。

「心配するな」とルーファスは言った。「たぶん彼はまた移動したんだ。そのうちメインからの手紙を受け取ることができるよ。」

私は何も言わなかった。ルーファスは話し好きになり、幸福そうだった。静かに耐えているアリスに明けっ広げな愛情を示した。時々彼は飲み過ぎることがあった。そして飲み過ぎた次の日の朝、アリスは顔全体を腫らし、傷だらけにされて、階下へ下りてきた。

そんなことがあって、私はケヴィンを見つけるために北部へ行くのにルーファスの手助けを当てにすることをやめた。彼がお金をくれるなんてことは期待していなかったが、私に正式に見える自由の身の証明書をくれるのではないかと思っていた。少なくともペンシルヴェニアの州境までついてきてくれるのではないかと思っていた。あるいは私に完全に足止めをくわせるのだろうか。

彼はすでに私を思い通りにする方法を見つけていた――他人を脅すという方法で。それは私を直接脅すよりも安全だし有効な方法でもあった。これは疑いもなく父親から習ったやり方だ。たとえば、ウェイリンは、サラの忍耐の限度というものを知っていた。彼は彼女の三人の子だけを売り、守ってやらなければならない子を残した。キャリーに肉体的な問題があっても、彼が買手を見つけることができるのは間違いないと思う。だがキャリーは、役に立つ若い女である。よく働くばかりか、健康な奴隷を産むことができるし、ウェイリンにはなんの苦労もかけずに最初は母親を、次には夫を、ここに定着させることができた。父親が彼女を扱うやり方からルーファスがどのくらい学んだか、私は知りたくない。

今では地図が残念でならない。そこには自分で通行証を書くことができる町の名前が載っていた。その町のいくつかはまだ存在していないが、少なくとも行く手に何があるかを教えてくれるだろう。もう地図なしでやらねばならないのだ。

さて、少なくともイーストンは北へ数マイルのところにあり、ウェイリンの家の前を通っている街道がそこに通じているのはわかっていた。不幸なことに、そこへ着くまでには、多くの広々とした畑を通らなければならない。つまり隠れるのがほとんど不可能な場所だった。そして通行証を持っていようがいまいが、できるなら白人から隠れていたい。

私は食べ物を持って行かなければならない――とうもろこしパン、燻製の肉、干した果物、水の入った瓶など。必要なものを手に入れる方法はあった。逃亡奴隷が自由を手に入れる前に飢えたり、どの植物が食べられるのかについては私と同じくらい無知なので、毒にやられたりする話を聞いたことがあった。

実際、私は逃亡奴隷の運命についての恐ろしい話を読んだり聞いたりしていたので、予定より数日余計にウェイリンのところにぐずぐずしていた。私はそんな話を信じたくなかったが、目の前にアイザックとアリスの例がある。そんな時、適切にも私に必要な一押しを与えてくれたのはアリスだった。

私はテスの洗濯を手伝っていた――汗くさい、汚い服を大鍋に入れ、煮ながらかき回す仕事だった。その時アリスが私に忍び寄ってきた。彼女は肩ごしに振り返りながら、何か恐れているように大きく目を見開いていた。

「これを見て。」彼女は、ウェイリンのズボンをたたくのをやめて私たちを見ているテスの方をちらっとも見ないで言った。「ねえ」と彼女は言った。「私は見てはいけないところを見ていたの。ルーファスさんのベッドの引き出しをね。そしてそこにあるはずのないものを見つけたの。」

彼女はエプロンのポケットから二通の手紙を取り出した。二通の手紙の封は破かれており、紙面を埋めているのは私の字だ。

「まあ」と私はささやいた。

「あんたの？」

「そうよ。」

「そうだと思った。少し字が読めるの。すぐに返してこなくっちゃ。」

彼女は振り向いて行こうとした。

「アリス。」

「何？」

「ありがとう。返す時注意してね。」

「あんたもね」と彼女は言った。私たちの目が合って、二人とも彼女が何について話しているのか了解した。

私はその夜、ここを去った。

食べ物をかき集め、ナイジェルの古い帽子を「借り」て、幸いにもそんなに長くない髪の上に引っ張り下ろした。私が帽子のことを頼んだ時、ナイジェルはしばらく私を見て、渡してくれた。質問もしないで。もう一度その帽子を見ることを彼は期待していなかったと思う。

私はルーファスの古いズボンとくたびれたシャツを盗んだ。私の着ているジーンズとシャツは近所の人たちの間でよく知られ過ぎていたし、アリスが作ってくれたドレスはここの他の奴隷が着ているドレスに似過ぎていた。それに、私は少年に変装しようとしたのだ。私が選んだ、だぶだぶのみすぼらしいがはっきりと男物だとわかる服を着ていれば、私は背丈もあるし、声も低い方だから大丈夫だろう。そう願っていた。

私はデニムの袋に詰め込めるものはなんでも詰め込んで、わら布とんの上の、それを普通は枕として使っている場所に置いた。私が自由に動けることは、以前よりも今役に立った。行きたいところへ行けて、誰も、「ここで何してるんだ？　何故働かないんだ？」とは言わなかった。皆は私が働いていると思うだろう。私はいつも働いている勤勉なお馬鹿さんだったじゃないか？

それで私は準備を整える間誰からもかまわれなかった。ウェイリンの図書室をぶらぶらする機会さえあった。とうとう、日の終わりに私は屋内奴隷たちと一緒に屋根裏へ行き、彼らが寝てしまうまで横になって待っていた。それが失敗だった。

他の連中に私が寝るところを見たと言って欲しかったのである。明日ルーファスとトム・ウェイリンがしばらく私を見ていないと気づいた時、プランテーションじゅうを捜し回って時間を無駄にして欲しいと私は思った。もし屋内奴隷――たぶん子供の中の一人――が、「夕べデイナは寝にこなかったよ」と言ったら、彼らは時間を無駄になんかしないだろう。

計画の立て過ぎだった。

みんなが静かになってしばらくしてから起き上がった。だいたい真夜中くらいだったので、朝までにイーストンを通り過ぎることができるとわかっていた。私はその距離を歩いたことのある人と話をしたことがあった。しかし、太陽が上がる前に、隠れて寝る場所を捜さねばならない。それから、ウェイリンの図書室で名前とおよその位置を調べておいたある場所へ行く通行証を自分で書くことができるだろう。郡境にワイ・ミルズというところがある。そこを過ぎて、北東部へ向きを変え、ウェイリンのいとこのプランテーションの方へ曲がり、岬の一番高いところまで上り、デラウエアへ向かう。この方法で私は河を避けて通りたいと思った。河が私の旅を長く困難なものにするだろうと感じていたのだ。

私はウェイリン家からそっと出て、何か月か前、私がアリスの家へ逃げ込んだ時よりもずっと自信がないまま、暗がりの中を通って行った。何か月ではなく、何年か前だった。あの時、私はどんな恐ろしいものが存在するのかまったく知らなかった。私はアリスのような、捕まえられた逃亡者を見たことがなかった。背中に打ち下ろされる鞭を感じたこともなかったし、男の拳骨を感じたこともなかった。

私は恐怖で吐きそうになったが、歩き続けた。街道に落ちていた棒切れにつまずいて、最初は罵ったが、それを拾い上げた。それは固くて、手の中で感触がよかった。こんな棒が一度私を助けてくれたことがある。さて、その棒は恐怖を少し消してくれて、自信を与えてくれた。私は少し足を早め、ウェイリンの畑を通り過ぎるとすぐ街道沿いの森の中へ入った。その道は北へ、かつてのアリスの小屋の方へ、ホルマン・プランテーションの方へ、へりを迂回して通らなければならないイーストンの方へ伸びていた。歩くのは、少なくとも、らくだった。この辺は平らな土地で、その単調さを破るあまり目立たない緩やかな丘があるだけだった。その街道は、たぶん隠れ場所がたくさんありそうな深い暗い森を通っていた。そして私が見た唯一の水は、とても小さな流れでほとんど足を濡らすこともなかった。でもそんな状態は長く続かないだろう。河があるだろう。

私はラバに引かせた荷馬車を御している年老いた黒人の男から身を隠した。彼は単調に鼻歌を歌いながら、明らかにパトローラーも夜のその他の危険も恐れぬ様子で進んでいった。私には彼の平静さが羨ましかった。

私は馬に乗ってやって来た三人の白人から隠れた。彼らは犬を連れていた。それで犬が匂いを嗅ぎ、私を見つけ出すのではないかと恐れた。幸いにも風が味方して、彼らは行ってしまった。だが後で別の犬が私を見つけ出した。その犬は吠えたり唸ったりしながら、畑を突っ切り柵を越えて突進してきた。何も考えずに振り向くと、犬がほとんど私の目前に迫っていた。ちょうど私に飛びかかった時、棒を打ち下ろした。

私はそんなに怖くなかった。白人が連れている犬や、群れをなした犬は、怖かったが。逃亡者を追うのに慣れている犬の群れに、ずたずたに引き裂かれた連中についてサラが話してくれたことがあった。しかし一匹だけの犬はそんなに恐ろしくは思えなかった。

結局、その犬はちっとも脅威にならなかった。殴ると、犬は倒れ、起き上がり、キヤンキャン鳴きながら、足を引きずって逃げて行ったのである。私はそんなにひどく傷つけなくてすんだことを喜んで、行かせてやった。普段は犬が好きだ。

犬の鳴き声が注意を引き、誰かが調べにやって来るのではないかと思い、ここから早く姿を消そうと先を急いだ。だが、この経験で私は自分を守ることに少し自信を持ったので、夜の自然の音もそんなに気にならなくなった。

町に着くと、見分けのつくもの——つまり陰になった建物を避けた。私は歩き続け、疲れ始め、夜明けが近いことを心配し始めた。私の心配が妥当なものか、休みたいという願いから起こったものなのかわからなかった。ルーファスに呼び寄せられた時、時計を持ってくればよかったのだ。これまでにもそう思ったことは何度もある。

空が本当に明るくなり始めるまで、私はがんばって歩いた。昼の間の隠れ場所を見つけようと思い、辺りを見回している時、馬の足音が聞こえた。私は街道からさらに奥へ離れ、藪や草や若木が生えているところにうずくまった。今では隠れるのにも慣れたし、前に隠れた時の恐怖心もなかった。私を見つけた者はまだ誰もいない。ゆっくりと私の方へやって来る馬に乗った二人の男が見えた。本当にゆっくりと。

彼らは見回したり、木々の暗がりをのぞき込んだりしていた。彼らのうちの一人が明るい色の馬に乗っているのがわかった。灰色の馬で、近づいてくるにつれて、それは……

私はびくっとした。息があえぎそうになるのをかろうじてこらえたが、無意識にちょっと動いてしまった。気づかなかった枝が、私の下でパチッと音を立てた。

男たちはほとんど私の正面で止まった。いつもの灰色の馬に乗っているルーファスと、もっと黒っぽい馬に乗っているトム・ウェイリンが。今では彼らをはっきり見ることができた。私を捜しているんだ——こんなに早く——私が逃げたことすらまだ知らないはずなのに。誰かが教えなければ、こんなに早くわかるはずがない。誰かが私が出て行くのを見たに違いない。ルーファスとトム・ウェイリン以外の誰かが。彼らなら単に私を止めるだけだ。誰か奴隷の一人に違いない。誰かが私を裏切ったのだ。そして今私は自分を裏切ったのだった。

「何か聞こえたぞ」とトム・ウェイリンが言った。

「聞こえた。どこかこの辺にいる」とルーファスが答えた。

私は縮み上がり、音を立てないように小さくうずくまった。

「あのフランクリンの馬鹿野郎」とルーファスが言うのが聞こえた。

「おまえはおかど違いの男を罵っているぞ」とウェイリンが言った。

ルーファスはそれに答えようとしなかった。

「あそこを見ろ」とウェイリンは私の前方の森を指さした。彼はそれが何か調べるために馬を進め、大きな鳥を脅かし飛び立たせた。

ルーファスの目はもっと鋭かった。彼は父親を無視し、まっすぐ私の方へ向かってきた。私を見たはずはなかった。隠れている可能性がある場所以上のものは見ていないはずだ。彼は私が隠れている藪に馬を飛び込ませた。私を踏みつぶすか、追い出そうとしたのだ。

彼は私を追い出した。私は馬のひずめのすぐ脇に飛び出した。

ルーファスは喚声をあげて、文字通り私の真上に飛びかかった。

私は彼の下敷きになり、倒れた反動で襲いかかる時のために右手に持っていた棒が離れ、しかも私はその真上に倒れるかたちとなった。

私は盗んだシャツが破れる音を聞き、木の破片が脇腹を引っかくのを感じた。

「ここにいるぞ！」ルーファスは叫んだ。「捕まえたぞ！」

もしナイフに私の手が届けば、死がこの男を捕まえることになるだろう。私は体をよじって、まだ体の上にルーファスをのせたまま、かかとのところに結んであるナイフの方へ身をずらせた。脇腹が突然、火がついたように痛んだ。

「こっちへ来て押さえるのを手伝ってくれ」と彼は叫んだ。

彼の父親が大股でやって来て、私の顔を蹴った。

私は静かになった。ルーファスが叫んでいるのが遠くの方に聞こえた――奇妙に優しい叫び方だった――「そんなことまでしなくてもいいのに！」

ウェイリンの返事は聞こえぬまま、私は無意識に陥っていった。

13

気がつくと、足と手を縛られていて、脇腹はリズミカルにずきずき痛んでいたが、あごはずきずきどころか、一定した鋭い痛みがあった。舌で触ってみると、右側の歯が二本なくなっていた。

私は穀物の袋のように、頭と手をぶらぶらさせてルーファスの馬に乗せられていた。そして馬に乗っているのがルーファスだとわかる見なれたブーツに私の口から血が滴り落ちていた。

私は窒息するようななうなり声をあげた。すると馬が止まった。私はルーファスが動くのを感じ、それから持ち上げられ、街道の横の丈の高い草の中へ下ろされた。ルーファスは私を見下ろした。

「この馬鹿」と彼は優しく言った。彼はハンカチを出して、私の顔から血を拭き取った。私は身を縮ませた。驚くほど痛みが増してきて、突然目にいっぱい涙がたまった。

「馬鹿！」彼は繰り返した。

私は目を閉じ、涙が髪の毛の中に流れ込むのを感じた。

「もう暴れないと約束しろ。そうすれば縄を解いてやる。」

しばらくして、私はうなずいた。私は手首と足首に彼の手が触れるのを感じた。

「これはなんだ？」

ナイフを見つけたな、と思った。じゃあ、また私を縛るだろう。私が彼の立場ならそうするだろう。私は彼を見た。

彼は足首から、からの鞘を解いた。雑に切って縫った皮製のものだ。明らかに彼と争っている間にナイフをなくしたんだ。しかし鞘の形からそこに何が入っていたかわかるだろう。彼はそれを見、それから私を見た。遂に彼はむっつりうなずき、鋭い動きで鞘を投げ捨てた。

「立て。」

私は立とうとした。最後には、彼に手伝ってもらわねばならなかった。縛られていたために私の足は無感覚になっていて、ずきずきとした感覚がちょうど戻ってくるところだった。もしルーファスが馬の後ろを走らせようとしていたら、私は引きずられて死んでいただろう。

彼は私を半分抱えて馬のところまで戻る時、私が脇腹を押さえているのに気がついた。それで止まって、私の手をどかせ、傷を見た。

「引っかき傷だ」と彼は言った。「おまえは運がいいな。僕を棒切れで殴ろうとしただろう？　その他に何をしようとしたんだ？」馬に襲われて、かろうじてその場所を飛び出したことを思って、私は黙っていた。馬にもたれている時、私が身を縮ませないように、彼は頭のてっぺんを押さえながら、さらに私の顔の血を拭いた。私はどうにか耐えていた。

「なあ、おまえの歯には隙間が開いちまった」と彼は気がついて言った。「大きな口を開けて笑わなければ、誰も気づかないよ。前歯じゃないからな。」

私は血の唾を吐いた。それが彼の言う、運がいいという言葉に対する私の返事だと彼は気がつかなかった。

「よし」と彼は言った。「行こう。」

馬の後ろにくくりつけるのか、穀物の袋のように馬の背に放り投げるのかと私は待っていたが、その代わりに彼は私を鞍の上の、自分の前に乗せた。その時初めて私はウェイリンが数歩離れたところで待っているのに気がついた。

「わかったか」とその年寄りは言った。「教育のある黒ん坊が利口というわけじゃあないだろう。」答えなど期待していないように彼は背を向けた。答えがあるはずはない。

私はどうにか姿勢を真っすぐに保ち、硬直して座っていた。そしてとうとうルーファスが、「僕にもたれてきたらどうなんだ、落ちてしまうぞ。おまえは分別よりプライドの方が過ぎるんだ」と言った。

彼は間違っていた。この時私にはプライドなどまったくなかった。私は手に入るどんな支えでも本当に必要としていたので、彼に寄りかかり、目を閉じた。それから、長い間彼はそれ以上何も言わなかった――家のそばに近づくまで。

「起きているか、デイナ？」と言葉をかけた。

私は座り直した。「ええ。」

「おまえは鞭を受けるぞ」と彼は言った。「わかっているな。」

どういうわけか、私にはそれがわかっていなかった。彼の優しさが私を静めていたからだ。今、痛めつけられるという思いが私をひどく怖がらせた。また、鞭。「いや！」

我知らず、私は片足を跨ぎ、馬から滑り下りた。脇腹が痛いし、口も痛い、顔からは血が出ているが、どれも鞭よりはましだ。私は遠く離れた木の方へ走った。

ルーファスは私を簡単に捕まえ、押さえつけ、罵り、痛めつけた。

「おまえは鞭を受けるんだ！」彼は小声で言った。

「おまえが暴れればそれだけ、あいつはおまえを痛めつけるぞ。」

あいつ？　ウェイリンが私を打つのか、あるいは、奴隷監督のエドワーズか？

「分別のある振る舞いをしろ！」もがく私にルーファスが命令した。

私の振る舞いはまるで野性の女のようだった。もしナイフを持っていたら、私は確かに誰かを殺していただろうが、現実はただ、ルーファスや手を貸しにやって来た彼の父親とエドワーズに引っかき傷やあざをつけただけだった。私は完全に理性を失っていた。こんなにやけくそに他人を殺したいと思ったことはなかった。

彼らは私を納屋へ連れて行き、手を縛り、なんだかわからないがその手をくりつけたものを頭上に高く持ち上げた。ほとんど爪先が床につかないところまで引き上げると、ウェイリンは私の服を裂き、打ち始めた。

彼に打たれた私は手首のところで吊されてぶらぶら揺れ、痛さで半分気が狂ったようになり、足場もつかめず、吊されている重みに耐えることができず、絶え間なくふりかかる鞭から身をかわすこともできなかった……

彼は私を殺すつもりだと思うまで打った。私は大声でそう言い、そう叫んだ。彼の鞭打ちの激しさが、私の言葉を確かなものにするように思えた。彼は私を殺すつもりだ。もし私がここから逃れ、うちに帰らなければ、確実に私は殺される。

しかしうまくいかなかった。これは単なる罰で、私にはそれがわかっていたからだ。ナイジェルはそれに耐えた。アリスはもっと酷いことに耐えた。今は二人とも生きているし健康だ。私は死なないだろう――鞭打ちが続くうちに、私は死にたくなったのだけれども。この痛さを止めるものが欲しい。でも何もない。ウェイリンには鞭打つ時間がたっぷりあった。

私はルーファスが縄を解いて、私を納屋から出し、ナイジェルとキャリーの小屋へ連れて行ったのに気づかなかった。私がアリスを世話した時のように、私を洗い、世話をするように彼がアリスとキャリーに指示しているのにも気づかなかった。そういうことはアリスが後で話してくれたのだ――彼が私のために使うものを清潔にしておけとか、脇腹の深く醜い傷を――引っかき傷を――注意深く洗って包帯を巻くようにとか言いつけたことなども。

私が気がついた時には彼はいなかったが、私のためにアリスを残しておいてくれた。彼女はそこにいて、私を静め、この場合不適当だと思われるアスピリンを呑ませ、罰は終わり、私は大丈夫だということを断言した。私の顔はあまりにひどく腫れているものだから、口をゆすぐ塩水をうまく頼めなかった。何回かやってみて、やっと彼女は理解し持ってきてくれた。

「ただ休んでいてね」と彼女は言った。「キャリーと私であんたがやってくれたように、世話をするからね。」

私はそれに答えようとしなかった。しかし彼女の言葉は私の心に触れ、私は声を出さずに泣き出した。私たちは二人とも、失敗したのだ。アリスと私は。私たちは、逃げ、連れ戻された。彼女は数日間で、私はたった数時間で。私はたぶん東海岸の地形については彼女より知っていただろう。彼女はただ生まれ育った場所しか知らないし、地図も読めない。私は数マイル離れた町や河を知っている――だのにそれがまったくなんの役にも立たなかったなんて！　ウェイリンはどう言ってたかしら？　教育を受けた者が利口というわけじゃあない。彼は核心をついていた。私の教育も未来に関する知識も逃げるのに役に立たなかった。しかしこの数年後にはハリエット・タブマンという字の読めない逃亡奴隷がこの地方へ十九回入って、三百人の逃亡奴隷を自由に導いたのだ。私はどこでしくじったんだろう？　何故私は、命を救ってやった報いとして私を死にそうな目に合わせる男の奴隷のままでいるのだろう。何故私は、またも鞭を受けたのか？　何故……何故私はこんなに恐れているんだろう——遅かれ早かれ、もう一度逃げなければならないと思うと何故気分が悪くなるくらい恐ろしいのだろうか？

私はうめき、二度とそれについて考えまいとした。体の痛みだけで充分だ。しかし今答えなければならない問題があった。

本当にもう一回やるのか？　できるのか？

私はどうにか動いて、横向きに寝た。考えるのをやめようとしたが、その思いはまた浮かんできた。

どうだ、奴隷を作るなんて簡単なことだろう？　彼らは言った。

私は脇腹の痛みが原因であるかのように泣いたので、アリスがやって来て、もっとらくな姿勢にしてくれた。彼女は私の顔を冷たい濡れたタオルで拭いてくれた。

「私はもう一回やるわ」と彼女に言った。何故こんなことを言ったんだろう、自慢しているのか、たぶん嘘を言っているのだ。

「何？」彼女は尋ねた。

私の腫れた顔と口は、私の言葉を聞き取りにくくしていた。繰り返さなければならない。何回も言っているうちに、言葉が勇気を与えてくれるかもしれない。

「私はもう一度やるわ。」できるだけゆっくりとはっきり言った。

「休みなさい！」彼女の声が突然荒々しくなったので、彼女は私の言葉を理解したのだとわかった。

「話す時間は後でいくらでもあるわ。眠りなさい。」

しかし眠れなかった。痛みが私を寝かせなかった。そして私の思いが私を寝かせなかった。今度は……あるいはその次は、私は通りすがりの奴隷商人に売られるのだろうか、という考えに取りつかれた。忘れるために睡眠薬が欲しかったが、私のどこかにそれを持っていないことを喜ぶ気持ちがあった。今は自分が信用できない。どれほどたくさん呑んでしまうことやら、わかったものではない。

14

縫い物係のリザが、転んで怪我をした。アリスが私にそのことを話してくれた。リザは傷だらけで、かなりひどく打った跡があった。歯も何本かなくなっていた。体じゅう黒や青のあざだらけだった。トム・ウェイリンの関心さえ引いた。

「誰がやったんだ？」彼は問いただした。「言ってみろ。そいつらに罰を与えてやる！」

「転んだんです」と彼女はむっつり言った。「階段から落ちたんです。」

ウェイリンは彼女を馬鹿と罵り、目の前から失せろと言った。

そしてアリスとテスとキャリーは自分たちの引っかき傷を隠して、リザに静かな、意味ありげな視線を向けた。怒りと恐れでリザが顔をそむけてしまうような視線だった。

「リザはあんたが夜起き上がる音を聞いたんだよ。」アリスは語った。「あの女はあんたの後から起きて、真っすぐにトムさんのところへ行ったんだ。ルーフさんのところへ行くより、その方がよいとわかってたんだ。ルーフさんだったらあんたを行かせてくれるかもしれないが、トムさんは黒ん坊にそんなことはさせないからね。」

「でも何故？」私は寝床の中から尋ねた。私はもうかなり回復していたが、ルーファスが起きるのを禁じていた。今度ばかりは喜んでそれに従った。私が起き上がった時には、トム・ウェイリンはまるで私が完全によくなったように働かせるだろう。こういうわけで私は完全にリザの「事故」を見ないで終わっていたのだ。

「あの女は私をやっつけようとしたんだよ。」アリスは言った。「夜中に抜け出したのが私だったら、あの女にはずっとよかったんだろうがね。でもあの女はあんたも憎んでいたんだ。私と同じくらいね。あんたさえいなかったら、私は死んじまっていたのにと思ったんだろう。」

私は驚いた。私はそれまで由々しい敵を持ったことがなかった――自分の邪魔にならないように、私を殺すか傷つけようなどとする人間を。私は奴隷所有者やパトローラーにとって、金に換える価値のある単なる黒ん坊にすぎない。彼らが私にすることは、個人的な私とはまったく関係ない。でも私を憎み、悪意そのものから私を殺しかけた女がいる。

「次はあの女も口を閉じているだろうよ」とアリスは言った。「そうしなければ、どうなるかわからせてやったからね。今あの女はトムさんより私たちを怖がっているよ。」

「私のことで面倒に巻き込まれないでね」と私は言った。

「あんたがどうしろこうしろ言うことはないよ」と彼女は答えた。

15

私が起き上がった最初の日に、ルーファスは私を部屋に呼び、手紙を渡した——それはケヴィンからトム・ウェイリンに宛てたものだった。

「拝啓、トム」と書いてあった。「私が先にそちらへ着くと思うので、この手紙の必要はないかもしれません。でも、何かの都合で遅れることもあるので、あなた——とデイナ——に私が行くことをお知らせしておきます。どうぞデイナに私が行くことを知らせて下さい。」

それは斜めになった、きれいな、はっきりした、ケヴィンの手書きの字だった。何年もノートを取ったり、原稿を書いたりしているにもかかわらず、彼の字は私のように雑になっていなかった。私はぽかんとしてルーファスを見た。

「僕はおまえにおやじは公平な男だと言っただろう」と彼は言った。「おまえはただ大声で笑っただけだったがな。」

「お父さんがケヴィンに私のことを書いたの？」

「そうだ。あの後でな……」

「あなたが私の手紙を出してないとわかったその後でしょう？」

彼の目は驚きで大きくなった。それからゆっくりと理解したような顔つきになっていった。「それでおまえは逃げたのか。どうしてわかったんだ？」

「好奇心でね。」私はベッドの引き出しをちらっと見た。「好奇心を満足させようと思ってね。」

「僕の物をこそこそ盗み見るなんて鞭打ちものだぞ。」

私は肩をすくめた。かさぶただらけの背中に小さな痛みが走った。

「手紙が動かされていたなんて全然わからなかった。これからはおまえをよく見張っていなくちゃあな。」

「どうして？　これからもまだ多くの嘘を私から隠しておくつもりなの？」

彼は飛び上がった。驚いて立ち上がりかけ、それから重々しく座り直し、磨いた片方のブーツをベッドの上に載せた。「言うことに気をつけろよ、デイナ。おまえが言うことでも、許せないことはあるんだ。」

「あなたは嘘をついたわ。」私は慎重に繰り返した。「あなたは何回も私に嘘をついたわ。どうしてなの、ルーフ?」

彼の怒りがおさまって、何か他のものと取って代わるまで、数秒かかった。私は最初彼を見ていたが、不安になって、目をそむけた。「おまえにここにいて欲しかったんだ。」彼はささやいた。「ケヴィンはここが嫌いなんだ。やつがおまえを北へ連れて行ってしまうだろうと思ったんだ。」

私はまた彼を見て、理解しようとした。それは彼の破壊的で一方的な愛だった。彼は私を愛していた。ありがたいことにアリスを愛するようにではない。彼は私と寝たいとは思っていないらしい。しかし、彼は私に周りにいて欲しいのだ。話しかける相手として、彼の言うことを聴いてくれる人として、彼の言うことに注意を払い、彼を気にしてくれる人として。

私は彼にそうしていた。ほとんど意味がないにしても、そうしていた。そうしなければならなかった。いろんなことがあっても私は彼を許し続けてきた。

私は、アリスのようにすべきであったと思いながら、罪の意識にかられて、窓の外を見つめた。アリスはルーファスを許さず、何も忘れず、アイザックを愛しているのと同じくらい深くルーファスを憎んでいた。彼女を責めるつもりはない。でもあのように憎んだところでなんの益があるんだろう? 彼女はもう一度逃げることもできないし、ルーファスを殺し、自分の死に向かい合うこともできない。自分を惨めにしてしまう以外、彼女には何もできないのだ。「あいつが私に手をかけるたびに、胃がむかつくんだよ！」と彼女は言った。しかし彼女は耐えた。結局は、少なくとも一人彼の子を産むことになるのだ。私がいくら彼の世話をしても、そんなことはないだろう。そんなことはできないのだ。これまでに二回、殺してやりたくなるほど、彼は私の自制心を失わせたことがある。たとえ彼を殺した結果がどういうことになるかわかっていても、私が彼にそんな怒りをぶつけることはあり得る。彼が私を分別のない怒りに駆り立てることはあり得る。他人からの虐待は許せても、どういうものか彼からのは許せない。もし彼が私をレイプしたら、私たちが二人とも生きているなんてことはあり得ない。

たぶんそれが私たちがお互いを憎んでいない理由なんだろう。お互いをひどく傷つけることもできるし、憎しみであっという間に殺し合うこともできる。彼は私にとって弟のようで、アリスは妹のようだった。彼がアリスを傷つけるのを見るのは我慢がならなかった——私の家族が存在するには、彼がそうし続けなければならないのだが。そして彼が私に対してしたことを穏やかに語るのも本当に我慢のならないことだった。「そうよ」と私はやっと口をきいた。「北だったら、少なくとも鞭打たれないですむわ。」

彼は溜め息をついた。「僕はおやじがおまえを鞭打つのはいやだったんだが。でもなあ、軽くてすんだんだぞ！　おやじは他の連中ほどひどくおまえを傷つけてはいないんだ。」

私は何も言わなかった。

「おやじは逃げたやつを罰なしですますことはできないんだ。そんなことをしたら明日はもう十人は逃げ出すよ。おやじがおまえに手加減したのはな、おまえが逃げたのは僕のせいだと思ったからだ。」

「その通りよ。」

「おまえのせいだぞ！　もしおまえが待っていたら……」

「何を待つの！　私はあなたを信じていたのよ。あなたがひどい嘘つきだってことがわかるまで待ったわ！」

今度は彼は怒らないで私の非難を受け入れた。「ああ、ちくしょう、デイナ……わかったよ！　手紙を送るべきだった。おやじでさえ、約束を守って送るべきだったと言ったよ。それからおやじは、約束なんて馬鹿なことをしたもんだと言ったんだ。」彼は少し間を置いた。「おやじがケヴィンに手紙を出したのは、その約束のせいだったんだ。僕を助けてくれた感謝の気持ちからじゃあない。僕がおまえに約束したからおやじは手紙を出したんだ。それがなかったら、おやじは、おまえがうちに帰るまで、おまえをここに置いていただろう。もし今度うちに帰れたらの話だが。」

しばらくの間、私たちは黙って一緒に座っていた。

「おやじ以外には誰もいないよ」と彼は穏やかに言った。「白人に対するように黒人に対しても約束を守る男は。」

「あなたにはそれがわずらわしいわけ？」

「いいや！　それは僕がおやじを尊敬できる点の一つだ。他には大してないけど。」

「それはあなたが見習えばいいことの一つよ。他には大してないけど。」

「そうだな。」彼はベッドから足を下ろした。「キャリーが食事を運んでくるから、一緒に食べよう。」

私は驚いたが、ただうなずいただけだった。

「背中はもうそんなに痛まないだろう？」

「痛むわよ。」

キャリーが食事を運んでくるまで、彼は惨めそうに、窓の外を見ていた。

16

翌日私はサラとキャリーの手伝いに戻った。ルーファスはしなくてもいいと言ったが、しかし退屈な仕事であっても、退屈な時間を送っているよりまだましだと思った。そしてケヴィンが来るとわかったので、背中も脇腹もそんなに痛くないように思えた。

それからジェイク・エドワーズがやって来て、新しく築いた平和を壊してしまった。ルークが誰も傷つけないでどうにかやっていた同じ仕事をしているにもかかわらず、この男が本当に多くの惨めさを引き起こすというのは、驚くべきことだった。「おまえ！」彼は私に言った。私の名前を知っているのに。「おまえが洗濯しろ。テスは今日畑に出る。」

かわいそうなテス。ウェイリンは彼女とベッドを共にするのに飽きて、無頓着にエドワーズに彼女を譲り渡してしまっていた。彼女はエドワーズが、自分を見張るために畑に連れていくのではないか、と恐れていた。アリスと私が屋内にいれば、自分は畑に出されるだろうとわかっていた。出されることを恐れて彼女は泣いていたものだった。「言われたことはなんでもやってるのに」と泣いた。「だのに老いぼれ犬のように扱われるの。ここへ来い、足を開け。あそこへ行け。背中を出せ。好きほうだいだよ！　こっちには感情なんてないと思っているんだ！」私が俯せになって、汗をかいて、痛がっている間、彼女はそばに座って泣いていた。私は自分の状態は自分が思っているほどひどくはないことがわかった。

だが今、もしエドワーズの言うことに従ったら、もっとひどいことになる。彼は私に命令する権利はないし、彼もそのことは知っていた。彼の権限は農場奴隷に限られていた。しかし今日、ルーファスとトム・ウェイリンは、エドワーズに後を任せて、町へ行ってしまった。それで彼には自分がいかに「重要」な人間であるかを見せる数時間が与えられたのだ。私は炊事場の外で彼がナイジェルをいじめるのを聞いていた。そして最初ナイジェルがなだめている声が聞こえた——「俺はトム旦那がやれと言ったことをやってるだけですよ。」最後には、脅していた――「ジェイク旦那、俺に手をかけたら、怪我をするよ。さあそれだけだ！」

エドワーズは後じさりした。ナイジェルは大きくて、強く、必要のない脅しをかけるような男ではなかった。それにルーファスはナイジェルの味方をしそうだし、ウェイリンはルーファスの味方をしそうだった。エドワーズはナイジェルを罵り、私をわずらわそうと、炊事場へ入ってきた。私は彼を怖がらせるほどの大きさも強さもなかった、特に今は。洗濯は背中と脇腹に悪いとわかっていた。もう痛みはたくさんだ。

「エドワーズさん、私は洗濯する役ではありません。ルーファスさんがそう言いました。」それは嘘だったが、ルーファスは私の味方をしてくれるだろう。ある点で、私はまだ彼を信じることができた。

「この嘘つきの黒ん坊め、おまえは俺がしろと言ったことをすればいいんだ！」彼は私の前に立ちはだかった。「おまえは鞭を受けたつもりでいるのか。本当の鞭打ちがどんなものかおまえはまだ知らないんだぞ！」彼は鞭を持ち歩いていた。それは彼の腕の一部のようで――鉛の握りのついた長くて、黒いものだった。彼は巻いてある鞭を解いた。

やれやれ。私は外へ出て、洗濯をしようとした。そんなに早々ともう一回鞭打ちに立ち向かうことなどできない。できっこない。

エドワーズが行ってしまうと、キャリーの小屋からアリスが出てきて私の手伝いを始めた。顔が汗ばみ、欲求不満と怒りで無言の涙があふれ、汗と混じった。背中の痛みの感覚はすでに麻痺し始めた。恥ずかしいという感覚も麻痺しかけていた。奴隷制とは感覚を麻痺させる長いゆっくりとした過程なのだ。

「いいかげんで服をたたくのをやめないと倒れるよ」とアリスが言った。「私がするから、あんたは炊事場へ戻ってなさい。」

「あいつが戻ってくるかもしれないわ」と私は言った。「面倒に巻き込まれるわよ。」私が心配しているのは、彼女の面倒ではなく、私のだ。炊事場から引っ張り出されてまた鞭打たれたくなかった。

「私は大丈夫だよ。」彼女は言った。「あいつは私が夜どこで寝ているか知っているもの。」

私はうなずいた。その通りだ。彼女がルーファスの庇護の下にあるかぎり、エドワーズは彼女を罵るかもしれないが、彼女には触れない。彼がテスに触れなかったように――それもウェイリンがテスと手を切るまでだったが。

「ありがとう、アリス。でも……」

「あれは誰？」

私は振り向いた。灰色の髭を生やした埃だらけの白人が、母屋の横から私たちの方へ馬でやって来るところだった。最初私はメソジストの牧師かと思った。彼ならウェイリンの友だちで、ウェイリンの宗教に対する無関心にもかかわらず、時々晩餐の客になっていた。しかし男がやって来た時、子供は誰もその男の周りに集まってこなかった。子供たちはいつもその牧師を取り囲んだ――そして妻を連れてきた時には、その妻も取り囲んだ。この夫婦はお菓子と、聖書が歌っている「安全」をばらまいていた。（「召し使いたちよ。主人に柔順なれ……」）子供たちは、その詩句を繰り返して、お菓子をもらった。

私は二人の少女がその灰色の髭を生やした見知らぬ男を見つめているのに気がついたが、どちらも彼のところへ行ったり、話しかけたりしなかった。彼は真っすぐ私たちの方へやって来て止まり、確信なさそうに私たち二人を見た。

私はウェイリン家の人々はいないと言おうとして口を開いた時、彼をよく見た。私はルーファスの上等の白いシャツの一枚を泥の中に落とし、柵のところまでよろよろ歩いて行った。

「デイナ？」彼は優しく言った。彼の声の疑問符の響きが私を怯えさせた。彼は私がわからないのか？　私はそんなに変わってしまったのか？　彼は変わらない、髭があろうとなかろうと。

「ケヴィン、下りてきて。そこまで届かないわ。」

そして彼は馬から下り、洗濯用の庭の柵を乗り越え、私がもう一息つく前に、私を引き寄せた。

麻痺していた背中と肩の痛みが戻ってきた。突然私は彼から離れようと暴れた。彼は困惑して私を離した。

「どうした……？」

私は離れていることもできず、再び彼のそばへ寄った。しかし彼が腕を私にまわす前に、私は彼の腕をつかんだ。「やめて。背中が痛いの。」

「何故痛いんだ？」

「あなたを捜そうと思って、逃げたからよ。ああ、ケヴィン……」

彼は私を数秒間抱いた――今度はそっと。そして私はもし今うちに帰ることができれば、すべてよしだと思った。

遂にケヴィンは私から手を離さぬまま少しさがって私を見た。「誰が殴ったんだ？」

彼は静かに聞いた。

「逃げたって言ったでしょ。」

「誰がやったんだ？」彼はくい下がった。「またウェイリンか？」

「ケヴィン、忘れて。」

「忘れる……？」

「そうよ！　お願いだから。またいつかここで暮らさなければならないかもしれないのよ。」私はかぶりを振った。「好きなだけウェイリンを憎みなさいよ。私もそうするわ。でもあの人に何かするのはやめて。ただここから出て行きましょう。」

「やったのはあの男なんだな。」

「そうよ！」

彼はゆっくり振り向いて、母屋へ向かった。彼の顔は髭で隠れていないところは皺だらけで厳しかった。最後に会った時より十歳も年を取ったようだった。額にはぎざぎざの傷があった――それはかなりひどい傷の跡のようだった。この場所とこの時代は、私同様彼にとっても厳しかったようだ。しかしそのおかげで彼はどのように変わったのだろうか。以前にしたこともないどんなことをしようとするのだろうか？

「ケヴィン、お願いだから、出て行くだけにしましょう。」

彼は振り向いて同じ厳しい視線を私に向けた。

「連中に何かしたら、私が被害を受けるわ。」私は急いでささやいた。「出て行きましょう！　さあ！」

彼はしばらく私を見つめ、溜め息をつき、手で額をぬぐった。彼はアリスを見た。アリスは私たちを見ていた――目に涙はなかったが、誰の顔にも見たことがないような、悲痛な表情を浮かべて。私の夫は、遂に私のもとへ帰ってきた。彼女の夫は帰ってこないだろう。それからその表情は消えて、再び不屈の無表情な顔になった。

「この人が言ったようにした方がいいよ」と彼女は優しく言った。「できるうちに、この人をここから連れ出しなさい。そうしないなら、私たちの『よいご主人』が何をするかわからないよ。」

「あなたがアリスかい?」ケヴィンが尋ねた。

彼女はウェイリンやルーファスに対しては見せないようなやり方でうなずいた。彼らに対してだったら、緩慢な無表情な調子で、「はい、旦那さま」と言うのだが。

「時々この辺であなたを見かけたものよ。」彼女は言った。「以前、まだことがまともだった頃に。」

彼は笑いともつかぬ音を立てた。「そんな頃があったのかねえ。」彼は私を見、見比べながら、彼女に目を移した。「いやあ、なるほど似てる」と彼はつぶやいた。それから彼女に、「ここにいて大丈夫か?　一人でこの仕事をやれるか?」と言った。

「大丈夫。」彼女は言った。「この人をここから連れ出して。」

彼はようやくすぐ去った方がよいと悟った様子だった。「荷物を取っておいで」と言った。

私は荷物のことは忘れて、と言いそうになった。余分の服、薬、歯ブラシ、ペン、紙、など。でも、ここではそれらのいくつかは、かけがえのないものだ。私は柵を乗り越え、家に行き、できるだけ早く屋根裏に上り袋にすべて詰め込んだ。どうにか見られないで、質問に答える必要もなく、外へ出ることができた。

洗濯用の庭の柵のところで、ケヴィンが馬に何か食べ物をやりながら待っていた。どれだけ疲れているんだろうと思いながら、私はその馬を見た。休憩が必要になるまでどれくらい二人を乗せて行けるんだろうか?　ケヴィンは休憩が必要になるまでどのくらい耐えられるのだろうか？　近づきながら彼を見ると、顔の汚れた皺に疲れを読み取ることができた。私のところへたどり着くのにどのくらい急いで旅を続けたんだろう。最後に寝たのはいつなんだろう？

しばらくの間、私たちはお互いを見つめ合って、時間を無駄にした。そうしないではいられなかった——とにかく私はそうだった。新しい皺があろうと、彼は本当に申し分なかった。

「僕にとっては五年だ」と彼は言った。

「わかってるわ。」私はささやいた。

突然彼は向きを変えた。「行こう！　永久にここから立ち去ろう。」

そう願いたいものだ。でもそうはいかないだろう。私はアリスにさようならを言うために振り返って、名前を呼んだ。彼女はルーファスのズボンをたたいていて、そのリズムを崩さないので聞こえているようには思えなかった。

「アリス！」私はもっと大きな声で呼んだ。

私は聞こえていると確信したのだが、彼女は振り向かないし、ズボンをたたく手も休めもしない。ケヴィンは私の肩に手を置いた。私は彼を見、再び彼女を見た。「さようなら、アリス」と今度は答えを期待しないで言った。答えはなかった。

ケヴィンは馬に跨がり、私を後ろに助けあげた。私はケヴィンの汗くさい背中にもたれて、離れるにつれて彼女がたたく音が消えていくのを待っていた。しかしその音がまだかすかに聞こえている時、私たちはルーファスに会った。

ルーファスは一人だった。少なくともそのことはうれしかった。しかし彼は、私たちの前方数フィートのところで止まり、顔をしかめ、故意に道を塞いだ。

「ちくしょう」と私はつぶやいた。

「行ってしまうんだな」とルーファスがケヴィンに言った。「礼も言わずに、まったく何も言わずに、ただこの女を連れて行っちまうというわけだな。」

ケヴィンは数秒間無言で彼を見つめていた——ルーファスが怒る代わりに落ち着きを失うまで見つめていた。

「その通りだ」とケヴィンは言った。

ルーファスはまばたきした。「なあ」と彼は穏やかに言った。「食事をしていったらどうだ。父はそれまでに帰ってくるから。父もそうして欲しいと思うだろう。」

「あんたの父親に言っといて欲しいんだが……！」

私はケヴィンの肩を突いて、とび出してくる彼の言葉が、その口調と同じように内容も侮辱を含んだものにならないよう、さえぎった。

「我々は先を急いでいると言っといてくれ」と彼は締めくくった。

ルーファスは道を塞ぐのをやめようとしなかった。彼は私を見た。

「さようなら、ルーフ」と私は静かに言った。

すると、警告もせず、いささかの気分の変化も見せず、彼はわずかに向き直り私たちにライフルを向けた。私は今では銃についてはは少し詳しくなっていた。最も信頼されている奴隷以外、誰が銃に対する興味を示しても、それは賢いことではなかった。しかし私は逃亡する前は信頼されていた。ルーファスの銃は火打ち式の、長くて細いケンタッキーライフルだった。彼は前に何回か撃たせてくれたことさえあった。そして私は彼のためにこれに似た銃身を目の前につきつけられたこともあったのだ。しかし今その銃身はケヴィンを狙っていた。私はそれを見つめ、それからそれを構えている若い男を見つめた。私はこの男のことをわかっていると思い続けてきたが、彼の方は、そうではないことを私に見せ続けてきた。

「ルーフ、何をするつもり！」私はなじるように言った。

「ケヴィンを夕食に招待するのさ」と彼は言った。それからケヴィンに、「下りろ。おやじはあんたと話がしたいと思うんだ」と彼は言った。

皆はこの男について私に警告を与えていた。見かけよりもっと卑劣だと仄めかしていた。サラは私に警告を与えていた。たいていいつも、彼を自分が失った子供のように愛していたのだが。そして私は時々彼がアリスに残すあざを見ていた。しかし私にはそんなことはしなかった――本気で怒った時でも。私は彼の父親を恐れたようには彼を恐れたことがなかった。今だって、たぶん本当に恐れてもいいほどには恐れてはいなかった。自分のためには恐れていなかった。だからこそ、私は彼を挑発したのだ。

「ルーフ、誰かを撃つんなら、私にしなさい。」

「デイナ、黙れ！」ケヴィンが言った。

「俺が撃たないとでも思っているのか？」ルーファスは言った。

「今あなたが撃たないなら、やがて私があなたを殺すことになると思っているわ。」

ケヴィンはすばやく馬から下り、私を引きずり下ろした。彼は、私とルーファスの関係を理解していなかった——私たちがどんなに互いに依存し合っているかを。しかしルーファスは理解していた。

「殺す話はしなくていい」と彼は穏やかに言った——まるで怒った子供をなだめるかのように。そしてもう少し普通の調子でケヴィンに、「おやじが何かあんたに話があると思っただけだよ」と言った。

「なんのことで？」ケヴィンは聞いた。

「さあ……たぶんこの女をここに置いておくことについてだな。」

「私を置いておくですって！」私は爆発して、ケヴィンを振りほどこうとした。「私を置いておくですって！　私はここにいる間、毎日働いて、ひどく働いて、そしてとうとうあなたの父親があんまりひどく殴ったんで、働けなくなったんじゃあないの！　あなたたちは私に借りがあるのよ！　それにあなた、ちくしょう、あなたは私に払い切れないほど借りがあるのよ！」

彼は私が望んでいる方へライフルを動かした。真っすぐ私を狙っていた。今私は彼を駆り立てて私を撃たせるか、あるいは彼を恥じ入らせて私たちを去らせるように仕向けるかだ——あるいはひょっとしたら私はうちに帰れるだろう。傷を負ってか、あるいは死んでうちに帰り着くことになるかもしれないが、どっちにしてもこの時代、この場所から離れることはできるのだ。もし私が帰るのなら、ケヴィンも一緒だ。私は彼の手を取って握った。

「何をするつもり、ルーフ？　銃を突きつけて、私たちをここへ留めておき、それで、ケヴィンから私を奪うことができるってわけ？」

「家へ戻れ」と彼は言った。声は厳しくなっていた。ケヴィンと私は見つめ合った。そして私は小声で話した。

「奴隷の境遇について知りたいと思ったことはもう全部わかったわ」と私は言った。「あの家へ戻るくらいなら撃たれた方がましよ。」

「君をやつらのもとへ置いておくようなことはしないよ」とケヴィンは言った。「行こう。」

「いやよ！」私はケヴィンを睨んだ。「あなたは留まろうと行こうと好きなようにしてちょうだい。私はあの家には戻らないわ！」

ルーファスはうんざりして罵った。「ケヴィン、この女を担ぎあげて家へ戻れ。」

ケヴィンは動かなかった。もし動いていたら、私は驚きあきれたことだろう。

「まだ、あなたに代わって他の人たちに汚い仕事をさせようとしているのね、ルーフ？」私は辛辣に言った。「最初はお父さんで、今度はケヴィンよ。あなたの価値のない命を救ったりして時間の無駄だったわね！」私は馬の方へ行き、乗るようなそぶりで手綱を持った。その瞬間、ルーファスは平静さを失った。

「行っちゃいけない。」彼は叫んだ。彼は銃を構えて幾分身を屈め、今にも撃ちそうにした。「ちくしょう、おまえは僕から離れちゃいけない！」

彼は撃とうとした。私は彼をすっかり怒らせてしまった。私は彼にとって自分を拒絶していた頃のアリスになっていた。我知らず恐怖にかられ、私は馬の向こうへ飛び込んだ。自分とライフルの間に何かへだてるものさえ置けるなら、どんな倒れ方をしようとかまわない。

地面にぶつかった——そんなにひどくではない。ところが急いで立ち上がろうとしても、立てない。私はバランスを失っていた。叫び声が聞こえる——ケヴィンの声、ルーファスの声……突然、銃が目に入った。輪郭がぼやけていたが、それは私の頭から数インチのところにあるみたいだった。それをたたこうとしたが、たたき損った。あると思ったところにないのだ。何もかもゆがみ、輪郭がぼやけていた。

「ケヴィン！」私はわめいた。またもや彼を残して行くわけにはいかない——たとえ私の叫び声でルーファスが発砲しても。

私の背中に何か重いものが乗ってきた。私は再びわめいた。今度は痛さのためだった。何もかもが暗くなった。

嵐

1

うち。

私が意識を失っていたのは一分にも満たぬ間だっただろう。気がついてみると居間の床につっ伏していてケヴィンがのぞき込んでいた。今度は、彼を誰かと間違えるような相手はいなかった。まさしく彼だった。彼もうちに帰ったんだ。私たちはうちにいるんだ。背中はもう一回鞭打ちを受けたみたいに痛んだが、そんなことは問題ではなかった。どちらも撃たれないで、うちに帰ってこれたのだ。

「ごめんよ」とケヴィンは言った。

私は彼に目の焦点を合わせた。「何がごめんなの？」

「背中は痛まないかい？」

私は頭を下げて、手に頭を載せた。「痛いわ。」

「僕は君の背中の上に倒れたんだよ。ルーファスと馬と叫んでいる君との間で、どうしてそうなったのかわからないんだが、でも……」

「そうなって本当によかったわ。謝ることはないのよ、ケヴィン、あなたはここにいるんですもの。私の上に倒れてこなかったら、あなたはまた取り残されるところだったわ。」

彼は溜め息をついて、うなずいた。「起き上がれるかい？　自分で歩く方が、僕が抱き上げるより痛まないんじゃないかと思うんだ。」

ゆっくり注意して起き上がってみると、立っても体を横たえている時よりひどく痛むわけではないことがわかった。頭ははっきりしていたし、歩くのにも問題はなかった。

「寝床に行って」とケヴィンが言った。「休んだらいいよ。」

「一緒に来て。」

洗濯場の庭で会った時に浮かんでいた、何か気になる表情が再び彼の顔に現れ、彼は私の両手を取った。

「一緒に来て」と私は小声で繰り返した。

「デイナ、君は怪我しているんだ。君の背中は……」

「ねえ。」

彼は言葉を止め、私を引き寄せた。

「五年？」私はささやいた。
「そうだ、長かったよ。」
「連中はあなたを痛めつけたのね。」私は額の傷に触った。
「そんなの大したことないよ。何年も前に治ったさ。でも君は……」
「お願い、一緒に来てよ。」

彼は来てくれた。私を痛がらせまいとして、おっかなびっくりに扱った。もちろん私は痛かったし、そうなるとわかっていたが、でもそんなことは問題ではなかった。私たちは安全なんだ。彼はうちにいる。私は彼を連れ戻した。それで充分だ。

そのうち、私たちは眠り込んだ。

目が覚めた時、彼は部屋にいなかった。じっと横になったまま耳をすましていると、彼が台所のドアを開けたり閉めたりするのが聞こえた。彼が罵る声が聞こえる。少し訛りがある。本当に目立たないものだが、ルーファスやトム・ウェイリンに少し似た発音だ。ほんの少しだけ。

私は頭を振って、その比較を頭から追い出そうとした。彼は何かを捜しているような音を立てている。五年も経っているので、物がどこにあるのかわからないようだ。私は起き上がり、手を貸しに行った。

彼はレンジをいじくり回し、バーナをつけ、青い炎をのぞき込み、それを消し、オーブンを開け、中を見ていた。私に背中を向けたまま、私を見もせず、気配を聞きもしなかった。私が何も言わぬうちに彼はオーブンをバタンと閉め、かぶりを振りながら、すたすたと行ってしまった。「ちくしょう」とつぶやいている。「もしまだうちへ帰っていないのならたぶん僕にはうちなんてないんだ。」

彼は私に気づかず食堂へ入って行った。私はその場に留まって、考えたり、思い出したりしていた。

ウェイリンの家の前を通って伸びている細い土の道を歩いていて、黄昏に包まれ、四角い影のようになった見慣れた家といくつかの窓に点いている黄色い明かりが見えた時のことを思い出した――ウェイリンはろうそくや油には驚くほどぜいたくだった。他の人たちはそうではないと聞いていた。私はその家を見てほっとしたような、自分のうちに帰ったような気持ちがしたのを思い出した。あの時、私は立ち止まり、異質で危険な場所にいるということを思い出し、自分を戒めねばならなかった。こんな場所をうちと思うようになったのかと驚いたのだった。

あれは私がルーファスのために救いを求めに行った二か月以上も前のことだ。私は一九七六年のこの家に戻ってきた時、ここがそんなにうちらしく思えなかった。一つには、ケヴィンと私は、ここでたった二日間しか一緒に暮らしていないからだろう。私が一人で八日間だけ余分にここで暮らしたということも、大して役に立っていなかった。時間と年代は正しかったが、しかしこの家には、親しみが充分感じられなかった。まるで私が属する時代に私の場所がなくなったようだった。ルーファスの時代には、もっと鋭く、強い現実味があった。仕事は辛く、匂いや味は強く、危険は大きく、痛みはひどい……ルーファスの時代は、私が以前に要求されなかったようなことを要求した。その要求に応じなければ、私は簡単に殺されていただろう。それはくっきりした、力強い現実で、現在のこの家の優しい便利さや豪華さなどが触れることのできないものだった。

　私が過去で短期間を過ごしただけでそんなふうに感じるならば、五年間過ごしたケヴィンは、どのように感じているんだろう。白い肌のおかげで、彼は私が直面したような難儀からは免れていたが、それでもらくに過ごせたとはとても考えられない。

　彼は居間でテレビのつまみをいじくっていた。そのテレビも家と同様に私たちにとって新しいものだった。テレビをつけるスイッチは画面の下の見えないところにあったが、ケヴィンは明らかに覚えていなかった。

　私はそこへ行き、下に手をやって、テレビをつけた。女性は妊娠している間、医者の診察を受け、自分の体に気をつけるようにとアドバイスしている公共事業の放送だった。

「消してくれ」とケヴィンは言った。

　私は言う通りにした。

「僕は赤ん坊を産む時、女が死ぬのを一度見たことがある。」彼は言った。

　私はうなずいた。「私は見たことはないけど、そういう話はよく聞いたわ。そんなことは、あの時代には珍しくなかったのでしょうね。医療は貧弱だし、あるいは全然なかったのかも。」

「いや、この場合、医療は関係ないんだ。この女の主人は手首のところで彼女を吊るし、赤ん坊がその体から出てきて地面に落ちるまで、殴ったんだ。」

私は息を呑んだ。手首をこすりながら、顔を背けた。「そうだったの。」ウェイリンも妊娠した女奴隷にそんなことをしたんだろうか。おそらくそんなことはしていまい。彼はそんなことをするよりもっと事業のセンスがあった。母親が死に、赤ん坊も死んだら、まったくの損失だ。でも何をしようとまったく気にしない奴隷所有者についての話を聞いたことがある。前の主人にものを書いているところを見つかって、右手の指を三本切り取られた女がウェイリンのプランテーションにいた。彼女はほとんど毎年子供を産んだ。九人産んで、七人生き残った。ウェイリンは彼女を種付けによいということで、決して鞭打たなかった。しかし彼は、その子を一人一人売っていった。

ケヴィンは何も映っていないテレビの画面を見ていたが、苦々しく笑って、顔を背けた。「僕にはここも、もう一つの途中下車みたいに感じられるよ。」彼は言った。

「おそらくこれまでの途中下車より現実味が少し足りないけど。」

「途中下車?」

「フィラデルフィアのようにね。ニューヨークやボストンのようにね。メインのあの農家のようにね……」

「じゃあ、あなたはメインまで行ったの?」

「そうだよ。そこで農家を買いそうになった。馬鹿げた間違いをするところだったんだ。それからボストンの友だちがウェイリンの手紙を転送してくれた。やっとうちに帰れる、と思った、そして君と……」彼は私を見た。「そう。僕は欲しいものの半分を手に入れた。君はまだ以前の君のままだ。」

私は自分の安堵感に驚いて、彼のところへ行った。彼にとって、私が「まだ以前のままの私」なのかどうか、どれほど心配していたかにその時まで自分で気づいていなかったのだ。

「ここではすべてが穏やか過ぎる」と彼は言った。「本当にらくで……」

「わかるわ。」

「それはいいんだ。金を積まれたって、伝染病にかかりやすい場所なんかに戻りたくはないからね。それはそうなんだけど……」

私たちは居間を通り、廊下を通って行った。そして私の書斎の前で立ち止まると彼は中に入り、壁に貼ったアメリカ合衆国の地図を見た。「僕は、東海岸を北へ北へと上がって行ったんだ」と彼は言った。「次には、カナダまで行っちまうところだったと思う。でも、そうやってあちこち旅を続けている間に、たった一度だけ、ほっとした気持ちでいそいそと目指して行ったところがある。わかるかい?」

「わかると思うわ。」私は静かに言った。

「それはね……」彼は私が言ったことに気がついて話をやめ、私に向かって顔をしかめた。

「それは、あなたがメリーランドに戻った時でしょう」と私は言った。「ウェイリン家を訪れて、私がそこにいるかどうか確かめた時でしょう。」

彼は驚いているようだったが、どこか喜んでいた。「どうしてそれがわかったんだい？」

「当たったでしょう？」

「当たったよ。」

「この前ルーファスに呼び出された時私もそう思ったわ。私はその場所に全然愛情を持ってはいなかったんだけど、もう一度そこを見た時、本当にうちに帰ったように感じたので、怖いくらいだったわ。」

ケヴィンは髭を撫でた。「僕は、あそこへ帰っていく時にこれを生やしたんだ。」

「どうして？」

「変装するためさ。君はデンマーク・ヴィシーという男の名前を聞いたことあるかい？」

「サウス・カロライナで反乱を企んだ自由黒人でしょう。」

「そうだ。さて、ヴィシーは計画を実行に移すことはできなかったが多くの白人を震え上がらせた。そして多くの黒人がそのために苦しむことになった。その頃僕は奴隷逃亡に手を貸したことで告発されていた。もう少しで暴徒に襲撃されそうになったよ。」

「あなたはその頃ウェイリンのところにいたの？」

「いや、僕は学校で教えていたんだよ。」彼は額の傷をさすった。「そのことについては全部話すつもりだが、デイナ、後にするよ。今はともかく元通り一九七六年に合わせなくっちゃな。もしできればだけど。」

「できるわよ。」

彼は肩をすくめた。

「もう一つ。もう一つだけ。」

彼は尋ねるように私を見た。

「あなたは奴隷が逃げるのを助けていたの？」

「もちろんだよ！　食べ物を与え、昼間は隠しておき、夜になったら、食べ物をくれ匿ってくれる自由黒人の家族のところへ行かせるのさ。」

私はほほ笑んで、何も言わなかった。彼の言い方は怒ったような、自分がしたことに言い訳するような感じだった。

「僕はわかっているはずの人にそんなことをわざわざ説明するのに慣れていないんだよ」と彼は言った。

「わかってるわ。そういうことをしたというだけで充分だわ。」

彼は額をまた撫でた。「五年は口で言うより長いよ。本当に長いよ。」

私たちは彼の書斎へ行った。私たちの書斎はどちらも、買った時には、がっちりと建てられた寝室だった。ウェイリン家の部屋を少し思い出させる快適な大きな部屋だった。

いいや違う。私はその印象を振り払うように頭を振った。この家はウェイリン家とはまったく似ていない。私はケヴィンが自分の書斎を見回るのを見つめていた。彼は部屋をぐるっと回り、机や、資料整理棚や、本棚のところで止まった。しばらく立ち止まって、彼の最も売れた小説であり、そのおかげで、この家を買うことができた『メリバの水』が積んである棚を見ていた。彼はそれを手に取るかのように触れたが、そのままにしておき、タイプライターの方へぶらぶら行った。しばらくそれをいじくっていたが、スイッチの入れ方を思い出し、傍らに積んである白紙の紙を見たが、またスイッチを消してしまった。突然彼は拳骨で激しくそれをたたいた。

私は突然の音に飛び上がった。「それを壊すつもり、ケヴィン?」

「こんなものあったって、なんになるんだ?」

私はこの前うちに戻った時、書こうとしたことを思い出し、たじろいだ。私は何度も書こうとしたが、ただごみ箱を一杯にしただけだった。

「僕は何をしたらいいんだ?」ケヴィンはタイプライターに背を向けながら言った。「ちくしょう、ここにいてもなんにも感じなかったら……」

「感じるわよ。時間が必要なのよ。」

彼は電気鉛筆削りを取り上げ、それが何なのかわからないみたいに調べていたが、やっと思い出したようだった。それを置き、机の上の瀬戸物のカップから鉛筆を取り、鉛筆削りの中に入れた。その小さな機械はうまく鉛筆を尖らせた。ケヴィンはしばらくその先と鉛筆削りを見ていた。

「おもちゃだ。」彼は言った。「ただのつまらないおもちゃだ。」

「あなたがそれを買った時、私はそう言ったわよ。」私は笑ってそれをジョークにしようとしたのだが、彼の声には私を恐れさせる何かがあった。

手をさっと動かして、彼は机から鉛筆削りと鉛筆が入ったカップをたたき落とした。鉛筆は散らばり、カップは壊れた。鉛筆削りは、じゅうたんを外れて、むき出しの床に激しくはね返った。私はすばやくプラグを抜いた。

「ケヴィン……」彼は私が言い終える前に、部屋からすたすたと出て行った。私は、彼の後を追って行き、腕を捕まえた。「ケヴィン！」

彼は立ち止まり、まるでずうずうしく手をかけた見知らぬ人でも見るように私を睨みつけた。

「ケヴィン、あなたがすぐに元通りに戻れないのは、行った先にすぐになじめないのと同じよ。時間が必要なんだわ。しばらくすると、物事はあるべき場所に落ち着くわよ。」

彼の表情は変わらなかった。

私は彼の顔を両手で挟んで今や本当に冷ややかになった彼の目をのぞき込んだ。「あなたにとってどんなに辛かったか、私には見当もつかない」と私は言った。「戻れるかどうか、自分ではほとんどコントロールできない状態で、あんなに長い間あちらにいたなんて。私には本当にわからないわ。でもわかっているのは……永久にあなたを残してきたのかと思った時、私は生きていたくなかったということよ。それでも今はあなたが帰ってきたんだし……」

彼は私を振りほどいて、部屋から出て行った。彼の顔に浮かんだ表情は、私が見たことのあるものだった。トム・ウェイリンの顔に見たものと似ていた。何か排他的で醜いものだった。

書斎を出た時、私は彼の後を追わなかった。彼を救うために何をすればよいのかわからなかったし、彼を見てウェイリンを思い出すようなことはいやだった。しかし私は寝室に行ったので、彼を見つけるはめになった。

彼は鏡台の横に立って、かつての自分が写っている写真を見ていた。彼は写真を撮られるのはいつも嫌いだったが、私は説得して、この帽子を被った、灰色の髪と黒みがかった茶色の目のクローズ・アップの若い顔を写していた。

彼が鉛筆削りを壊そうとしたように、その写真を投げて壊すのではないかと恐れて、それを彼の手から奪い取った。彼は簡単にそれを離し、鏡台の鏡に自分を映そうと振り返った。まだ豊かな灰色の髪に手をやった。禿げることはないだろう。でも今彼は年いって見えた。その若い顔は新しい皺や髭だけでは説明のつかないほど変わってしまっていた。

「ケヴィン？」

彼は目を閉じた。「しばらく一人にしておいてくれないか、デイナ」と穏やかに言った。「ちょっと一人でいて……物事に慣れる必要があるんだ。」

突然、飛行機が超音速で飛ぶ時の家を揺らす大きな音が聞こえ、ケヴィンは、鏡台の方へ飛び下がり、荒々しく辺りを見回した。

「ジェット機が上を飛んだだけよ」と私は教えた。

彼は私をほとんど憎しみのように見える表情で見て、私のそばをすり抜け、自分の書斎へ入りドアを閉めた。

私は彼を一人にしておいた。他にどうしてよいのかわからなかった――私にできることがあるのかどうかもわからなかった。たぶん自分で解決しなければならないことなんだろう。たぶん時間だけが助けになることなんだろう。たぶんそういうことなんだ。しかし閉じたドアを見た時、本当に救いがないように私は感じた。とうとう私は風呂に入り、そのおかげで痛む傷にしばらく自分の意識を集中できた。それからデニムの袋を調べ、消毒薬の瓶とエキセドリンの大きな瓶と、飛び出しナイフの代わりに古いポケットナイフを入れた。このナイフは大きくて、失った飛び出しナイフと同じように簡単に致命傷を与えることができるものだったが、前のと同じほどすばやくは使えないだろうし、敵を驚かすにはもっと骨が折れるだろう。その代わりに、キッチンナイフを持っていこうかとも思ったが、大きくて致命傷を与えるようなのは、隠すのが難しかった。どんなナイフでも、これまでそれほど効果があったというわけではない。ただ持っていることで安全だと感じるだけだ。

私はナイフを袋の中に落とし、石鹼と練り歯磨き、服やちょっとした小物を詰め直した。私の思いはケヴィンへと移っていった。

彼は失った五年のことで私を責めているのだろうかと考えた。もし責めていないにしても、もう一度何か書こうとした時に責めるのではないだろうか。彼はたぶん書こうとするだろう。書くことは彼の職業なのだから。五年間の間に彼は何か書くことができたのだろうか、というよりは出版できたのだろうか？　書いていたのは間違いないと思う。私たち二人が書かないで五年間を過ごすのは考えられない。たぶん彼は日記か何かをつけていただろう。彼は変わってしまった——五年経てば変わらざるを得ないだろう。しかし読み手は変わっていないのだ。しばらくは欲求不満の時を過ごすだろう。そして私を責めるかもしれない。

彼にまた会え、彼を愛し、彼の放浪が終わったことがわかった時は本当にうれしかった。これで何もかもうまくいくと思った。今は、はたしてうまくいくのだろうかという気がしている。

私はゆったりとした服を着て、食事を作る材料を調べに台所へ行った——もしケヴィンに食べさせることができたらだが。二か月以上前に解凍するために出しておいた厚切りの肉片がまだ凍っていた。私たちはどのくらいの間いなかったんだろう？　今日は何日だろうか？　何故か、二人ともそれを調べようとはしなかった。

私はラジオをつけて、ニュースにチャンネルを合わせた——レバノンでの戦争についての放送の最中だった。戦争はひどくなっていた。大統領は一般のアメリカ人に避難を命じていた。それはルーファスが私を呼び出したその日に大統領が命じていたことのように聞こえた。すぐ後、アナウンサーは日付に言及し、私が思っていたことを確信させた。つまり私は数時間しかここを離れていなかったのだ。ケヴィンは八日間離れていた。一九七六年は、私たちがいない間、進んでいなかった。

ニュースは南アフリカの話に変わった。そこでは、黒人の反乱があり、白人優越の政府の政策に対して警察と戦い大勢が死んでいた。

私はラジオを消し、平和に食事を作ろうとした。南アフリカの白人は、十九世紀か十八世紀なら、もっと幸福に暮らしてゆける人たちなのだと私には思えた。実際彼らは、人種関係に限れば、過去に生きていた。彼らは、自分たちが貧困と軽蔑の中に押さえ込んでいる多くの黒人によって支えられ、安易に快適に暮らしていた。トム・ウエイリンならのうのうとくつろげるだろう。

しばらくして、食べ物の匂いにつられてケヴィンが書斎から出てきた。彼は黙り込んで食べた。

「私にはどうにもできないの？」私はとうとう言った。

「何をどうにかするんだい？」

彼の声には私を警戒させるとげがあった。私は何も言わなかった。

「僕は大丈夫だ」と彼はしぶしぶ言った。

「そんなことはないわ。」

彼はフォークを置いた。「今度は君はどれくらいここを離れていたんだ？」

「数時間よ。あるいは、二か月以上ね。どっちでも好きな方を選んで。」

「書斎に新聞があったよ。それを読んでいたんだ。それがどれくらい前のかわからなかったんだが、でも……」

「それは今日の新聞よ。ルーファスに呼び出された朝来たものよ。あなたがカレンダーを信じるならそれは今日の朝よ。六月十八日よ。」

「そんなことはどうでもいいんだ。その新聞を読んで時間を無駄にしちまった。ほとんど何が書いてあるのかわからないんだ。」

「私が言った通りよ。混乱はすぐにはなくならないわ。それは私も同じよ。」

「最初のうちは、うちに帰れて本当にうれしかった。」

「うれしかったし、今もうれしいわ。」

「わからないんだ。僕にはなんにもわからないんだ。」

「あなたは急ぎ過ぎるのよ。あなたは……」私は、椅子の中で少し揺れているのに気がついて、話をやめた。「まあ、とんでもない、いやよ！」私はささやいた。

「急ぎ過ぎなんだろうな」とケヴィンが言った。「刑務所から出てきた連中はどうやって適応していくのだろうね。」

「ケヴィン、袋を取ってきて。寝室に置いてあるわ。」

「なんだって？　何故……？」

「行って、ケヴィン！」

彼はやっとその意味を理解して、出て行った。私は彼が間に合うように祈りながら、じっと座っていた。顔に涙が流れるのを感じた。こんなに早く、こんなに早く……何故彼とたった数日でも一緒にいられないのかしら——たった数日でいいからうちで平和に過ごせないのかしら？

何かが手に押しつけられるのを感じたので、私はそれをつかんだ。私の袋だ。私は目を開いて、そのおぼろげに映る物を見て、それから私の側に立っているケヴィンのもっと大きなおぼろげな姿を見た。突然、彼がするかもしれないことへの恐れがわいた。

「離れて、ケヴィン！」

彼は何か言ったが、突然大きな音がして、その声が聞こえなくなった——たとえ彼がそこにいたとしても。

2

水たまりがあり、雨が私の上に落ちていた。私は袋を握りしめて泥の中に座っていた。

私はできるだけ袋を雨から守り立ち上がった。袋の中には、いずれ着替えることのできる乾いた服が入っていたからだ。私はむっつりとルーファスを捜して辺りを見回した。

彼を見つけることはできなかった。私は薄暗い灰色の光の中を、目を凝らして、自分がどこにいるのかわかるまで見回した。見慣れた四角いウェイリンの家が遠くに見え、窓の一つには黄色い明かりがあった。少なくとも今度は、そんなに長く歩くことはないだろう。この嵐の中では感謝しなければならないことだ。でもルーファスはどこだろう？　もし彼が家の中で、何か面倒に巻き込まれているのなら、なぜ私は家の外に着いたのだろう？

私は肩をすくめ、家に向かって歩き始めた。彼がそこにいるのなら、ここにいて時間を無駄にするのは馬鹿げたことだ。もっと濡れるのもいやだし。

私は彼につまずいた。

彼は顔を下に向けて、水たまりの中に倒れていた。水たまりは深く、ほとんど頭まで水に浸かっていた。顔を下にして。

私は彼をつかみ、水たまりから引きずり出して、少しは雨から守ってくれる木の下に運んだ。すぐに雷が鳴り、稲妻が走ったので、私はまた彼を木の下から引っ張り出した。彼には不運を引き寄せる能力があるので、稲妻に打たれる可能性を恐れたのだ。

彼は生きていた。動かした時、彼は自分の上に、さらに私の上にも少し吐いた。私も一緒に吐きたくなったほどだ。彼は咳き込んで、ぶつぶつ言い始めた。それで私は、彼が酔っているのか、あるいは病気なのかどちらかだとわかった。十中八九、酔っている方だろう。彼は重かった。最後に見た時よりもそんなに体が大きくなったとは思わなかったが、今はずぶ濡れだし、弱々しくだが、暴れ始めていたからだ。

彼がじっとしている間は家の方へ引きずって行ったのだが、もう嫌気がさし、その場に置いたなり一人で家まで行った。誰かもっと強くて辛抱強い者が、残りの道のりを、引っ張るか運んでくれるだろう。

ナイジェルが戸口に出てきて、突っ立って、目を凝らして私を見ていた。「一体誰だい……？」

「デイナよ、ナイジェル。」

「デイナ？」彼は突然緊張した。「どうしたんだ？　ルーフ旦那はどこだ？」

「外よ。私には重過ぎるの。」

「どこだ？」

私は来た道を振り返ったが、ルーファスの姿は見えなかった。もし彼がまた動いたのなら……

「まったく！」私はつぶやいた。「来て。」私はナイジェルを灰色の塊のところへ連れて行った――それはルーファスで、まだ顔を上に向けたままだった。「注意して」と私は言った。「私の上に吐いたのよ。」

ナイジェルはルーファスを穀物の袋のように持ち上げ、肩に担ぎ、私が走らねば追いつかないほどの大きなすばやい歩幅で家に向かって歩いて行った。ルーファスはまたナイジェルの背中に吐いたが、ナイジェルは気にしなかった。家に着くまでに、雨が吐いた物をかなりきれいに洗い流していた。

家の中で階段を下りてくるウェイリンに会った。私たちを見て、彼はぴたっと立ち止まった。「おまえ！」彼は言って、私を見つめた。

「こんにちは、ウェイリンさん。」私はうんざりして言った。彼は腰が曲がり、年老いていた――以前より痩せていた。杖をついて歩いていた。

「ルーファスは大丈夫か？　倅は……？」

「生きています」と私。「溝の中で顔を下にして、意識不明になっているところを見つけました。少し遅かったら、溺れ死んでいたでしょう。」

「おまえがここにいるところを見ると、その通りだろうな。」老人はナイジェルを見た。「ルーファスを部屋に運んで、ベッドに寝かせろ。デイナ、おまえは……」彼は話をやめ、水が滴って、体に絡みついている、彼にとっては下品な私の短い服を見た。子供が働けるようになる前に着る男女兼用の上っぱりのような服だった。それは明らかに、私がはいていたズボン以上にウェイリンにとっては、気に障るものだった。

「もっと趣味のよいものはないのか？」彼は聞いた。

私は濡れた袋を見た。「たぶん趣味はよいでしょうが、濡れていると思います。」

「持っているものを着て、図書室へ戻ってこい。」

彼は私と話がしたいらしい。長い混乱した日の最後に、もう一難、というわけだ。ウェイリンは命令する以外、普通に私に話しかけたことはなかった。彼が話しかけた時には、いつも悲惨なことになった。私が言えることはあまりなかった。彼がすぐに腹を立てるからだ。

私はナイジェルについて二階へ上がり、次に屋根裏に通じる狭い梯子のような階段を上った。以前に私の使っていた隅はあいていたので、そこへ行き、袋を置いて、中を捜した。ほとんど乾いているシャツと足首のところだけが濡れているリーバイスのジーンズがあった。体を乾かし、服を替えて、髪をとき、一番ひどく濡れている服を乾かすために広げておいた。それからウェイリンのところへ行った。私の持ち物を屋根裏に置いておいても安心だとわかっていた。他の屋内奴隷たちは私の物を調べていた。時々そうしているところを見つけたのでわかっていた。しかしなくなった物はなかった。

不安に駆られながら、私は図書室に入って行った。

「おまえは前と同じように若いな。」ウェイリンは私を見て、苦々しくぐちった。

「はい、旦那さま。」私は、もしそれで、彼から早く離れることができるなら、彼の言うことにはなんでも同意する気だった。

「そこはどうしたんだ？　おまえの顔だよ。」

私はかさぶたに触った。「これはあなたが蹴った所です、ウェイリンさん。」

彼はくたびれた古いひじ掛け椅子に座っていたが、今は、若者のように立ち上がった。先が鈍い木刀のような杖が自分の前に置いてある。「何を言ってるんだ！　もう六年経つんだぞ。」

「そうです、旦那さま。」

「そうだろう！」

「私にとっては、たった数時間なのです。」信じようと信じまいと、ルーファスとケヴィンは彼が理解できるように話しているはずだと私は思った。たぶん彼は理解したのだろう。彼はさらに怒ったようだった。

「誰が一体おまえのことを、教育がある黒ん坊(ニガー)なんて言ったんだ？　ちゃんとした嘘さえつけないじゃないか。わしにとっての六年は、おまえにも六年だ！」

「はい、そうです、旦那さま。」なぜ彼は私にわざわざ質問なんてするんだろう？　なぜ私はわざわざそれに答える必要があるんだろう？

彼は再び座り、片手を杖に載せていた。だが次に口を開いた時には、その声はちょっと穏やかになっていた。「あのフランクリンはうまくうちに帰れたか？」

「はい、旦那さま。」そのうちがどこにあると思っているんだと彼に尋ねたら、どんなことが起こるのだろう？　いいや、彼がどんな人物であろうとも、少なくとも一つだけは、ケヴィンと私のためによいことをしてくれた。私はしばらくの間彼の目を見つめた。「あの時は、ありがとうございました。」

「おまえのためにしたんじゃない。」

私は突然かんしゃくを起こした。「理由なんてどうでもいいわ！　ただ一人の人間が感謝して、もう一人の人間に話しているだけよ。何故そのまま受けておけないの！」

老人の顔は青くなった。「鞭がたっぷり欲しいのか！」彼は言った。「しばらく鞭は受けてなかったに違いない。」

私は何も言わなかった。しかしその時、もしもう一度鞭打たれたら、彼の骨張った首をへし折ってやろうと思った。二度と辛抱などするものか。

ウェイリンは椅子にもたれかかった。「ルーファスはいつもおまえは野生の動物のように自分の立場をわきまえていないと言っていた。」彼はつぶやいた。「わしはいつもおまえはただの気の狂った黒ん坊だと言ってたんだ。」

私は立ち上がって彼を見つめた。

「またわしの息子を助けたのは何故だ？」

私は少し落ち着いて、肩をすくめた。「誰もルーファスさんが死にかけたようなあんな死に方はしたくないわ——溝に倒れて、泥とウイスキーと自分が吐いた物で窒息するなんて。」

「やめろ！」ウェイリンは叫んだ。「鞭で打ってやる！　わしがこの手で……」彼は息を切らせて黙ってしまった。彼の顔はまだ蒼白だった。自制心を取り戻さなければ、本当に病気になってしまうだろう。

私は、また無関心になった。「わかりました、旦那さま。」

しばらくして彼は自制心を取り戻した。実際完全に平静に戻った。「おまえとルーファスはこの前の時、悶着を起こしたな。」

「はい、旦那さま。」ルーファスに私を撃たせようと仕向けたことが悶着だとしたら。

「わしはおまえにルーファスをいつまでも助けてやって欲しいと思ったんだ。おまえが望むなら、いつでもおまえのうちがここにあることはわかっているだろう。」

私は思わず、少しほほ笑んだ。「私が悪い黒ん坊でも？」

「おまえは自分をそう思ってるのか？」

私は苦々しく笑った。「いいえ、私は冗談は言いませんわ。現に、あなたの息子さんは生きているでしょう？」

「おまえは本当に悪いやつだ。おまえに辛抱できる白人なんてわしは知らんぞ。」

「もしあなたがもうちょっと人間味を持って私に辛抱してくれたら、私はルーファスさんにできるだけのことはこれからもするつもりです。」

彼は顔をしかめた。「なんのことを言っているんだ？」

「もう一度打たれたら、あなたの息子さんを助ける者はいない、と言っているんです。」

彼はたぶん驚いたからだろうが、目をむいた。それから震え始めた。私はこれまで、文字通り怒りのために震える人を見たことがなかった。「おまえはルーファスを脅しているんだな！」彼はどもりながら言った。「ちくしょう、おまえは狂っている！」

「狂っていようと、正気だろうと、言った通りです。」警告するように、背中と脇腹が痛んだ。でもその時は、怖くなかった。息子に対してどのような行動をとろうと、この男は息子を愛していた。そしてこの男には、私が脅した通りに振る舞えるのもわかっていた。「この割合で、ルーファスさんが事故に遭うとすると」と私は言った。「私がいなくても、もう六、七年生きていられるかもしれないわ。それ以上は当てにできませんね。」

「この黒ん坊め！」彼は伸ばした人差し指のように私に向かって杖を振った。「わしを脅したり、命令したりして、咎められないなんて思っていると……」彼は息を切らせて、またあえぎ始めた。私は同情心もわかず、この人はすでに病気だったのだろうかと思いながら見ていた。「出て行け！」彼はあえぎながら言った。「ルーファスのところへ行け。あれの世話をしろ。もしあれに何かあったら、生かしたまま、おまえの皮を剝いでやる！」

私の伯母は、私が小さい時、何か困らせるようなことをしたらそんなようなことを言ったものだ――「こら、皮を剝ぐぞ！」そして伯父のベルトを取ってきて、私を打った。しかしウェイリンが今やったように、誰かがそんな脅しをかけて、文字通りにそれを受けとらせるようなことは、考えられないことだった。私は振り向いて、勇気が消えていくのを悟られる前に彼のところから立ち去った。彼は近所の人から、パトローラーから、たぶんこの地方が雇っている警官からでも、助けを得ることができる。彼は私に好きなことができるのだ。私にはなんの権利もない。まったくなんにも。

3

ルーファスはまた具合が悪い。彼の部屋に行ってみると、ベッドに寝て激しく震えていた。ナイジェルは彼を毛布で包もうとしていた。

「どこが悪いの？」私は尋ねた。

「別にどこも。」ナイジェルは言った。「またおこりだと思うよ。」

「おこり？」

「そうだよ。前にかかったことがあるんだ。大丈夫だよ。」

私には大丈夫には見えなかった。「誰か医者を呼びに行ったの？」

「トム旦那は、おこりなんかでめったにウエスト先生を呼んだりはしねえよ。医者がすることといえば、血を抜いて、水ぶくれをつくり、下剤を呑ませて、吐かせて、初めより悪くしちまうんだ、と旦那は言ってるよ。」

私は大嫌いな、あのいばった小さな男を思い出して息を呑んだ。「あの医者は本当にそんなにひどいの、ナイジェル？」

「俺は一度薬をもらった。死にそうになったよ。それからは病気になったら、サラに治療してもらうんだ。少なくとも、サラは俺たち黒ん坊に馬やらばに呑ませるような薬を呑ませたりしねえよ。」

私はかぶりを振って、ルーファスのベッドに近づいた。彼は惨めで、苦しんでいるようだった。私はおこりがどんなものか考えた。その言葉には馴染みがあったが、それについて聞いたことも、読んだことも覚えていなかった。

ルーファスは、赤い目で私を見上げて、ほほ笑もうとした。しかめっ面になっただけで、感じがよいとは決して言えなかったが。驚いたことに、私は彼のこの努力にほろっとした。私は自分のためか、家族のためでなかったら、彼に対し今だに関心を持てるとは思わなかったのだ。関心を持ちたくもなかった。

「馬鹿」と私は彼に向かってつぶやいた。

彼はなんとか傷ついたような表情を作ってみせた。

病気はナイジェルが思っている通り、大したものではないのだろうかといぶかりながら私はナイジェルを見た。抑向けになって震えているのがもしナイジェル自身だったら、彼は病気を重大なものと思うだろうか。

ナイジェルは皮膚から濡れたシャツを引きはがしていた。誰も彼に服を着替える機会を与えてやらなかったのだ、と私は気づいた。

「ナイジェル、もし体を乾かしてきたいのなら、私がここにいるわよ」と言った。

彼は私を見上げ、ほほ笑みかけた。「あんたは六年間いなかった。」彼は言った。「それから戻ってきて、すぐに溶け込んでしまう。どこにも行ってなかったみてえだな。」

「私は行く時はいつも、二度と戻ってきませんようにと思っているわ。」

彼はうなずいた。「でも少なくとも、しばらくの間自由は味わっただろう。」

私は奇妙な罪の意識を感じて、顔を背けた。そうだ、私はしばらくの間自由を味わった。充分じゃないが、それでもたぶんナイジェルが知り得る以上に。私はそのことに罪の意識を感じたくなかった。その時何かが私の耳を刺し、罪のことは私の念頭を去った。耳をたたいた時、遂におこりが何かを思い出したのだ。

マラリアだ。

今私を刺したあの蚊がその病気を運んでいるのだろうか。私が読んだものの中でマラリアについての情報には数多く出くわしたが、その病気がナイジェルが考えているほど害のないものと信じさせるようなものはなかった。それは致命的ではないが、だんだん体を弱らせ、再発し、他の病気に対する抵抗力を失わせる。またルーファスが蚊に対して無防備で寝ていると、病気はこのプランテーションやそれ以上の範囲に広まる可能性がある。


「ナイジェル、この人を蚊から守るのに何か吊すものはない？」

「蚊だって！　今二十四の蚊が刺したって、この人は気がつかねえよ。」

「でも他の人たちが、いずれそれに気がつくようになるわよ。」

「どういう意味だい？」

「誰か他に、かかっている人はいないの？」

「そう思うけど。子供たちの何人かは病気だけど、顔がどうかなってるんだ——片方がすっかり腫れ上がってね。」

おたふく風邪？　心配なし。「さて、この病気が広まるのを防げるかしら。何か蚊帳のようなものはないの——ここで皆が使っているものならなんでもいいんだけど？」

「あるよ、白人用のがね。でも……」

「取ってこれる？　天蓋があるから、この人を完全に囲い込めるわ。」

「デイナ、聴いて！」

私は彼を見た。

「蚊とおこりとどんな関係があるんだい？」

私は目をぱちくりさせて、驚いて彼を見た。彼は知らないのだ。もちろんだ。この当時の医者さえ、知らないのだ。それでさっき私が言った時、ナイジェルには信じられなかったのだ。蚊のような小さなものがどうして人間を病気にすることができるんだろう、というわけだ。「ナイジェル、私がどこから来たのか知ってるわね？」

彼はほほ笑みとは違った表情を見せた。「ニューヨークじゃあないね。」

「違うわ。」

「ルーフ旦那がどこか言ってたのは知ってるよ。」

「この人の言ったことを信じるのはそんなに難しいことではないはずよ。少なくとも一回、私がうちに帰るところを見たでしょう。」

「二回ね。」

「それで？」

彼は肩をすくめた。「なんとも言えねえよ。もし俺が、あんたがうちに帰るやり方を見ていなかったら……ただあんたを気の狂った黒ん坊だと思ってしまうだろうね。でも、あんたがやったようなことを誰かがするのを見たことねえんだ。信じたくはねえが、信じるよ。」

「よかった。」私は大きな息をついた。「私が来たところでは、皆は、蚊がおこりを運んでくるのを知っているの。蚊がその病気にかかっている人を刺して、それから、健康な人を刺し、病気をうつすのよ。」

「どうやって？」

「病気の人の血を吸って、その血を健康な人を刺した時に、移すの。気の狂った犬が人を噛んで、その人を狂わせるのと同じよ。」微生物の話はしなかった。ナイジェルは私を信じないばかりか、本当の狂人だと思うだろう。

「医者はおこりをはやらすのは、空気の中にある何かだと言ってるよ——悪い水とか、ごみとかから出るものだって。医者はそれを瘴気と呼んでいるんだ。」

「間違っているわ。血を抜いたり、下剤を吞ませたり、その他も全部間違ってるわ。患者が生きているのが奇跡だわ。」

「腕や足を切ることになれば、あの医者はうまくてすばやいと聞いているよ。」

恐ろしい冗談を言っているのだろうか。確かめるために、私はナイジェルを見つめないわけにはゆかなかった。冗談ではないのだ。「蚊帳を持ってきて」と私はうんざりして言った。「その殺し屋をここに来させないためにできることは全部しましょうよ。」

彼はうなずいて、立ち去った。彼は信じたのだろうか、と思ったが、本当はそんなことはどうでもよかった。この小さな用心をしたからといって、誰にも何も迷惑をかけはしない。

ルーファスを見下ろすと、震えがもう止まって、目を閉じていた。呼吸は規則正しかったので、寝てしまったのかと思った。

「あなたはどうしていつも自殺しようとするの?」私は小声で言った。

答えを期待していなかったので、彼が静かに話した時は驚いた。「たいていの場合生きていることは、面倒な思いをするほどの価値もないんだ。」

私は彼のベッドの横に座った。「あなたが本当に死にたいと思っているなんて、考えもしなかったわ。」

「そんなこと思っていないさ。」彼は目を開けて、私を見、また目を閉じた。そして手で目を覆った。「でももしおまえの目が、頭が、脚が、僕のように痛んだら、死ぬのもいいことだと思い始めるよ。」

「目が痛いの？」

「見回した時はな。」

「おこりにかかる前から痛いの？」

「いいや、これはおこりじゃあない。おこりもひどいけど。脚はもげてゆきそうな感じだ。頭ときたら……！」

彼は私を怯えさせた。痛みが増したようで、彼はまるで痛みから逃れるように体をくねらせそれからまた真っすぐにし、あえいだ。

「ルーフ、あなたのお父さんを連れてくるわ。どんなに悪いかわかったら、医者を呼んでくれるでしょう。」

彼はあまりの痛さに返事ができないようだった。彼にしてやれることは何も思い浮かばなかったけれども、ナイジェルが来るまでここから離れたくはなかった。ウェイリンがナイジェルと一緒に来たので、その問題は解決した。

「蚊がおこりの原因だなんてどういうことだ?」彼は詰問した。

「その問題は気にしなくてもよさそうですよ。ルーファスさんはすごく痛がってます。誰か医者を呼びに行くべきだと思うんだけど。」と私は言った。「これはマラリア、つまりおこりじゃあなさそうですよ。ルーファスさんはすごく痛がってます。誰か医者を呼びに行くべきだと思うんだけど。」

「おまえがいれば充分だろう。」

「でも……」言葉を止めて、大きく息を吸い、自分を落ち着かせた。ルーファスは私の後ろでうなっている。「ウェイリンさん、私は医者ではありません。どこが悪いのか見当がつかないんです。専門的な助けが得られるなら、この人にしてあげるべきです。」

「今すぐにか?」

「命が危ないかもしれないんです。」

ウェイリンの口は一本の線のように堅くひきしまった。「倅が死ねば、おまえも死ぬが、らくに死なせはせんぞ。」

「もうそれは聞きました。でもあなたが私にどんなことをしても、息子さんは死ぬでしょう。それがあなたの望んでいることなんですか?」

「自分の仕事をするんだ。」彼は頑固に言った。「そうすりゃ倅は生きられる。おまえはどこか違うんだ。何かわからないが——魔法使いでも、悪魔でも、わしはかまわん。

おまえがなんであっても、この前来た時、おまえは女の子を生き返らせた。それにおまえが助けたのはあの娘一人じゃあない。おまえはどこからかやって来て、どこかへ帰ってしまう。何年か前なら、おまえのような者はいるはずがないと断言しただろう。おまえは自然の法則に反している。しかしおまえは痛みを感じるし——それに死にもする。それを覚えておいて、仕事をするんだ。おまえのご主人の世話をするんだ。」

「でも、言っておきますが……」

彼は部屋を出、後ろ手にドアを閉めた。

4

私たちは蚊帳を手に入れ、万一に備えてそれを使った。ウェイリンはそれを貸すのをまったく気にしていなかった、とナイジェルは言った。ウェイリンはただ、蚊についてこれ以上馬鹿げたことは聞きたくない、馬鹿だと思われるのはごめんだ、と言ったようだ。

「旦那は何よりあんたを恐れているようだ。」ナイジェルは言った。「それを認めるくらいなら、あんたを殺そうとするだろうけどね。」

「怖がっている様子は見えないけど。」

「俺ほどには旦那のことを知らないからだよ。」ナイジェルはためらった。「旦那にあんたを殺せるだろうか、デイナ？」

「わからないわ。あり得ることよ。」

「それじゃあルーフ旦那を元気にした方がよさそうだな。サラはおこりに効きそうなお茶を作って持っているんだ。それはたぶんルーフ旦那の今の状態に効くと思うよ。」

「そのお茶を一杯入れてくれるようにサラに頼んでくれる？」

彼はうなずいて、出て行った。

サラはナイジェルと一緒にルーファスにお茶を持ってくるためと、私に会うために、二階に上がってきた。彼女は年いって見えた。髪には灰色が混じり、顔には皺が寄っていた。また、足を引きずって歩いていた。

「足の上にやかんを落としちまってね。」彼女は言った。「しばらくはまったく歩けなかったよ。」彼女を見ると、誰も彼も年取って、私を通り過ぎてゆく、という感じがした。彼女は私のためにロースト・ビーフとパンを持ってきてくれた。

ルーファスには熱があった。お茶は欲しがらなかったが、なだめたり脅したりして飲ませた。それから私たちは効果を待ったが、結果は、ただルーファスのもう一方の足が痛み始めただけだった。目が一番厄介だった。というのは目を動かすと痛むのに、彼は私やナイジェルが部屋を歩き回る動きを目で追わずにはいられないからだ。とうとう私は目の上に冷たい濡れたタオルを置いた。それは効き目があったようだ。彼にはまだ腕や足やいたるところの関節に大変な痛みがあった。その痛みは緩和してやれると思ったので私はろうそくを持って、袋を取りに屋根裏へ上がって行った。小さな女の子がちょうどエキセドリンの瓶のふたを開けようとしているところだった。私は怯えた。この子は睡眠薬だって同じように簡単に取り出すことができたはずだ。屋根裏は私が思っているほど安全ではないのだ。

「だめよ、私にちょうだい。」

「あんたの？」

「そうよ。」

「キャンディーなの？」

やれやれ。「いいえ、これは薬なの。危険な薬なのよ。」

「うわあ」と女の子は言って、私に返した。彼女はもう一人の子の横のわら布とんへと戻って行った。私にとっては新しい子供たちだ。前にいた二人の男の子は、売られたんだろうか、畑に出されたんだろうか。

私はエキセドリンとアスピリンの残りと、睡眠薬を持って下に戻って行った。薬をルーファスの部屋に置いておかなければ、いずれは子供の一人が安全蓋の開け方を見つけてしまうだろう。

戻ってみると、ルーファスは濡れたタオルを投げ捨て、痛みで、体を曲げていた。ナイジェルは暖炉の前に横になって眠っていた。彼は自分の小屋へ戻ることもできたのだが、この日は私が戻ってきた最初の夜でもあり、一緒にいて欲しいかと聞いてくれたので私が頼んだのだ。

私はアスピリンを三錠水に溶かし、ルーファスに呑まそうとした。彼は口さえ開けようとしない。それで私はナイジェルを起こし、ナイジェルは私が鼻をつまみ、ひどい味のする液体を口へ流し込んでいる間、ルーファスがあえいで暴れるのを押さえておいてくれた。ルーファスは私たち二人を罵ったが、しばらくして少し気分がよくなり始めた。一時的だが。

ひどい夜だった。あまり眠れなかった。それに続く昼夜六日間、眠れなかった。ルーファスの病気はなんであれ、ひどいものだった。痛みが続き、熱があった——一度私は、彼が自分自身を傷つけないように縛る間押さえつけてもらうためにナイジェルを呼ばなければならなかった。私は彼にアスピリンを与えた——多過ぎるほど与えたが、彼が欲しがるほど多くは与えなかった。薄いスープと果物と野菜のジュースを与えた。彼は欲しがらなかった。食欲はまったくなかったのだが、ナイジェルに押さえつけられているのがいやなものだから、彼は食べた。

アリスは私と交代するために、時々やって来た。サラと同じように、彼女も年いって見え、前よりももっと気難しくなったようだった。彼女は冷静で、私が知っているアリスの年上の辛辣な姉のようだった。

「ルーフ旦那のせいで、皆がこの人にひどくあたるんだ」とナイジェルは私に話した。「こんなに長く旦那と一緒にいるんだから、それが好きに違いないと皆思ってるんだ。」

するとアリスは軽蔑するように、「黒ん坊がどう思おうとかまうものか！」と言った。

「この人は子供を二人亡くしたんだ」とナイジェルは私に語った。「そして残った一人は病気がちなんだ。」

「白い子供たち」とアリスは言った。「私よりもあいつに似ているよ。ジョーは髪まで赤いの。」ジョーがその残った一人だった。それを聞いた時私は泣きそうになった。ヘイガーはまだ生まれていない。私は行ったり来たりに飽き飽きしていた。これが終わってくれることを待ち望んでいた。私は、私のために争ってくれて、私が傷ついた時は世話をしてくれた友だちのことをかわいそうだと思うゆとりもなかった。自分を哀れむことに忙しかったのである。

三日目に熱が下がった。ルーファスは衰弱し、数ポンド痩せたが、熱と痛みがなくなってほっとしたために、彼にとって他のことは問題ではなくなった。自分はよくなっていると思っていた。そんなことはなかったのだが。

熱と痛みは戻ってきて、三日以上続いた。かゆい発疹ができ、やがて皮がむけた……

やっと彼は回復し、その状態が続いた。私は、その病気がどんなものであっても、自分にうつっていないように、またうつった人の看病をせずにすむようにと祈った。

病状の最も悪い時が過ぎて数日経ったところで、私は屋根裏で眠ることを許された。ありがたく思い、サラが作ってくれたわら布とんの上に崩れ落ちた。そのわら布とんが世界で一番柔らかいベッドに思われた。そして邪魔されない深い眠りに落ち、次の朝遅くなるまで、目が覚めなかった。アリスが駆け上がってきて屋根裏に入ってきた時、私はまだちょっとふらふらしていた。

「トム旦那が病気なんだ」と彼女は言った。「ルーフ旦那があんたを呼んでるよ。」

「ああ、いや」と私はつぶやいた。「医者を呼ぶように言って。」

「もう呼んだよ。でもトム旦那には胸にひどい痛みがあるの。」その重大さがゆっくりと私の中へと染み込んできた。「胸に痛みが？」

「そうよ。来て。旦那たちは居間にいるよ。」

「まあ、心臓発作のようだわ。私にできることは何もないわ。」

「とにかく来てよ。あんたを呼んでいるから。」

私はズボンをはき、走りながらシャツを引っかけた。あの人たちは私に何を望んでいるんだろう？　魔法かしら？　もしウェイリンが心臓発作を起こしたのなら、私が何もしないでも、回復するか、死ぬかどちらかだわ。

階段を駆け下り、居間に入ってみると、ウェイリンはソファの上に不吉にじっと動かず、黙って寝ていた。

「なんとかしてくれ！」ルーファスは哀願した。「助けてやってくれ！」彼の声は、その姿と同じように細く、弱々しかった。病気はその爪痕を彼に残していた。どうやって階段を下りてきたんだろう。

ウェイリンには息がなかったし、脈拍もなかった。ちょっとの間、私は決心がつかず、彼を見つめていた。彼に息を吹き込むのはもちろん、さわるのもいやだった。それから嫌悪感を抑えて、口移し式人工呼吸と体の上から心臓マッサージを始めた。ここではそれをどう呼ぶんだろう？　心臓蘇生術。私は名前は知っていたし、テレビでやっているのを見たことがあった。それ以上はまったく知らなかった。何故私がウェイリンを救おうとしているのかさえわからなかった。彼はそれに値しない。たとえ――そんなことは期待していないが――ウェイリンの心臓を動かすことができても、この時代には、救急車がないし、誰も後の責任を引き継いでくれる者もないのだから、心臓マッサージが役に立つのかどうかもわからなかった。

ウェイリンの心臓は動かせなかった。

遂に私はあきらめた。見回して、床に座っているルーファスを見つけた。彼が座ったのか、倒れたのか、わからなかったが、今は座っていたのでほっとした。

「ルーフ、残念ながら、亡くなったわ。」

「おまえが死なせたんだろう？」

「私が来た時には死んでいたわ。あなたが溺れた時に生き返らせたようにやってみたけど、だめだったわ。」

「おまえが死なせたんだ。」

彼は泣き出しそうな子供のように言った。彼は病気でひどく弱っていたから、泣くかもしれないと私は思った。健康な人でも、親が死んだ時には、泣いて無茶苦茶なことを言うものだ。

「できるだけのことはやったわ、ルーフ、気の毒だけれど。」

「ちくしょう、おまえが死なせたんだ！」彼は私に突進してこようとしたが転んでしまった。私は助け起こそうとしたが、彼が私を払いのけようとしたのでやめた。

「ナイジェルをよこしてくれ」と彼はささやいた。「ナイジェルを！」

私は立ち上がってナイジェルを見つけに行った。私の後ろでルーファスがもう一度、「おまえが死なせたんだ」と言っているのが聞こえた。

5

私にとっていろいろなことがあまりにも急速に起こっていた。私はルーファスに無視されて、サラやキャリーと一緒の仕事に戻された時はうれしいくらいだった。私には自分に——それとプランテーションの生活に——追いつく時間が必要だった。キャリーとナイジェルには今では三人の男の子があった。ナイジェルはそのことを私に言わなかった。というのは、一番小さな子は、二歳だったからだ。私が知らないということをナイジェルは忘れていたのだ。ちょうど子供が遊んでいるのを彼が見ている時、彼と一緒にいたことがあった。「子供がいるってのはいいことだよ」と彼は穏やかに言った。「息子を持つのはいいもんだよ。でもこの子たちが奴隷になるのを見るのは、本当に辛いな。」

私はアリスの細くて青白い小さな男の子に会った。そしてあんな話し方をしたにもかかわらずアリスがその子を愛しているのがわかって安心した。

「起きてみるとこの子が他の子たちと同じように、冷たくなっているんじゃないかと思い続けているんだよ」と彼女はある日炊事場で言った。

「他の子供は何故死んだの？」

「熱だよ。医者が来て、血を抜いたり下剤を呑ませたりしたんだけれど、やっぱり死んでしまった。」

「医者は赤ちゃんの血を抜いたり、下剤を呑ませたりしたの？」

「二つか三つにはなっていた。医者はその治療で熱が下がるって言ったの。熱は下がったよ。でも結局死んじまった。」

「アリス、私があなただったら、その医者をジョーには近づけないわ。」

彼女は、炊事場の床に座って、ミルクをかけたとうもろこしのお粥を食べている自分の息子を見た。ジョーは五歳で、アリスの黒い肌にもかかわらず、ほとんど白人のように見えた。「私はあの二人にも医者を近づけたくなかったよ」とアリスは言った。

「ルーフ旦那が呼んだんだ——呼んで、私の子供たちをあの医者に殺させたんだ。」

ルーファスは善意でやったのだ。医者だってたぶん善意でやったことだ。しかしアリスにわかっているのは、彼女の子が死んだということだけだ。それで彼女はルーファスを責めているのだ。そのような感じ方をルーファス自身が私に教えてくれるはめになった。

ウェイリンが埋葬された次の日、ルーファスは老人を死なせたことで、私を罰しようと決めたのである。私がそんなことをしたと彼が本当に思っているのかどうかはわからない。たぶん彼はただ誰かを傷つける必要があったのだろう。彼は自分が傷ついた時、誰かに襲いかかった。私はすでにそれを目撃していた。

それで葬式の翌朝、彼は現在の奴隷監督であるがっちりしたエヴァン・ファウラーという名前の男をよこして私を炊事場から連れ出した。ジェイク・エドワーズは、六年間私がいない間にやめたか、首になっていた。ファウラーがやって来て私が畑で働くことになっていると告げた。

その男が私を炊事場から追い出した時でさえ、私には信じられなかった。彼はただジェイク・エドワーズと同じように、自分の地位をひけらかしているだけだと思った。しかし外でルーファスが立って待って見ていた。私は彼を見て、それからファウラーを振り返った。

「こいつですか?」とファウラーはルーファスに尋ねた。

「そうだ」とルーファスは言った。そして向きを変え、母屋へ帰って行った。

啞然とした私は、ファウラーが私の手に無理やり押し込んだ鎌のようなとうもろこし用のナイフを持って、とうもろこし畑の方へ追われて行った。家畜のように追われて。ファウラーは馬に乗って、私が歩く少し後ろについてきた。長い道のりだった。そのとうもろこし畑は私がこの前立ち去ったところとは違っていた。明らかにこの時代でも、農園主は輪作の形をとっていた。そんなことは、私にとってどうでもいいことだ。

私はちらっとファウラーを振り返った。「これまで畑仕事はしたことがないんです」と彼に言った。とうもろこし畑で私に一体何ができるんだろう？

「今にわかるだろうよ」と彼は言った。「どうしていいのかわからないんです。」

私の身に何がふりかかろうと、それを見る者は他の奴隷たちしかいないようなところへファウラーに連れてこられるのを私は拒否し抵抗すべきだったと思い始めた。今ではもう遅かった。恐ろしい日になるだろう。彼は鞭の柄で肩を搔いた。

奴隷たちはナイフをゴルフのスイングのように振って、とうもろこしの列の間を歩いていた。二人の奴隷が一列を担当し、反対側から刈ってくる相手に向かって刈っていく。それから刈った茎を束ねて反対側の端に立てておく。簡単なように見えるが、一日それをしていると腰が立たなくなるんじゃないかと思った。

ファウラーは馬から下りて、一列を指さした。

「他の連中と同じようにやれ」と言う。「ただやつらがやってるようにするんだ。さあ働け。」彼は私を列の方へ押した。そこにはすでに反対側から私の方へ刈っている人がいた。私は仕事が早くて強い人であるよう願った。というのは、私がたとえしばらくの間でも、すばやく、力強く仕事ができるとは思えなかったからだ。かつて自分の時代にうちで洗い物をしたり工場や店で働いたりしたことが生き延びられるだけの強さを私に与えてくれているように、と願った。

私はナイフを振り上げ、最初の茎を刈った。それは一部が切れただけで、垂れ下がった。

ほとんどその直後、ファウラーは背中を強く鞭で打った。

私は悲鳴をあげ、よろめき、振り返って彼の顔を見た。ナイフはまだ手にあった。彼はなんの感情も表さず、私の胸を打った。私はひざをつき、燃え上がる痛みのために体を二重に折った。涙が顔を流れ落ちた。トム・ウェイリンでも女奴隷をこんなふうには殴らなかった――彼が男の奴隷のものの付け根を蹴らないのと同じだ。ファウラーは獣だ。私は痛みと憎しみがこもった目で彼を睨みつけた。

「立て！」彼は言った。

立てなかった。その時は、どんなことがあっても私は立ち上がることができるとは思わなかった――彼がもう一度鞭を振り上げるまでは。

どうにか私は立ち上がった。

「さあ、皆がやっているようにやれ」と彼は言った。「地面に近いところを刈るんだ。強く刈れ！」

私は本当はこの男を刈ってやりたいと思いながら、ナイフを握った。

「よし」と彼は言った。「刈ってみろ。片づけちまえ。おまえは賢いはずだな。」

彼は大きな男だった。大して敏感という印象は受けなかったが、しかし強かった。どうにか傷つけることはできても、私を殺すための反撃ができないほどの深手を負わせるのは不可能だろう。たぶん彼が私を殺そうとするように仕向けるべきなんだ。そうするとたぶん、助けた報酬に罰を受けるようなとんでもない場所から私は抜け出せるだろう。たぶんそれでうちに帰れるだろう。しかしどれほどばらばらに切り刻まれて？　ファウラーはナイフを奪い取って、私にまず切り返してくるだろう。

私は振り向いて、激しくとうもろこしの茎に切りつけた。それから次の茎も。ファウラーは後ろで、笑った。

「結局は、おまえにも分別はあったんだな」と彼は言った。

彼は文字通り鞭を鳴らして、急がせながらしばらく私を見守っていた。彼が行ってしまう頃には、私は汗だらけになり、屈辱のあまり震えていた。やがて、私の方へ刈り進んできている女に出会った。彼女は私に、「ゆっくりおやり！　鞭の一度や二度は仕方がないよ。今日死ぬほど働いてみせたりすると、やつは毎日あんたを死ぬほど働かせることになるよ」とささやいた。

その言葉は至極もっともだった。本当に、もしこれまでのように働き続けたら、今日一日さえもたないだろう。肩がすでに痛み始めていた。

私が刈った茎を集めている時、ファウラーが戻ってきた。「おまえは一体何をしているつもりなんだ！」彼は怒鳴った。「今までに次の列の半分はやっていなくちゃあならんのだ。」

彼は私が屈んだ時に背中を打った。「働け！　今は、炊事場で太って怠けている時とは違うぞ。働け！」

彼は一日中そういうことをした。突然姿を現し、怒鳴り、いくら早くしても、もっと早くと命令し、罵り、脅した。そんなに多くは打たなかったが、彼は私を追いつめた。というのは、いつ鞭が振り下ろされるか、わからなかったからだ。彼が来る音だけで私を怯えさせる効果があった。彼の声がしただけで私は身をすくめ、飛び上がった。

私の列の女が説明してくれた。「やつはいつも新しく来た黒ん坊にはきついんだよ。できるだけ早く働かせて、どのくらい早いか見るんだ。それからその後、もしゆっくりやっていると、怠けたと言って、鞭打つんだ。」

私はペースを落とした。それは難しいことではなかった。肩の骨が折れたとしても、痛みがこれよりひどくなると思えないほどだった。汗が目に流れ込み、手にはまめができ始めていた。背中は筋肉痛と、受けた鞭とで痛んだ。しばらくすると、ファウラーに打たれるよりも、働き続ける方が辛くなってきた。しばらくすると本当に疲れたので、どちらでもよいと思うようになった。痛いのは同じだ。しばらくすると私は列と列の間に横になって二度と立ち上がりたくない、と思うようになった。

私はよろめき、倒れ、起き上がり、また倒れた。遂に泥の中に顔を下に向けたまま倒れ、起き上がれなくなった。それからありがたいことに目の前が暗くなった。私はうちに帰るか、死ぬか、気絶するかだろう。私にとってどっちでもよかった。私は痛みから逃れようとしている。それで充分だった。

6

気がついた時、私は仰向けに寝ており、少し上に、白い顔が浮かんでいた。興奮した私は一瞬、それはケヴィンで、うちに帰ったんだと思った。私は熱心に彼の名前を呼んだ。

「僕だよ、デイナ。」

ルーファスの声だ。まだ地獄にいるのだ。次に何が起ころうとかまわず、私は目を閉じた。

「デイナ、立て。歩くより僕が抱えた方がもっと痛いだろう。」

その言葉は頭の中で、奇妙に反響した。ケヴィンが一度私にそんなことを言ったことがあった。それがルーファスかどうか確かめるために、私はもう一度目を開けてみた。

それはルーファスだった。私はまだとうもろこし畑にいて、泥の中に横たわっているのだった。

「おまえを助けに来たんだが」とルーファスは言った。「ちょっと遅かったかな。」

私は立とうともがいた。彼は手を差し出したが、私は無視した。私は埃を払い、彼について馬の方へ列の中を歩いて行った。そこから、一言も言葉を交わさぬまま、一緒に馬に乗って家に戻った。家に着くと、私はまっすぐ井戸へ行き、バケツに水を汲んで、どうにか二階に運び上げ、体を洗い、新しい傷に消毒薬をつけ、清潔な服を着た。頭痛がしたので、結局ルーファスの部屋へエキセドリンを取りに行かねばならなかった。アスピリンはルーファスが全部呑んでしまっていた。

残念なことに、彼は部屋にいた。

「さて、おまえは畑では役に立たないな。」彼は私を見ると言った。「それははっきりしている。」

私は立ち止まって、振り返り、彼をじっと見つめた。ただじっと見つめた。彼はベッドに座り、頭板にもたれかかっていたが、今は背筋を伸ばし、私と向かい合った。

「馬鹿なことはするな、デイナ。」

「そうね」と私は穏やかに言った。「私は馬鹿なことをいやというほどしてきたわ。

これまで何回あなたの命を救ったかしらね？」頭が痛かったので、私はエキセドリンを置いていた机の方へ行った。三錠掌に出した。今までそんなに多く呑んだことはなかった。そんなに多く必要になったことがなかったのだ。私の手は震えていた。

「もし僕が止めなかったら、ファウラーはかなりひどい鞭打ちをおまえに振るっただろうよ。」ルーファスは言った。「おまえを鞭から救ったのは今度が初めてじゃない。」

私はエキセドリンを持って、部屋を出ようと向きを変えた。

「デイナ！」

私は立ち止まり、彼を見た。彼は痩せていて、弱々しく、うつろな目をしていた。病気は彼にその爪痕を残していた。たぶんしようとしても、私を馬のところまで抱えていくことはできなかっただろう。そして今私が部屋から出て行くのを止めることもできないだろう。

「行くなら行ってみろ、デイナ、一時間以内に畑へ戻してやるぞ！」

その脅しで私は呆然となった。彼はそうするだろう。私を畑に連れ戻すだろう。私は立って彼を見つめていた。今は怒りではなく、驚きと――そして恐れの目で。彼にはそれができるんだ。たぶん後で彼に仕返しする機会はあるだろうが、今は彼は好きなようにできるんだ。彼は自分の父親に似た話し方をしていた。その瞬間、顔まで父親に似て見えた。

「もう二度と勝手に行っちまおうとするな！」彼は言った。不思議なことに、彼の声には少し恐れが混じり始めた。彼はその言葉を、一語一語区切り、強調し、繰り返した。「もう、二度と、勝手に、行っちまおうと、するな！」

私はそのまま立っていた。頭はずきずきしていたが、できるだけ無表情を装っていた。私にはまだいくらかのプライドが残っていたのだ。

「こっちへ戻ってこい！」彼は言った。

私はもうしばらくそこに立っていたが、彼の机のところへ行き、腰を下ろした。彼はぐったりした。父親を思い出させる表情は消えていた。彼は自分に戻った——それがどんな人物であるにせよ。

「デイナ、こんなふうに話させるなよ」と彼はうんざりして言った。「ただ僕が言ったようにしていればいいんだ。」

私は無難な言い方を思いつかず、ただかぶりを振った。私はしょんぼりしていたんだろうと思う。恥ずかしいことに、ほとんど泣き出しそうな自分に気がついた。私は一人になりたくてたまらなかった。どうにか私は涙を止めた。

気づいていたとしても、彼は何も言わなかった。私はまだエキセドリンを手に持っているのを思い出し、早く効くように、少し気分を落ち着かせてくれるように、と祈りながら水なしでそれを呑み込んだ。それからルーファスを見ると、彼が再び頭板にもたれかかっているのに気づいた。ここにこのままいて彼が眠るのを見守っていろというつもりなのか？

「どうやったら、そんなふうに呑み込めるんだろうな」と彼は喉を撫でながら言った。長い沈黙があり、それからまた命令だ。「なんとか言え！　僕に話しかけろ！」「さもないとどうなるの？」私は尋ねた。「話しかけないからって私を打つつもりなの？」

彼は何かつぶやいたが、私にはまったく聞こえなかった。

「何？」

沈黙。それから私の敵意あふれる言葉。

「私はあなたの命を救ったのよ、ルーファス！　何回も何回もね。」一瞬言葉を止め、息をつく。「そして私はあなたのお父さんの命も救おうとしたわ。わかっているはずよ。私がお父さんを殺したのでもなければ死なせたんでもないのはわかっているでしょう。」

彼は少しひるんで、きまり悪そうにもぞもぞした。「おまえの薬をくれ」と彼は言った。

なんとか私は彼に瓶を投げずにすませた。立ち上がって手渡した。

「開けてくれ」と彼は言った。「そのいまいましい蓋にわずらわされたくないんだ。」

私は蓋を開け、彼の手に一錠出し、蓋を閉めた。

彼はそれを見た。「たった一錠か？」

「それはもう一方のよりきついのよ」と私は言った。それに私はできるだけ長く、その薬をもたせたかった。ルーファスのおかげであとどれくらいこの薬が私に必要になるか、わかったものではない。私が呑んだ薬は、すでに効き始めていた。

「おまえは三つ呑んだぞ」と彼はいらいらして言った。

「私には三つ必要だったの。誰もあなたを殴ったわけじゃないでしょう。」

彼は私から目を背けて、口の中へそれを入れた。まだ彼は呑み込む前に嚙み砕かねばならなかった。「この味は、もう一方のより悪いな」と不平を言っている。

私は彼を無視し、机に薬を片づけた。

「デイナ?」

「何?」

「おまえがおやじを救おうとしたのはわかっているよ。わかっているんだ。」

「それなら、どうして私を畑にやったの? どうして私はあんな目に合わなければならなかったの、ルーフ?」

彼はひるんで肩をすくめ、その肩をさすった。明らかにまだ筋肉がかなり痛んでいるようだった。「僕はただ誰かに償いをさせたかっただけなんだ。それに……おまえが世話すると、誰も死なないように思えたんだ。」

「私は魔法使いじゃないのよ。」

「うん。だけどおやじはそう思っていた。おやじはおまえが好きじゃなかったけど、医者よりもうまく治せると思っていたんだ。」

「そんなことはないわ。場合によっては、医者より患者を殺すことが少ないだけよ。」

「殺す？」

「私は血を抜いたり、下剤を呑ませたりして、体力が一番必要な時に、それを奪うようなことはしないわ。そして傷を清潔にしようとするくらいの分別は充分つくわ。」

「それだけか？」

「この辺じゃそれでも充分数人の命を救えるのよ。でもね、それだけじゃないのよ。病気については少し知っているわ。ほんの少しだけ。」

「おまえは……出産で体を痛めた女については、何か知っているか？」

「どう痛めたって？」彼はアリスのことを言ってるのだろうか。

「わからない。医者はもうこれ以上子供を産めないと言ったが、産んだんだ。赤ん坊は死に、自分も死ぬところだった。それ以来調子が悪いんだ。」

もう彼が誰のことを言っているのかわかった。「あなたのお母さん？」

「そうだ。うちに帰って来るんだ。おまえに世話をして欲しいんだ。」

「まあ！ ルーフ、私はそんなことについて、何も知らないわ！ 信じて。本当に何も知らないわ。」もし私が世話をしている時彼女が死んだらどうなるのだ。彼は私を死ぬまで殴らせるだろう！

「おふくろはうちに帰りたがっている。今では……うちに帰りたがっているんだ。」

「私にはお世話できない。やり方を知らないのよ。」私はそこで躊躇した。「とにかくあなたのお母さんは私が嫌いなのよ、ルーフ。あなたも知っているでしょう。」彼女は私を憎んでいた。彼女の悪意で私の生活は生き地獄になるだろう。

「他に信用できる者はいないんだ」と彼は言った。「キャリーには今では自分の家族がある。僕はナイジェルと子供たちからキャリーを引き離して、小屋から連れてこなければならないんだ。」

「どうして？」

「おふくろは夜通し、誰かに一緒にいてもらわなくちゃならないんだ。もし何か必要なものがあったら、どうするんだ？」

「私にお母さんの部屋で寝ろと言うの？」

「そうだ。おふくろは以前は自分の部屋で召し使いを寝かしたことがなかった。でも今では慣れているよ。」

「あの人は私には慣れないでしょうよ。言っておくけど、私をいやがるわ。」お願いだから！

「いやがらないよ。年を取ってそんなにカッカしなくなったよ。必要な時、阿片剤を与えてやればいいんだ。そうすればそんなに面倒はかけないよ。」

「阿片剤？」

「おふくろの薬だ。痛みのためならもうそんなにその薬は必要ないとメイ伯母さんは言ってる。でもおふくろにはまだいるんだ。」

阿片剤は阿片のエキスなので、彼女がまだそれを必要としているのは確かだ。私は阿片中毒患者を委ねられるのだ。私を憎んでいる阿片中毒患者を。「ルーフ、アリスは……」

「だめだ！」非常に鋭い声だった。マーガレット・ウェイリンには私を憎むより、アリスを憎む理由の方が多くあるということが頭に浮かんだ。

「どっちみち、アリスにはあと数か月で赤ん坊ができる」と彼は言った。

「アリスに？　それじゃあ、たぶん……」私は口を閉じたが、思いは続いた。たぶんこれがヘイガーだろう。たぶん一度だけ、ここに留まって何か得るものがあったのだ。もし……

「たぶん、なんだ？」

「なんでもないわ。ルーフ、お母さんのためにも、私のためにも、お母さんを私に任せるようなことはしないでと頼んでいるのよ。」

彼は額をこすった。「デイナ、考えてみよう。そしておふくろに話してみよう。たぶん誰か気に入りそうな者を覚えているだろう。今は眠らせてくれ。まだ本当に体が弱っているんだから。」

私は部屋から出て行こうとした。

「デイナ。」

「何？」次はなんなのだ？

「行って、本か何か読むんだな。今日はこれ以上仕事はしないでいいから。」

「本を読めって？」

「なんでも好きなことをしろよ。」

要するに、彼は謝っているのだ。いつも謝っているのだ。もし私が彼を許さなかったら彼はわけがわからず、めんくらうことだろう。突然私はルーファスが母親に話しかけるやり方を思い出した。彼は自分の欲しいものを彼女から優しく与えてもらえなければ、優しくすることをやめてしまう。何故なのか？　それはいつも母親が彼を許しているからだ。

7

マーガレット・ウェイリンが私に用があると言ってきた。彼女は痩せて青白く弱々しく実際の年より老けて見えた。その美しさはか弱いやつれに姿を変えていた。私が彼女に改めて紹介のため顔を合わせた時、彼女は何か黒みがかった茶褐色の液体を小瓶からすすっていたが、慈悲深くほほ笑んだ。彼女は少しは歩けたが、階段はどうしようもなかった。ナイジェルが彼女を部屋に運んだ。彼女はナイジェルの子供たちに会いたがった。子供たちに対する態度は甘ったるくて優しかった。しばらくして、彼女がルーファス以外にこのような態度で人に接するのを私は見たことがなかった。以前の彼女は奴隷の子供たちなどに関心は示さなかった。もっとも自分の夫が産ませた子供だったら別だ。その場合の彼女の関心は憎悪や反感であった。ところが、彼女はナイジェルの息子たちにキャンディーを与え、子供たちは彼女のことが好きになったのである。

彼女はもう一人の奴隷に会いたがった――私の知らない奴隷だったが――そしてその奴隷が売られたと聞いた時、少し涙を流した。彼女は優しさと慈悲にあふれていた。それが私を少し怯えさせた。彼女がこんなに変わってしまうとは、信じられなかった。

「デイナ、おまえはまだ以前のように読めるかい？」彼女は私に尋ねた。

「はい、奥さま。」

「おまえが本当に上手に読むのを思い出したので、来てもらったんだよ。」

私は表情を変えないように努めた。彼女が私の読み方に対して前はどう思っていたかということを覚えていないとしても、私の方は覚えている。

「聖書を読んでおくれ」と彼女は言った。

「今ですか？」彼女は朝食を取ったばかりだった。私は何も食べていなかったので、お腹がすいていた。

「そう、今。『山上の垂訓』を読んで。」

それが彼女との最初の長い一日の始まりだった。私が読むのを聞くことに飽きると、他のことを思いついて、私にさせた。たとえば、彼女の洗濯とか。彼女は他の人には洗濯させなかった。洗濯はだいたいアリスの仕事だということに彼女は気づいているのかどうか。それに掃除があった。彼女は私が掃除しているのを見るまで、部屋がきれいになったとは信じなかった。それに、私が行ってサラを連れてきて、彼女の指示を受けさせるまで、どんなふうに食事を準備して欲しいのかサラには理解できていないと思い込んでいた。彼女はキャリーとナイジェルに掃除について話して聞かせねばならなかった。さらに給仕する男の子と女の子を調べねばならなかった。要するに、彼女は再び家を切り盛りしていることを証明しなければおさまらなかった。何年か彼女なしでうまくやってきたのだが、今彼女は帰ってきたのだ。

彼女は私に縫い物を教えようと決めた。私はうちに古いシンガーミシンをもっていて、ケヴィンや私の必要なものは、それで充分に縫うことができた。しかし手で縫うことや、特に「楽しみ」で縫うことは、徐々に痛めつけられる拷問だった。でも、マーガレット・ウェイリンは私がそれを習いたがっているのかどうかは決して聞かなかった。彼女にはあいている時間が充分あり、その時間を埋めるのを助けるのが私の仕事だった。それで私は、彼女の小さなまっすぐな均整のとれた縫い目を真似しようと長い退屈な時間を過ごし、そして彼女は私の小さな粗を捜し、それがいかに悪いかをあんまり優しいとは言えぬ口調で説教しながら時間を過ごしていた。

日が経つにつれて、彼女が私を使いに出した時には必要以上に時間をかけることを学んだ。自分が爆発しそうになった時には、彼女から離れているために嘘をつくことを学んだ。彼女が話して、話して、話しまくる間、静かに聴いていることを学んだ……大体はここよりボルチモアがどれほどよいかについてだったが。私は彼女の部屋の床で寝るのだけはどうしても好きになれなかったが、彼女は脚輪つきベッドを持ち込むことは許さなかった。床に寝るのが私にとって辛いなんて、彼女にはわからないのだ。黒ん坊はいつも床に寝ているから。

本当に手がかかったが、マーガレット・ウェイリンはかどがとれていた。もう昔のように突然かんしゃくを起こすことはなくなっていた。たぶんそれは阿片剤のせいだろう。

「おまえはいい子ね。」私がベッドのそばに座って、家具おおいを縫っている時、彼女は言った。「前よりずっといいわよ。誰かがおまえに行儀よくすることを教えたに違いないね。」

「そうです、奥さま。」私は顔も上げなかった。

「それはよかった。おまえは以前生意気だった。生意気な黒ん坊ほど悪いものはないわ。」

「はい、奥さま。」

彼女は私を憂鬱にさせ、飽き飽きさせ、怒らせ、気も狂わんばかりにした。しかし私の背中は彼女と一緒にいる間に完全に治った。仕事はきつくなくて、それに彼女は縫い物に関して以外何も文句は言わなかった。決して私を脅したり、鞭打たせようとしたことがなかった。彼女は私に満足しているのだとルーファスは言った。彼さえもそれには驚いているようだった。それで私は静かに彼女に耐えた。その頃にはもう、私は恵まれている時には、恵まれていることに気づくだけの分別があった。というより、自分ではそう思っていた。

「自分のざまを見てごらんよ。」ある日、私がアリスの小屋に避難していると、彼女は言った。その小屋は、アリスに最初の子が生まれるちょっと前に、彼女のためにルーファスがナイジェルに建てさせたものだった。

「どういう意味？」私は尋ねた。

「ルーフ旦那は本当にあんたに神への畏れを植えつけたんだね？」

「畏れって……なんのことを言っているの？」

「あの女のために取ってきたり、持って行ったり、走り回って、まるであんたはあの女が好きみたい。畑に半日出されただけでこのざまだ。」

「なによ、アリス。ほっといてよ。午前中ずっと、くだらないことばっかり聞かされてきたのよ。あなたのまで聞きたくないわ。」

「私の言うことが聞きたくないなら、出て行くんだね。あんたがあの女におべっかを使うやり方には、みんな吐き気がしてるんだ。」

私は立ち上がり、炊事場へ行った。アリスに理性を期待するのは馬鹿げたことだと思うことが何度もあったし、そんなことを指摘しても役に立たないと思うことも何度もあった。

　炊事場には二人の農場奴隷がいた。一人は若い男で、折れた足を副木で固定していたが、明らかに足が曲がってしまっていた。もう一人は年がいって、もう大した仕事はしていなかった。小屋に入る前に、彼らの声が聞こえた。

「その気になれば、ルーフ旦那は俺を追い出すことはわかっているんだ」と若い方の男が言った。「俺は旦那の役には立たねえ。旦那のおやじさんなら、とうに追い出しているだろうよ。」

「誰も俺を買うやつはいないだろう。」年取った方が言った。「長い間体を壊してるもんでな。心配するのはおまえたち若い者だな。」

　私は炊事場へ入った。するとしゃべろうとして口を開けた若い方が、急いで口を閉め、あからさまな敵意を見せて私を見た。年取った方はただ背中を向けただけだった。奴隷たちがアリスにそんな態度を見せるのを前に見たことがあった。彼らが私にそんなことをするのに気づいたことはなかった。突然、炊事場はアリスの小屋と同様に居心地よくなくなった。サラかキャリーがいたら、違っていたかもしれないが、彼女らはそこにいなかった。私は炊事場を出て、淋しく思いながら、母屋へ戻って行った。

　だが一度家の中に入ると、なぜ私はこんなにこそこそ逃げ出したんだろうと思った。なぜ私はやり返さないんだろう？　アリスが私を責めるのは、おかしなことだし、彼女にはそれがわかっているはずだ。でも農場奴隷たちは……彼らは私を知らないし、彼私がどの程度ルーファスやマーガレットに忠実かも知らないし、私がどんな告げ口をするつもりなのかも知らない。

だけどもし彼らと話をしても、私を信じてもらえるのだろうか？

でもやっぱり……

何故抗弁しようと——少なくとも、しようとしなかったのかと思いながら、私は廊下を階段の方へゆっくり歩いて行った。素直に服従するのに慣れてしまったのだろうか？

二階で、マーガレット・ウェイリンが杖で床をどんどんたたいているのが聞こえた。彼女はほとんど歩かなかったので、歩くためにはそんなに杖を使わなかった。彼女はそれを私を呼ぶために使った。

私はきびすを返して、家から出て森の方へ向かった。考えねばならなかった。自分のための時間があまりなくなりつつあった。昔——どのくらい昔だろうか——私は自分とこの異質の時代との間に自分が距離を置き過ぎることを心配していた。しかし今ではその距離はまったくなくなっていた。いつ私は演技するのをやめたのだろう？何故やめたのだろう？

森を抜けて私の方へやって来る人々がいた。数人だ。彼らは街道を歩いて来たが、私は街道から数フィート離れたところにいた。私は木の間にうずくまり、彼らが通り過ぎるのを待った。「ここで何をしている？　おまえの主人は誰だ？」という白人の避けようがない馬鹿げた質問に答える気分ではなかった。

私は面倒を起こさずに質問に答えることはできただろう。ウェイリンの土地の端まで出てきていたわけでもないんだ。ただしばらくの間だけ、私は自分自身の主人になりたかった。それがどんなものか忘れてしまう前に。

白人が一人、馬に乗って、二十四人の黒人を二人ずつ鎖で繋いで引き連れていた。鎖に繋いで。彼らは手錠を掛けられ、首には鉄の輪を巻かれ、その輪には鎖がついていて、その鎖は二列になった黒人の間にある真ん中の鎖に繋がれていた。男たちの後ろに、数人の女が首と首をロープで一緒に縛られ歩いていた。売りに出される奴隷たちだ。

列の最後に、銃をベルトに挟んだ二番目の白人が馬に乗ってやって来た。彼らはウェイリンの家の方へ向かっていた。

突然私は炊事場の奴隷たちは、根拠もなく売られる可能性についてあれこれ推測していたのではないのだと悟った。競売があることを知っていたんだ。母屋に足を踏み入れたことがない農場奴隷たちだったが、知っていた。私はそんなことはまったく聞いていなかった。

近頃、ルーファスは父親の仕事を整理するか眠るかに時間を費やしていた。病気からくる衰弱がまだ残っており、私に会う時間はなかった。自分の母親に会う時間もほとんどなかった。しかし奴隷を売る時間はあったのだ。もっと父親を真似る時間はあったのだ。

私はその一団よりずっと遅れて家に帰った。私が家に着くまでに、三人の奴隷がその列に加わっていた。二人は男で、一人は険しい顔をし、一人はあからさまに泣いている。さらに夢遊病のような動き方をする女が一人いた。近づいてみると、その女はよく見かける顔だった。それが誰だか知りたくないような思いで、私は立ち止まった。背の高い、がっちりした体つきのきれいな女。

テス。

今回は彼女に二、三回しか会っていなかった。彼女はまだ畑で働いていて、夜はまだ奴隷監督に仕えさせられていた。彼女には子供がなく、それが売られる理由なのだろう。または、マーガレット・ウェイリンが手配したことかもしれない。夫のテスに対する一時的な興味を知ったら、彼女はそんな執念深さを見せるかもしれない。

私はテスに向かって歩き出した。すると彼女の首にロープを巻き、列の鎖に縛りつけようとしていた白人が私を見た。彼は私に面と向かい、銃を向けた。私は驚き、うろたえ、立ち止まった。私は何も警戒されるような動きをしたわけではないのに。

「ちょっと友だちにさようならを言いたいだけです」と私は彼に言った。どういう理由か、私はささやき声になっていた。

「そこから言え。聞こえるだろう。」

「テス?」

彼女は片手に赤い包みをぶら下げて、肩を丸め、うなだれて、立っていた。彼女には聞こえるはずだったが、聞こえていないように思えた。

「テス、デイナよ。」

彼女は顔を上げなかった。

「デイナ！」戸口の踏段のそばからルーファスの声が聞こえた。彼はそこで他の白人と話していたのだ。「ここから離れろ。家に入っていろ。」

「テス？」答えてくれると思って、私はもう一度呼んだ。確かに彼女は私の声を知っているはずだ。何故彼女は顔を上げないんだ？　何故彼女は口をきかないんだ？　何故彼女は動きさえしないんだ？　まるで私が彼女にとっては存在しないか、実在しないかのようだ。

私は一歩彼女の方へ進んだ。そのまま彼女のところへ行っていたら、ロープを首から取ったか、撃たれたかだろう。しかしその時ルーファスが私のところへやって来た。彼は私をつかみ、強引に家に押し込み、図書室へ連れて行った。

「ここにいろ！」彼は命令した。「じっとしてるんだ……」彼は話をやめ、突然私の方へよろめいて、私にすがりついたが、それは私をじっとさせるためでなく自分の体勢をたてなおすためだった。「ちくしょう！」

「何故こんなことをするのよ！」彼が真っすぐに立った時、私は言った。「テスや……あの人たちを……」

「やつらは僕の財産だ！」

私は信じられない思いで、彼を見つめた。「まあ、なんてひどいことを……！」

彼は顔を背けながら、手を顔の前で振った。「なあ、この競売は、おやじが死ぬ前に決めていたことなんだ。おまえにはどうしようもないんだから、口を出すな！」

「さもなきゃどうだっていうの？　私も売るつもり？　それもいいんじゃないの！」

彼はそれには答えず、外へ戻って行った。しばらくしてから、私はトム・ウェイリンの古びたひじ掛け椅子に座り、机に頭をのせた。

8

キャリーがマーガレット・ウェイリンの用事を、私の代理で務めてくれた。彼女は私が二階へ上がってくるところを捕まえて、そのことを知らせてくれた。実際ルーファスにしばらく会いたくないという以外、二階へ上がっていく理由はなかった。私には他に行くところがなかったのだ。

キャリーは、階段のところで私を止めて、非難するように私を見て、それから私の腕を取り自分の小屋へ連れて行った。彼女が何を考えているのか私にはわからなかったし、気にも留めていなかった。しかし彼女は私が病気だとマーガレット・ウェイリンに言ったと身振りで知らせてくれた。それから彼女は両手の親指と人差し指で首の周りを絞めて、私を見た。

「見たわ」と私は言った。「テスとあと二人のことでしょう。」私の息は耳ざわりな音を立てた。「そんなことは、このプランテーションではもう終わったと思っていたわ。それはトム・ウェイリンと共に消え去ったと思っていたの。」

キャリーは肩をすくめた。

「泥の中に倒れているルーファスをそのままにしておけばよかった」と私は言った。「私があの人を救ったおかげでこんなことをするなんて……！」

キャリーは私の手首を取って、頭を力強く振った。

「どういう意味、違うって言うの？　あの男はだめだわ。もうすっかり成長して、この制度の一部になってしまったのよ。父親が物事を切り盛りしていた時には――自分も完全に自由じゃなかった時には――少しは私たちの身になって感じることができたのよ。でも今はルーファスが管理しているのよ。そしてそれを証明するために、すぐに何かしなければいられなかったようだわね。」

キャリーはまた手で首を絞めるしぐさをした。それから私に近づいてきて、手を私の首に回した。しまいに彼女の一番小さい子の、近頃ではその子も大きくなり過ぎてもう寝ていないベビーベッドのところへ行き、小さな首にしては充分ゆとりをとって手を巻き、そこにいない子の首を象徴的に絞めるふりをした。

彼女は真っすぐに立って、私を見た。

「皆？」と私は尋ねた。

彼女はうなずいて、まるで周りに人々を集めるように腕を大きく広げる身振りをした。それから再び手で首を絞めるふりをした。

私はうなずいた。十中八九、彼女の考えは当たっているだろう。マーガレット・ウエイリンではプランテーションを切り盛りしていけない。土地も人も売られるだろう。もしトム・ウェイリンを例に取るなら、人々は家族の絆を顧みられることなく、売り飛ばされるだろう。

キャリーは私の考えを読み取ったように、ベビーベッドを見下ろしながら立っていた。

「私は自分が裏切り者のように感じ始めていたわ」と私は言った。「あの男を救った罪よ。今は……どう思ったらいいかわからない。どうしてだか、私はあの男が私にすることをいつも許してしまうみたい。あの男が他の人々にすることを見るまでは、当然憎むべきなのに憎むことはできないの。」私はかぶりを振った。「何故ここの人たちの中に私のことを黒人というよりむしろ白人だと思う人がいるのかわかったわ。」

キャリーは手をすばやく振って払いのける身振りをし、いらいらした表情になった。彼女は私のそばに来て、指で私の顔の片方を拭った――強く拭った。私は後じさりしたが、彼女は私の前で手を立てて、手の両側を私に見せた。しかしこの時ばかりは、私には理解できなかった。

いらいらして、彼女は私の手を取って、ナイジェルが薪を割っているところへ連れて行った。彼の前で、彼女が顔をこするような身振りを繰り返すと、彼はうなずいた。「落ちないと言ってるんだよ、ディナ」と彼は静かに言った。「黒い色のことだ。あんたが見かけとは違う人間だと言っている連中は地獄に落ちろと言ってるんだよ。」私は彼女を抱きしめた。そして泣きそうなのを彼女に見られたくないのですばやく離れて行った。私はマーガレット・ウェイリンのところへ上がって行った。彼女はちょうど阿片剤を呑んだところだった。そんな時の彼女と一緒にいることは一人でいるのと同じだった。そして一人でいることは、今私にとって一番必要なことだった。

9

この競売の後、三日間、私はルーファスを避けていた。彼はそれを簡単にしてくれた。というのは、彼も私を避けていたからだ。それから四日目、彼が私を捜しに来た。彼は母親の部屋で私を見つけた。私は彼女が窓の横に痩せてか弱そうな様子で座っている間、「はい、奥さま、はい、奥さま」というような従順な態度でベッドのシーツを替えていた。彼女はほとんど食べなかった。実際私は知らず知らず彼女をなだめすかして食べさせていた。それから彼女はなだめすかされるのを楽しんでいることがわかった。時々彼女は身分が上であることを忘れて、ただ誰かの年老いた母親のようになった。ルーファスの母親だ。不幸なことに。

彼は入ってきて、「キャリーにやらせろ、デイナ。おまえには他にやってもらうことがあるんだ」と言った。

「ああ、今この娘を連れて行かなくちゃいけないの？」マーガレットは言った。「この娘はちょうど……」

「後でよこすよ、母さん。キャリーがすぐやって来て、ベッドをきちんとするから。」

私は黙って部屋を出た。彼が何をしようとしているのか知りたくもない。

「図書室へ行くんだ」と彼は私のすぐ後ろで言った。

私は彼をちらっと振り返り、機嫌の具合を探ろうとしたが、ただ疲れているように見えただけだった。彼はよく食べ、必要と思える二倍は休息を取ったが、いつも疲れて見えた。

「ちょっと待て」と彼は言った。

私は立ち止まった。

「インクが入っているあのペンを持ってきていないか？」

「持ってるわ。」

「取ってきてくれ。」

私は自分のほとんどの物がまだそのまま置いてある屋根裏へ上がって行った。今度は三本入りのパックを持ってきていたが、前の時と同じように彼がインクを無駄にして喜ぶかもしれないと思い、一本だけ取って戻って行った。

「おまえは前にデング熱について聞いたことがあるか?」彼は階段を下りながら聞いた。

「いいえ。」

「そうか、町の医者によると、それが僕の病気だ。僕は自分の病気のことを医者に話してみたんだよ。」父親が死んで以来、彼はしばしば町へ出かけていた。「医者は血を抜いたり、下剤を呑まなかったら、よくなるかどうなるかわからないと言ってた。僕の体から毒が全部出ていないからまだ弱っていると言うんだ。」

「医者に任せなさい」と私は静かに言った。「うまくいけばそれで私たち両方の問題が解決するわ。」

彼はわけがわからず顔をしかめた。「どういう意味だい?」

「別に。」

彼は振り向いて、たぶん私の肩を痛めつけてやろうと思ってつかんだ。でも痛くなかった。「僕が死んだらいいと言うつもりか?」

私は溜め息をついた。「もし私がそう願ったのなら、あなたは死んでいたんじゃない?」

一瞬の沈黙の後、彼は私を離し、私たちは図書室へ行った。彼は父親が使っていた古いひじ掛け椅子に座り、私にそばの固い、背の高い木の椅子に座れというような仕草をした。その椅子は、父親の椅子の一歩前に置いてあった。父親はいつも私を、校長室に呼び出された子供のように、目の前に立たせたものだ。

「もしこのささやかな競売が悪いと思っているなら――これはおやじがすでに手はずしたことだったんだが――僕に何事も起こらないように注意していた方がいいぞ。」ルーファスは椅子にそっくり返り、けだるげに私を見た。「もし僕が死んだら、ここの連中がどうなるかわかっているのか？」

私はうなずいた。「私が心配しているのは、あなたが生きていたら皆がどうなるかってことなの」と私は言った。

「僕が連中に何かするなんて思っているわけじゃないだろうな？」

「もちろんあなたは何かするわ。だから、私は見張っていて、覚えていて、あなたが度を越した時には決断しなければならないでしょうね。私を信じて。そんな仕事を楽しみになんかしていないんだから。」

「たくさんの仕事を背負い込んだものだな。」

「どれも私の考えじゃないわ。」

彼は何か聞き取れないことをつぶやいた。たぶんわいせつなことだろう。「おまえは畑にいるべきだな」と彼はつけ加えた。「何故おまえを畑に残してこなかったのかわからないよ。あそこにいればおまえは少しは物事を学んだことだろうに。」

「私は殺されていたことでしょうよ。あなたは自分の面倒は自分で見ることを始めねかったことでしょうよ。」私は肩をすくめた。「でもあなたにそのこつがわかっているとは思えない。」

「ちくしょう、デイナ……ここに座って脅し合ったってなんになるんだ？　僕がおまえを傷つけたくないのと同じように、おまえも僕を傷つけたくないだろう。」

私は何も言わなかった。

「僕は手紙を数通書いてもらうためにおまえをここに連れてきたんで、争うためじゃないんだ。」

「手紙？」

彼はうなずいた。「僕は書くのが嫌いなんだ。読むのはそれほどでもないが、書くのは嫌いだ。」

「六年前は、そんなことはなかったわ。」

「あの時はする必要がなかったんだ。あの時は僕の返事を欲しがっている連中なんかいなかった。今は八、九人もいて、しかもすぐ返事を求めている。」

私は両手を使ってペンをひねった。「こんなことを避けるために私自身の時代では私がどんなに苦労しているか、あなたにはわからないでしょうね。」

彼は突然ニヤッとした。「わかってるよ。ケヴィンが教えてくれた。あいつはおまえが書いた本のことも教えてくれたよ。おまえ自身の本のことだ。」

「ケヴィンと私は本を書いて生活しているのよ。」

「そうだな。だから、おまえは書けなくて淋しいだろうと思ったんだ——おまえ自身の本を書けなくて、という意味だが。それで僕たち二人のためにおまえがものを書けるように、紙をいっぱい持ってきたよ。」

私は自分が聞いたことに確信がもてなくて、彼を見た。この時代には紙は高価だということを読んだことがあった。ウェイリンがそんなにたくさん紙を持っているのを見たことがなかった。しかしルーファスは持ち出してきている……。何を持ち出しているんだろう？ 賄賂か？ またお詫びか？

「どうしたんだ？」彼は言った。「僕が今までに持ち出した中で一番いいものだろう。」

「ええ、本当に。」

彼は紙を出して、私が机に向かえるよう場所をあけた。

「ルーフ、まだ誰か他の人を売るつもり？」

彼は口ごもった。「そんなことは望んでいない。そんなことは好きじゃないんだ。」

「じゃあ何を望んでいるの？ やめることはできないの？」

彼は再び口ごもった。「おやじは借金を残したんだよ、デイナ。僕の知っているかぎりおやじは、金に関して最も注意深い男だった。それでも借金を残したんだ。」

「でも作っている穀物で払えないの？」

「いくらかは払える。」

「そう。で、どうするつもりなの？」

「書くことで生計を立てている誰かに説得力のある手紙を書かせるんだよ。」

10

私は彼のために手紙を書いた。私はその当時の形式ばった文体を真似るために彼が受け取った手紙の中の数通をまず最初に読まねばならなかった。十九世紀ならぶっきらぼうとか無作法という印象さえ与えかねない二十世紀の簡潔な文体に怒ってしまった債権者と、ルーファスが面と向かわねばならぬはめにはしたくなかった。ルーファスに彼が言いたいことを大体言ってもらって、それから私の言い方でいいのかどうか決めてもらった。たいてい、彼はそれでよいと言った。それから私たちは一緒になって彼の父親の帳簿を調べ始めた。私はマーガレット・ウェイリンのところへは戻らなかった。

それ以来私は彼女のところに四六時中いることはなくなった。ルーファスが畑からベスという若い女の子を連れてきて、家の仕事を手伝わせていた。それで時々キャリーは自由になり、彼女がマーガレットと一緒に過ごす時間が増えることとなった。私は依然としてマーガレットの部屋で寝ていた。というのは、キャリーには家族があったし、少なくとも夜は家族と一緒にいたいだろうというルーファスの意見に賛成したからだ。それはマーガレットが寝られない時、私を起こしたり、せっかく私とうまくゆき始めたのにルーファスが私を連れて行ってしまった、と彼女が苦々しく文句を言ったりするのに耐えなければならないことを意味した。

「あの子はおまえに何をさせているの?」彼女は数回、疑わしそうに私に尋ねた。

私は彼女に話した。

「自分でできると思うんだけどねえ。トムはいつも自分でやっていたわよ。」

ルーファスも自分でできるはずだと私は思った。そんなこと大きな声では言えないが。彼はただ一人で働くのがいやなんだ。本当は働くのがまるきり嫌いなんだ。しかししなければならないのなら、仲間が欲しいのだった。彼はある夜少し酔ってアリスの小屋に入ってきて、アリスと私が食事をしているのを見たが、その時までは、どれほど彼が私という仲間と一緒にいるのが好きか私は気づいていなかった。彼はその日ある家族と一緒に町で食事をするため出かけていた。「厄介払いしたい娘を持っている連中との食事よ」とアリスは私に言っていた。もしルーファスが結婚すると、アリスの生活はもっと厳しくなるだろう。それを知っているのに、そんなことにはまったく関心を払わないで彼女はそう言った。ルーファスには財産があり、奴隷を持ち、明らかに夫として選ばれる充分な資格があった。

彼は帰ってきて、家の中に私たちのどちらもいないので、アリスの小屋にやって来た。彼はドアを開け、そして私たち二人がテーブルのところから彼を見上げているのに気づくと、うれしそうにほほ笑んだ。

「この女を見ろよ」と彼は言った。そして私たちの一方から他方へと視線を移した。「おまえたちは本当は、一人の女なのだ。知っていたか?」

彼はよろめきながら出て行った。

アリスと私は顔を見合わせた。私は彼女は嘲笑うだろうと思った。というのは、彼女はできるかぎり機会を捕まえて彼を笑い者にしていたからだ。しかし面と向かってではない。彼は必要だと思えば、彼女を鞭打ったからだ。

彼女は笑わなかった。彼女は身震いし、決してしとやかとは言えないような様子で立ち上がり——彼女が妊娠していることはもう目立ってきていた——ドアの外をのぞいて彼を見送った。

しばらくして、「デイナ、あの人はあんたをベッドへ連れて行ったことはないの?」と尋ねた。

私は驚いて飛び上がった。彼女の無作法は今だに私を驚かせることがある。「いいえ。あの人は私を欲しがらないし、私もあの人を欲しいなんて思わないわ。」

彼女は肩ごしに私をちらっと振り返った。「あんたの望みなんて関係あると思っているの?」

私は彼女のことが好きだから、何も言わなかった。どんな返事をしても、彼女を批判しているように聞こえるであろう。

「あんたは私のためにあの人に優しくしているのね。あの人はあんたがここにいる時はめったに私を殴らないわ。そしてあの人はあんたを絶対殴らない」と彼女は言った。

「あの人は他の人に私を殴らせる手はずをするのよ。」

「でも……私にはあの人の気持ちがわかるの。あの人はベッドでは私が好きで、ベッド以外ではあんたが好きなのよ。しかもあんたがみんなの言うことを信じるなら、あんたと私はよく似ているんだって。」

「私たちが自分自身の目を信じるなら、私たちはよく似ているわ！」

「そう思うわ。とにかくそれは私たちが同じ女の半分ずつという意味になるのよ——少なくともあの人の狂った頭の中ではね。」

11

ヘイガーであって欲しいと願っている子供の誕生を待っている間、時は平穏無事に、ゆっくり過ぎていった。私はルーファスと彼の母親の手助けを続けていた。私は速記で日記をつけていた。（「この鳥の足跡は一体なんだ？」ルーファスはある日私の肩ごしに見て尋ねた。）私自身も他の誰も面倒に巻き込む心配なしに、たとえ書いてでも、自分が感じたことを、表現できるのは本当に救いになった。取っていた秘書のコースはやっと役に立ったのだ。

私はとうもろこしの皮むきをやってみたが、のろくてぶきっちょな手にまめを作ってしまっただけだった。一方経験を積んだ農場奴隷は、苦もなく、楽しみながら、その仕事を片づけてしまった。私が彼らに加わる理由はなかったが、彼らは皮むきをパーティにしていたらしく――ルーファスは仕事がはかどりやすいようにと彼らにウイスキーを少々与えていた――そして私にはパーティが必要だった。何か退屈を解消するもの、心を自分自身から解放するものが必要だった。

それは確かにパーティと言えた。「主人の女」であるアリスと私がそこにいても、誰も遠慮などしない野性的で荒々しいパーティだった。私のそばのとうもろこしの小さな山の周りで皮をむいている連中は、私のまめを見て笑い、あんたは手ほどきを受けているところだ、と言った。ジョッキが回され、私も飲み、むせて、また笑いを引き起こした。驚くほどくったくのない笑いだった。筋肉隆々とした男が私に、すでに予約済みなのは残念だ、と言ったので、私は三人の女から敵意のこもった視線を受けることになった。皮むきの後、鶏肉、豚肉、野菜、とうもろこしパン、果物などの大量の食べ物が出された。それはいつも農場奴隷が見慣れている鰊（にしん）ととうもろこし粥の食事よりもよい食べ物だった。ルーファスが、こんなによい食事を与えたことでヒーローの役を演じようとしてやって来た。人々は彼が望んでいる賞賛を与えた。その後、彼が行ってしまうと、人々はルーファスに対して下品な冗談を言った。妙なことに、彼らはルーファスのことが好きでもあり、軽蔑もし、同時に恐れてもいた。これは私を混乱させた。というのは、私も彼に対して同じようないろいろと混ざりあった感情を抱いていたからだ。それまで私は自分の感情が複雑なのは、彼と私とが奇妙な関係にあるからだと思っていた。しかし考えてみればどんな種類の奴隷制でも奇妙な関係を生むものだ。ただ奴隷監督がちょっとの間姿を見せた時には、単純な憎しみと恐れの感情を引き起こした。しかし考えてみれば、主人が手を汚さない一方で、憎まれたり恐れられたりするのは、奴隷監督の仕事の一部であった。

しばらくして、若い連中は、ペアになって姿を消し始めた。年のいった連中の何人かはちょっとの間食べたり、飲んだり、歌ったり、話したりするのをやめて、彼らに非難の眼差しを向けるか、昔を懐かしむような、もの欲しげでものわかりのよい視線を向けた。私はケヴィンを思い、淋しくなり、今夜はよく眠れないだろうと思った。

クリスマスの時にもう一度パーティがあった。三組の結婚があって踊ったり、歌ったりした。

「おやじはとうもろこしの皮むきの時かクリスマスまで結婚を待たせたものだ」とルーファスは私に言った。「連中は結婚したらパーティをやりたがるんだが、おやじはパーティは二、三回ですむようにさせたんだ。」

「わずかなお金を倹約するためね」と私は無神経に言った。

彼はちらっと私を見た。「おやじが無駄遣いしなかったのを喜んだ方がいいぞ。緊急の金が必要になった時、狼狽するのはおまえだからな。」

今度はよく考えてから口をきくことにし、私は黙っていた。彼は誰も売っていなかった。収穫は良好で債権者は辛抱して待ってくれていた。

「誰か箒を一緒に飛び越えるやつが見つかったか？」彼は私に尋ねた。

私はびっくりして彼を見たが、彼は本気で言ったわけではなかった。彼はほほ笑みながら、バンジョーに合わせておじぎをしながら相手を替えていくダンスをしている奴隷たちを見ていた。

「もし私が相手を見つけたら、あなたはどうするつもり？」私は尋ねた。

「そいつを売り飛ばす」と彼は言った。ほほ笑みはまだそこにあったが、なんのユーモアも含まれていなかった。その時、彼が、私をダンスに誘おうとしたあの筋肉隆々の男を見ているのに気がついた。それは、とうもろこしの皮むきパーティで私に話しかけてきた男だった。サラに頼んで二度と私に話しかけないように言ってもらわなくちゃいけない。その男にはなんの下心もなかったが、ルーファスを怒らせると、いくら下心がなくても彼は助からないだろう。

「私には一人の夫で充分よ」と私は言った。

「ケヴィンか？」

「もちろんケヴィンよ。」

「あいつは遠く離れているんだ。」

その口調にはあってはならない何かがあった。私は振り向いて彼を見た。「馬鹿なことは言わないでよ。」

彼は驚いて飛び上がり、誰も聞いていないかすばやく辺りを見回した。

「口を慎め」と彼は言った。

「あなたもね。」

彼は怒って立ち去った。最近ルーファスと私はいやというほど長い間一緒に働いてきた。特に今はアリスの産み月も近くなっている。アリスが別の仕事を考え出してくれた時には本当に感謝した――彼から私を規則正しく引き離してくれる仕事だ。一週間続くクリスマスの休みの間にアリスはいつのまにかルーファスを説得して、私が息子のジョーに読み書きを教えられるように仕向けてくれたのである。

「これは私からのクリスマスのプレゼントよ」と彼女は私に言った。「あの人は私に何が欲しいか聞いたの。それで私は息子が無知にならないようにして欲しいと言ったの。あの人に、うんと言わせるために一週間ずっとけんかしなければならなかった!」

しかし遂に彼はうんと言った。それでその男の子は毎日私のところへやって来て、ルーファスが彼のために買ったスレートの上に大きなぎこちない字を書いたり、ルーファスが使っていた本から簡単な語や詩を読むことを覚えた。しかしルーファスに似ず、ジョーは学ぶことに飽きなかった。彼はまるで自分の楽しみのために出されたパズルのように――解くことが面白いパズルのように、授業に集中した。あまりに熱中するものだから理解できないようなものがあると、かんしゃくを起こしてかなきり声を上げ、足をバタバタやる。しかし彼に理解できないものはそんなになかった。

「あなたの子は本当に賢いわね」と私はルーファスに言った。「自慢すべきよ。」

ルーファスは驚いたようだった。まるでこの小さな鼻たれ小僧に何か特別なものがあるとはまったく思いも浮かばなかったようだ。彼はずっと、父親が黒人に産ませた子を無視したり、売りさえするのを見て人生を過ごしてきた。その伝統を破ることは思ってもみなかったのは明らかだ。今までは。

今、彼は自分の息子に興味を持ち始めていた。たぶん最初はただ好奇心だけだったのだろう。しかしこの男の子は彼の心を捕らえた。私は一度彼らが一緒に図書室にいるところを見た。男の子はルーファスのひざに座り、ちょうどルーファスがもって帰ってきた地図を調べていた。その地図はルーファスの机に広げられていた。

「これが僕たちの河なの？」男の子は尋ねていた。

「いいや、これはマイルズ河だ。ここから北東にあるんだよ。この地図には、あの河は載っていない。」

「何故？」

「小さ過ぎるんだ。」

「何が？」男の子はルーファスを見上げた。「僕たちの河が、それとも地図が？」

「両方だと思うよ。」

「それじゃあ、書き込もうよ。どこを通っているの？」

ルーファスは躊躇した。「ちょうどこの辺りだ。でも書き込まなくてもいい。」

「どうして？　この地図を正確にしたくないの？」

私が音を立てるとルーファスは見上げた。一瞬、彼が恥ずかしそうな顔をしたように思えた。彼は急いで子供を下ろし、シーッと向こうへ追いやった。

「質問ばっかりして」とルーファスは不平を言った。

「楽しみなさいよ、ルーフ。少なくともあの子は馬小屋に火をつけたり、溺れたりしないわよ。」

彼は笑い出さずにはいられなかった。「アリスもそんなこと言ってたよ。」彼は少し顔をしかめた。「あれは僕があの子を自由にするのを願っているんだ。」

私はうなずいた。アリスはあの子の自由を頼むつもりだと私に言ったことがある。

「おまえが吹き込んだんだろう。」

私は彼を見つめた。「ルーフ、もしここに腹を決めている女がいるなら、それはアリスよ。私はあの人に何も吹き込むことはできないわ。」

「そうか……それじゃあ、あれに他のことで腹を決めてもらおう。」

「何？」

「なんでもないよ。おまえにはな。僕はただ気分転換に、あれが欲しがっているものを自分で手に入れさせてやるつもりなんだ」と彼が言った。

私はそれ以上彼から聞き出せなかった。しかし、結局、彼が何を望んでいるのか、アリスが教えてくれた。

「私があの人を好きになるのを望んでいるんだよ。」彼女は充分に軽蔑を込めて言った。「それともたぶん、愛することさえもね。私にもっとあんたのようになってもらいたいんだろうね！」

「そんなことないと保証するわ。」

彼女は目を閉じた。「あの人の望んでいることがなんだってかまわない。もしそのためにあの人が私の子を自由にしてくれるならやってみるわ。でもあの人は嘘つきだ！　証明書は書いてくれそうにないよ。」

「あの人はジョーが好きよ」と私は言った。「好きになって当たり前。ジョーは少し黒いだけで、あの年頃のあの人にそっくりなのよ。とにかくあの人はジョーを自由にすることを自分から決めると思うわ。」

「そしてこの子は？」彼女は自分のお腹を軽くたたいた。「そしてその他の子供たちは？　あの人は他にもまた子供を産ませるに決まっているよ。」

「わからない。でも折を見ては私からもあの人をそそのかしてみるわ。」

「二度目の妊娠をしないうちに、ジョーを連れて逃げればよかった。」

「あなたはまだ逃げることを考えているの？」

「自由になる方法が他になかったら、あんたはそうしない？」

私はうなずいた。

「私は生涯ここにいて、私の子が奴隷として成長し、たぶん売られるのを見守っているつもりはないよ。」

「あの人がそんなこと……」

「あの人が何をするか、あんたにはわからない！　あの人は私を扱うようにはあんたを扱ってないもの。私は赤ん坊を産んで体が元通りになったら逃げるよ。」

「赤ん坊を連れて？」

「私がここに残していくとは思わないでしょう？」

「でも……あなたにどうやってうまくやりとげられるものかしら。」

「アイザックと逃げた時より、今の私の方がもっとよく知っている。できるよ。」

私は深く息を吸った。「もしその時が来て、私が手助けできるならするわ。」

「阿片剤の瓶を手に入れて」と彼女は言った。

「阿片剤？」

「赤ん坊を静かにさせておくのにいるの。大奥さまは私を寄せつけないけど、あんたは好かれているよ。手に入れて。」

「わかったわ。」私はそんなことをしたくはなかった。彼女が赤ん坊と小さな子供を連れて逃げるという考えもいやだったし、だいたい彼女が逃げようとすること自体がいやだった。しかし彼女の言う通りだった。彼女の立場なら、私もそうするだろう。私なら早まって、すぐに殺されるだろう。でも私なら一人でやる。

「もうちょっと考えてみたら」と私は言った。「阿片剤や用意できるその他のものは手に入れるけど、ちょっと考えてよ。」

「もう考えたよ。」

「充分じゃないわ。こんなこと言うべきじゃないけど、でももし犬がジョーを噛んだら、もし犬があなたをひきずり下ろして赤ん坊を襲ったらどうなると思っているのよ。」

12

赤ん坊は女の子で、新しい年の二か月目に生まれた。彼女は、ジョーよりも黒い肌をしており、まぎれもなく母親似の娘であった。

「やっと私に似た子をもてたよ」とアリスは赤ん坊を見て言った。

「少なくとも、赤毛の子を産む努力くらいしてくれてもよかったのに」とルーファスは言った。彼もそこにいて、赤ん坊の皺だらけの顔をのぞき込み、次にそれ以上の関心を持って、汗を流し、疲れ切っているアリスの顔をのぞき込んだ。

初めて、たった一度だけ、私は彼女が彼にほほ笑みかけるのを見た――本当のほほ笑みだった。そこには皮肉もなければ、嘲りもなかった。そのほほ笑みは彼を数秒間しんとさせた。

キャリーと私が出産を手伝っていた。私たちはその時、たぶん同じことを思って、静かにその場から出て行った。アリスとルーファスが遂に仲直りするつもりなら、私たちはその気分を壊したくないと思ったからだ。

彼らはその子をヘイガーと名づけた。ルーファスに言わせれば、これは今まで聞いた中で最も醜い名前だと言うことだが、これはアリスの選択であり彼はそのままにしておいた。私にはそれは今まで聞いた中で最も美しい名前だった。私はほとんど自由、いや、もしそんなことが可能なら、半分くらい自由になったような気がした。うちへの道のりの半分くらい来たような気がした。最初私は喜びに満ちていた——ひそかに意気揚々としていた。私はアリスが子供たちに選んだ名前について彼女をからかいさえした。ジョセフとヘイガー。私はひそかに他の二人の子供たちの名前のことも考えていた——ミリアムとアーロン。「ルーファスがいつか宗教を信じるようになって、聖書を充分に読むようになれば、この子供たちの名前を不思議に思うわよ」と私は言った。

アリスは肩をすくめた。「もしヘイガーが男の子だったら、イシュメールと名づけるところだった。聖書の中では人々はしばらく奴隷かもしれないけど、奴隷のままでいなくてもすんだよね。」

私は気分がよかったので、笑い出しそうになった。しかし彼女にはそれがわからなかっただろうし、私が説明することもできなかっただろう。どうにか笑いをこらえて、聖書の中だけが奴隷が解放される唯一の場ではないことを祝福した。彼女がつけた名前はただの象徴だったが、私には、自由が可能なことを——たぶん実現することを——そして私にとってはすぐ近くに来ていることを思い出させる象徴以上のものだった。

だが、本当にそうだったのか？

私は徐々に落ち着き始めた。私の家族に対する危険は去った。それはよかった。ヘイガーは生まれたのだ。しかし私個人にとっての危険は……私個人にとっての危険人物はまだ歩き回ったり、話をしたり、時々夕方アリスがヘイガーをあやしている時、その小屋で彼女と一緒に座っていることがあった。二回ほど私は彼らと一緒にそこにいたが、自分が邪魔者のような感じがした。

私は自由ではなかった。アリスやそれぞれの名前をつけられた子供たちが自由でないのと同じだ。実際、私より先にアリスが自由を手に入れそうだった。ある夜、彼女は、私が一人でいるところを捕まえ、自分の小屋に引っ張り込んだ。そこには寝ているヘイガー以外誰もいなかった。ジョーは外で、もっとたくましい子供たちから切り傷やあざをつけられてけんかしていた。

「阿片剤を手に入れてくれた？」彼女は詰問した。

薄暗い中で私は彼女をのぞき込んだ。ルーファスは彼女に充分なろうそくを与えていたが、この時、小屋の明かりはただ窓から入ってくる光と、鍋が二つその上でぐつぐつ煮えている小さな火だけだった。

「アリス、本当にまだそんなもの欲しいの？」

彼女が顔をしかめるのがわかった。「本当だよ！　もちろん！　あんた、どうかしてるんじゃない？」

私は少し言葉をにごした。「こんなに早く……赤ん坊は生まれてからまだたった数週間なのよ。」

「あんたがそれを手に入れてくれたら、私は好きな時に逃げ出せるよ！」

「取ってきてあるわ。」

「私にちょうだい！」

「もう、アリスったら、ちょっと落ち着きなさいよ！　ねえ、今までしてきたようにあの人を説き伏せなさい。そうすれば、あなたは望むものを手に入れることができ、生きてそれを楽しむことができるわ。」

驚いたことに、彼女の石のような表情が崩れて、泣き出した。「あの人は私たちの誰も手放さないよ」と彼女は言った。「与えれば与えるほど、もっと欲しがるの。」ちょっと話をやめ、目を拭き、それから穏やかにつけ加えた。「できるうちに逃げたいの。みんなが私のことをそう言っているようになってしまう前にね。」彼女は私を見て、自分をルーファスにそっくりにするようなことをした。彼らのどちらもそんなことは認めなかったが。「あんたのようになる前に逃げなくちゃならないよ！」彼女は苦々しく言った。

サラは一度私を問いつめてこう言ったことがある。「なんであんたはあの娘にあんなふうにしゃべらせておくの？　他の人だったらただではすまされないよ。」

私には何故だかわからなかった。たぶん罪の意識だろう。いろいろあったとはいえ、私の生活は彼女よりらくだった。たぶん私は彼女に悪態をつかせることで、その埋め合わせをしようとしているんだ。しかし何事にも限界というものがあった。

「あなたは私の助けが欲しいんでしょう。口を慎みなさいよ！」

「あんたもよ。」彼女は真似て嘲った。

私は驚いて彼女を見た。そして思い出し、彼女が何を立ち聞きしたのかがはっきりわかった。

「もし私があんたのようにあの人に話したら、あの人は私を納屋に吊すよ」と彼女は言った。

「もしあなたが私にそんな口のきき方を続ける気なら、あの人があなたに何をしようと私は気にしないわよ。」

彼女は何も言わず長い間私を見ていた。そしてとうとう彼女はほほ笑んだ。「あんたは気にするよ。そして私を助けてくれる。そうしなければ、あんたは自分が白い黒ん坊だってことを認めなくちゃならないもの。あんたはそんなことに耐えられないだろうよ。」

ルーファスは私の偽りの脅しの仮面をはぐようなことはなかった。アリスは無意識にそうした。私がはったりをかけたので、彼女はそれをうまくやってのけたのだ。私は立ち上がり、小屋を出た。後ろで、彼女の笑い声が聞こえたように思った。

数日後、私は彼女に阿片剤を渡した。そのあと同じ日に、ルーファスはジョーがもう少し大きくなったら、北部の学校へやるという話をし始めた。

「あなたはその子を自由にしてやるつもりなの、ルーフ？」

彼はうなずいた。

「よかったわ。アリスに言ってあげて。」

「折があったらな。」

私は彼とは議論しなかった。私が彼女に自分で言った。

「あの人がなんと言おうと問題じゃない」と彼女は私に言った。「あんたにジョーの自由身分証明書か何かを見せた？」

「いいえ。」

「あの人がそれを見せて、あんたが私に読んで聞かせてくれれば、たぶんあの人を信じる。あの人は馬にはみをはめるように子供たちを拘束するよ。私は自分の口にはみをはめるのはもうたくさんだ。」

無理もないことだ。それでもやっぱり彼女が逃げることには反対だったし、彼女がジョーやヘイガーを危険にさらすのはいやだった。第一、彼女自身だって危険にさらして欲しくなかった。どこか他の場所で、違う環境だったら、たぶん私は彼女を嫌いになっていただろう。しかしここでは、私たちを団結させる共通の敵がいるのだ。

13

アリスが逃げて、今度は自由を獲得するのかどうか見届けるまで私はこのウェイリン・プランテーションに留まっていようと思った。私はどうにか逃げるのを初夏まで待つように彼女を説得した。そして私もそれまでは自分をうちに連れ戻す危険な策略を試みるのを待とうと覚悟を決めた。私はホームシックにかかり、ケヴィンが恋しく、マーガレット・ウェイリンの部屋の床やアリスの口汚さにうんざりしていたが、もう二、三か月くらい待つことはできるだろう。そう思った。

私はナイジェルの二人の息子と、給仕係の二人の子をジョーと一緒に教えさせてくれるようにルーファスを説得した。驚いたことに、子供たちは習うのが好きだった。私が彼らの年頃にこんなに学校が好きだったとはどうも思えない。ルーファスがこの試みを気に入ったのは、私が言った通りジョーが賢くて——賢くて競争心があったからだ。彼は先に始めていた分、他の子より恵まれていたわけだが、その位置を譲るつもりはなかった。

「どうしてあなたは勉強に関してはあんなふうじゃなかったのかしら?」私はルーファスに尋ねた。

「僕にかまうな」と彼はぶつぶつ。

近所の連中の何人かが私のしていることに気づいて、ルーファスに父親気取りの忠告を与えていた。奴隷を教育するのは危険だ、と警告したのである。教育は奴隷制に対して黒人に不満を覚えさせる。教育は奴隷を畑の労働の役に立たなくする。メソジストの牧師は教育は彼らを反抗的にし、神が定めたよりもっと多くを求めるようにしてしまう、と言った。別の男は、奴隷を教育するのは法律違反だ、と言った。ルーファスはそのことをすでに調べていて、メリーランドでは違反ではないと答えると、その男は違反とすべきだった、と言った。話し合いが続いた。ルーファスは彼らの言うことをどれくらい信じたかは言わず、受け流した。彼が私の味方をし、学校が続いたことで私は充分だった。私はアリスが彼を幸せにしていると感じた。そしてたぶんその過程でとうとう彼女も少しは楽しむようになっていると感じた。彼女が私に語ったことから判断すれば、このような状態こそ彼女をそんなに恐れさせ、プランテーションから出ていくよう自分を駆り立て、私を罵る原因になっていたのだと思う。彼女は自分自身の良心のとがめを処理しようとしていたのだ。

しかし彼女は分別を働かせ、逃げるのを延期していた。私は緊張を緩め、余暇がある時は、うちに帰る方法を考えようとした。私は誰か他人の偶然の暴力——もし起こったら、私が望んでいるよりもっと危険になり得る暴力——に二度と頼りたくなかった。

やがてサム・ジェームスが炊事場のそばで私を呼び止め、私の自己満足が終わることになった。

私は彼が炊事場のドアの横で待っているのに気づいた——あの大きな若い男だ。最初私は彼をナイジェルと間違えたが、すぐにあの男だとわかった。サラが私にその男の名前を教えてくれていた。とうもろこしの皮むきパーティの時、また二度目はクリスマスの時に、私に話しかけてきた男だ。その後、サラが私に代わって彼に忠告してくれたので、彼は他には何も話しかけたりしなかった。今までは。

「俺はサムだ」と彼は言った。「クリスマスの時のことを覚えているかい？」

「ええ。でもサラがあなたに言ったと思うんだけど……」

「聞いたよ。でもそんなことじゃないんだ。ただ俺はあんたが弟と妹に読み方を教えてくれるかどうか知りたかったんだ。」

「あなたの……その子たちは何歳になるの？」

「妹はこの前あんたがここへ来た時に生まれ……弟はその一年前だ。」

「許可をもらわなくちゃね。数日たったらサラに聞いてね。でも私のところへ来ちゃだめよ。」私はこの男を見た時のルーファスの顔に浮かんでいた表情のことを思った。「たぶん私は警戒し過ぎているんでしょうけど、私のせいであなたに面倒に巻き込まれて欲しくないの。」

彼はじっと探るような視線を私に向けた。「あんたはあの白人と一緒にいたいのかね？」

「私がここにいなかったら、ここにいる黒人の子は何も学べないわ。」

「俺が言ってるのはそんなことじゃねえ。」

「そういうことなのよ。同じことだわ。」

「連中が言うには……」

「ちょっと待って。」私は突然怒りに駆られた。「私は『連中』が言ってることなんて聞きたくないわ。その『連中』は毎日ファウラーに畑にやらされ、らばのように働かされるままになっているじゃないの。」

「さ、される、ままに……？」

「されるままよ！　背中の皮膚をはがされないように、無事でいるために、そうするのよ。ねえ、生きていくために、五体満足でいるために、いやなことでもしなければならないのは、あの人たちだけじゃないわ。何故そのことを理解するのがその『連中』にはそんなに難しいの？」

彼は溜め息をついた。「俺も皆にそう言ったんだ。でもあんたは皆よりらくに暮らしている。それで嫉妬してるんだ。」彼はもう一度じっと探るような視線を私に向けた。「あんたがもう予約済みなのはやっぱり残念だな。」

私はにんまりした。「ここから出て行って、サム。嫉妬しているのは農場奴隷だけとはかぎらないわ。」

彼は行った。それだけのことだった。無実だ——まったくの無実だ。しかし三日後、奴隷商人がサムを鎖に繋いで連れて行った。

ルーファスは一言も私に言わなかった。何事においても彼は私を責めたりしなかった。もし私がマーガレット・ウェイリンの部屋の窓からちらっとのぞいて、鎖に繋がれたその列を見なかったら、サムが売られることはわからなかっただろう。

私はマーガレットに急いで嘘をつき、彼女の部屋から走り出て、階段を下り外へ出た。私は後先考えず走り寄ってルーファスにぶつかった。彼が私を落ち着かせようとして押さえるのを感じた。デング熱が残したひ弱さは、とうとうなくなっていた。彼の握力は大変なものだった。

「家に戻っていろ！」彼は言った。

彼の向こうにサムが列に入って鎖で繋がれているのが見えた。彼から数フィート離れたところで大声で泣いている人たちがいた。二人の女と男の子と女の子だった。彼の家族だ。

「ルーフ。」私は必死になって懇願した。「こんなことはやめて。必要のないことよ！」

彼はドアの方へ私を押し戻した。私は抵抗した。

「ルーフ、お願い！　聞いて、あの人はただ私に弟と妹に読み方を教えてくれるように頼みに来ただけなのよ。それだけだわ！」

まるで家の壁に向かって話しているようだった。一瞬、私はどうにか彼から身を振りほどいたがちょうどその時、泣いている二人の女のうちの若い方が私を見つけた。

「この売女！」彼女は叫んだ。彼女はその列に近づくことを許されていなかったが、私の方へやって来た。「この役立たずの黒ん坊の売女、どうしておまえは、私の兄さんにかまったりしたんだ！」

彼女は私に襲いかかりそうな様子だった。彼女は農場奴隷で、激しい仕事で鍛えられていたから、たぶん思い通りの打撃を私に与えていただろう。しかしルーファスが私たちの間に割って入った。

「仕事に戻れ、サリー！」

彼女は動かなかった。たぶん母親である年配の女がやって来て、無理やり引っ張っていくまで、ルーファスを睨みつけて立っていた。

私はルーファスの手をつかんで、低い声で話した。「お願い、ルーフ。こんなことをしたら、あなたが守ろうとしてきたものを壊してしまうのよ。お願いだから……」

彼は私を殴った。

初めてのことで、まったく予想もしていなかったので、私は後ろへよろめき、ひっくり返った。

これは間違いだった。これは私たちの間の言葉に出さぬ取り決め——本当に基本的な取り決め——の破綻を意味した。彼にもそれはわかっていた。

私はゆっくり立ち上がり、怒りと裏切られたという気持ちで彼を見た。

「家に入って、中にいるんだ。」彼は言った。

私は背を向け、故意に反抗して、炊事場へ行った。奴隷商人の一人が「あいつも売っちまった方がいい。悶着を起こすやつを！」と言っているのが聞こえた。炊事場で、私はお湯を沸かした。熱くするのではなく、温めただけだ。それから、その洗面器を屋根裏へ持って行った。そこは暑くて、わら布とんと隅に私の袋があるだけで誰もいなかった。私はそこへ行き、ナイフを消毒し、肩に袋のひもを掛けた。

そしてお湯の中で、手首を切った。

ロープ

1

私は暗がりで目を覚ました。数秒間、今どこにいるのか、いつ寝てしまったのか、考えようとしながら横になっていた。

私は何か信じられないくらい柔らかく快適なものの上に寝ている……私のベッドだ。うちなんだ。ケヴィンは？

私の横で規則正しい寝息が聞こえる。私は上半身だけ起き上がって、明かりをつけるために手を伸ばした――いや、伸ばそうとした。だが上半身を起こすと、ふらふらとめまいがした。一瞬、うちを見もせぬうちに、ルーファスがまた私を引っ張り戻したのかと思った。それから、両手首に包帯が巻かれていてずきずきするのに気がつき――自分がしたことを思い出した。

ケヴィンの側の明かりがつき、髭は剃っているが、草ぶき屋根みたいな灰色の髪は切らずにいる彼が見えた。

私は仰向けに寝て、幸福そうに彼を見上げた。「あなたは美しいわ」と言った。「あなたは、昔見たアンドリュー・ジャクソンの勇ましい肖像画に少し似ているわ。」

「似ているもんか」と彼は言った。「その男は痩せこけていた。見たことがあるんだ。」

「でも私が見た勇ましい肖像画は見ていないでしょう。」

「一体どうして手首を切ったんだ？　出血多量で死ぬところだったんだぞ！　自分でやったのかい？」

「そうよ。それでうちに帰れたの。」

「もっと安全な方法があるはずだ。」

私はおそるおそる手首を撫でた。「自殺寸前になるのにもっと安全な方法なんてないわ。睡眠薬は恐ろしくってだめ。死ねると思って睡眠薬を持っては行ったんだけど。もし……もし死にたくなったらね。でもうちに帰るためにそれを使うのは怖かったの。私のどこが悪いかあなたや医者が見つける前に死んでしまうかもしれないでしょう。もし死ななかったとしても、恐ろしい副作用に――壊疽（えそ）のようなものに――かかるかもしれないでしょう。」

「わかった」と彼はしばらくして言った。

「あなたが包帯を巻いてくれたの？」

「僕？　違うよ、こんな深傷は僕一人では処置できないと思って、できるだけ血を止めてルー・ジョージを呼んだんだ。あいつが包帯を巻いたんだ。」ルイス・ジョージは、ケヴィンが執筆を通して知り合った医者の友だちだった。一度ある記事のために、ケヴィンはジョージにインタビューした。彼らはお互いを気に入って、結局はノンフィクションを一緒に書くはめになった。

「ルーの話では、両腕とも主な動脈を切るまでには至らなかったそうだ」とケヴィンは教えてくれた。「引っかき傷よりもちょっとひどい程度だと言ってたよ。」

「あんなに血が出たのに！」

「それほどでもないよ。たぶん恐ろしくて君が思っていたほどは深く切れなかったんだよ。」

私は溜め息をついた。「そう……そんなにひどくなくてうれしいわ――うちに帰ってきたんだから。」

「精神科医に診てもらうのはどうだい？」

「診てもらうって……冗談でしょう？」

「僕はね。でもルーはまじめだよ。こんなことをするなら、君には助けが必要だと言うんだ。」

「まあ、大変。診てもらわなきゃいけないの。また嘘を考え出さなくちゃ！」

「いいや、今回はたぶんその必要はない。ルーは友だちだからね。でももう一度やると……そうだな、本人の好き嫌いにかかわらず、精神病の治療のために監禁されるだろうな。法律は君のような人たちを本人自身から守ろうとしているんだ。」

私は思わず笑い出し、それから泣きそうになった。彼の肩に頭をのせて、精神病院のようなところに少しの間入るのは、奴隷の身分の数か月よりひどいのだろうかと考えていた。そんなことはないだろう。

「今度はどのくらいいなかったの？」私は尋ねた。

「三時間くらいだ。君にとってはどれくらいだった？」

「八か月よ」

「八か月……」彼は腕を回して、私を抱いた。「手首を切っても不思議じゃないな。」

「ヘイガーが生まれたわ。」

「生まれたのか。」しばらくの間沈黙があった。それから、「それでどういうことになるんだい？」

私がもぞもぞと体をひねるとたまたま片方の手首に体重がかかった。突然の痛みのために、私は息を呑んだ。

「気をつけろよ」と彼は言った。「普段と違って自分を優しく扱わなくちゃな。」

「私の袋はどこ？」

「ここだよ」と彼は毛布を脇にどけた。デニムの袋がしっかりと私に結びつけられているのが見えた。「どうするつもりだい、デイナ？」

「わからないわ。」

「あの男は今どうだい？」

あの男。ルーファスのことだ。彼は私の生活に深く根を張ってしまったので、名前さえ言う必要はなかった。「父親は死んだわ」と私は言った。「あの人が今切り盛りしているの。」

「うまくやっているかい？」

「わからないわ。奴隷を所有したり、売買したり、あなたはうまくやっていける？」

「だめだな」と彼は決めつけた。彼は立ち上がり、台所へ行って、グラスに水を入れて持ってきた。「食べ物は欲しくないかい？ 何か持ってこようか。」

「お腹はすいてないわ。」

「あの男はとうとう君に手首を切らせるようなどんなことをしたんだい？」

「私には何もしていないわ。重要なことは何も。あの人は必要もないのに、ある男を家族から引き離して売り飛ばしたの。反対すると、私を殴ったわ。たぶん父親ほど非情にはならないだろうと思うけど、でもあの人もあの時代の人間なのよ。」

「じゃあ……これから先、君がする決心はそんなに難しいものに思えないが。」

「難しいのよ。一度キャリーにそのことについて話したの。キャリーが言うには……」

「キャリーだって？」彼は不思議そうに私を見た。

「そうよ。あの娘が言うには……ああ。あの娘は自分の考えを伝えることができるのよ、ケヴィン。あそこにあんなに長くいたのに、そんなことがわからなかったの?」

「あの娘は僕には自分の考えを伝えようとしなかったんだ。少し知的障害があるのじゃないかと思っていた。」

「違うわよ! とんでもない。あなたがあの娘を知っていたら、そんなこと疑いさえしないわ。」

彼はなんとか肩をすくめてみせた。「それで、とにかくあの娘は君に何を伝えたんだ?」

「もし私がルーファスを死なせていたら、皆売られてしまっただろう、もっと多くの家族がばらばらになってしまっていただろうって。あの娘には今子供が三人いるのよ。」

彼は数秒間黙っていた。それから、「もし子供たちが小さかったら、あの娘と一緒に売られるかもしれない。でもあの娘と夫をわざわざ一緒にさせておくなんて人間はいないだろうな。あの娘を買って、新しい男をあてがって繁殖させるだろう。繁殖なんだ、わかっているだろう。」

「そうよ、だからわかるでしょう、私の決心はあなたが思っているほど簡単じゃないわ。」

「しかし……いずれにしても奴隷は売られてゆく。」

「全部じゃないわ。ああ、ケヴィン、それでなくてもあの人たちの生活は本当に厳しいのよ。」

「君の生活はどうだ？」

「あの人たちのほとんどがいつか知るようになるどんな生活よりもましよ。」

「あの男が年取ってくると、そうじゃなくなるかもしれないな。」

私は自分が弱っているのを無視して、上半身を起こした。「ケヴィン、私にどうして欲しいのか言ってよ。」

彼は顔を背けて、黙っていた。数秒間待ってみたが、黙ったままだった。

「今やこれは現実でしょう？」私は穏やかに言った。「私たちは前にそれについて話したわね――どれほど前だかわからないけど――でもその時は、なんとなく漠然としていたわ。今は……ケヴィン、あなたが言うことさえできないのに、どうして私にそれをすることを期待できるの？」

2

今度は私たちはまるまる十五日間一緒にいられた。私はカレンダーの日付を塗りつぶしていった――六月の十九日から七月の三日まで。七月四日にまるで逆の象徴的意味でもあるかのように、ルーファスは私を呼び戻したのだ。しかし少なくとも、ケヴィンと私は二十世紀にもう一度慣れる機会があった。私たちはお互いにもう一度慣れる必要はなかったようだ。離れていることは、私たちにとっていいことではなかったが、そんなに私たちの関係を損なってもいなかった。誰も信じそうもない経験を分け合っているので、私たちが一緒にいるのは、気楽なことだった。しかし他人と一緒にいるのは気楽なことではなかった。

私のいとこがやって来て、ケヴィンがドアに出た時、彼女にはケヴィンだとわからなかった。

「あの人、どうしたの？」後になって私たちだけになった時、彼女はささやいた。

「病気だったの」と私は嘘をついた。

「なんの病気？」

「医者にもなんだかはっきりわからないの。でもケヴィンはずっとよくなってきているわ。」

「私の女友だちのお父さんの症状に似ているわ。その人は癌だったのよ。」

「ジュリー、お願いだから！」

「ごめんなさい、でも……気にしないでね。あの人、またあなたを殴ったのではないのね？」

「ええ。」

「そう、それなら結構。自分を大切にするのよ。あなたも元気そうには見えないわ。」

ケヴィンは運転をやってみた——馬や馬車での五年間の後では初めてだった。彼は交通量に困惑し、必要以上に緊張する、と言った。二人の人間を殺すところだったそうだ。それ以後、彼は車をガレージに入れ、そのままにしていた。

もちろん、私は運転しなかった。ルーファスが私を連れ去っていく可能性があるうちは他人の車に乗ることさえしなかった。だが最初の一週間が過ぎると、ケヴィンは私がもう一度呼ばれることがあるんだろうかと疑い始めた。

私は疑わなかった。ルーファスが命を左右できる人たちがいるかぎり、私はルーファスが死ぬのを望まなかった。しかし、彼が死んだとわかるまで、私は落ち着けないだろう。事態は変わっていないのだから、遅かれ早かれ、彼はまた自分を面倒に巻き込み、私を呼ぶだろう。私はデニムの袋をいつもそばに置いていた。

「いつかはそんな物を引きずり回すのをやめて、本来の生活に戻らなけりゃならないよ」と二週間が過ぎた後、彼は言った。彼はその頃また運転を始めていて、家に入ってきた時、手が震えていた。「ちくしょう、君が本当はメリーランドに帰りたいんじゃないかってしょっちゅう考えてしまうんだ。」

私はその時テレビを見ていた——少なくともテレビはついていた。実際には、私は、どうにか袋に入れて持って帰ってきた雑誌に目を通しており、それを自分の書く物語の中に入れることができるかどうか考えていた。今、私はケヴィンを見上げた。「私が？」

「そうじゃないのか？　なんといっても八か月いたところだからな。」

私は雑誌を置いて、テレビを消そうと立ち上がった。

「つけておいてくれ」とケヴィンが言った。

私は消した。「私に言いたいことがあるようね」と私は言った。「今はっきりと聞くべきだと思うわ。」

「君は何も聞きたくないんだろう。」

「聞きたくはないわ。でも聞くつもりよ。」

「やれやれ、デイナ、二週間経って……」

「前前回は、八日間だった。そして前回は、だいたい三時間だった。帰ってから向こうへ移動するまでの間隔にはなんの意味もないわ。」

「この前、あの男は何歳だった？」

「私があそこにいた時に、二十五になったわ。そして、証明はできっこないけど、私は二十七になった勘定だわ。」

「あの男は成長した。」

私は肩をすくめた。

「あの男が君を撃とうとした時、なんと言ったか覚えているかい？」

「いいえ、別のことを考えていたから。」

「僕も忘れていたんだけど、思い出した。あの男は、『僕のもとを離れるな！』と言ったんだ。」

私はしばらく考えていた。「そうね、ほぼその通りだわ。」

「その通りなものか。」

「あの人がその通りのことを言った、という意味よ！　あの人が言うことまで左右できないわ。」

「だけどね……」彼はそこで話をやめ、私が何か言うのを期待しているみたいに、私を見た。私は何も言わなかった。「それはね、君が離れて行きそうな時に、僕がたぶん君に言うことだと思う。」

「そう？」

「僕の言う意味はわかるだろう。」

「どういう意味かはっきり言ってよ。でなきゃ答えようがないわ。」

彼は深く息を吸った。「わかった。あの男はあの時代の人間だ、と君は言ったね。それにあの男がアリスにしたことも僕に話した。それじゃああの男は君に何をしたんだ？」

「私を畑にやって、私を殴らせ、ほとんどまる八か月間、母親の部屋の床で私を寝かせ、人々を売り……一杯悪いことをしたわ。でも一番ひどいことは、他の人たちに対してしたのよ。私をレイプなどしなかったわ、ケヴィン。そんなことしたら、一種の自殺だとあの人は理解していたわ。あなたは理解してないみたいだけど。」

「結局あいつのやることによっては君はあいつを殺せるということだね？」

私は溜め息をつき、彼のところへ行き、椅子のひじ掛けに腰を下ろした。私は彼を見下ろした。「私が嘘をついていると思うならそう言いなさいよ。」

自信なさそうに、彼は私を見た。「なあ、もし何かあったのなら、それを理解することはできる。あの時代がどんなだったかは知っているつもりだ。」

「レイプされても、許すことができると言う意味なの？」

「デイナ、僕はあそこに住んでたんだ。あそこの連中がどんなふうかわかっている。そしてルーファスの君に対する態度も……」

「たいていの場合、分別があったわ。ここぞという時に私が背を向けてしまえば、あの人を殺すことができるということを本人は知っていたのよ。私はあなたを愛しているために、あの人を受け入れない、ということも信じていたわ。あの人、一度そんなようなことを言ったわ。それは間違っていたんだけど、私はそうは言わなかった。」

「間違っているって？」

「少なくとも、一部はね。もちろん、私はあなたを愛しているし、その他の誰も欲しいとは思わない。でももう一つ理由があるの。そして私があそこへ戻った時にはそれが最も重要な理由なの。ルーファスがそれを理解していたとは思わない。たぶんあなたもよ。」

「言ってごらん。」

私はしばらく考えて、適切な言葉を捜そうとした。もし彼にわかってもらうことができれば、必ず彼は私を信じるだろう。信じてくれなければならない。彼はここの私自身の時代に私をつなぐ錨なのだ。私がどんなことを経験したか知っている唯一の人なのだ。

「テスがあの列に繋がれている時、私が何を考えていたかあなたにはわかっているでしょう？」私は言った。私はすでに、テスとサムについては彼に話してあった。私が彼らと知り合いで、ルーファスが彼らを売ったことなどを。しかし詳しいことは話していなかった――特にサムが売られたことの詳細については。私はこの二週間、ケヴィンの考えが今すでに取ってしまった方向からその考えを逸らそうとしていたからだ。

「テスにどんな関係があるんだい……？」

「それが私であったかもしれないと思ったの――そこに立って、ロープを首に巻きつけられ誰かの飼犬のように引かれて行くのを待っているのが！」私は話を中断し、彼を見下ろし、それから、穏やかに続けた。「私は財産じゃないのよ、ケヴィン。私は馬や、小麦の袋じゃないわ。もし私が財産のように見えなければならないなら、もし私がルーファスのせいで自由が制限されるのを受け入れなければならないとしたら、それなら、あの人も制限を受け入れなければならないわ――私への振る舞いに対する制限をね。殺したり、死んだりとかよりも生きていることの方がいいと私に思わせるためには、ルーファスは私に私自身の命の選択の自由を残しておかなければならないのよ。」

「もし君の黒人側の祖先がそんなふうに思っていたら、君はここに存在していないだろうよ」とケヴィンは言った。

「このことが始まった時に、あなたに言ったでしょう、私には祖先の持っていた忍耐力がないって。今もないわ。あの人たちの何人かは、それがどんなことであろうとも、生き延びるために闘い続けるでしょう。私はそんなふうではないわ。」

彼は少しほほ笑んだ。「僕はそう思わないよ。」

私はかぶりを振った。彼は私が謙遜か何かしているように思っている。彼は理解していない。

それから私は彼がほほ笑んでいたことに気がついた。私は問いかけるように彼を見下ろした。

彼は真面目になった。「僕は知らずにはいられなかった。」

「そして今はわかったの?」

「うん。」

それは本当のようだった。充分本当らしく感じられたので彼が半分しか理解していないということも私は気にならぬほどだった。

「ルーファスをどうするかもう決めたかい?」彼は尋ねた。

私はかぶりを振った。「もし私があの人に背を向けた場合、私が心配しているのは、奴隷たちがどうなるか、だけじゃないのよ。私がどうなるかということなの。」

「あいつと縁が切れるだろう。」

「私もそれっきりになるかもしれないわ。うちに戻れないかもしれないわ。」

「君がうちに帰ってくるのは、あいつとはなんの関係もないんだ。命が危険にさらされた時、君はうちに帰ってくるんだ。」

「でもどうやってうちに帰ってくるの？　その力は私にあるのか、それとも私があの人の中の力を引き出すのかしら？　このことは結局全部あの人から始まったのよ。帰る力を得るのにあの人が必要かどうかはわからないわ。それに彼がいなくなってみなければそれはわからないのよ。」

3

七月四日にケヴィンの友だちが二、三人やって来て、ローズボールへ花火見物に私たちを連れて行こうとした。ケヴィンは行きたがった――何よりも家から出たいというのが理由だったのだろう。私は彼に行ってきなさいと言った。しかし彼は私と一緒でなければ、出かけようとしなかった。どっちみち、結局のところ私には外出する機会などなかった。というのはケヴィンの友だちが去った時、私はめまいを感じ始めたからである。

私は袋の方へよろめきながら行ったが、それに届く前に倒れ、さらにそれに向かって這って行き、ちょうどケヴィンが友だちに別れを告げて戻ってきた時、袋をつかんだところだった。

「デイナ」と彼はしゃべっていた。「僕たちはもうこれ以上起こりそうにもないことを待って、家に閉じこもっているなんてできないよ……」

彼はいなくなった。

居間の床に倒れている代わりに、私は太陽に照らされて、地面の上に倒れていた。そこは大きな黒蟻の塚のほとんど真上だった。

起き上がる前に、誰かが私を蹴り、私の上にどさっと倒れてきた。一瞬、私は息がつけなかった。

「デイナ！」ルーファスの声だ。「こんなところで一体何をしているんだ？」

見上げると、彼は私の上に倒れて、ぶざまに手足をひろげていた。私たちが立ち上がろうとした時、何かが私を咬み始めた——たぶん蟻だ。私はすばやく、体をはたいた。

「ここで何をしていると聞いているんだ！」彼は怒っているようだった。彼は最後に会った時よりちっとも老けてはいなかったが、どこかがおかしかった。やつれて、疲れているようだった——まるで長い間眠っていないようで、眠ることができるのはさらにずっと先、というように見えた。

「私がここで何をしているのか自分でもわからないわ、ルーフ。あなたのどこがおかしいのか見つけ出すまではね。」

彼は長い間私を見つめていた。その目は赤く、目の下には黒い隈ができていた。彼は遂に私の腕をつかみ、私を連れて自分の来た道を戻った。私たちは、家からそんなに遠くないプランテーションの中にいた。見たところ何も変わっていなかった。ナイジェルの二人の息子が取っ組み合いをし、地面を転げ回っていた。彼らは、私が教えていた二人だったが、私がこの前見た時より少しも大きくなっていなかった。

「ルーフ、私はどれくらいここを離れていた？」

彼は答えなかった。彼は私を納屋の方へ連れて行った。そこに着くまでは、何も教えてもらえそうにない雰囲気だ。

彼は納屋の戸口のところで止まり、私を中へ押し込んだ。自分は後に続いて入ってはこなかった。

私は周りを見回したが、最初のうち、目が薄暗い光に慣れるまでは、ほとんど見えなかった。前に吊されて鞭打たれたあたりへ目を向けてみた――そこで私は誰かがぶら下がっているのを見て、驚いて飛び下がった。首のところでぶら下がっている。女だ。

アリス。

私は信じられない気持ちで、信じたくない気持ちで見つめた……触ってみると、体は冷たく固かった。灰色の死に顔は、生きている時とはうって変わって醜かった。口は開いていた。目は開き、何かを見つめているようだ。頭には何も被らず、髪は梳き流してあり、私のように短かった。彼女は他の女がしているように髪を結ぶのが嫌いだった。それは私たち二人をさらに似た者同士にしていることの一つだった――ここでいつも頭に何も被らない女はたった二人だけだった。彼女のドレスは暗い赤で、エプロンは白くて清潔だった。他の奴隷が履いているようなごわごわした重い靴やブーツではなく、ルーファスが彼女のために特別に作らせた靴を履いていた。まるで彼女は正装して、髪を梳き、それから……

私は彼女を下ろしたかった。

見回すと、ロープは梁の上を通って壁の釘に結ばれているのがわかった。ロープを解こうとして爪が割れ、やっとナイフを持っているのを思い出した。袋からナイフを取り出し、ロープを切ってアリスを下ろした。

床に当たると壊れてしまう物体のように、硬直して彼女は落ちた。しかし壊れなかった。私は首からロープをはずし、目を閉じてやった。しばらく彼女と一緒に座り、その頭を抱いて、声を立てずに泣いていた。

遂にルーファスが入ってきた。私が見上げると、彼は目を背けた。

「この人が自分でやったの？」私は尋ねた。

「そうだ、自分でやった。」

「何故？」

彼は答えなかった。

「ルーフ？」

彼はゆっくり頭を左右に振った。

「子供たちはどこ？」

彼は振り向いて、納屋から出て行った。

私はアリスの体とドレスを真っすぐにし、何か覆う物を捜した。何もなかった。

私は納屋を出て、広い草地を抜け、炊事場へ行った。サラが例の恐ろしいスピードで肉を切っていた。私は昔、指の一本や二本切り落としそうに見えると彼女に言ったことがあるが、彼女は笑っていた。まだ彼女には十本指がちゃんとそろっている。

「サラ？」私と同じ年頃の他の皆が彼女のことを「サラばあさん」と呼んでいるほど、私たちには年の差があった。ここの文化では、それは尊敬の肩書きなのは私も知っていたし、私は彼女を尊敬していた。しかし私は「ばあや（マミー）」とどうしても言えなかったのと同じように「ばあさん（アーント）」とも言えなかった。彼女は気にしているようには見えなかった。

彼女は目を上げた。「デイナ！　まあ、どうして戻ってきたの？　今度はルーフ旦那は何をやらかしたんだい？」

「はっきりわからないの。でも、サラ、アリスが死んだのよ。」

サラは肉切り包丁を置き、テーブルの横のベンチに座った。

「なんということだろう。かわいそうに。旦那はとうとうあの娘を殺したんだね。」

「わからないわ」と私は言った。私はサラの方へ行き、横に座った。「自分でやったのだと思うわ。首を吊ったのよ。たった今、アリスを下ろしてきたところよ。」

「旦那がやったんだよ！」と彼女は激しく言った。「たとえあの娘に直接ロープをかけなかったとしても、旦那があの娘をそこまで追いつめたんだよ。あの娘の子供たちを売ったんだもの！」

私は顔をしかめた。サラははっきりと大きな声で言ったのだが、一瞬理解できなかった。「ジョーとヘイガーを？　自分の子供を？」

「旦那がそんなこと気にすると思うのかい？」

「でも……あの人は気にかけていたわ。あの人のつもりでは……どうしてあの人はそんなことをしたの？」

「逃げたからだよ。」サラは私に面と向かって言った。「あんたはあの娘が逃げることを知っていたはずだよ。あんたとあの娘は姉妹みたいだったもの。」

それを思い出させてもらう必要はなかった。私は気を紛らわせるために、歩き回ろうと思い、立ち上がった。そうしなければ、また泣き出しただろう。

「あんたたちは本当に姉妹みたいにけんかしてたね」とサラは言った。「いつも罵り合い、離れて行っては、また戻ってきてた。あんたが行っちまってすぐ、アリスはあんたを追いつめた農場奴隷を打ちのめしたよ。」

彼女が？　さもありなん。私を侮辱することは、彼女だけの特権なんだから。越権行為は許さないというわけだ。私はテーブルから暖炉へ行き、さらに小さな仕事机まで行った。そしてまたサラのところへ戻った。

「デイナ、あの娘はどこ？」

「納屋よ。」

「旦那は盛大な葬式をするだろう。」サラはかぶりを振った。「おかしいね。最後には、あの娘は旦那と仲直りすると思っていたんだよ——あまり気にしなくなってね。」

「そうなったら、アリスは自分を許さなかっただろうと思うわ。」

サラは肩をすくめた。

「逃げた時……あの人は殴ったの？」

「大したことはなかったよ。トム旦那がいつかあんたを鞭打ったのと同じくらいだね。」

あの優しいお仕置き、なるほど。

「鞭で打たれるのは大した問題じゃなかった。でも旦那が子供たちを連れて行っちまった時、あの娘はすぐ死んじまうと私は思ったね。泣いたり、叫んだりしてとり乱したんだ。それから病気になり、私が面倒をみなければならなかった。」サラはちょっと黙っていた。「私はあの娘に近づくことさえしたくなかった。トム旦那が私の子供たちを売った時、私はただじっと横になって、死んじまいたいと思った。あんな様子のアリスを見ていると、昔のことをいろいろ思い出すもんでね。」

その時キャリーが入ってきた。彼女の顔は涙で濡れていた。彼女は驚きもせずに、私に近づいてきて、抱きしめた。

「知っているの？」私は尋ねた。

彼女はうなずき、白人のことを表す合図をし、私をドアの方へ押した。私は出て行った。

ルーファスは図書室の机のところで拳銃を撫でていた。

私は部屋に入らずにその場を去ろうとしたが、ちょうどその時、彼が目を上げた。私が現代から呼び戻された時彼がしようとしていたのはこういうことだったんだ、と私は急にはっきりと気づいた。それなら何故私を呼んだのか？　銃で自殺しようとするのを私に止めて欲しい、という無意識の要求なんだろうか？

「こっちへ来い、デイナ。」彼の声は虚ろで、生気がなかった。

私は古い背の高い木の椅子を机の方へ引き寄せて、座った。「どうしてあなたにそんなことができたの、ルーフ？」

彼は答えなかった。

「あなたの息子と娘を……どうしてあなたにあの子たちを売ることができたのよ？」

「そんなことしちゃいない。」

この答えは私を黙らせた。私は他の答え——あるいは答えのないこと——を予期していた。しかし否定とは……「でも……でも……」

「あれは逃げたんだ。」

「知っているわ。」

「僕たちはうまくいってたんだ。知っているだろう。おまえはここにいたんだからな。おまえが行っちまってからあれは一度僕の部屋へ来たんだ。自分の意志で。」

「ルーフ……？」

「すべてうまくいっていた。僕がジョーの授業を続けさえしたんだ。僕がだぞ！　子供は二人とも自由にするとあれに言ったんだ。」

「アリスは信じなかったのよ。何も書いてやらなかったのね。」

「書くつもりだった。」

私は肩をすくめた。「子供たちはどこにいるの、ルーフ？」

「ボルチモアでおふくろの姉と一緒にいるよ。」

「でも……何故？」

「罰するため、恐れさせるためだ。もし……もしあれが僕から離れて行くと、どんなことになるかわからせるためだ。」

「そんなひどいことを！　でもアリスが病気になった時、少なくとも子供たちを連れ戻すべきだったわ。」

「そうすればよかった。」

「何故しなかったの？」

「わからない。」

私は嫌悪を覚えて彼から顔を背けた。「あなたがあの人を殺したのよ。頭に銃を突きつけ引き金を引いたも同然よ。」

彼は銃を見て、すばやく下げた。

「これからどうするつもり？」

「ナイジェルが棺桶を取りに行ってる。ただの手造りの箱じゃなく立派なものだ。それから明日来てもらうよう牧師を雇ってくる。」

「私が言ってるのは、あなたの息子と娘をどうするかってことなの。」

彼はどうしてよいのかわからないという様子で私を見た。

「二枚の自由証明書ね」と私は言った。「少なくとも、あなたはそのくらいの負い目はあるわ。あの子たちから母親を奪ったのよ。」

「ちくしょう、デイナ。そんなこと言うのはやめろ！　僕があれを殺したなんて言うのはやめろ。」

私はただ彼を見つめていた。

「なぜおまえは僕から離れて行ったんだ！　おまえが行かなかったら、あれも逃げたりしなかったんだぞ！」

私は、サムを売らないでと頼んだ時、彼が殴った顔を撫でた。

「おまえが行くことはなかったんだ！」

「あなたは私がそばにいたくない人間になってしまったの。」

沈黙。

「二枚の自由証明書よ、ルーフ、ちゃんとした合法的な。あの子たちを自由の身で育てるのよ。少なくとも、それはあなたができることよ。」

4

次の日、外で葬式が執り行われた。皆、出席した――農場奴隷、屋内奴隷、無関心なエヴァン・ファウラーまで。

牧師は背の高い石炭色の肌で、深みのある声をした自由黒人だった。その顔は、私が識別できないほど幼い時に死んでしまった私の父の写真を思い出させた。牧師は字が読めた。彼はその大きな手で聖書を持って、『ヨブ記』と『伝道の書』から読み、とうとう私はほとんど聞くのに耐えられなくなった。私は何年も前に伯父と伯母の厳しいバプテストの教えを振り払っていた。しかし今でも、いや、特に今は、ヨブの苦々しい憂鬱な言葉は骨身に応えた。「女から生まれる者は日が短く、悩みに満ちている。彼は花のように咲き、枯れ、影のように飛び去り、止まらない……」

私はどうにか嗚咽をこらえ、静かに流れる涙を拭き、蠅や蚊を追い払い、ささやき声を聞いていた。

「アリスは地獄へ行ったんだ！　自殺した人間は地獄へ行くんだぞ！」

「お黙り！　ルーフ旦那におまえもアリスと一緒に地獄へ行ったような目に合わされるぞ！」

沈黙。

人々は彼女を埋葬した。

後で盛大な晩餐があった。私の親戚も葬式の後、晩餐会を開く。この習慣はどのくらい時代を遡るのか考えたこともなかった。

私は少しだけ食べ、その後、一人になれて、書き物をすることができる図書室へ行った。時々、言い表すことができず、それに対する自分の感情を整理することができず、私の胸にしまっておくことができないことがあれば、私はそれを書いた。その後でいつも破り捨てていたような種類の書き物だった。それは誰のためのものでもなかった。ケヴィンのためのものでさえなかった。

私がほぼ書き終えようとしている時、ルーファスが入ってきた。彼は机の方へやって来て私のいつも座る古い背の高い木の椅子に座り――彼の椅子には私が座っていた――そして頭を垂れた。私たちは何も言わなかったが、しばらく一緒に座っていた。

次の日、彼は私を町へ連れて行った。そして、古いレンガ造りの郡庁舎に入り、私が見守る前で、子供が自由の身になる証明書を書かせた。

「子供たちを連れ戻したら、面倒をみてくれるか?」帰る途中、彼が言った。

私はかぶりを振った。「それはあの子たちによくないわ、ルーフ。ここは私のうちじゃないんだから。あの子たちが私に慣れた頃に、私は行ってしまうことになるわ。」

「それじゃあ、誰が面倒をみるんだい?」

「キャリーよ。サラが手伝うわ。」

彼は気のない様子でうなずいた。

数日後のある朝早く、ルーファスはボルチモア行きの蒸気船に乗るためイーストン岬へ向かった。私は子供の世話をするため一緒に行くことを申し出たが、ただ疑いの目を向けられただけだった——その意味が見え見えの視線だった。

「ルーフ、私はあなたから逃げるためだったらボルチモアへ行く必要なんかないのよ。本当に手助けしたいだけなの。」

「ここにいるんだ」と彼は言った。そして彼は出発する前、エヴァン・ファウラーと話をしに行った。ルーファスはこの前私がどうやってうちに帰ったか知っていた。彼が尋ねたから、私は話したのだ。

「でも何故なんだ?」それを聞いた時、彼は言った。「死んじまうところだったじゃないか。」

「死ぬより悪いことがあるのよ」と私は言った。

彼は背を向けて立ち去った。

あれ以来彼は前より注意していた。もちろん私をずっと見張っていることはできなかったし、私を鎖で繋いでおこうとするのでもないかぎり、私がそうしたければ、いずれかの手段を使って彼の世界から出て行くことは阻止できなかった。彼には私を左右することができない。それが彼をいらだたせた。

ルーファスがいない間、エヴァン・ファウラーは必要以上に家の中にいた。彼は私にほとんど話しかけもしなければ、命令もしなかった。しかし彼はそこにいた。私はマーガレット・ウェイリンの部屋に避難した。彼女はとても喜び、際限なく話し続けた。私は知らず知らず笑ったり、会話まで交わしていた。まるで二人の寂しい人間が馬鹿げた境界線に関する余分な気づかいなど感じずに話しているような具合だった。

ルーファスが帰ってきて、肌の黒い、小さな女の子を抱き、彼にいっそう似てきた男の子の手を引き、家に入ってきた。ジョーは玄関で私を見、駆け寄ってきた。「デイナおばさん、デイナおばさん！」そして私に抱きついた。「僕、上手に読めるようになったよ。父さんが教えてくれてたんだ。聞きたい？」

「もちろんよ。」私はルーファスを見上げた。父さんだって？

ルーファスはしゃべってみろと言わんばかりに、唇を固く結んで私を睨みつけた。しかし私が言いたかったのは、「そう言わせるまでに、どうしてこんなに長くかかったの？」ということだけだった。この少年は、父親のことを「旦那さま」と呼ぶような短い人生を送ってきていた。今、母親がいなくなったからには、この子が父親を持つ時が来た、とルーファスは思っているんだろう。私はどうにかルーファスにほほ笑みかけることができた――心からのほほ笑みだ。彼が自分の息子を承認したことで、恥ずかしい思いをしたり、弁解するような態度をとったりして欲しくなかった。

ルーファスはほほ笑み返した。緊張を解いたように見えた。

「もう一度私の授業を再開するのはどうかしら？」

彼はうなずいた。「他の皆にはあんまり忘れてしまうほどの時間なんてなかったと思うわ。」彼らは忘れていなかった。後でわかったことだが、私は三か月いなかっただけだった。子供たちにとっては早い夏休みをとったようなものだった。今彼らは学校に戻ってきた。そして私はゆっくりと、巧みに、ルーファスに働きかけ、彼らのうちのもう少し、たぶん数人を――たぶん彼の遺書では、全員を自由にするように迫り始めた。私は奴隷所有者がそんなことをしたというのを聞いたことがあった。南北戦争はまだ三十年後だ。大人の奴隷のうちの何人かを、まだ新しい生活を築くことができる若さのあるうちに自由にしてやれるかもしれない。最後に皆のために役に立つことができるかもしれない。もう私の自由が手に届くところまできていたので、少なくともやってみても安全だと感じた。

ルーファスは今では必要以上に私をそばに置くようになっていた。彼は明けっ広げに一緒に食べようと私を食事に呼び、私が奴隷を自由にする話をしている時でも耳を傾けているようだった。しかし彼はなんの約束もしなかった。彼の年で遺書を書くなんてばかばかしいと思っているんだろうか――たぶん彼がばかばかしいと思っているのは、もっと多くの奴隷を自由にすることなんだろう。彼は何も言わなかった。だから私にはどっちなのかわからなかった。

しかしとうとう彼は私に答えた。私が知りたいと思っているよりずっと多くのことを話した。その話は私を驚かせるようなものではまったくなかった。

「デイナ」と彼はある午後図書室で言った。「僕が気が狂いでもしないことには、あの連中を自由にする遺書を書いてそれをおまえに報告するなんてあり得ないよ。そういう気違いざたのために若死にをするはめになるかもしれないだろ。」

真面目に話しているのかどうか知るために私は彼を見なければならなかった。しかし彼を見て、さらに混乱した。彼は笑っていたが、まったく本気であるという感じだったのだ。彼は、奴隷を自由にするために私が彼を殺すだろうと信じているのだ。不思議なことに、そんな考えはこれまで私には浮かんでこなかった。私の提案は悪気のないものだった。しかし彼は核心をついていたのかもしれない。結局はそんな考えが私に浮かんできたことだろう。

「僕はおまえの悪夢を見たもんだ」と彼は言った。「その夢は僕が小さな時に始まったんだ――僕がカーテンに火をつけた直後からな。あの火事を覚えているか？」

「もちろんよ。」

「僕はおまえの夢を見て、冷や汗をかいて起きるんだ。」

「夢……私があなたを殺す夢？」

「いや、ちょっと違うんだ。」彼は話をやめ、何を考えているのかわからないような
まじまじとした視線を私に向けた。「おまえが僕のもとを離れて行く夢だよ。」
私は顔をしかめた。それに近いことを彼が言うのをケヴィンが聞いたのだった――
ケヴィンの疑惑を招いた言葉だ。「私は離れるわよ」と注意深く言った。「私はそうし
なければならないの。ここは私のいる場所じゃないんだから。」

「おまえはここの者だ！　僕に関するかぎり、おまえはここの者だ。しかし僕はそん
なこと言ってるんじゃないんだ。おまえは離れて行くが、遅かれ早かれ戻ってくる。
でも僕の悪夢ではおまえは僕を助けないで行っちまうんだ。おまえは行ってしまい、
僕は面倒に巻き込まれたまま放って置かれ、傷つくか、死ぬかするんだ。」

「まあ。その夢が小さい時始まったというのは確かなの？　あなたがアイザックとけ
んかした後、始まった夢みたいに聞こえるけど。」

「あの時からひどくなったよ」と彼は認めた。「でも夢は火事の時から始まった――
おまえの意志一つで僕を助けることも、助けないことも、やれるのだとわかったとた
んに。何年間もそんな悪夢を見てきたんだ。それからアリスがしばらくここにいる間
に、そんな夢は見なくなった。今また始まったんだ。」

彼はそこで話をやめて、まるで何か言って欲しいように私を見た――私がそんなこ
とはしない、と保証するか、たぶん約束するようなことを。しかし私はそんなことを

言う気にはなれなかった。

「わかるか？」と彼は静かに言った。

　居心地悪くなって、私は椅子の中で動いた。「ルーフ、多くの人たちが、あなたが私を必要とするような面倒に巻き込まれずに年を取ってゆくことを知っているでしょう。私が信じられないんなら、あなたはこれまで以上に注意深くしていなければ。」

「おまえを信じていてよい、と言ってくれ。」

　居心地がさらに悪くなった。「私があなたを信じられなくなるようなことをあなたはし続けているのよ――信頼はお互い様でなければならないとわかっているはずなのに。」彼はかぶりを振った。「わからないんだ。僕はおまえをどう扱ってよいのかわからない。おまえは皆を混乱させる。農場奴隷にとってはおまえの口のきき方は白人に近過ぎるんだ――裏切り者のように感じるんだろう。」

「あの人たちがどう思っているのかは知っているわ。」

「おやじはいつもおまえは危険人物だと思っていた。おまえが白人のやり方をよく知り過ぎていて、それなのに黒だから、って。まったくの黒だ、とおやじは言ってたよ。観察して、考えて、面倒を起こすような黒なんだ。僕はアリスにそのことを言ったら、あれは笑ったよ。おやじは時々僕よりものがわかっているとあれは言った。おまえのことに関してはおやじが正しくて、いつか僕にもそれがわかるだろうと言ったよ。」

「私はびっくりして飛び上がった。アリスが本当にそんなことを言ったのか？

「それでいておふくろの方は、おまえと話している間目を閉じていたら、無理なく、おまえが黒人だということを忘れることができる、と言う」と彼は穏やかに続けた。「私は黒人よ」と私は言った。「そして黒人の男が私に話しかけたからといって、その男を家族と引き離して売るようなら、私があなたによい感情を持つなんて期待しないで。」

彼は顔を背けた。私たちは以前にサムのことを実際に話題にしたことはなかった。サムの周辺のことを話したり、直接には触れないでサムのことをほのめかしたりしたことはあったが。

「あいつはおまえが欲しかったんだ」と彼はぶっきらぼうに言った。

私たちがサムについて話さなかった理由がわかったので、私は彼を見つめた。これは危険過ぎた。これがきっかけで他のことに話が移って行く可能性があった。今私たちは——ルーファスと私は——安全な話題を必要としていた——とうもろこしの値段とか、奴隷に与える必需品とか、そんなようなことを。

「サムは何もしなかったわ」と私は言った。「あなたはサムが考えていると勝手に思い込んだことを理由にあの人を売ったのよ。」

「あいつはおまえが欲しかったんだ」とルーファスは繰り返した。

あなたもそうだわ、と私は思った。もはやこの緊迫感を取り除いてくれるアリスはいない。うちに帰る時が来たようだ。私は立ち上がろうとした。

「行くな、デイナ。」

私は止まった。私は急いだりして彼から逃げ出すのはいやだった。屋根裏に上がって手首のまだ新しい傷をもう一度開くつもりでいることを彼に悟られたくなかった。私はまた腰を下ろした。彼は椅子に座ってそっくり返り、急いで行ってしまえばよかったと後悔するまで私を見つめていた。

「今度おまえがうちに帰っちまったら、僕はどうすればいいんだ？」

「あなたは生き延びるわ。」

「僕は……何故生き延びることなど気にかけるんだろう。」

「少なくとも、あなたの子供たちのために気にかけて」と私は言った。「あの人の子供たちなのよ。アリスがあなたに残したのはあの子たちだけなのよ。」

彼は目を閉じ、片手でこすった。「あの子たちはもうおまえの子供になるのがよい」と彼は言った。「あの子たちがかわいいと思うのなら、ここにいろ。」

あの子たちのためなのか？「できないってことはわかっているでしょう。」

「そう望めば、できるはずだ。僕はおまえを傷つけたくないし、おまえも、また……自分を傷つける必要はないんだ。」

「あなたは何か欲求不満になるまでは、腹が立ったり、嫉妬したりするまでは、私を傷つけたりしないわ。誰かがあなたを傷つけるまでは、私を傷つけたりしないわ。ルーフ、私はあなたを知っているのよ。たとえ私に帰る――そこで誰かが待っている

——うちがなくてもここにいることはできないわ。」

「あのケヴィンのやつ！」

「そうよ。」

「撃ち殺しておけばよかった。」

「もしそうしていれば、今頃あなたも死んでいるわ。」

彼は体の向きを変え、私に面と向かい合った。「まるで本気でそんなことを言っているように聞こえるな。」

私は立ち上がって出て行こうとした。これ以上言うことはない。彼は私が与えることができないとわかっていることを要求した。そして私は拒否したのだ。

「なあ、デイナ」と彼は穏やかに言った。「最初におまえがアリスをここへよこした時、そしてあれが僕をひどく憎んでいるとわかった時、僕はあれの横で眠ってしまうとあれに殺される、と思った。あれは燭台で僕を殴るだろう、ベッドに火をつけるだろう、炊事場から包丁を持ってくるだろう……

僕はそんなこと全部を考えたんだが、怖くはなかった。というのは、もしあれが僕を殺しても、それはそれでいいんだ。他のことは問題じゃない。でももし生きているなら、僕はあれを自分のものにしようと思った。そして、ああ、僕はあれを手に入れずにはいられなかった。」

彼は立ち上がり、私の方へやって来た。私が後じさりすると、腕をつかんだ。「おまえはあれに似ている。僕はもうほとんど我慢できなくなっている」と彼は言った。

「放してよ、ルーフ！」

「おまえたちは一人の女だった」と彼は言った。「おまえとあれはな。一人の女だ。一人の半分ずつなんだ。」

　彼から離れねばならない。「放してよ、さもないと、夢を現実にするわよ！」捨鉢だ。これはアリスが持っていなかった武器だ。ルーファスは死ぬことを恐れていないようだった。今は悲しみのために彼は死ぬのを望んでいるようだった。しかし彼は一人で死ぬのは怖いのだ。長い間頼ってきた人物に見放されるのを恐れていた。

　彼は腕をつかんだまま立ち上がった。たぶん次に何をするべきか決めようとしていたんだろう。一瞬ののち、彼の握っている力が緩むのを感じたので、私は腕を引き離した。彼が自分の恐怖に打ち勝つ前に立ち去らなければならないことはわかっていた。彼は打ち勝つだろう。自分自身を説得して、なんだってやれるだろう。

　私は図書室を去り、母屋の階段を上がり、さらに屋根裏へと向かった。私の袋のあるところへ。私のナイフのあるところへ……

　階段に足音がした。

　ナイフだ！

　私はナイフを開き、ためらい、刃を出したまま袋へ戻した。

　彼はドアを開け、中に入ってきて、暑いからっぽの大きな部屋を見回した。彼は一度私に視線を移し、再び辺りを見回した——そこにいるのが私たちだけか確かめているんだろうか？

私たちだけだった。

彼はこちらへやって来て、私のわら布とんの上に並んで座った。「ごめんよ、デイナ」と彼は言った。

ごめん？　彼がしてしまいそうになったことに対して、あるいは、しようとしていたことに対して謝っているのか？　ごめん？　彼は以前にも、何回も、いろいろな方法で私に謝っていたが、彼の謝罪はごまかしだった。「僕と一緒に飯を食おう、デイナ。サラが何か特別なものを作ってくれるよ」とか、「ほら、デイナ、ここに町でおまえのために買った新しい本がある」とか、「ここに布がある、デイナ。これで自分のために何か作れるだろう」と言うことだ。

物なんだ。私を傷つけたり、怒らせたた、と知っている時、彼は贈り物をくれた。しかし彼はこれまで一度も、「ごめんよ、デイナ」とは言ったことがなかった。私は自分の耳に確信がもてなくなって、彼を見た。

「僕はこんなに淋しくなったことはないんだ」と彼は言った。

この言葉はどんな言葉より私の心に触れた。淋しさは私も知っている。私の思いは、ケヴィンと離れてうちに帰った時のことに戻っていった——私があの時感じたのは、淋しさ、恐れ、時折の希望のなさだった。しかし希望のなさはルーファスにとっては、時折どころではないだろう。アリスは死んで埋められてしまった。彼にはただ子供が残っているだけだ。しかし少なくとも、子供のうちの一人もアリスを愛していた。ジョーだ。

「母さんはどこへ行ったの？」帰ってきた最初の日にジョーは尋ねた。

「行っちまったよ」とルーファスは言った。「母さんは行っちまったんだよ。」

「いつ戻ってくるの？」

「わからない。」

その子は私のところへ来た。「ディナおばさん、母さんはどこへ行ったの？」

「坊や……母さんは死んだのよ。」

「死んだ？」

「そうよ。メアリばあさんみたいにね。」メアリばあさんはとうとう死後の報酬に向かって最後の道のりを漂って行ってしまっていた。彼女は八十年以上生きた――人々は彼女はアフリカから来たと言っていた。ナイジェルが棺を作り、そしてメアリはアリスが今眠っているそばに休んでいた。

「でも母さんは年寄りじゃなかった。」

「ええ、病気だったのよ、ジョー。」

「行っちまったって父さんは言ったよ。」

「そう……天国へね。」

「いやだ！」

彼が泣き出したので、慰めねばならなかった。私は自分の母の死の痛みを覚えていた――伯母と伯父の家で、哀しくて、淋しくて、不安だった……

私はこの少年を抱いて、あなたにはまだお父さんがいる、と言って聞かせた――どうぞそうでありますように。サラもキャリーもナイジェルもあなたを愛していると言って聞かせた。あの人たちは何が起ころうとあなたを守ってくれる、と言って聞かせた――まるで彼らは彼を守る、また彼ら自身を守る力を持っているかのように。私はジョーを母親の小屋へ行かせしばらくの間一人にしてやった。彼がそうしたいと望んだのだ。それからルーファスに私がしたことを告げた。ルーファスは私を殴ったものか、感謝したものか、決めかねているようだった。顔の皮を引きつらせ、緊張して私を睨んだ。それからとうとう緊張を解いて、うなずき、息子を捜しに行った。

今ルーファスは私と一緒に座っていた――謝り、淋しがって、死んだ人の代わりを務めることを私に求めていた。

「おまえは僕を憎んだことはないだろう？」彼は尋ねた。

「憎んでも長続きしなかったわ。何故だかわからないけど。あなたは私の憎しみを買うようなことばかりしていたけどね、ルーフ。」

「あれは僕を憎んでいた。僕があれに強いた最初の時から。」

「無理もないわ。」

「それもあれが逃げ出す前までだった。あれは僕を憎むのをやめていたよ。おまえにはどれくらいかかるのかな。」

「なんのこと？」

「僕を憎むのをやめるまで。」

ああ、なんということだろう。意志に反して、私は袋の中に隠しているナイフの握りに指をかけた。彼は私のもう一方の手を取った。そして両手の間に挟んだが、その優しい握り方は私が引き離そうとしないうちだけのものであることを私は知っていた。

「ルーフ」と私は言った。「あなたの子供たちは……」

「子供たちは自由だ。」

「でもあの子たちは幼いわ。あなたにはあの子たちの自由を守ってやる必要があるわ。」

「それなら、それはおまえ次第じゃないのか？」

突然の怒りに駆られて、私は手をひねり、引き離そうとした。突然彼の握り方が愛撫から拘束に変わった。私の右手は汗で濡れて、ナイフの柄がぬるぬるした。

「それはおまえ次第だ」と彼は繰り返した。

「とんでもない、絶対に違うわ！　あなたが生きているのは私次第だったけど、もうたくさんよ！　何故あなたは自分を撃たなかったの？　やりかけていたんでしょう。私は止めなかったと思うわ！」

「わかってる。」

彼の声が優しくなったので、私は彼を見上げた。

「それで僕が失わねばならないものが他に何かあるのか？」彼は尋ねた。彼はわら布とんの上に私を押し倒した。そしてしばらく私たちはそこにじっと横になっていた。彼は何を待っているんだろう？　私は何を待っているんだろう？

彼は私の肩に頭をのせて、左腕を私に回し、右手でまだ私の手を握ったまま横になっていた。すると、私はこうしてじっとしたままでいたり、こんなことまで彼に許してしまうのがいかに簡単であるか、徐々にわかってきた。口ではああ言っていても、いかに簡単なことか。けれど、ナイフを振り上げて、何回も私が命を救ってきたその体に突き刺すのは本当に難しいことだろう。殺すのは本当に難しい……

彼は私を傷つけていないし、私がこのままにしていれば、傷つけたりしないだろう。彼はあの年寄って醜く、残酷で吐き気を催させた父親とは違う。石鹸の匂いがして、まるで少し前に風呂に入ったみたいだ――私のためだろうか？　赤毛はきれいに梳かれて、少し湿っていた。私はテスと彼の父親とのような関係を彼との間に持つ気は断じてない――皮むきパーティの時のウイスキーのジョッキのように手から手へ回される物になどなるものか。彼は私にそんなことしないだろうし、私を売りもしないだろうし、それから……

いけない。

私は手の中にまだ汗でぬるぬるしているナイフの存在を感じていた。奴隷は奴隷だ。奴隷ならどんなことでもされ得る。そしてルーファスはルーファスなんだ——移り気で寛大さと意地悪さをかわるがわるに見せるのだ。私は彼を、私の祖先として、私の弟として、友だちとして、受け入れることはできたが、私の主人(マスター)、恋人として受け入れることはできなかった。彼は以前それを理解していたはずだ。

私は激しく体をひねり、彼から逃れた。彼は私を傷つけないようにしながら、捕まえた。私がナイフを振り上げた時でさえ、彼の脇腹にナイフを差し込んだ時でさえ、彼が私を傷つけないようにしているのに私は気がついていた。

彼はかなきり声を上げた。あんな叫び声を今まで聞いたことがなかった——獣の叫びだ。再び彼は叫んだ——今度はもっと低い、気味の悪い、ごろごろとのどを鳴らすような音だ。

彼は瞬間、握っていた私の手を放したが、私が逃げる前に私の腕をつかんだ。それから彼は自由な方の手を拳骨にして振り上げ、昔パトローラーがやったように、一度、そしてさらにもう一度私を殴った。

私はどうにかナイフを引き抜いて、振り上げ、再び彼の背中へ振り下ろした。

今度は彼はただうなっただけだった。私の上にくずおれたが、どうにかまだ生きていて、私の腕を握っていた。

私は彼の体の下敷きになった。殴られて半分意識が朦朧とし、むかむかしていた。

胃がよじれたようになり、自分とルーファスの両方の上に吐いた。

「デイナ？」

声がした。男の声だ。

どうにか首を回すと、入り口にナイジェルが立っているのが見えた。

「デイナ、どうした……？　ああ、なんてこった、大変だ！」

「ナイジェル……」ルーファスがうめいた。そして長い震えるような溜め息をついた。

彼の体は、ぐったりと重かった。私はどうにか彼を押しのけた――ただ彼の手だけはまだ私の腕を握っていた。それから私は恐ろしく激しい吐き気に襲われ、身もだえした。

ルーファスの手より固くて、強い何かが私の腕を締めつけ、絞り、圧力をかけてきた――最初は痛みがなく――まるで腕が何かに吸収されるように、それに溶け込み、はめ込まれていった。冷たい、生命のない何かに。

何か……塗料、しっくい、木――壁だ。私の居間の壁だ。私はうちに戻ったんだ――私自身のうちに、私自身の時代に。でもどういうわけか私はまだ捕まえられていた。腕が壁から生えてきているように――あるいは壁の中へ生えていくように、壁に繋がれていた。左腕の肘から指の先までが、壁の一部になっていた。私は肉がしっくいと繋がっているところを見た。わけがわからず、そこを見つめた。そこは、ちょうどルーファスの指が握っていたところだった。

私は腕を自分の方へ引っ張った、強く引いた。
突然、どっと押し寄せる痛みがあった。真っ赤な耐えがたい苦痛！　私は叫び続けた。

エピローグ

私の腕がまずまずのところまで回復すると私たちはすぐに空路でメリーランドへ向かった。メリーランドでレンタカーを借り——ケヴィンがとうとうまた運転を始めていたので——ボルチモアをあちこちした後でイーストンまで行った。現在はルーファスが使ったような蒸気船ではなくて橋がある。そして遂に私は、あんなに近くに住みながらほとんど見ることのなかったその町をとっくりと見たのである。郡庁舎も古い教会も、時が侵食しつくしていないその他のいくつかの建物も見つかった。それにバーガー・キングやホリデイ・イン、テクサコ、黒人と白人の子供たちの共学の学校もあるし、ケヴィンと私を見つめ、それからさらにもう一度見る老人たちもいた。

私たちは郊外の、まだ森や農地のある辺りへ入って行き、数軒の古い家を見つけた。そのうちの二、三軒はウェイリン家のようにも見えた。手入れが行き届き、もっときれいではあったが、基本的にはそれらのどれも、同じ赤レンガのジョージ王朝風をまねた植民地時代様式の建物だった。

でもルーファスの家はなくなっていた。私たちに判断できるかぎり、その敷地は今、広大なとうもろこし畑で占められていた。家はルーファス同様、土に返ったのだ。

農場主に尋ねてルーファスの墓を捜してみようと主張したのは私だ。というのは、ルーファスも、その父親やメアリばあさんやアリスと同じようにおそらくプランテーション内に埋葬されただろうと思ったからだ。

しかし農場主は何も知らなかった――少なくとも、何も言わなかった。私たちの見つけた唯一の手掛かりは――本当は手掛かりどころか、それをはるかに上回るものだったが――古い新聞記事であった。ルーファス・ウェイリン氏は氏の家が火事になり一部崩壊した際、死亡したと知らせるものであった。その後の新聞には、ルーファス・ウェイリン氏の所有であった奴隷たちの競売広告が載っていた。その奴隷たちは、大体の年齢と身につけている技術とを添えて、ファーストネームで並べられていた。ナイジェルの三人の息子の名前は全部あったが、ナイジェルとキャリーのそれはなかった。サラの名前はあったが、ジョーとヘイガーのそれはなかった。その他の人々の名前は全部あった。全部。

私はできるかぎり情報の断片をかき集め、それを考えめぐらせた。たとえば、火事のこと。おそらくナイジェルが、私のしたことを隠蔽するために火をつけて――そしてうまくいったのだ。ルーファスは焼死したと思われている。その不完全な新聞の記録に、ルーファスは殺されたのだとほのめかすようなこと、あるいは火事は放火だとほのめかすようなことは見当たらなかった。ナイジェルはうまくやったのだ。彼はまた、マーガレット・ウェイリンを死なせずに家からなんとか連れ出せたに違いない。彼女が死んだという言及はない。それにマーガレットはボルチモアに親戚がいる。ヘイガーの家もまたボルチモアにあったのだ。

ケヴィンと私はボルチモアに戻り、マーガレットとヘイガーを結びつけられそうな、あるいは少しでも彼女たちに言及してありそうな新聞とか法的記録簿とか、見つけたものには全部、目を通した。マーガレットは二人の子供たちを連れて行ったのかもしれない。たぶん、アリスが死んでしまったのであの子供たちを受け入れたのだろう。なんといったって、あの子供たちは彼女の孫、彼女の唯一人の子の息子と娘なのだから。彼女は子供たちの面倒を見たかもしれない。また、子供たちを奴隷としてそばに置いたのかもしれない。たとえそうだとしても、少なくともヘイガーは、憲法修正第十四条で解放されるまで長生きしたのだ。

「あいつは遺言状を遺すこともできただろうに。」私たちがよく行った場所の一つであるメリーランド歴史協会の外へ出た時、ケヴィンが言った。「少なくとも自分がもう必要としなくなる時にあの人たちを解放することだってできたのに。」

「でも母親への考慮もあったことだし」と私は言った。「それにあの人はまだやっと二十五歳だったのよ。おそらく遺言状を作る時間は充分あると思ったのでしょう。」

「あいつを弁護するのはよせよ」とケヴィンがぶつくさ言う。

私は口ごもり、それからかぶりを振った。「そんなことはしていないわ。ある意味では自分を弁護したのだと思うわ。あのね、あの人がどうしてその種の遺言状を作ろうとしなかったか、私、知っているの。あの人に尋ねたのよ。そしたら理由を話してくれたの。」

「何故だと言った？」

「私のせいなの。遺言状を作った後で私に殺されるんではないかと恐れていたの。」

「遺言状のことなど君に知らせる必要もないというのに！」

「ええ。でも危険は冒したくなかったんでしょう。」

「あいつが恐れたことは……当たっていたのかい？」

「わからない。」

「君があいつから受けたいろいろを考えてみると、信じがたいね。襲われなければ君は本当にあいつを殺すことはできなかったと思うな。」

その時やっと、私は悟った。あの最後の数分がどのようなものであったか、ケヴィンには決してわからないだろう。あらましは話したし、彼はほとんど質問しなかった。それはありがたかった。だから私はただ「自己防衛ね」とだけ言った。

「そうだ」と彼。

「でもその値は……ナイジェルの子供たち、サラ、他の皆……」

「すんだことだよ」と彼は言う。「今さら変えようと思ってもどうにもできやしないんだ。」

「わかっているわ。」私は深く息を吸った。「あの子供たちは離れ離れにならずにすんだかしら——もしかしてサラと一緒にいるのを許されたかしら。」

「調べたじゃないか」と彼は言った。「でも記録が見つからなかった。おそらく絶対にわからないだろう。」

　私はトム・ウェイリンのブーツが私の顔に遺した傷に触り、中身のない左袖に触った。「わかっているわ」と私は繰り返した。「どうしてここへ来てみたかったのかも。過去はもううんざりのはずだとあなたは思うでしょうね。」

「君もおそらく僕と同じ理由でここへ来る必要があったのだろう。」彼は肩をすくめた。「理解しようとして。あの人たちが存在したという確実な証拠に触れてみたくて。自分が正気であることを確信するために。」

　私は歴史協会のレンガ造りの建物を振り返った。その建物自体、昔の館を改造したものである。「もしこのことを誰か他の人に、ともかく誰かに話したら、私たちをあまり正気とは思わないでしょうね。」

「僕たちは正気だよ」と彼。「それにもうあの坊主が死んでいるんだから、僕たちも正気のままでいられる見込みはある。」

訳者あとがき

オクテイヴィア・E・バトラーの作品が初めて世に出たのは一九七〇年、彼女が二十三歳のときである。以後、短・中編は言うまでもないが長編だけを見ても、一九七六年から今日までに五部作のパターンマスター・サガ、三部作のゼノジェネシス・トリロジー、それにここに訳出した『キンドレッド』(一九七九)を含め、九編を数える活躍ぶりである。ヒューゴ賞を二度、ネビューラ賞を一度獲得し、現時点ではSF分野で位置の確立した唯一の黒人女性作家と言われている。

彼女は黒人女性であるために、その作品に黒人として女性としての視点を期待されがちである。それは確かに存在し、作品に独特の力を与えているが、読者がそれに注目し過ぎて大事なことを見逃す場合もある。訳者の例を挙げさせてもらおう。ネビューラ、ヒューゴ両賞を得た中編「血を分けた子供」は、汚れた地球を逃れてある異星に渡った人間の宿命を描く。異星生物と共生するためには、人間は体内に産み付けられたその生物の卵を育てなければならない。これは人種も性も関係ない宿命なのだが、そこに、次代の奴隷の生産者として使われ、否応なく奴隷主の子をみごもらされた黒人女性の無惨な歴史の記憶を読み取る読者は、訳者も含めて、少なくなかった。だがバトラーはあるインタビューで自分の意図はこの宿命を異星における人間の「奴隷状態」としてではなく、そこで共生するための公平な「取り引き」として書くことにあったと述べている。よその土地からやって来て先住民族を征服し、自分たちの言語や文化を強要するという、地球上の至る所に見られた人間の歴史を顧みて、異星へ渡った人間は同じあやまちを犯すのでなく、公平な取り引きをして平和な共生を営むべきだという批判が込められているのである。

もっとも、ここに訳出した『キンドレッド』は、超能力を持つ人々の力の関係を描くパターンマスター・サガや、異星生物と人間の細胞交換で構成される新しい生物を描くゼノジェネシス・トリロジーのような作品と違って、奴隷制度という過去の事実に根ざし、黒人として女性としての視点を真正面にすえたバトラーにとっては例外的な作品である。彼女自身はこれをSFとは認めず、「ファンタジー」と呼んでいる。しかも自らダブルデイ社の「一般小説部門」へ持ち込んで出版を実現したという。この作品の後、再びいわゆるSF路線に戻って書き続けているバトラーが、何故この時期（七〇年代の終わり）に敢えて奴隷体験記の形をとる歴史小説を生み出したのだろうか。

奴隷体験記形態の小説は反奴隷制運動の一環として十九世紀にもわずかに存在したが、歴史小説として黒人文学の中に一つの流れを見せ始めたのは、公民権運動の盛り上がった六〇年代からである。それ以前は、一般的に白人社会への「同化」が急がれており、屈辱の過去は忘れてしまいたいという心理があったと言われる。『風と共に去りぬ』のような白人の視点から書かれたものはあっても、黒人の視点から奴隷制度の日々を再構築する小説はほとんど出なかった。マーガレット・ウォーカーは曾祖母をモデルにした『ジュビリー』(一九六六)を書くまでに二十年も調査にかけたというが、それほどに先例が少なく、一つ一つを自分で確かめる必要があったのだろう。公民権運動で高められた黒人の間の誇り、連帯意識、歴史への関心に応えて、『ジュビリー』の後に、アーネスト・ゲインズの『ミス・ジェーン・ピットマンの自叙伝』(一九七一)、ジョン・O・キレンズの『大いなる朝』(一九七二)、アレックス・ヘイリーの『ルーツ』(一九七六)、そしてイシュメール・リードの『カナダへの逃亡』(一九七六)が続いた。パロディであるリードの作品以外はいずれも綿密な資料調査や聞き書きに基づくリアルな過去の再現であった。

この後にくるオクテイヴィア・E・バトラーの『キンドレッド』が、テレパシーやタイム・トラヴェルといった大胆な発想で過去を再現できたのは、これら先行する作品の存在に負うところが大きいと思われる。同じことはバーバラ・チェイス＝リボーの『サリー・ヘミングス』（一九七九）、シャーリー・アン・ウイリアムズの『デッサ・ローズ』（一九八六）、トニ・モリスンの『ビラヴド』（一九八七）、チャールズ・ジョンソンの『ミドル・パッセージ』（一九九〇）にも言えよう。これらは歴史資料を発想の源にしながら、もはや資料にとらわれることなく斬新、自由な構想で、記録に残らなかった（あるいは残るはずのない）奴隷制下の物語を語るのである。

さて、バトラーは六〇年代の半ば、ある黒人学生同盟のようなグループの一員であった。仲間の男子学生の一人が、「まだ流行になる前に」黒人史に大きな関心を寄せてかなりの知識を持ったのはよかったが、「彼らは抵抗すべきだった」と先祖たちを非難したのである。「かくも長い間われわれの足を引っ張ってきた昔の連中を殺してやりたいが、それには自分の両親から始めねばならないからやれない」と言う。バトラーは中産階級のこの黒人男性が黒人史の豊富な知識は持っていても、「それを体内に感じていない」と思った。この男を奴隷制の南部へ送り込んで、どれほど耐えられるか見てやりたいという願望すら覚えた。バトラーの祖母や母はルイジアナのさときび農園で生まれ育ち、奴隷制と大して変わらぬ生活を体験し、ただ移動だけは自由であるからカリフォルニアへやって来た。ここでオクテイヴィアが生まれたが、まもなく父が亡くなり、祖母と母は白人のメイドをしながら彼女を育てた。母たちの惨めな人生を知っている彼女は、「昔の連中」を非難などできなかった。彼女がＳＦの世界にのめり込んだのも、母たちの苦闘から目をそむける、現実逃避がそもそもの目的だったほどなのである。

数年後、例の男を奴隷制の南部に送り込む願望を充足させる小説を書こうと、グレイハウンドやトレイルウェイのバスを乗り継いでメリーランドへ調査の旅をした。（彼女は車を運転しない。）安宿に泊まってメリーランド歴史協会の古い建物に通った。マンション（農園主の館）見物のツアーは季節はずれのためやっていなかったので、ヴァージニアのマウント・バーノン（ジョージ・ワシントンのプランテーションで、昔の状態を保存し、観光客に常時公開している）へ行って奴隷の作業小屋やさまざまな日常生活の道具を記憶にやきつけた。結局、図書館にこもって奴隷体験記（元奴隷の手記、あるいは聞き書きで、奴隷制廃止運動の推進に貢献した）を読むことに一番時間をかけたが、どれも陰惨で読むのが辛かった。読者をひきつけるのがねらいであるSF作家のプロ意識が、「これでは人々が読まない。洗い上げてでも読めるものにしなければ」と決心させた。

さていよいよ書き始めてみると、例の男を主人公にしては話が続かないのがわかったのである。あんな態度や目付きをした黒人の男は奴隷制下ではたちまち殺されてしまう。そこで、きっかけとなった「願望充足」のことはあきらめ、危険人物とはみなされても殺さねばならぬほど危険とは思われぬような――作者自身と境遇も年齢も似た黒人女性を主人公にして、公民権運動と女性運動で培われたこの女性の意識が十九世紀前半の南部で受ける試練を描く形を採った。以上が、バトラーのいくつかのインタビューからたどってみた小説成立のプロセスである。

小説の中で描き出される主人公デイナの心理は、かなりアンビヴァレントである。たとえば、現代のミリタントな黒人には「卑屈」と見えるかもしれない奴隷の従順さの背後に、同胞や子孫が生き延びることへの配慮があるのを知って、デイナはその忍耐力に敬意を覚える。けれども一方で、自分がルーファスの情婦にされるくらいなら、自殺を選ぶとほのめかす。（彼女に自殺されては自分の命にもかかわるから、ルーファスは彼女に強要できないのだが。）この決意は単にケヴィンへの愛のためだけではなく、誰かの「所有物」になることへの拒否なのであり、公民権運動、女性運動を体験した現代人のデイナには絶対に譲れぬ一線なのである。ケヴィンが「君の黒人側の祖先がそんなふうに思っていたら、君はここに存在していないだろう」と言った通り、奴隷たちの皆がデイナと同じ考えを持っていたら、彼らは死を選び、子孫は残らなかっただろう。

また、ルーファスに対する彼女のアンビヴァレントな感情は言うまでもないが、ケヴィンに対するそれも水面下に読み取れるのではないだろうか。ケヴィンがデイナとこの不可思議な重い体験を分かち合おうとする誠実な夫であることに疑いはない。けれども、二人が過去の世界では夫と妻でなく主人と奴隷の役を演じなければならなかったことが暗示するように、彼らはかならずしも対等の立場には立っていない。デイナは見るのにケヴィンは見なかったり気がつかぬものがある。それにケヴィンはデイナを秘書代わりに使おうとしたことがあるが、ルーファスも同じことをする。現在と過去を行き来する際のめまいの直後に、デイナがケヴィンとルーファスを混同するのは、そうした水面下の感情と無関係ではないように思える。

デイナが最後にルーファスの命を奪ったのは、自分が「所有物」になるのを防ぎ、人間の誇りを守るためであった。彼女はその代償に左腕を失った。このラストは、誇りを守ることが命がけの行為であることを示すだけでなく、奴隷制下から人は無傷ではとうてい帰還できないこと（ケヴィンも額に傷を残している）をも示していよう。デイナの傷は黒人が今も風化を拒む精神的トラウマであるとも考えられる。

この本の意義を認めてくださった山口書店の三宮庄二社長、熱心に協力してくださった編集部の金子恵さん、川口すみさんに心より感謝申し上げつつ。

一九九一年十一月　　訳者

文庫版訳者あとがき

『キンドレッド――きずなの招喚』（山口書店）として三十年ほど前に訳出したオクテイヴィア・E・バトラーの小説が、喜ばしいことにこのたび河出文庫版として復活した。共訳者岡地尚弘氏は故人となり、この吉報を共有できないことだけが残念である。文庫化にあたり、わずかだが文言を修正し、また、くりかえし出現する差別語には原語のルビを施してあえて時代の特有性を示すことにした。

今回この小説を再読してみて少しも古さを感じなかった。タイム・トラヴェルという昔からある手法を使いながら、最後の一頁まで読者を引き付けて離さぬ牽引力は、徹底してリアルな描写から生まれるのではないだろうか。二十世紀に生きるデイナは血縁の絆により十九世紀前半の南部に招喚され、やましいことはなくても黒人であるがゆえに「パトローラー」たちから逃げ隠れせねばならぬ恐怖に晒される。弱者に対する彼らの暴力を目撃するディナの汗、震え、動悸が、まるで読み手もその場にいるかのように伝わってくる。原作は一九七九年に出版された。六十年代の公民権運動が一定の法制度上の効果を達成したとは言え、日常に根深く浸透した人種差別は容易には解消されない。ディナを通して描かれた恐怖は、作者バトラーにとって「過去」のものではなかったのかもしれない。

「過去」どころか、二十一世紀の「現在」のものでもあることは、「ＢＬＭ（ブラック・ライブズ・マター）運動」が示す通りである。運動の発端は、無実の黒人少年を射殺した白人の自警団員（現代版パトローラー？）が、二〇一三年の裁判で無罪放免されたことに対する抗議にあった。この事件は氷山の一角で、その後も黒人男性が相次いで警察官に殺されたうえに、二〇二〇年五月、ミネアポリスの白人警察官に拘束され死に至らしめられたジョージ・フロイドの映像が世界に流れると、運動は大きく広がっていった。差別の根源である奴隷制を擁護した人物の彫像撤去、彼らを記念する地名の廃止・変更等にとどまらず、黒人社会で祝われていても一般に認識されていなかった「奴隷解放の日」（六月十九日）を連邦政府の法定休日にする法案も両院で可決された。注目したいのはカナダ、英国、欧州各地でもこの運動に呼応する現象があり、奴隷貿易や植民地支配による先住民搾取といった歴史上の過ちに対する公的反省や謝罪などが続いていることである。深く刻まれた傷は、ことに当事者にとっては、このような象徴的な行為で簡単に癒されるものではない。しかし、歴史が少しずつなが新しい方向へ向かいつつあることを信じたい。

こうした動きの中で、黒人文学に対する関心があらためて高まったのであろうか。バトラーは二〇〇六年に五十八歳という若さで逝ったが、近未来の気候変動を扱ったSF作品の一つ『種まきのたとえ話』が二〇二〇年の『ニューヨークタイムズ』のベストセラー・リスト入りしたことや、『キンドレッド』がテレヴィ・ドラマ化されつつあることは、没後十五年を経てなお、アフロ・フューチャリズムの旗手としての彼女の存在感が衰えていないことを示していよう。

二〇二一年七月

風呂本惇子

解説

橋本輝幸

本書は、米国のSF作家オクテイヴィア・E・バトラーの代表作『キンドレッド』の全訳である。親本は一九九二年に『キンドレッド——きずなの招喚』の題名で山口書店から翻訳出版された。長らく入手困難だった名著がようやく広く読まれる機会を得る。米国での初版は一九七九年。

この物語は時間旅行(タイムスリップ)SFである。現代に暮らすデイナはある日から十九世紀初頭のメリーランド州に転移(ワープ)するようになる。やがて、高祖父ルーファス・ウェイリンが危機に瀕するたび、その現場に引き寄せられてしまう法則性が明らかになる。デイナは四代前の先祖たちを助け、毎回ある条件を達成して現代に戻れるまでは十九世紀で生活を送るが……。

さて上記のあらすじには情報が足りない。まずデイナは黒人女性で、白人男性ケヴインと結婚している。彼女は高祖母の黒人女性アリスと高祖父の白人男性ルーファスがどんな人物だったのか知らない。当時の南部は奴隷制下で、ルーファスの一家は多数の黒人奴隷を抱えて農場を経営している等々。はたして十九世紀の米国南部で黒人女性として生きるとは一体どういうことなのか。著者は深く鋭い想像力と綿密な調査、そして小説家としての卓越した才能によって読者に知らしめる。

だから警告する。本書で描かれるむきだしの差別や暴力は直視がつらいほどだ。過酷な体験はデイナに憑依した読者の魂をも揺すぶり、傷を残すかもしれない。くれぐれも精神に余裕があるときに読書に臨んでほしい。

本書の趣向と評価

訳者あとがきによれば本書の着想は、黒人学生団体に所属していたバトラーが、抵抗せず奴隷の身に甘んじた先祖を非難する男子学生を見て「この男を奴隷制の南部へ送り込んで、どれほど耐えられるか見てやりたいという願望すら覚えた」（五二八ページ）経験から生まれた。ゆえに本書には、スリリングで巧みなサバイバル小説である必然性があった。読者が知的でタフな現代人デイナと共に苦難を味わい、尊厳を奪われて初めて趣向が成功するのだ。また、二つの時代を行き来する形式には、多くの社会問題が過去のものではなく、現代まで続く状況を示す効能もある。

本書は、米国で発行部数五十万部に達するベストセラーだ。二〇二一年、米国の文学遺産の継承を主旨とする非営利出版団体ライブラリー・オブ・アメリカは本書を含むバトラー作品集を出版した。高校や大学で課題図書に選ばれることも多い。本書は現在映像化が企画されているが、監督を務める予定のジャニクサ・ブラヴォーもかつて学校(カレッジ)で『キンドレッド』を読んだそうだ。翻案でいえば、ダミアン・ダフィーとジョン・ジェニングスによるグラフィックノベルが二〇一七年に出版された。ニューヨークタイムズのベストセラーランキングのハードカバー・グラフィックノベル部門の一位に輝き、アイズナー賞のコミカライズ（adaptation）部門とブラム・ストーカー賞のグラフィックノベル部門を受賞するなど高い評価を受けた。

著者について

オクテイヴィア・エステル・バトラーは一九四七年に米国カリフォルニア州のパサデナで生まれた。図書館での読書を愛し、十歳から小説を書き始め、十二歳でＳＦ作家を志し、十三歳のときにある教師に才能を見出されてＳＦ雑誌への投稿を勧められた。ただし読み書きあるいは学習の障害を持ち、しばしば宿題を完成させられず苦労してもいる。十五歳の時点で六フィート（一八三センチメートル）の長身だった。

靴磨きだった父は幼い頃に亡くなり、母と祖母に育てられた。敬虔なバプテスト派プロテスタントの家庭である。母親は十歳の彼女にタイプライターを買い与え、作家活動を応援したが、一方で秘書としての安定した就労を望んだ。だがバトラーは短期の職を転々としながらパサデナ・シティ・カレッジの夜学に通い、夜中に小説の執筆を続けた。カレッジ卒業後、西部全米脚本家組合の創作ワークショップに参加した際に講師のSF作家ハーラン・エリスンに勧められ、一九七〇年にSF創作講座クラリオン・ワークショップに参加。一九七一年に短編がアンソロジーに収録されてデビューした。当時二十三歳。

一九九五年には米国の財団にマッカーサー基金、通称「天才賞」の受給者に選ばれ、二十九万五千ドル（現在のレートでも三千万円に相当）を授与される。バトラーは同賞に選ばれた初めてのSF作家だった。なお二〇一八年にケリー・リンクが、二〇二〇年にN・K・ジェミシンが選ばれた。

二〇〇六年、脳卒中のため五十八歳で亡くなる。約三十六年の作家生活で長編小説十二作と短編集一冊を出版した。著書は今でも年間に合計十万部ずつ売れるという。なお、ガーディアン紙やLAタイムズ紙の訃報記事で、バトラーは同性愛者（レズビアン）だったと報道された。しかし本人が公言した情報はなく、周辺人物の発言をもとにした見解である。一九八八年のインタビューで、長編“*Patternmaster*”のバイセクシュアル表象について質問されたバトラーは、一時期の性的指向への関心の反映だと回答し、ゲイ&レズビアンセンターに電話して二回面談したが「いや、これじゃないな（Nope, this ain't it.）」と気づき、そもそも誰かといるより独りでいるほうがよく、自分は隠者だと自覚したと語っている。SF批評家でアンソロジストのキャスリン・クレイマーは、バトラーの性的指向は異性愛者とアセクシャルの中間のどこかに位置したのではとコメントしている。ともあれバトラーは自らについて多くは語らず、略歴に記載がなかったため、彼女がアフリカ系アメリカ人だと気づかない読者もしばしば存在した。

ジャンルSF内での影響と評価

バトラーはSFファンの投票で選ばれるヒューゴー賞を二回、米国SF・ファンタジー作家協会（SFWA）会員の投票で選ばれるネビュラ賞を二回受賞した。

彼女が影響を受けたと複数回言及したSF作家はシオドア・スタージョン、マリオン・ジマー・ブラッドリー、アーシュラ・K・ル＝グウィン、リイ・ブラケット、レイ・ブラッドベリである。性的役割や性的指向、冒険小説、社会や人間性の探求などいくつかのテーマで共通性が見られる。また、ときにはジョアンナ・ラス、ケイト・ウィルヘルム、シェリ・S・テッパー、ゼナ・ヘンダースンなど女性主人公や性的役割に注目したフェミニズムSFの作家たちを挙げた。しかし上記に該当しない作家を挙げることもあり、結局は長年の読者として広くSF小説を愛好していたと思われる。人間は常に一貫しているわけではない。

バトラーから影響を受けた作家も枚挙にいとまがない。ただし日本での紹介が進まなかった作家や、つい最近翻訳されたばかりの作家が多い。例えばニシ・ショール、タナナリヴ・デュー、ナロ・ホプキンスン、N・K・ジェミシン、ンネディ・オコラフォー、サラ・ピンスカーやサム・J・ミラーがその影響を語っている。特に非白人やクィアや女性の作家たちにとって、心の拠り所やロールモデルだったと想像できる。アーティストのジャネール・モネイも強い影響をたびたび公言している。

再評価の機運

ドナルド・トランプが二〇一六年の大統領選に出馬した後に、バトラーのディストピア長編 "*Parable of the Talents*"（一九九八）に「メイク・アメリカ・グレート・アゲイン」をキャッチコピーにした「煽動的民衆指導者、大衆煽動者、偽善者」の架空の政治家が登場し、キリスト教原理主義に基づく圧政を行なう点を複数人が指摘した。これは予言的中というわけではなく、一九八〇年代にロナルド・レーガン元大統領が「レッツ・メイク・アメリカ・グレート・アゲイン」というキャッチコピーを選挙戦で使用し、バトラーがそのまま借用したにすぎない（トランプは自分で思いついたと主張していた）。しかしポピュリズム政治や米国の崩壊といった題材は現在の関心事に合致し、二〇二〇年九月にはニューヨークタイムズのベストセラーランキング十四位を記録した。二〇一〇年代後半以降、米国では世情を反映してディストピア小説が非常によく売れ、その波に乗ったという側面もある。書簡集 "*Luminescent Threads*"（二〇一七）は亡きバトラーに宛てて多数の作家たちが書いた手紙という体裁で、社会への不安が多く綴られた。バトラーの問題意識は残念ながらまだ普遍的に通ずるのだ。本書以外に"*Dawn*"（一九八七）と"*Parable of the Sower*"（一九九三）の映像化権も取得され、ほかにもオペラ化やグラフィックノベル化などの翻案展開が著しい。

日本での紹介

残念ながら、現時点では日本で出版されているオクテイヴィア・E・バトラーの著書は『キンドレッド』一冊である。ただし見落とされていた作家というわけではない。〈SFマガジン〉一九八〇年九月号の「SFスキャナー」欄では、乗越和義によって見開き約二ページを費やして本書が紹介された。八〇年代後半には以下のとおり短編小説が翻訳掲載された。独立した長編は本書と"*Fledgling*"（二〇〇五）のみで残りはシリーズものであること、SF専門レーベルには作風がシリアスすぎ、一般文芸出版には設定がSFすぎたことなどが推測される。ジャンルの境界が薄れた現在こそ、本格的な紹介のチャンスではないだろうか。現に二〇二二年、河出書房新社からはオクテイヴィア・E・バトラーの短編集が刊行される予定だ。また竹書房からはParableシリーズの二冊の翻訳の予定が告知されている。いずれも愉しみに待ちたい。

既訳短編リスト

Speech Sounds（一九八三）
「ことばのひびき」山田順子訳、SFマガジン 一九八五年一二月号掲載

「話す音」藤井光訳、文藝　二〇二一年秋季号掲載
一九八四年　ヒューゴー賞ショートストーリー部門受賞

Bloodchild（一九八四）
「血をわけた子供」小野田和子訳、SFマガジン　一九八六年二月号掲載
小川隆&山岸真編『80年代SF傑作選』（ハヤカワ文庫SF）に再録
一九八五年　ヒューゴー賞ノヴェレット部門受賞
一九八五年　ネビュラ賞ノヴェレット部門受賞
一九八五年　ローカス賞ノヴェレット部門受賞

The Evening and the Morning and the Night（一九八七）
「夕べと朝と夜と」幹遙子訳、SFマガジン　一九八九年八月号掲載
一九八八年　シオドア・スタージョン記念賞候補作
一九八七年　ネビュラ賞ノヴェレット部門候補作
一九八八年　ローカス賞ノヴェレット部門候補作（七位）

（SF書評家）

本書は、一九九二年に山口書店より刊行された『キンドレッド——きずなの招喚』を文庫化したものです。文庫化にあたり、誤植の修正を含めた若干の改訂を行いました。

キンドレッド

二〇二一年一一月一〇日　初版印刷
二〇二一年一一月二〇日　初版発行

著　者　オクテイヴィア・E・バトラー
訳　者　風呂本惇子・岡地尚弘
発行者　小野寺優
発行所　株式会社河出書房新社
〒一五一-〇〇五一
東京都渋谷区千駄ヶ谷二-三二-二
電話〇三-三四〇四-八六一一（編集）
〇三-三四〇四-一二〇一（営業）
https://www.kawade.co.jp/

ロゴ・表紙デザイン　粟津潔
本文フォーマット　佐々木暁
本文組版　株式会社創都
印刷・製本　凸版印刷株式会社

Printed in Japan　ISBN978-4-309-46744-3

なにかが首のまわりに

C·N·アディーチェ　くぼたのぞみ〔訳〕　46498-5

異なる文化に育った男女の心の揺れを瑞々しく描く表題作のほか、文化、歴史、性差のギャップを絶妙な筆致で捉え、世界が注目する天性のストーリーテラーによる12の魅力的物語。

アメリカーナ　上

チママンダ·ンゴズィ·アディーチェ　くぼたのぞみ〔訳〕　46703-0

高校時代に永遠の愛を誓ったイフェメルとオビンゼ。米国留学を目指す二人の前に、現実の壁が立ちはだかる。世界を魅了する作家による、三大陸大河ロマン。全米批評家協会賞受賞。

アメリカーナ　下

チママンダ·ンゴズィ·アディーチェ　くぼたのぞみ〔訳〕　46704-7

アメリカに渡ったイフェメルは、失意の日々を乗り越えて人種問題を扱う先鋭的なブログの書き手として注目を集める。帰郷したオビンゼは巨万の富を得て幸せな家庭を築く。波瀾万丈の物語。

鉄の時代

J·M·クッツェー　くぼたのぞみ〔訳〕　46718-4

反アパルトヘイトの嵐が吹き荒れる南アフリカ。末期ガンの70歳の女性カレンは、庭先に住み着いたホームレスの男と心を通わせていく。差別、暴力、遠方の娘への愛。ノーベル賞作家が描く苛酷な現実。

アフリカの白い呪術師

ライアル·ワトソン　村田惠子〔訳〕　46165-6

十六歳でアフリカの奥地へと移り住んだイギリス人ボーシャは、白人ながら霊媒・占い師の修行を受け、神秘に満ちた伝統に迎え入れられた。人類の進化を一人で再現した男の驚異の実話！

アフリカの日々

イサク·ディネセン　横山貞子〔訳〕　46477-0

すみれ色の青空と澄みきった大気、遠くに揺らぐ花のようなキリンたち、鉄のごときバッファロー。北欧の高貴な魂によって綴られる、大地と動物と男と女の豊かな交歓。20世紀エッセイ文学の金字塔。

アメリカ人はどうしてああなのか

テリー・イーグルトン　大橋洋一／吉岡範武〔訳〕 46449-7

あまりにブラック、そして痛快。抱腹絶倒、滑稽話の波状攻撃。イギリス屈指の毒舌批評家が、アメリカ人とアメリカという国、ひいては現代世界全体を鋭くえぐる。文庫化にあたり新しい序文を収録。

アメリカ大陸の明暗

今津晃 47176-1

新大陸発見に続く、先住民インディオへの収奪と駆逐のうえに築かれた、永遠の繁栄の神話の実体を冷徹な史眼で描ききる。巨視的な南北アメリカ全史を概観しながら、明暗の本質に迫る画期的試み。

ユダヤ人の歴史

レイモンド・P・シェインドリン　入江規夫〔訳〕 46376-6

ユダヤ人の、世界中にまたがって繰り広げられてきた広範な歴史を、簡潔に理解するための入門書。各時代の有力なユダヤ人社会を体系的に見通し、その変容を追う。多数の図版と年譜、索引、コラム付き。

私はガス室の「特殊任務」をしていた

シュロモ・ヴェネツィア　鳥取絹子〔訳〕 46470-1

アウシュヴィッツ収容所で殺されたユダヤ人同胞たちをガス室から搬出し、焼却棟でその遺体を焼く仕事を強制された特殊任務部隊があった。生き残った著者がその惨劇を克明に語る衝撃の書。

人間の測りまちがい 上・下　差別の科学史

S・J・グールド　鈴木善次／森脇靖子〔訳〕 46305-6 46306-3

人種、階級、性別などによる社会的差別を自然の反映とみなす「生物学的決定論」の論拠を、歴史的展望をふまえつつ全面的に批判したグールド渾身の力作。

お前らの墓につばを吐いてやる

ボリス・ヴィアン　鈴木創士〔訳〕 46471-8

伝説の作家がアメリカ人を偽装して執筆して戦後間もないフランスで大ベストセラーとなったハードボイルド小説にして代表作。人種差別への怒りにかりたてられる青年の明日なき暴走をクールに描く暗黒小説。

帰ってきたヒトラー　上
ティムール・ヴェルメシュ　森内薫〔訳〕　46422-0

2015年にドイツで封切られ240万人を動員した本書の映画がついに日本公開！　本国で250万部を売り上げ、42言語に翻訳されたベストセラーの文庫化。現代に甦ったヒトラーが巻き起こす喜劇とは？

帰ってきたヒトラー　下
ティムール・ヴェルメシュ　森内薫〔訳〕　46423-7

ヒトラーが突如、現代に甦った！　抱腹絶倒、危険な笑いで賛否両論を巻き起こした問題作。本書原作の映画がついに日本公開！　本国で250万部を売り上げ、42言語に翻訳されたベストセラーの文庫化。

わたしは英国王に給仕した
ボフミル・フラバル　阿部賢一〔訳〕　46490-9

中欧文学巨匠の奇想天外な語りが炸裂する、悲しくも可笑しいシュールな大傑作。ナチス占領から共産主義へと移行するチェコを舞台に、給仕人から百万長者に出世した主人公の波瀾の人生を描き出す。映画化。

戦場から生きのびて
イシメール・ベア　忠平美幸〔訳〕　46463-3

ぼくの現実はいつも「殺すか殺されるかだった」。十二歳から十五歳までシエラレオネの激しい内戦を戦った少年兵士が、ついに立ち直るまでの衝撃的な体験を世界で初めて書いた感動の物語。

舞踏会へ向かう三人の農夫　上
リチャード・パワーズ　柴田元幸〔訳〕　46475-6

それは一枚の写真から時空を超えて、はじまった——物語の愉しみ、思索の緻密さの絡み合い。二十世紀全体を、アメリカ、戦争と死、陰謀と謎を描いた驚異のデビュー作。

舞踏会へ向かう三人の農夫　下
リチャード・パワーズ　柴田元幸〔訳〕　46476-3

文系的知識と理系的知識の融合、知と情の両立。「パワーズはたったひとりで、そして彼にしかできないやり方で、文学と、そして世界と戦った。」解説＝小川哲

信仰が人を殺すとき 上

ジョン・クラカワー　佐宗鈴夫〔訳〕　46396-4

「背筋が凍るほどすさまじい傑作」と言われたノンフィクション傑作を文庫化！　一九八四年ユタ州で起きた母子惨殺事件の背景に潜む宗教の闇。「彼らを殺せ」と神が命じた——信仰、そして人間とはなにか？

信仰が人を殺すとき 下

ジョン・クラカワー　佐宗鈴夫〔訳〕　46397-1

「神」の御名のもと、弟の妻とその幼い娘を殺した熱心な信徒、ラファティ兄弟。その背景のモルモン教原理主義をとおし、人間の普遍的感情である信仰の問題をドラマチックに描く傑作。

アダムの運命の息子たち

ブライアン・サイクス　大野晶子〔訳〕　46709-2

父系でのみ受け継がれるＹ染色体遺伝子の生存戦略が、世界の歴史を動かしてきた。地球生命の進化史を再検証し、人類の戦争や暴力の背景を解明。さらには、衝撃の未来予測まで語る！

イヴの七人の娘たち

ブライアン・サイクス　大野晶子〔訳〕　46707-8

母系でのみ受け継がれるミトコンドリアＤＮＡを解読すると、国籍や人種を超えた人類の深い結びつきが示される。遺伝子研究でホモ・サピエンスの歴史の謎を解明し、私たちの世界観を覆す！

人類が絶滅する6のシナリオ

フレッド・グテル　夏目大〔訳〕　46454-1

明日、人類はこうして絶滅する！　スーパーウイルス、気候変動、大量絶滅、食糧危機、バイオテロ、コンピュータの暴走……人類はどうすれば絶滅の危機から逃れられるのか？

この世界を知るための　人類と科学の400万年史

レナード・ムロディナウ　水谷淳〔訳〕　46720-7

人類はなぜ科学を生み出せたのか？　ヒトの誕生から言語の獲得、古代ギリシャの哲学者、ニュートンやアインシュタイン、量子の奇妙な世界の発見まで、世界を見る目を一変させる決定版科学史！

海を渡った人類の遥かな歴史

ブライアン・フェイガン　東郷えりか〔訳〕　46464-0

かつて誰も書いたことのない画期的な野心作！　世界中の名もなき古代の海洋民たちは、いかに航海したのか？　祖先たちはなぜ舟をつくり、なぜ海に乗りだしたのかを解き明かす人類の物語。

ロビンソン・クルーソー

デフォー　武田将明〔訳〕　46362-9

二十七歳の時に南米の無人島に漂着した主人公が、自己との対話を重ねながら、工夫をこらして農耕や牧畜を営んでいく。近代的人間の原型として、多様なジャンルに影響を与えた古典的名作を読みやすい新訳で。

コン・ティキ号探検記

トール・ヘイエルダール　水口志計夫〔訳〕　46385-8

古代ペルーの筏を複製して五人の仲間と太平洋を横断し、人類学上の仮説を自ら立証した大冒険記。奇抜な着想と貴重な体験、ユーモラスな筆致で世界的な大ベストセラーとなった名著。

服従

ミシェル・ウエルベック　大塚桃〔訳〕　46440-4

二〇二二年フランス大統領選で同時多発テロ発生。極右国民戦線のマリーヌ・ルペンと、穏健イスラーム政党党首が決選投票に挑む。世界の激動を予言したベストセラー。

ある島の可能性

ミシェル・ウエルベック　中村佳子〔訳〕　46417-6

辛口コメディアンのダニエルはカルト教団に遺伝子を託す。2000年後ユーモアや性愛の失われた世界で生き続けるネオ・ヒューマンたち。現代と未来が交互に語られるSF的長篇。

白の闇

ジョゼ・サラマーゴ　雨沢泰〔訳〕　46711-5

突然の失明が巻き起こす未曾有の事態。「ミルク色の海」が感染し、善意と悪意の狭間で人間の価値が試される。ノーベル賞作家が「真に恐ろしい暴力的な状況」に挑み、世界を震撼させた傑作。

クライム・マシン

ジャック・リッチー　好野理恵〔訳〕　46323-0

自称発明家がタイムマシンで殺し屋の犯行現場を目撃したと語る表題作、ＭＷＡ賞受賞作「エミリーがいない」他、全十四篇。『このミステリーがすごい！』第一位に輝いた、短篇の名手ジャック・リッチー名作選。

最後のウィネベーゴ

コニー・ウィリス　大森望〔編訳〕　46383-4

犬が絶滅してしまった近未来、孤独な男が出逢ったささやかな奇蹟とは？　魔術的なストーリーテラー、ウィリスのあわせて全12冠に輝く傑作選。文庫化に際して１編追加され全５編収録。

猫のパジャマ

レイ・ブラッドベリ　中村融〔訳〕　46393-3

猫を拾った男女をめぐる極上のラブストーリー「猫のパジャマ」、初期の名作「さなぎ」他、珠玉のスケッチ、ＳＦ、奇譚など、ブラッドベリのすべてが詰まった短篇集。絶筆となったエッセイを特別収録。

塵よりよみがえり

レイ・ブラッドベリ　中村融〔訳〕　46257-8

魔力をもつ一族の集会が、いまはじまる！　ファンタジーの巨匠が五十五年の歳月を費やして紡ぎつづけ、特別な思いを込めて完成した伝説の作品。奇妙で美しくて涙する、とても大切な物語。

とうに夜半を過ぎて

レイ・ブラッドベリ　小笠原豊樹〔訳〕　46352-0

海ぞいの断崖の木にぶらさがり揺れていた少女の死体を乗せて闇の中を走る救急車が遭遇する不思議な恐怖を描く表題作ほか、ＳＦの詩人が贈るとっておきの二十二篇。これぞブラッドベリの真骨頂！

地球礁

R・A・ラファティ　柳下毅一郎〔訳〕　46425-1

デュランティ家が流れついた最低の星、地球。地球病に病んだ大人たちを尻目に、子供たちは地球人を皆殺しにしようと決意。奇想天外、波瀾万丈な旅が始まる。唯一無二のＳＦ作家、初期代表作。

パラークシの記憶

マイクル・コーニイ　山岸真〔訳〕　46390-2

冬の再訪も近い不穏な時代、ハーディとチャームのふたりは出会う。そして、あり得ない殺人事件が発生する……。名作『ハローサマー、グッドバイ』の待望の続編。いますべての真相が語られる。

ハローサマー、グッドバイ

マイクル・コーニイ　山岸真〔訳〕　46308-7

戦争の影が次第に深まるなか、港町の少女ブラウンアイズと再会を果たす。ぼくはこの少女を一生忘れない。惑星をゆるがす時が来ようとも……少年のひと夏を描いた、ＳＦ恋愛小説の最高峰。待望の完全新訳版。

たんぽぽ娘

ロバート・F・ヤング　伊藤典夫〔編〕　46405-3

未来から来たという女のたんぽぽ色の髪が風に舞う。「おとといは兎を見たわ、きのうは鹿、今日はあなた」……甘く美しい永遠の名作「たんぽぽ娘」を伊藤典夫の名訳で収録するヤング傑作選。全十三篇収録。

TAP

グレッグ・イーガン　山岸真〔訳〕　46429-9

脳に作用して究極の言語表現を可能にするインプラントＴＡＰの使用者が死んだ。その事件に秘められた真相とは？　変わりゆく世界、ほろ苦い新現実……世界最高のＳＦ作家が贈る名作全10編。

海を失った男

シオドア・スタージョン　若島正〔編〕　46302-5

めくるめく発想と異様な感動に満ちたスタージョン傑作選。圧倒的名作の表題作、少女の手に魅入られた青年の異形の愛を描いた「ビアンカの手」他、全八篇。スタージョン再評価の先鞭をつけた記念碑的名著。

輝く断片

シオドア・スタージョン　大森望〔編〕　46344-5

雨降る夜に瀕死の女をひろった男。友達もいない孤独な男は決意する――切ない感動に満ちた名作八篇を収録した、異色ミステリ傑作選。第三十六回星雲賞海外短編部門受賞「ニュースの時間です」収録。